날개 달린
황녀님

날개 달린 황녀님 IV

박신애 장편 소설

초판 1쇄 찍은 날 § 2017년 1월 11일
초판 1쇄 펴낸 날 § 2017년 1월 25일

지은이 § 박신애
펴낸이 § 서경석

편집책임 § 최지원
편집 § 이창진, 조현우, 이지연, 김슬기, 김경민

펴낸곳 § 도서출판 청어람
등록번호 § 제387-1999-000006호
등록일자 § 1999. 5. 31
어람번호 § 제8-0060호

주소 § 경기도 부천시 부일로 483번길 40 서경B/D 3F (우) 14640
전화 § 032-656-4452 팩스 § 032-656-4453
http://www.chungeoram.com
E-mail § chungeorambook@daum.net

ⓒ 박신애, 2015

ISBN 979-11-04-91132-3 04810
ISBN 979-11-04-90065-5 (세트)

※ 파본은 구입하신 서점에서 교환하여 드립니다.
※ 저자와 협의하여 인지를 붙이지 않습니다.
※ 이 책은 도서출판 청어람과 저작자의 계약에 의해 출판된 것이므로,
   무단 전재 및 유포 · 공유를 금합니다.

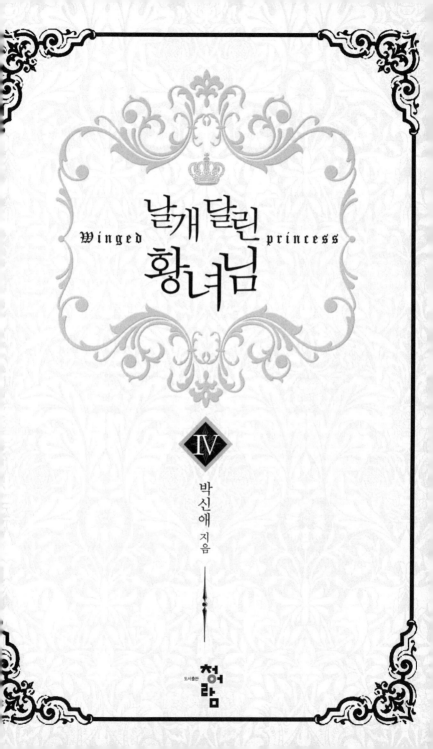

날개 달린 황녀님

Winged princess

IV

박신애 지음

도서출판 청어람

목 차

제31화

놀고먹는 건 안좋아!

아빠가 아무래도 내 첫 생일 파티를 위해 단단히 벼르고 있었나 보다.

'후후~ 아빠도 차암~'

그때만 떠올리면 웃음이 절로 새어 나왔다.

'내 두 번째 이름을 바꾸는 걸로도 모자라 족장 씨까지 써먹다니 말이야.'

단 아래에 서 있던 나이젤 아저씨가 나서는 모습에 '이번엔 또 뭐래?' 라는 심정으로 지켜보던 나는 갑자기 튀어나온 '외조부' 의 이야기에 하마터면 그 자리에서 푸핫~ 하고 웃음을 터뜨릴 뻔했다.

'외조부? 그 족장 씨?'

조인족의 관습에 대해 잘 알고 있는 아빠가 천연덕스럽게 외조부 운운하는 게 너무 웃겼던 것이다.

혹시 아빠도 속으로는 낄낄거리고 있었던 건 아니었을까?

나한테 대놓고 넌 나와 타인이라는 말을 내뱉었던 족장 씨가 과연 이 이야기를 들으면 어떤 표정을 지을지.

'캬캬캬~'

족장 씨의 표정이야 어쨌든, 아빠가 그렇게 이것저것 신경 써준 효과는 대단했다.

귀족들이 축하 인사와 함께 선물을 건네줄 때 얼마나 곰살맞게 굴며 내 환심을 사려고 노력을 하던지, 내가 뭔가 대단한 존재라도 된 듯한 기분이었다.

이 모든 게 다 아빠 덕이라는 것도, 태반이 진심이 아닐 거라 생각하면서도 기분이 절로 흐물흐물 풀어졌다.

이래서 사람들이 알면서도 아부성 발언에 넘어가는 건가 보다. 아니면, 내가 약한 건지도.

'냐하하~'

이후 장장 5일이나 이어지는 파티에서 아빠는 매번 직접 나를 에스코트하여 입장했고, 내가 물러갈 때까지 자리를 지켜 날 파티의 주인공으로 만들어줬다.

파티 첫날 나에 대해 마뜩잖은 기색을 숨기지 못했던 3황자가 아빠의 매서운 눈길을 받고 파티장을 떠난 사소한 해프닝이 있긴 했지만, 그 외에는 별 탈 없이 내 생일 파티는 끝이 났다.

솔직히 나는 3황자가 나에 대해 안 좋은 감정을 드러내는 게 차라리 반가웠다.

3년 전 북궁의 숲에 들어와 나와 예쉬를 협박했던 전 황태자 무리에 끼어 있었던 주제에 아무 일도 없었다는 듯 웃어 보였다면 그게 더 기가 막힐 일 아니겠는가.

　덕분에 3황자야 어떨지 몰라도 나는 녀석이 마음에 들었다.

　뭐어 개미 눈물만큼이지만 말이다.

　그렇게 생일 파티가 무사히 끝이 나자 나는 드디어 평안한 내 일상으로 돌아갈 거라고 믿어 의심치 않았다.

　한데…….

　"에엑? 그게 무슨 소리야? 또 1황비 궁에 가야 한다니?"

　나는 절망에 빠진 표정으로 유모를 바라봤지만, 유모도 난처하게 웃을 뿐이었다.

　"앞으로 마마의 모든 공식적인 일정은 1황비님께서 보호자 자격으로 도와주시게 될 거랍니다. 그렇기에 황녀님의 모든 수업도 그곳에서 이루어지게 될 거예요."

　"뭐어? 아우~ 아니, 왜 그렇게 되는 건데? 수업은 여기서 해도 되잖아!"

　"마마! 이제 정식으로 황녀님이 되셨는데 언제 어디서든 황족다운 몸가짐을 가지셔야지요."

　생일 파티가 끝나자마자 나를 부르는 호칭이 '아기씨'에서 '황녀님' 혹은 '마마'나 '전하'로 바뀌었다.

　듣는 입장인 난 어색하건만 부르는 사람들은 그렇지 않은지 아주 익숙하게 잘만 불러댔다.

　유모는 거기다 더해 이제는 '황족의 체통'이니 '황족의 몸가짐'이니 하면서 '황족답게'란 말을 입에 달고 살았다.

"몰라, 몰라. 지금 난 절망에 빠져 있어서 아무 소리도 안 들려!"

그래봤자 나는 귓등으로 들었지만 말이다.

뭐어, 유모도 내가 북궁 안에서만 이런다는 걸 알기에 간단한 잔소리 정도로 끝내는 걸 거다.

"이제는 가정교사도 들이셔야 하고 슬슬 사교 활동도 시작하실 텐데, 그 모든 일을 북궁에서 진행하게 된다면 자연히 북궁에 많은 외부인이 드나들게 되겠지요. 하지만 이곳에 외부인이 드나드는 건 마마도 싫으실걸요? 폐하께 북궁이 어떤 장소인지는 마마께서 가장 잘 아시잖아요."

"끄응……."

난 막연히 짐작만 할 뿐이지만, 황제의 자리에 있다는 건 사생활이 없는 것과 마찬가지일 거다.

아마 한국의 정치인들이나 연예인들보다 더하지 않을까?

그런 아빠에게 북궁은 사막의 오아시스 같은 곳이었다.

아빠가 '황제'라는 걸 잠시 잊고 딸바보 아빠로 편히 있을 수 있으며, 사랑하는 반려자에게 맘껏 감정을 드러낼 수 있는 편한 장소 말이다.

또한, 북궁은 엄마와 헤어지지 않기 위한 필수 조건이었다.

조인족으로서의 자부심이 강한 엄마에게 황실 예법을 들이민다면 아빠는 그 즉시 엄마에게 결별 통지를 받을 터.

그러니 엄마가 황실이니 예법이니 하는 것에 조금도 신경 쓸 필요 없이 맘 편히 머물다 갈 수 있는 장소를 지키는 건 아빠한테 아주 중요했다.

그런 중요한 장소에 아빠가 외부인들의 발걸음을 허락할 리가 없었다. 이 모든 상황을 잘 알고 있었던지라 나는 못 한다고 드러눕는 대신 만사를 포기하며 한숨을 내쉬었다.

"에휴휴~ 아마 처음부터 이것까지 고려해서 생일 파티 전부터 날 1황비 궁으로 꾹꾹 밀어댄 거였겠군."

"호호호……."

"이런 걸 진즉 생각지 못한 내가 바보지. 그래서 언제부터 수업받으러 가야 하는데?"

"당장 내일……."

"헉!"

순간 얼굴에서 피가 싸악~ 빠져나가는 것 같았다.

하나 곧 손으로 입가를 가리며 호호 웃는 유모의 모습에 그녀가 장난을 쳤다는 걸 안 난 샐쭉한 표정을 지어 보였다.

"유모오~ 정말 그렇게 나온다 이거지."

"호호호~ 죄송해요. 원래 내일부터 1황비 궁에 갈 예정이었는데, 폐하께서 일정을 일주일 뒤로 미루라고 하셨지요."

"왜? 고생 시작 전에 푹 쉬라고?"

"그렇다기보다는 반가운 분이 오셨거든요."

유모의 말을 듣자마자 나는 자리에서 벌떡 일어나 밖으로 뛰쳐나가며 외쳤다.

"엄마!!"

북궁에 올 수 있는 반가운 손님이란, 그것도 아빠가 직접 내 일정을 일주일 뒤로 미루게 할 정도의 손님이란 한 명밖에 더 있겠는가?

나는 이 세상에 태어나서 이 순간만큼 엄마가 반가웠던 적이 없었던 것 같다.

따악, 30분 정도만······.

"왜 내가 방문한 걸로 네 수업을 미뤄야 하지? 네 상태를 확인하는 건 얼굴을 잠깐 보는 거로도 충분하다."

입은 만 가지 화의 근원이라 하더니, 난생처음 엄마한테 느껴보는 반가움에 '엄마 덕에 휴가를 얻었다~'라고 종알댄 요 입이 문제였다.

좀 더 자세한 상황 설명을 추가로 들은 엄마는 이런 냉정한 소리와 함께 즉시 내 일주일간의 휴가를 없던 일로 만들어 버렸다.

"조인족으로서 조금 부족한 건 어쩔 수 없다 쳐도, 인간보다 부족한 건 용납하지 못한다. 그러니 게으름 피울 생각 말고 열심히 하렴."

"으윽······."

'내가 철없이 공부하기 싫어서 이러는 건 줄 아남?'

하지만 엄마한테 1황비 등등이 불편해서 그런다고 곧이곧대로 말을 할 수도 없었다. 아무리 쿨한 성격의 엄마이지만 아빠의 법적 부인들을 어찌 생각할지는 모르는 일이었으니까.

'그렇다고 대놓고 황비들을 어떻게 생각하냐고 물어볼 수도 없고······.'

답답한 마음에 속으로 한숨을 내쉬고 있자니 문득 왜 나만 이렇게 혼자 속으로 끙끙 앓아야 하나 싶어 억울해졌다.

다음 날, 1황비 궁에서의 일과를 끝내고 돌아왔더니 유모가 초콜릿과 호두가 잔뜩 들어간 브라우니를 내밀며 방긋 웃어 보였다. 하지만 그날따라 몸과 마음이 추욱~ 처져 있던 난 흥미를 보이지 않았다.

"간식 시간은 한 시간 후가 아니었어?"

"호호호~ 피곤해 보이셔서 신경 좀 썼답니다."

"딱히 내키진 않는데……?"

"지금 핫케이크를 굽고 있답니다. 아마 조금 있으면 다 구워 질 거예요."

"핫케이크 한 장 더 준다고……."

"제가 크게 마음먹고 세 장 준비했습니다. 꿀도 잔뜩 뿌리라 고 해뒀구요."

"으으음……."

먹을 걸 가지고 해결하려는 유모는 얄미웠지만, 달콤한 자태로 나를 기다리고 있는 브라우니는 너무 유혹적이었다.

게다가 잠시 후 올, 꿀이 듬뿍 뿌려진 따끈따끈한 핫케이크도.

결국, 그 유혹에 지고 만 난 소파에 앉아 브라우니를 입에 넣으며 건너편 소파에 앉아 차를 즐기고 있는 엄마를 째려봤다.

'이게 다 엄마 때문이야.'

한데, 때마침 엄마도 시선을 내게로 돌리는 바람에 째려보는 걸 들키고 말았다.

화들짝 놀라 눈을 내리깔았더니 이걸 어찌 해석한 건지 엄마가 혀를 끌끌 차는 거였다.

"한심하구나. 여기로 돌아오자마자 다시 나태하게 지낸 건 아니겠지?"

그 말에 발끈한 나는 반사적으로 고개를 번쩍 들었다.

"아니거든!! 그동안 내가 얼마나 바쁘게 살았는데."

아빠가 지금 여기에 없는 게 심히 안타깝다. 만약 여기 있었다면 내 편을 들어줬을 텐데.

"반나절 외출했다 돌아온 걸로 늘어지면서 대답은 잘도 하는구나. 훈련은 한 거니?"

"이건 정신적으로 지쳐서 그런 거야! 엄마는 어떻게 날… 보는 거야!"

하마터면 흥분해서 '어떻게 날 황비한테 보낼 수 있냐!'고 따질 뻔했다.

정말 이 세계에 와서 내가 나태해지긴 나태해진 모양이다.

잠깐 좀 흥분했다고 입을 이렇게 단속하지 못하다니.

스스로가 한심해져 소파에 있던 쿠션에 얼굴을 묻으며 반성을 하고 있는데, 엄마가 폭탄을 던졌다.

"왜? 필립의 옛날 여인들이 널 힘들게 하니?"

"헉!"

순간 나는 '따뜻한 초여름에 얼음 동상이 되기'라는 아주 진귀한 경험을 해보게 되었다.

"어… 어떻게……."

입까지 얼어붙은 탓에 혀도 제대로 안 움직였다.

하지만 그것만으로도 엄마는 내 질문을 알아듣고는 가볍게 콧방귀를 뀌는 것이었다.

"그것참, 그냥 넘길 수 없는 질문으로구나. 넌 내가 눈뜬장

님으로 보이니?"

물론 엄마를 어리석다고 생각한 적은 한 번도 없었다.

단지 엄마라면 아빠의 곁에 황비들이 포진하고 있는 걸 절대 용납하지 않을 것 같았고, 그걸 잘 아는 아빠가 철저하게 숨겼을 거라고 여겼는데… 내가 잘못 생각한 걸까?

'어쩌면 애초에 아빠가 알아서 자백하고 싹싹 빌었는지도.'

그거야 어쨌든, 엄마가 진작부터 알고 있었다면 여태까지 난 정말 필요도 없는 고민을 사서 하고 있었던 게 아닌가.

"하아~ 진짜 뭐야."

허망한 기분에 난 소파에 등을 푹 기대며 긴 한숨을 흘려냈다.

'나름 엄청 심각했는데, 그게 다 삽질이었다니… 이럴 줄 알았으면 애초에 그냥 대놓고 물어볼 걸 그랬어.'

그러다 문득 떠오르는 궁금증에 나는 다시 몸을 바로 하며 입을 열었다.

"잠깐, 엄마는 아빠 옆에 법적 부인들이 살고 있는 게 괜찮아? 내가 이렇게 그녀들한테 가서 공부하는 것도?"

내 질문에 뒤에서 유모가 헛바람 삼키는 소리가 들려왔다.

솔직히 나도 막상 질문을 꺼내놓고는 너무 대놓고 물어본 거 같아 엄마의 눈치를 살폈는데, 역시 엄마는 엄마였다.

눈 하나 깜짝 안 하고 덤덤하게 대꾸했으니까.

"뭐, 전혀 상관없다고 할 수는 없지만 필립의 사정상 멀리 보내기는 어렵다니 어쩔 수 없잖니. 그나마 반려의 관계는 완전히 끊었다니까 봐줄 수밖에. 게다가 조인족도 전 배우자와 한 마을에서 사는 경우가 종종 있으니까."

"조인족이? 전··· 배우자랑?"

뜻밖의 말에 눈을 휘둥그레 뜨며 되묻자 엄마는 외려 날 의아하다는 시선으로 봤다.

"뭘 그렇게 놀라지? 아, 혹시 우리가 평생 단 한 명의 반려만 맞이한다고 생각한 건가? 그렇지 않아. 우리는 사고가 유연하거든. 한 번에 여러 명의 반려를 두는 것만 아니라면 뭐······."

"그, 그렇습니까?"

조인족이 유연한 사고를 가지고 있다니.

맞는 소리 같기도 하고 아닌 것 같기도 하고······.

당혹스러운 기분에 고개를 갸웃갸웃거리던 나는 다시 질문을 꺼냈다.

"저기··· 그럼, 조인족은 재혼을 하는 게 흔한 일이야? 혹시, 평생 단 한 명의 반려자만 맞이하는 건 이상한가?"

"이상할 리가. 그럴 수도 있지. 반려와 헤어지고 재혼을 하든, 한 명의 반려와 평생을 지내든, 아니면 홀로 지내든 그건 각자의 마음에 달린 거 아니냐?"

"그, 그렇긴 하지······."

너무나 당연한 대답에 나는 잠시 할 말을 잃었다.

뭔가를 생각하던 엄마는 가벼운 한숨을 내쉬며 말을 이었다.

"뭐어, 주기적이라 할 정도로 자주 반려를 바꾼 조인족도 있고······."

"에엥?"

"족장이 그랬지. 족장의 아이가 16명인데 몇 명 빼고는 친모가 다 다르다고 알고 있어."

"어, 엄마? 엄마가 말하는 그 족장 씨가 엄마네 친부 아니었어?"

"맞아. 현재 난 족장의 막냇자식이지만, 어쩌면 곧 그 자리를 내주게 될지도 모르지. 여전히 팔팔하신 분이라."

"헐……."

족장 씨의 그 능력(?)에 놀라워해야 할지, 그걸 아무렇지도 않게 여기는 엄마의 유연한 사고(?)에 감탄해야 할지 헷갈린다.

'이거… 내가 이상한 거 아니지?'

"저기… 그럼 엄마는 아빠가 몇 번째 반려인 거야?"

솔직히 엄마가 전에 다른 반려가 있었다 해도 내가 뭐라 할 입장은 아니지만, 그래도 자식 된 마음으로 아빠랑 엄마는 서로 첫사랑이었으면 했다. 특히나 서로 그렇게도 애틋하지 않은가.

"첫 반려다."

천만다행히도 엄마의 입에서 내가 원하는 말이 나왔지만, 어째 그 말을 내뱉는 엄마의 표정은 미미하게 찌푸려져 있었다.

평소 웬만해서는 얼굴에 감정을 드러내지 않는 엄마였으니 저건 정말 기분이 나쁘다는 소리였다.

"근데 표정이 왜 그래? 별로 안 좋아 보이는데?"

"운이 없었던 내 과거가 떠올라서."

"응?"

"내가 성년식 때 네 아빠를 만나지만 않았더라면 나도 반려자 탐색을 몇 번 해봤을 텐데……."

"으응?"

고개를 갸웃갸웃거리며 엄마 말에서 상황을 추측해 보려 하는데 엄마가 가벼운 한숨과 함께 손을 내저어 보였다.

"뭐, 됐다. 다 지나간 일인 데다 지금은 그럭저럭 만족하고 있으니까."

"으으응……."

성년식 때 아빠를 처음 만났다니, 둘 사이의 역사가 꽤 긴 모양이다.

'아니, 그런데 울 아빠도 차암~! 엄마를 진즉에 만났는데도 결혼을 했단 말이야?'

아빠 입장상 어쩔 수 없는 일이었겠지만, 그래도 조금은 서운하고 실망감도 들었다.

그런 거 보면 조인족이 재혼을 이상하지 않게 생각하는 문화가 엄마한테는 좋은 거 같다.

여차하면 아빠랑 결별하고 다른 반려를 맞이할 수 있으니 아빠는 앞으로도 엄마가 자신을 떠날까 긴장을 늦추지 못할 거 아닌가.

'이거 괜찮은데? 오올~ 조인족에게도 이렇게 좋은 문화가 있을 줄이야.'

내가 아빠는 참 좋아하지만, 그래도 지금은 엄마 편을 들어 주고 싶다.

'아빠, 앞으로도 지금까지처럼 쭈욱~ 힘내세요~'

그날 저녁, 나는 다른 때보다 일찍 침실로 돌아왔다.

낮에 엄마에게 들은 이야기가 있다 보니 차마 엄마랑 아빠 사이에 계속 앉아 있기가 뭣했던 것이다.

그래서 피곤하다는 핑계로 자리를 피해준 거였는데, 정말 피곤했던지 침대에 드러눕자마자 금방 곯아떨어졌다.

하지만 오래지 않아 나는 다시 잠에서 깨어나고 말았다.

단잠이 쫓겨날 정도로 갈증이 끈질기게 일었던 것이다.

'저녁을 너무 짜게 먹었나?'

무거운 눈꺼풀을 힘겹게 들어 올리니 침대 옆 탁자가 가물거리는 시야에 잡혔다. 얼추 손이 닿을 듯해 나는 일어나는 대신 몸을 뒤집으며 팔을 뻗었는데, 이놈의 탁자가 한 걸음 옆으로 비켜났는지 손끝이 닿을락 말락 하는 거였다.

'우이쒸……'

일어나기는 여전히 귀찮고 해서 옆으로 한 바퀴 몸을 굴려 다시 손을 뻗자, 이번에는 탁자에는 닿았지만, 탁자 위에 놓인 물컵을 쥐기에는 조금 부족했다.

'아, 진짜~'

괜히 손에 잡히지 않는 물컵을 한번 짜증스레 노려보며 다시금 한 바퀴 몸을 굴린 뒤 팔을 뻗었다.

'아, 자, 잡았다… 아앗!!'

그제야 겨우 물컵이 손에 잡혔다 싶은 순간, 몸이 주르륵~ 침대 밖으로 미끄러졌다.

"으헉!!"

바닥에는 두터운 카펫이 깔려 있었지만, 얼굴부터 떨어지게 생기자 본능적으로 허우적거리며 제발 누가 나 좀 잡아주길 간절하게 바라던 바로 그때.

사라라락~!!

머리카락이 휘날릴 정도의 가벼운 미풍이 어디선가 불어와 날 휘감으며 몸을 잡아줬다.

"아~"

그 순간의 기분은, 안 보이는 핸드폰을 찾으려고 집 안 구석구석을 열심히 뒤졌지만 결국 찾지 못해 반쯤 포기한 채로 침대에 풀썩 앉았는데, 그 엉덩이 아래에 핸드폰이 있는 걸 발견했을 때의 바로 그 기분이었다.

'하. 하. 하……'

몰랐을 때는 감도 안 잡혀 막막하기만 했는데, 알고 보니 '왜 이걸 여태 몰랐을까~' 하며 허탈해지는 기분이랄까?

'엄마가 말했던 그 '잘' 이 이 '잘' 이었구만.'

하지만 계속 허탈한 기분에 빠져 있을 수는 없는 일이라 나는 퍼뜩 정신을 일깨웠다.

그렇게도 기다리고 기다리던 '감' 을 드디어 알게 되었는데 어벙하게 처신해서 잃어버리고 싶지 않았던 것이다.

의외로 나에게는 내가 몰랐던 재능이 있었던지, 한번 바람에 대한 감을 잡자 얼마 지나지 않아 얼추 요령까지 알 수 있었다. 아무리 온 신경을 다해 집중했다 하지만 채 한 시간도 안 되어 바람의 도움을 받아 요기에서 조~ 기로 이동하는 것에 성공했던 것이다.

'오옷! 나 쫌 타고난 듯?'

겨우 다섯 발자국 정도 이동한 것뿐이었지만, 그걸 한 번 성공하고 나니 그 후로 레벨이 쭉쭉 올라 30분이 더 지났을 때에는 침실 저 끝에서 반대편 끝까지 이동하는 쾌거를 이루어냈다.

'옴마, 옴마, 옴마~! 웬일이야, 웬일이야~!'

물론, 이마에 땀이 송골송골 맺힐 정도로 부단히 노력한 것도 있었지만, 느낌상 들인 노력의 몇 배로 레벨이 올랐다.

그러자 그때부터 마음속에서 근자감이 몽글몽글 솟아오르기 시작했다.

최소 수십 번은 반복해 본 탓에 얼추 요령까지 익힌 것 같자 슬그머니 간덩이도 같이 커지면서 자연스레 시선이 창밖으로 향했다.

'나가볼까? 요 앞 정원 정도야……'

팔찌까지 차고 있었으니 위험할 것도 없어 보여 마음이 동하자마자 나는 곧장 침실 창문을 열고 창틀에 올라섰다.

그렇게 당당히 나오긴 했지만 솔직히 멀리까지 갈 자신이 없었던 터라 나는 제일 먼저 눈에 들어온 나무를 1차 목표로 삼았다.

그 나무는 정원 한가운데에 만들어놓은 연못 근처에 있는 나무였는데, 주변에 있는 어떤 나무보다 크고 울창해서 정원 안 어디에 있든 그 모습을 볼 수 있을 정도였다.

함께 서 있는 두 나무가 꽈배기처럼 서로의 몸을 휘감으며 성장한 연리지라 그런지 그 속에 오두막 한 채를 들여놔도 티가 날 것 같지 않았다.

처음에 그 나무를 보자마자 바로 떠올라 나무 위의 오두막을 만들어달라고 졸랐는데, 사람들의 강한 만류로 포기해야 했다.

'다시 생각해도 좀 아깝네. 나무 위의 오두막이 위험하면 얼마나 위험하다고… 그래놓고 내가 날아다니는 건 어떻게 본대?

괜히 옛 생각을 떠올려 긴장을 조금 푼 나는 침을 한 번 꼴깍 삼키고 창틀 밖으로 발을 내디뎠다.

살랑~!

다행히도 내 재능은 어디로 사라지지 않았다.

긴장감 섞인 내 부름에도 미풍이 사르르~ 불어와 내 몸을 떠받쳐 주자 온몸에 희열이 차올랐다.

'앗싸아~!'

곧이어 바람이 내 몸을 떠받친 채 부드럽게 움직이자 절로 환호성이 터져 나올 것 같았다.

"우흐흐흐~ 우히히히~"

시간이 시간이라 환호성은 속으로 삼켰지만 웃는 것 정도는 괜찮겠지 싶어 이동하는 내내 혼자 실실대는데…….

"드디어 바람을 느낄 수 있게 된 거니?"

내가 1차 목표로 삼은 나무에 거의 다다랐을 즈음, 아무도 없을 거라 여겼던 곳에서 갑자기 엄마의 목소리가 들려오는 것이었다.

"으헉!"

순간 심장이 입으로 튀어나오는 줄 알았다.

아니, 그 전에 추락하지 않은 게 다행이었다. 놀라서 멋대로 날뛰는 심장을 부여잡고 고개를 돌리니 커다란 연리지 나무 꼭대기 부근에서 나뭇가지들을 헤치고 엄마가 모습을 드러냈다.

"어, 엄마? 왜 여기서… 오마나아~"

전혀 뜻밖의 상황에 입을 떠억 벌렸던 나는 다음 순간 이상한 소리를 흘렸다.

"하레츠! 그 꼴로 나가면 어떻게 해?"

곧바로 뒤에서 나타난 아빠가 얇은 시트로 엄마의 몸을 감싸줬지만, 엄마가 맨몸이라는 걸 이미 알아차린 후였다. 뭐, 아쉽게도(?) 엄마의 풍성하고 긴 머리카락 때문에 자세히 볼 수는 없었지만…….

게다가 엄마의 알몸을 가려주려 급히 튀어나온 아빠도 바지만 겨우 꿰입은 모양새였다.

'오호라~ 여기서 저 차림새로 뭣들 하셨을까나아~'

둘의 모습에 내 눈은 반달 모양으로 휘어졌고, 입술은 슬그머니 벌어졌다.

"오올~ 엄마 몸매도 예쁘지만, 아빠도 끝내준다. 복근에 왕(王) 자가 있잖아? 오호, 오호, 엄마가 반할 만해."

아빠가 외모는 족장 씨에게 좀 달려도 몸매는 더 낫다고 생각했는데, 과연 쫘악 빠진 근육질 몸매에 절로 감탄이 터져 나왔다. 오랜만에 눈 보신 좀 하며 감탄사를 날려주는데, 갑자기 엄마의 한쪽 날개가 확 펼쳐지며 아빠를 가리는 게 아닌가.

"남의 남자한테 눈독 들이지 말아주련?"

엄마의 엄한 목소리에 나는 벙 쪘다가 곧바로 크게 웃음을 터뜨렸다.

"푸, 푸하하… 으헛!!"

그러다가 정신이 흐트러지는 바람에 이번에야말로 정말 추락할 뻔했지만, 다행히 그 전에 엄마가 바람을 불러 날 잡아줬다.

역시, 어쨌든 엄마는 엄마였다.

"정말 한심하구나. 오랜만에 제대로 좀 하나 했더니 아주 잠깐뿐이니?"

그래서 그런지 엄마의 한숨 섞인 말에도 나는 키들키들 웃을 수 있었다.

"아~ 정말 웃긴다. 엄마는 참, 내가 남도 아니고 아빠 딸인데 좀 보면 어때서 그래? 그것도 겨우 상체뿐이구만. 엄마는 좋겠다. 아빠, 멋져~!"

반은 장난조로 던진 말에 엄마는 당연하다는 표정으로 고개를 끄덕이는 거였다.

"저 정도도 안 되었으면 내 반려로 삼아주지도 않았다."

그런데 그때, 잠시 사라졌다 싶은 아빠가 어느새 툭 튀어나와 다급히 끼어들었다.

"하레츠으~ 어린애한테 무슨 소리를 하는 거야아~"

"어머, 아빠, 걱정 마. 나도 알 건 다 알 거든."

"아가, 정말 네가 무슨 소리를 하는 건지 알고 있는 거니이~?"

이번에는 엄마가 막아서질 않는다 싶었더니, 아빠는 아쉽게도 얇은 면 티를 위에 걸치고 있었다.

"아빠 옷 입었네? 에이~ 좀 더 감상하게 해주지."

아쉬움에 입맛을 쩝~ 다시자 아빠의 얼굴이 당혹감으로 물들었고, 엄마의 눈꼬리가 약하게 파들 떨렸다.

"남의 남자한테 눈독 들이지 말라니까."

"아니, 아빠가 엄마 거라는 건 아주 잘 알고 있는데, 이건… 음, 음, 그거지. 작품 감상. 이렇게 멋진 작품을 언제 감상… 으아아악~!!"

사진으로만 봤던 명품 몸매를 실제로 볼 수 있는 기회가 어디 그리 흔하겠는가?

한데, 난 말을 채 끝내기도 전에 엄마의 바람에 의해 뒤로 획 날려가야 했다.

"닥치고 이만 꺼져주련? 좋은 시간 방해하지 말고."

아빠가 급히 걸쳐준 얇은 시트 한 장을 몸에 감고 있을 뿐이지만, 밤하늘 아래 연한 금발 머리를 늘어뜨린 채 오연히 서 있는 엄마는 같은 여자가 봐도 여신처럼 아름다웠다.

뭐, 처음부터 알고 있던 사실이지만, 오늘따라 달빛 덕분인지 더더욱 아름답게 느껴졌다.

그 옆에 서 있는 아빠도 제법 멋졌고.

나는 엄마에 의해 저~ 멀리 날려가는 와중에도 속으로는 흐뭇하게 웃었다.

'항상 생각하는 거지만, 나름 알콩달콩한 부부라니까.'

앞으로 엄마가 방문하면 밤에는 절대 정원으로는 나가지 말아야겠다.

'그러고 보니, 나무 위에 오두막을 못 짓게 한 건 단순히 위험하기 때문만이 아니었구만?'

다음 날 나는 묘~ 한 미소를 흘리며 엄마랑 아빠를 바라봤다.

아빠는 내 표정에 난처한 기색으로 시선을 슬그머니 피했지만, 엄마는… 참, 엄마답게도 '뭐냐?' 란 시선으로 마주 봤다.

너무 아무렇지도 않은 표정에 슬그머니 심술이 샘솟은 난 해맑게 웃으며 슬쩍 찔러봤다.

"그럼, 이제 곧 내 동생이 생기는 거야?"

내 질문에 시선을 피하려 차를 한 모금 들이켜던 아빠는 곧 쿨럭! 하는 격한 기침을 토해내 날 즐겁게 해줬지만, 엄마는 가벼운 콧방귀와 함께 우아한 태도로 찻잔을 기울였다.

게다가 그 후에 충격적인 말을 던지기까지.

"그럴 일 없다. 너 하나만으로도 충분히 고달프니까."

"와~ 아니, 이게 무슨 누명이래? 지금 반어법 사용하는 거야?"

"충분히 진심이다만? 너 하나로 충분해서 한동안은 알을 낳을 생각 없다."

나는 정말 기가 막히고 코가 막히는 심정이었다.

"아니, 뭐, 알을 안 낳는 건 엄마 사정이지만, 솔직히 툭 까놓고 말해서 나만큼이나 예쁘고 키우기 즐거운 딸내미가 어디 있다고? 안 그래, 아빠?"

난 정말 하늘을 우러러 한 점 부끄럼 없이 단언할 수 있는 것이, 내가 엄마랑 아빠 딸로 태어난 게 둘에게는 크나큰 축복이라는 것이었다.

'그냥 아무것도 모르는 진짜 꼬맹이였어 봐. 크게 사달이 나도 벌~ 써 났을걸?'

내 말에 엄마는 다시 한 번 콧방귀를 뀌었지만, 아빠는 진심으로 동의한다는 듯 고개를 끄덕였다.

"그러엄~ 우리 딸만큼 착하고 예쁘고 사랑스러운 딸이 없지."

"필립, 그대는 자신의 핏줄에게 객관적인 시선을 유지할 필요가 있어. 그대가 너무 감싸고도니 저 애가 착각 속에 빠져 살잖아."

"착각 아니거든!"

엄마가 진짜 아무것도 모르는 애를 키워봐야 내가 얼마나 보석 같은 존재인지 깨달을 수 있을 텐데 말이다.

하지만 나 또한 동생이 생기는 건 솔직히 반갑지만은 않았기에 그쯤에서 입을 다물었지만, 왠지 억울한 기분은 가라앉질 않았다.

'그냥 확! 어젯밤에 결심한 거 취소하고 매일 밤마다 나가서 방해 공작을 펼칠까?'

그러나… 아빠도 내 생각을 눈치챘나 보다.

그날 밤부터 내 침실 안으로 시녀 두 명이 아예 들어와서 지키고 서 있기 시작했으니까.

게다가 다음 날부터 엄마의 특훈이 시작되기까지 해서 해가 저물 즈음에 지쳐 나가떨어져 잠들어 버리기 일쑤였다.

'쳇쳇, 딱 한 번 방해했다고 이리 나오기야?'

원래 일주일 정도 머물 예정이었던 엄마가 그 특훈을 이유로 보름 넘게 머물며 날 굴려대자 쿨~ 하게만 보이던 엄마가 은근 뒤끝이 긴 거 아닌가 하는 의심이 들 정도였다.

그놈의 특훈 때문에 얼마나 고생했던지, 엄마가 드디어 떠난다고 했을 때는 나도 모르게 속으로 끝났다면서 만세 삼창을 하고 있었다.

물론, 엄마가 조용히 돌아간 건 아니었다.

이후 엄마가 북궁에 다시 올 때까지 실력을 쌓아놓지 않으면 조인족 마을로 끌고 가겠다고 엄포를 놓고 갔으니까.

그 협박 덕에 맘 편히 쉬지는 못했지만, 그래도 엄마가 있을 때보다 편하긴 했다.

뭐어, 새벽 수련은 빼먹지 못했지만.

여러 가지 훈련 중 내가 가장 심혈을 기울이는 건 바람을 품은 채 숲속을 달리는 일이었다.

날개를 살짝 펼친 상태로 바람을 불러 함께 달리면, 단순히 다리로 달리는 것보다 훨씬 빠르고 몸놀림도 가벼웠으며, 자유자재로 방향 전환이 가능했다.

다만, 아직 모든 면에서 미숙해 제대로 사용하지 못하고 있지만, 그렇기에 훈련이 필요한 게 아니겠는가?

'그래도 이 정도면 훨씬 나아진 거지!'

괜히 속으로 자화자찬을 하며 나는 방향을 꺾기 위해 눈앞의 아름드리나무 기둥을 박차려고 했다.

한데, 나무를 디디려던 내 발이 쭈욱~ 미끄러지는 바람에 멋들어지게 방향을 꺾기는커녕 외려 그대로 거하게 땅에 나동그라지고 말았다.

쿠당탕탕~!!

"마마!!"

"황녀님!!"

"아사 님!!"

무척 빠른 속도로 달리고 있던 중에 벌어진 일이라 여파가 꽤 컸다. 땅에 부딪혔을 때도 제법 충격이 컸는데, 그러고 나서도 여러 번 데굴데굴 굴러서 나가떨어지는 바람에 정신마저 어질어질했다.

끼잉, 끼이잉~!!

덕분에 제일 먼저 달려온 실버 울프들이 걱정스러운 울음소리를 흘리며 차가운 코끝을 들이밀 때까지 나는 땅에 널브러져 일어나지 못했다.

"괜찮으세요?"

"아구구~ 몰라. 일단 죽지는 않은 거 같아."

그 뒤를 이어 도착한 제이의 목소리에 나는 앓는 소리를 흘리며 겨우 몸을 일으켰다.

한데, 내가 막 고개를 드는 순간 속속 도착해 나에게 다가오던 다른 이들이 저마다 경악에 차서 날 불러대는 것이었다.

"헉! 마마!!"

"아사 님!!"

그들에게 왜 그러냐고 묻고 싶었지만, 그 전에 내 몸이 먼저 답해줬다.

주르륵~

갑자기 양쪽 콧구멍에서 흘러나오는 따끈한 이건 무엇?

"허억! 코, 코피!"

"아사 님, 괜찮으세요?"

제이가 황급히 자신의 손수건을 꺼내 들었는데, 그녀의 손이 내 코에 닿는 순간.

"윽!"

아까 땅에 나동그라졌을 때보다 더 강한 통증에 반사적으로 코를 감싸 쥐었다.

"아구구~ 아구구 아파라~!"

얼마나 아팠던지 눈물이 주륵~ 흐를 정도였다.

"마마, 고개 좀 들어보세요. 제가 좀 보겠습니다."

다급함이 가득 든 자넷의 목소리에 간신히 고개를 들었더니, 어느새 그녀가 내 앞에 무릎을 꿇고 있었다.

"세상에, 피가……."

코를 감쌌던 손을 내렸더니 양손에 피가 흥건히 묻어 있었다.

거기다 자넷이 조심스레 손을 가져다 댔더니, 아주 살짝 댄 것 같은데도 엄청 아팠다.

"아프~!!"

나도 웬만하면 주변 사람들을 생각해서 차분하게 대응하려고 했지만, 순간적인 통증이 너무 강하다 보니 어떤 생각도 하지 못했다.

"부러진 것 같지는 않지만, 아무래도 뼈에 금이 간 것 같네요."

급히 북궁으로 돌아와 거울을 보니 내가 봐도 몰골이 장난이 아니었다. 코를 비롯하여 주변이 퉁퉁 부은 데다 이마 한쪽에는 혹까지 나 있었고, 턱에는 시퍼런 멍이 들어 있었다.

그 모습에 유모를 비롯한 주변 사람들은 안타까움에 발을 동동 굴렀지만, 내가 어디를 얼마나 다치든 절대 포션을 쓰지 말라는 엄마의 엄명이 있었기에 그저 진한 약초 향이 풀풀 풍기는 약을 바르는 걸로 만족해야만 했다.

'정말 너무하다니까.'

그 위에 코뼈를 위한 깁스까지 하고 나자 내가 꼭 중증 환자가 된 기분이었다.

한데 이 상태로 난 수업을 받으러 가야 했다.

"우쒸… 병결은 꿈도 꾸지 말라니 너무하지 않아?"

스스로의 처지가 딱해 중얼거렸더니 주변 사람들이 어색하게 웃어 보였다.

"그래, 그래, 그대들이 뭔 죄야. 이게 다 엄마 때문이지……."

엄마는 내가 다쳐도 포션을 못 쓰게 해놨으면서 어이없게 수업은 빼먹지 못하게 했다.

조인족으로서 자기 관리를 못 해 인간 수업을 빼먹는 건 창피한 일이라면서 말이다.

사정이 있으면 빼먹을 수도 있는 거지, 거기에 왜 '조인족으로서 창피하다'라는 단서가 붙는 건지, 원.

엄마의 지엄한 지시로 인해 어쩔 수 없이 그 몰골로 1황비궁을 방문하자 1황비와 3황비는 물론 마리엔 황녀까지 내 공부방으로 지정된 서재로 달려와서 발을 동동 굴러댔다.

"세상에 그 고운 얼굴이 평안한 날이 없구나."

"어쩜, 약은 먹은 거니?"

"이번엔 너무 심하잖아? 많이 아프지?"

엄마한테 심하게 굴려지기 시작한 날부터 나에겐 자잘한 상처가 끊이질 않았다.

그럴 때마다 세 사람은 번번이 안타까워했는데, 오늘따라 상태가 많이 심했던 터라 그녀들의 반응도 컸다. 한발 늦게 당도한 예쉬마저도 날 보자 놀라움을 감추지 못했다.

"휘유~ 오늘은 장난이 아니구나?"

"내가 생각해도 좀 심하게 넘어졌거든."

코가 퉁퉁 부어 그런지 코맹맹이 소리가 났지만, 그래도 그럭저럭 발음은 크게 뭉개지지 않았다.

"어떻게 넘어졌기에 얼굴이 그 모양이야? 그 정도인데도 포선을 사용할 수 없는 거냐?"

"쓸 수 있으면 벌써 썼지."

"너도 참 고생이다."

예쉬의 말에 나는 매정한 엄마를 떠올리며 고개를 끄덕였다.

현재 난 미리 이야기된 대로 매일 1황비 궁에서 가정교사들에게 수업을 받고 있었는데, 처음으로 가정교사를 맞이하는 나를 배려하여 몇몇 과목은 예쉬와 함께 듣고 있었다.

나야 예쉬랑 같이 수업받으면 좋지만, 혹 예쉬는 귀찮은 게 아닌가 조금 걱정했는데 오히려 얘가 반가워하며 덥석 받아들였다.

나랑 수업받는 게 편해서 좋다나?

요 몇 년 사이, 황궁 내 왕따에서 유력한 황태자 후보로 위치가 급상승하자 단번에 손바닥 뒤집듯 태도를 바꿔 들러붙는 주변 사람들 때문에 꽤나 스트레스가 쌓이는 눈치였다.

얘가 오랫동안 괴롭힘을 당한 탓에 사람들에 대한 불신감을 가지고 있는데 그걸 해소하지도 못한 상태에서 갑자기 주변 상황이 뒤바뀌어 버렸으니 많이 힘들 만도 했다.

"웃기는 일이야. 얼마 전까지만 해도 날 외면하고 피하기 급급하던 이들이 이제는 먼저 다가와서 잘 보이려 애쓰는 모습이라니……."

"무시당하는 것보다는 낫잖아. 게다가 그들도 나름 입장이 있는 거고."

위로차 꺼낸 말이었지만, 말하는 나조차도 빈말을 하는 기분이라 입맛이 썼다.

"이성적으로는 그런데 그래도 하루아침에 태도를 바꾼 이들이 반갑지만은 않아. 특히나 나에게 서로 잘 보이려 할 때는 꼴도 보기 싫어진다니까."

그렇다고 자기 맘대로 그들을 대할 수도 없는 입장이니 스트레스만 쌓일 수밖에.

'황자라고 다 좋은 건 아니라니까.'

몇 년 뒤에 황자로서 정식으로 사교계에 데뷔하면 지금보다 더 많은 사람을 상대하고 끌고 다니게 될 텐데 벌써부터 힘들어 보이니 조금 걱정이다.

"힘내라."

진심을 담아 어깨를 톡톡 두들기자 예쉬 녀석이 문득 날 돌아보며 씨익 웃었다.

"고맙다. 그리고 난 네가 옆에 있어서 정말 다행이라고 생각해. 네 덕분에 숨 좀 돌릴 수 있거든."

하기사 나와 수업을 같이 받을 때는 들러붙는 이들을 모두 떼어놓고 올 수 있었으니 예쉬의 숨통이 트일 만했다.

그래서 지금도 나와 수업받기 위해 온 거였는데, 내 몰골을 보더니 이번엔 예쉬가 혀를 끌끌 찼다.

"수업받을 수 있겠어? 가만히 있어도 아플 것 같은데?"

"당연히 아프지. 근데 수업 빼먹으면 엄마가 가만 안 둔다고 해서……."

"하아? 넌 도대체 무슨 교육을 받고 있는 거냐?"

"음… 조인족다워지는 교육이랄까?"

먼 곳을 바라보며 영혼 없는 목소리로 대꾸하자 예쉬가 고개를 설레설레 저었다.

"조인족의 길도 참 험난하구나. 부디 잘 살아남길 바란다. 나도 힘들다고 생각했지만, 널 보니 나는 별거 아닌 거 같아."

예쉬의 말에 나는 속으로 푸핫~ 웃음을 터뜨렸다.

'지금 누가 누굴 보고 하는 말이래? 뭐, 날 보면서 위로를 받는다니 다행이려나?'

내 속마음을 아는지 모르는지 예쉬 녀석이 슬그머니 내 어깨를 톡톡 두드렸다.

"힘내라."

꽉꽉 짜인 스케줄을 따라 바쁘게 지내다 보니 계절이 바뀌는 것도 모르고 있었다. 바보같이 계절이 바뀌면 그날이 가까워진다는 것도 모르고 그냥 '더워~ 너무 더워~!' 따위나 떠올리고 있었으니… 내 자신이 정말 한심스러웠다.

"왔니?"

"으헉!!"

전혀 대비를 하지 못하고 있던 난 응접실에 앉아 있는 엄마를 보자마자 헛바람을 토해냈다.

어쩐지 아까 마중 나왔던 유모가 무슨 말을 하려는 것 같더라니, 엄마가 왔다는 소식을 전해주려 했나 보다.

'아우~ 그냥 아까 유모 말을 먼저 들을걸. 그럼 최소한 마음의 준비라도 할 수 있었잖아?'

빵빵하게 냉방이 되는 마차 안에 있다가 내리자마자 날 덮치는 후끈한 공기가 싫어 유모가 채 입을 열기도 전에 쌩~ 하니 안으로 들어온 게 실수였다.

"뭐 하는 거냐?"

몇 달 만에 만난 딸내미가 엄마를 보자마자 이런 반응이니 황당할 만도 하겠지만, 환영을 받고 싶었으면 전에 돌아갈 때 협박을 하지 말았어야지.

'우째~! 나 아직 바람 다루는 거 잘 못하는데……'

나름 재능도 있는 것 같고, 훈련도 열심히 했지만 '엄마의 기준에 합격할 것인가' 라는 명제를 떠올리면 자신이 없었다.

왠지 엄마의 기준은 한없이 높은 데 있을 것만 같았기 때문이다. 그런 탓에 엄마를 보자마자 제일 먼저 드는 생각이 '나 지금 끌려가는 것인가?' 라는 거였으니, 비명이 나올 만도 했다.

"어이, 꼬마. 오랜만?"

한데 그때 정말 뜻밖의 목소리가 들려왔다.

"족장?"

엄마의 얼굴을 보고 놀라느라 미처 보지 못했는데, 응접실에는 다른 이들도 함께 앉아 있었다.

하늘도 무심하시지, 나를 향해 싱긋 웃어 보이는 그의 얼굴은 여전히 반짝반짝 빛이 나고 있었다. 이제는 흰머리도 생기고 얼굴에 팔자 주름 좀 생겨도 됐을 텐데 말이다.

'아니, 어째 피부는 더 반질반질해 보이잖아?'

별로 반갑지 않은 얼굴이었지만, 그 먼 곳에서 내 집까지 찾아온 손님이었기에 나는 순순히 인사를 하며 물었다.

"여기까지 어쩐 일이세요?"

"아아, 네 엄마가 부탁을 해서."

"엄마가요?"

뭐라고 했는데 이 족장 씨를 그 먼 곳에서 여기까지 행차를 하게 만든 건가 싶어 엄마를 바라봤지만, 그보다 족장 씨의 말이 빨랐다.

"그러고 보니 많이 컸네? 조금만 더 있으면 성년식을 치르겠는데? 그래, 넌 네 성년식을 어떻게 할 거지?"

"성년식이요?"

생각해 본 적도 없던 이야기가 튀어나오자 나는 얼떨떨하기만 했다. 그냥 나이를 먹으면 성년이 되는 거라고 생각해 성년식이라는 걸 특별하게 생각해 본 적도 없었다.

'어차피 성년이 된 기념으로 아빠가 내 생일 파티를 거하게 열어줄 테니 거기나 참석하게 되지 않을까?'

지금 당장 떠오르는 건 그 정도밖에 없어 막 그런 식의 이야기를 꺼내려 했는데, 그보다 먼저 족장이 제안했다.

"네가 원한다면 우리 마을에서 치르게 해주마."

"족장!!"

되게 선심 쓰는 듯한 그 말에 내가 미처 뭐라 대꾸하기도 전에 살짝 굳은 표정의 아빠가 끼어들었다.

'흐음?'

평소라면 내가 나타나면 '우리 따알~' 하면서 제일 먼저 달려왔을 아빠가 조용히 앉아 있으니 되게 이상했다.

하긴 지금 분위기가 잔뜩 가라앉아 있긴 했다.

'무슨 일이래?'

"그 이야기는 끝난 거 아닙니까?"

"그랬지. 난 그냥 꼬맹이의 의견이 궁금해서 물어본 거였어."

굳은 표정의 아빠와는 달리 족장 씨는 여전히 여유롭게 싱글싱글 웃고 있었다.

아빠도 저 족장 씨한테는 한 수 밀리는 걸까?

'아, 그러고 보니 둘이 옹서지간이었지?'

아무래도 사위가 장인을 이기기는 힘들겠지.

"그래서 꼬맹이 네 의견은?"

족장 씨의 시선이 다시 나에게로 돌아오자 이번 일은 망설임 없이 대답할 수 있었다. 조인족 마을에서 성년식이라니…….산속을 뒤져서 몬스터 한 마리 잡아 오는 일이 아니던가.

"그… 산속을 뒤져서 몬스터 한 마리 잡아 오는 걸 말씀하시는 거라면, 사양하고 싶습니다만? 아빠, 설마 나 저거 해야 하는 거야?"

설사 하고 싶었다고 해도 족장 씨가 선심 써줘야 하는 거라면 그냥 안 하고 말란다. 내 단호한 말에 엄마의 미간이 찌푸려졌고, 반대로 아빠의 표정은 풀어졌다.

"어리석은!"

"그렇지 우리 딸? 하고 싶지 않지? 그럼 안 해도 돼."

'뭐야, 지금 다들 내 성년식 때문에 모인 거였어? 그게 그렇게 중요한 일인감?'

별 관심 없이 살고 있던 나로선 어른들의 반응이 얼떨떨하기만 했다. 특히나 아빠의 반응이 신기했다.

평소 엄마의 말이라면 하늘의 별이라도 따다 줄 것처럼 굴던 아빠가 아니던가.

전에 엄마가 날 조인족 마을로 데려간다고 했을 때도 기꺼이—나에게 배신감을 안겨주기까지 하면서—허락했었고 말이다.

그런데 내 성년식에 대해서는 둘의 의견이 엇갈리고 있다니.

'조인족 성년식에 내가 모르는 다른 게 있는 건가?'

영문을 몰라 고개를 갸웃거리는 사이, 엄마의 말이 이어졌다.

"그런 한심한 상태로 성년이 되겠다는 거냐? 자고로 한 명의 조인족으로 태어났으면 당당히 전사 자리를 노려봐야지!"

'그런 거 안 되도 먹고사는 데 별 지장이 없는데…….'

이 말을 한 순간 나올 엄마의 반응이 쉽게 예상되었기에 차마 입 밖으로는 꺼내지 못하고 우물거리자 아빠가 구원투수로 나섰다.

"하레츠, 아사는 이 제국의 황녀이기도 해. 아사의 곁에는 저 아이를 위해서 목숨까지도 버릴 충성스러운 이들이 항상 존재하고 있어. 그러니 꼭 전사가 될 필요는……."

하지만 전사가 될 필요가 있느냐는 말은 다 나오지도 못하고 엄마의 반박에 잘렸다.

"말도 안 되는 소리! 조인족이 뭐가 부족하다고 옆에 누군가를 달고 다닌다는 거지?"

'옆에 보디가드 좀 달고 다닌다고 조인족이 인어가 되기라도 하남?'

하여간에 울 엄마의 조인족에 대한 자긍심은 알아줘야 한다.

"아이를 당당한 전사로 만들지 않을 거라면 왜 아이의 양육권을 원한 거야?"

"내 일생의 유일한 반려자가 내 곁에 머물러 주지 않으니, 내 하나밖에 없는 딸이라도 내 곁에 머물러 주길 바랐을 뿐이야. 난 내 딸이 무엇을 하든 상관없거든."

엄마는 여전히 말도 안 된다는 눈빛이었지만, 그 눈빛에 아빠는 씨익 웃어 보일 뿐이었다. 하지만 그 미소에서는 절대 물러서지 않겠다는 의지가 폴폴 풍기고 있었다.

공처가와 딸바보의 갈림길에서 딸바보 쪽을 선택하신 건가?

바로 그때, 한 발 뒤로 물러서서 지켜보고 있던 족장 씨가 둘 사이로 슬쩍 끼어들었다.

"넌 어때?"

한데 혼자 끼어들면 될 걸, 괜히 가만히 구경하고 있는 나까지 끌어들이는 것이었다.

"그렇게 병신인 채로 살고 싶어?"

"네에? 누가요? 저요?"

그러자 즉각 내 든든한 방패인 아빠가 나섰다.

"편파적인 생각입니다. 우리 아사는 어려도 당당한 조인족입니다."

"편파적? 우리 마을에서 따뜻한 온실 속에서 고이고이 자란 화초 따위를 당당한 조인족이라고 언급했다간 네놈은 살아남지 못했을 거다. 여기에 있는 이가 나와 하레츠뿐이라는 걸 감사해."

"온실 속 화초라니요! 제 딸은 제국의 황녀로 만인의 위에 우뚝 설 고귀한 존재입니다."

"우뚝 서 있다고 착각하게 되는 거겠지. 수컷 공작처럼 쓸데없이 반짝이는 것들이나 주렁주렁 달고 거짓 웃음을 흘려대면서… 고귀한 황녀? 웃기는 군. 그따위 것, 네가 없으면 먼지처럼 사라지는 명패가 아니던가.”

'헐~ 설마 조인족 마을에선 족장 자리를 말발로 따는 건 아니겠지?'

이런 걸 바로 청산유수 말발이라고 하는 걸 거다.

'혹시 엄마가 아빠한테 말발로 밀릴 것 같으니까 구원투수로 족장 씨와 함께 온 거 아냐?'

아빠가 족장 씨의 공격에 잠시 할 말을 찾지 못하고 멈칫하는 사이 엄마가 끼어들었다.

“필립, 난 우리 딸이 한 명의 당당한 조인족이 되길 바랄 뿐이야.”

“아사가 꼭 조인족 마을에 가서 몬스터 한 마리를 죽여야 할 필요는 없잖아? 어차피 그곳에서 살 것도 아니고…….”

“그건 모르는 일이지. 성년이 된 후 이 아이가 어디서 거할지는 이 아이 마음이니까. 조인족은 바람의 자식, 자유로운 존재, 누구도 자유로운 조인족을 잡아둘 수 없지.”

마치 노래하듯 흥얼거리는 족장 씨의 말에 아빠의 미간이 슬쩍 찌푸려졌다.

어째 슬슬 아빠가 밀리는 분위기가 되자 이번에는 내가 나섰다. 어차피 아까 족장 씨가 나를 끌어들였으니 어른들의 대화에 끼어들었다고 뭐라 할 사람은 없을 거다.

“저는 조인족으로 태어났다고 무조건 몬스터의 명줄을 따야한다고는 생각하지 않는걸요. 제 소망은 그냥 여기서 아빠랑 오순도순 평화롭게 사는 겁니다. 그 험한 산속에서 사는 건 제 취향이 아니라서요.”

그런데 내 말에 족장 씨가 가볍게 픽! 하고 비웃음을 날려주시는 거였다.

"평화롭게라? 그 산속만큼이나 험한 건 여기도 마찬가지 아니던가? 설마, 인간 세상의 황궁이란 곳이 유리온실 안처럼 사시사철 평생토록 안온하다고 생각하는 건 아니겠지?"

"윽. 아니, 뭐……."

그의 말을 부정할 수 없는 게 정말 안타까웠다.

물론, 나야 아빠의 튼튼한 보호 아래 평안하게 지내왔지만, 그렇다고 아무것도 모르는 건 아니었으니까.

'아니, 이분은 조인족 주제에 인간 세상일을 어떻게 이리 잘 알지?'

족장 씨는 할 말을 찾지 못하는 내 눈을 똑바로 바라보며 진지한 어조로 말을 이었다.

"그런 곳에서, 넌 평생 네 아버지가 칭칭 감아준 방패 뒤에 웅크린 채 숨어 있을 거냐, 아니면 험한 세상을 두려워하지 않고 스스로의 힘으로 우뚝 설 거냐?"

'허어, 이 아저씨 진짜 말발 세네…….'

이렇게 나오면 어떻게 '방패 뒤에 웅크린 채 있을 거다'라고 말할 수 있겠는가.

"스스로의 힘으로 우뚝 설 거면 손에 피 묻히는 걸 두려워하지는 말아야지. 안 그래, 미래의 조인족 전사?"

'내 저 아저씨 저렇게 나올 줄 알았어.'

아마, 다른 보통의 조인족 꼬맹이었다면 이쯤에서 K.O패 당했을 거다.

특히나 저 족장 씨에게서 흘러나온 '미래의 조인족 전사'라는 말에 무조건 '예스!!'라고 외쳤을 게 분명했다.

하나.

'안됐네요. 난 혈기만 앞선 어린애도, '전사'라는 말에 홀딱 빠져 있는 조인족도 아니라서요.'

이런 의미로 나는 씨익 웃으며 차분하게 입을 열었다.

"피 묻히는 게 두렵습니다. 그리고 앞으로도 계속 두려워할 거예요. 아빠가 무서워하고 두려워하라고 했거든요."

내 말에 이번에는 족장 씨가 이맛살을 찌푸렸다.

"그럼, 넌 결국 방패 뒤에 웅크린 채 숨어 살겠단 소리냐?"

"웅크린 채 숨어 있겠다는 게 아니에요. 단지, 별로 필요 없는 상황에는 나서지 않겠다는 거지요."

내 옆에 전문가들이 수두룩한데 왜 내가 쓸데없이 나선단 말인가. 비싼 월급 주면서 고용했는데 사용하지 않는다면 그것만큼 어리석은 일이 없을 거다.

이래 봬도 난 황녀가 아닌가?

옆에 붙어 있는 그 많은 사람의 일을 빼앗으면 안 되지.

그럼에도 내가 엄마가 시키는 대로 열심히 훈련하는 건, 만에 하나를 대비하기 위해서였다.

여차하는 순간에 몸을 뺄 수 있는 능력은 있어야지, 정말 아무것도 못해서 마지막의 마지막까지 짐이 되는 건 내가 싫었던 것이다.

그런데 그 정도라면 조인족 마을까지 갈 필요 없이 여기서 하는 것만으로도 충분하다 생각했다.

이런 내 심정을 이야기했더니 족장 씨가 곧 피식~ 하고 웃으며 아빠를 바라봤다.

"황녀라… 참 내, 왜 애를 성년도 안 되어서 황녀로 발표하나 했더니만, 애를 앞으로도 계속 여기에 묶어둘 생각이었던 거군? 하긴, 네놈은 보기와는 달리 제법 음흉한 놈이었지."

"칭찬으로 듣겠습니다."

내가 응접실에 들어온 이후 처음으로 아빠가 의기양양한 표정으로 족장 씨를 바라봤다.

'그랬던 거였어?'

전에 내 6세 생일 파티를 준비하며 왜 벌써 나를 공식적인 자리에 세우는 건지 의아하게 생각한 적이 있었다.

어차피 2년 후에는 내 몸은 아예 사교계 데뷔를 할 정도로 성장할 터, 그때 내 소개 겸 사교계 데뷔를 같이하는 게 훨씬 간편해 보였으니 말이다.

일찍 발표를 해봤자 그냥 서류상 황녀가 하나 더 생기는 것일 뿐, 황족으로서 뭔가 활동을 하거나 도움이 되는 것도 없었다.

그런데 그게 내가 계속 아빠 옆에 있길 원해서 그런 거였다니.

'황녀'라고 공식적으로 발표해 버린 이상 이 황실과의 관계는 끊으려야 끊을 수가 없을 테니 말이다.

'에구, 아부지~ 그렇게 안 하셨어도 저는 여기에 끈질기게 붙어 있을 건데……'

나는 속물적인 인간이라 아빠 딸로 태어나서 사랑을 듬뿍 받고 있다는 것 다음으로, 우리 집이 부자라는 게 제일 좋았다.

'카페의 커피는 언감생심 꿈도 못 꾸고, 떡볶이와 순대를 사

먹을 때도 한 달 생활비를 따져보는 일상을 지내봤어 봐.'

전생에서는 그닥 넉넉지 않은 집안에서 태어난 데다, 그 와 중 대부분의 지원은 남동생에게 쏠렸기에 나는 더더욱 쪼들린 생활을 해야 했다.

한데 여기서는 고급 파이와 부드러운 육질의 스테이크를 먹 는데 한 달 생활비를 따져볼 필요가 없었고, 엄청 비싸 보이는 드레스를 고르는데 거기에 붙은 금액의 동그라미를 셀 필요가 없었다. 이 얼마나 큰 호사인지.

난 좀 더 커서 황궁 밖으로 외출할 수 있게 된다면 고급 상 점에 들어가서 '이거, 이거, 이거 빼고 여기부터 저기까지 다 줘요!'를 꼭 한번 해볼 생각이다.

그런 곳을 왜 벗어나겠는가?

난 얼른 아빠한테 달려가 그 팔에 매달리며 말했다.

"아빠, 난 안 가. 난 아빠가 가라고 해도 여기 눌러살 거야."

아부가 살짝 섞인 내 진심에 아빠의 표정이 흐물흐물해졌지 만, 다른 사람은 아니었다.

"정말 어리석구나!"

엄마는 답답하다는 표정으로 한숨을 포옥~ 내쉬기까지 했다.

"넌 네 스스로가 아직도 약하다는 걸 알면서도 그냥 그대로 살겠다는 소리냐? 강해지려고 노력하지도 않고?"

"옴마마? 그게 무슨 소리십니까? 제가 요즘 얼마나 열심히 훈련하고 있는데요."

엄마의 협박 때문에 내가 얼마나 힘든 훈련 스케줄을 소화 하고 있는데 저런 소리를 듣다니, 내 입장에서는 참 억울했다.

그래서 곧바로 반박을 했지만 돌아오는 건 엄마의 한심하다는 시선이었다.

"혹시, 내가 저번에 널 데리고 했던 연습 말하는 거니? 그 정도를 훈련이라 생각한다면, 역시 너에게는 제대로 된 훈련이 필요하다는 소리다."

'아니, 그것도 엄청 빡세거든요? 사람을 얼마나 굴려대야 만족하실 건데요?'

그러나 어차피 내 말은 먹히지 않을 터라 억울한 심정으로 입을 다물고 있자 이번에도 아빠가 나서줬다.

"하레츠, 당신 눈으로 보기에 부족해 보일지 몰라도 아사는 정말 열심히 하고 있어. 실력도 많이 좋아지고 있는걸."

아빠의 말에 엄마는 길게 한숨을 내쉬었다.

"전에도 여러 번 말했지만, 그대는 아이를 너무 곱게 다루고 있어. 조인족 아이는 그렇게 약하지 않거늘……."

게다가 그 말에 족장 씨까지 고개를 끄덕이는 것이었다.

"그렇지. 조인족 꼬맹이들은 역시 화끈하게 굴려줘야 제대로 자라는 법인데."

'이 인간… 아니, 이 조인족들이 진짜…….'

한데 그때 족장 씨가 마침 좋은 생각이 났다는 듯 입을 열었다.

"그럼, 이렇게 하는 건 어때?"

의아한 시선으로 자신을 바라보는 엄마와 나에게 한번 씨익 의미심장한 미소를 보인 족장 씨는 아빠를 향해 말을 이었다.

"필립, 그대는 아사가 자네와 떨어지는 게 싫은 것뿐이지? 그냥 이곳, 자네의 시선이 닿는 곳에 쭈욱~ 머물러 있으면 상관없는 거고?"

아빠가 고개를 끄덕이자 이번엔 족장 씨가 엄마를 바라봤다.

"하레츠, 넌 이 아이가 전사급의 실력이 되길 원하는 거고."

"그러면 더할 나위 없겠습니다만, 최소한 성년식을 무난하게 치를 정도는 되었으면 좋겠습니다."

사족이 붙긴 했지만 긍정하는 엄마의 말에 족장이 가볍게 어깨를 으쓱여 보였다.

"그럼 이곳에서 하레츠가 원하는 수준으로 얘 실력을 끌어올리면 다 해결되는 거 아냐?"

족장의 간단한 결론에 엄마가 즉시 반박했다.

"전에도 말씀드렸다시피 필립은 아이의 실력을 그렇게까지 키워주지 못할 겁니다."

"그렇지. 그러니까 네가 나한테까지 부탁한 거 아니겠니? 그래서 내가 네 부탁을 들어주도록 하겠다."

"예? 어떻게요?"

엄마의 의아함이 담긴 반문에 족장은 부드럽게 웃으며 말을 이었다.

"아이의 실력을 끌어올려 줄 이를 여기에 데리고 와주지. 그 녀석이라면 확실하게 실력을 끌어올려 줄 거야."

'엥? 아니, 이야기가 왜 그렇게 되는 건데? 내 의견은??'

"네가 그 꼬맹이란 말이지? 들은 대로 허약해 보이는군."

별로 내키지 않은 기색으로 날 내려다보는 그를 마주 올려보며 나는 속으로 투덜거렸다.

'그래애~ 내가 족장이 그리 웃으며 자신할 때부터 불안하긴 했어. 별로 내키지 않으면 뭐하러 온 거야?'

애초에 족장 씨 아들이라는 것부터 마음에 안 들었는데, 족장 씨를 빼닮은 저 얼굴 탓에 별로 없던 호감도는 아예 마이너스 곡선을 그리기 시작했다.

'성격이 그지 같은 것도 어쩜 저리 똑같을까.'

족장 씨의 유들유들함이 없을 뿐, 짝다리를 짚고 팔짱까지 척 하니 낀 폼은 건들건들 그 자체였다.

이런 사람이라도 일단 날 가르치러 왔으니 예의를 지켜야 하나 고민하는데 그가 먼저 입을 열었다.

"앞으로 잘 지내보자는 말 따위는 않겠다. 나도 딱히 친해지고 싶은 마음은 없으니까."

'헐?'

손을 휘휘 내저어 보이는 저 태도라니, 역시 족장 씨의 아들이었다.

'그나마 친해지고 싶은 마음이 없다니 다행이네. 나도 동감이니 괜히 애쓸 필요 없겠지?'

그렇게 단순했던 내 감정은 다음 날이 되자마자 몇 단계로 업그레이드되었다.

'이 시키~ 언젠가는 꼬옥 쌍코피를 터뜨려 주고 말겠어!!'

이 인간, 아니, 이 조인족이 나와 친해지고 싶은 마음이 없다고 말한 건 분명 날 마음 편하게 두들겨 패기 위해서였을 거다.

"으악!!"

"흥, 정말 형편없군. 어이, 너. 진짜 하레츠의 친딸 맞는 거냐?"

아무리 족장의 아들이고 엄마보다 나이가 두 배는 많다고 하지만, 이 조인족은 정말 강했다.

날개를 집어넣고, 두 손조차 바지 주머니에 넣고 있는 상태였는데도 난 그의 옷깃조차 스치질 못했다.

게다가 얼마나 무자비한지, 방금 그의 돌려차기를 막았을 때 두 팔에서 우득! 하는 소리가 들려왔다.

그대로 뒤로 날려가 나무 기둥에 부딪힌 뒤 땅바닥으로 나동그라지는 내 모습에 주변 사람들이 발을 동동 굴렀지만 울 엄마의 눈초리에 누구 하나 다가오질 못했다.

'냉정한 엄마 같으니라고······.'

"겨우 한 방에 끝장난 거냐?"

바닥에 쓰러진 채 일어나지 못하는 나를 향해 저 조인족, 그러니까··· 란데라는 조인족이 이죽거렸다. 그 말에 괜한 오기가 생겨 벌떡 몸을 일으키려고 했지만 몸이 말을 안 들었다.

겨우겨우 팔을 움직여 상체를 지탱하려는 순간, 강한 통증에 절로 비명이 터져 나왔다.

"아윽······."

"뭐냐, 겨우 그 한 방에 뼈가 부러진 거야?"

어느새 다가왔는지 란데가 내 옆에 쭈그리고 앉아 팔뚝을 살피며 혀를 끌끌 차고 있었다.

뼈가 부러졌다면서 놀라기는커녕 한심하다는 얼굴로 날 내려다보는 저 반들반들한 면상을 보자니 살심이 절로 치솟는다.

"오늘은 더 이상 훈련을 할 수 없으니 이걸로 끝이다. 내일은 좀 더 분발해 보도록."

특히나 내가 일어나지 못하고 있는데도 부축해서 일으켜 주기는커녕 그냥 내버려 둔 채 저 혼자 일어나 휙~ 가버리는 태도라니, 내 몬스터 명줄은 못 따도 저 조인족 명줄은 딸 수 있을 것 같다.

"조인족은 날개를 집어넣으면 힘이 절반 가까이 줄어들어. 그 상태로 손도 사용하지 않았건만, 이렇게 한 방에 쓰러지다니… 내가 다 창피하구나."

그 후, 내 양팔을 반 깁스로 고정해 주며 엄마가 하는 말에 나는 허탈해졌다.

"아니, 딸내미 뼈가 부러졌는데 안타까워하지는 못할망정 타박을 하다니 너무한 거 아냐?"

"안타까워? 뭐가?"

정말 의아하다는 듯 되묻는 엄마의 표정을 보자니 나는 순간적으로 할 말을 잃을 지경이었다.

"아니… 엄마가… 원래 엄마는 자식들이 조금만 긁혀도 자신이 칼로 찔린 거 같은 아픔을 느끼고, 뭐 그런 거 아니야?"

"무슨 헛소리냐. 네가 다쳤는데 왜 내가 아파? 게다가 긁힌 거 가지고 칼로 찔리는 아픔을 느끼다니… 아빠가 너무 오냐오냐해 줬더니 엄살만 는 거냐?"

어이없어하는 기색에 외려 내가 당혹스러워졌다.

'그럼 그동안 내가 다칠 때마다 발을 동동 굴렀던 유모들은 뭔데?'

"내일이면 충분히 움직일 수 있을 거다. 그러니 엄살 피우지 말고 내일은 좀 더 진지하게 훈련을 하도록 해."

"네이, 네이……."

엄마의 냉정한 말에도 이제는 그러려니 하는 심정으로 성의 없이 대답하던 난 문득 떠오르는 게 있었다.

"근데 엄마, 조인족은 날개를 마음대로 집어넣을 수 있는 거였어? 그럼 나중에 나도 날개를 집어넣을 수 있나?"

아까 날 상대하던 란데를 보고 무척 놀랐었다.

조인족의 날개는 보통 키의 3/4 정도 크기를 가지고 있었기에 몸속으로 집어넣을 수 있을 거라고는 생각지 못했던 것이다.

'그게 가능하면 나중에 신분을 감추고 놀러 다니기 딱 좋잖아.'

왠지 좋은 아이템을 얻게 되는 거 같아 희희낙락하고 있는데, 그런 날 물끄러미 바라보던 엄마가 픽~ 하고 웃었다.

"뭐어, 꿈은 크게 꾸는 게 좋으니까. 능력껏 바람의 사랑을 받아봐라."

이건 또 무슨 외국 말인가 싶어 황당했지만, 나중에 아빠한테 물어보니 쉽게 말해 조인족의 소드 마스터를 말하는 거라고 했다.

깨달음을 얻어 신체적으로나 정신적으로 한 단계 업그레이드된 조인족이라고나 할까?

아빠의 설명에 그제야 '아하~' 하고 고개를 끄덕이며 얌전히 바람의 사랑에 대한 기대를 접는데, 엄마가 한숨을 내쉬었다.

"넌 조인족이면서 어떻게 내 설명보다 아빠 설명을 더 쉽게 알아듣니? 역시 내가 좀 더 오래 데리고 있어야 했나?"

'글쎄? 만약 그랬다면 난 왕따 조인족이 되었을지도 몰라.'

그리 생각하니 내 양육권을 지킨 아빠가 그렇게 고마울 수가 없었다.

퍼억~!

쿠당탕~

란데의 발차기를 겨우 빗겨 흘리는 데 성공은 했지만, 그의 힘이 너무 강력했던지라 뒤로 나가떨어지는 것까지 막지는 못했다.

하지만 충격을 많이 흘려낸 덕에 난 재빨리 낙법으로 뒤로 굴러 몸을 일으키며 후속타를 대비할 수 있었다.

물론, 나를 향해 란데는 픽~ 하고 비웃음을 날렸지만 말이다.

"끝이다."

픽!

"꽤엑~!!"

정말 자존심 상하는 일이었지만 보름이 지났어도 란데와의 훈련은 채 10분도 채우질 못했다.

내가 공격을 하거나 막는 건 언감생심이었고 겨우 한 번 피할까 말까 하는 게 고작이었다. 그러고 나면 그다음 공격에 그냥 뻗어버리는데 뭘 10분씩이나 걸리겠는가.

란데는 내가 너무 허약해서 그나마 살살 때리는 거라고 하는데, 난 온 힘을 다해 날리는 펀치를 맞는 기분이었다.

이렇게 해서 무슨 훈련이 되겠나 싶어―맷집은 확실히 좋아지겠지만―항의를 해본 적이 있었는데, 그 즉시 '그럼 지구전 훈련으로 갈까?' 라고 란데가 묻기에 나는 황급히 고개를 내저었다.

그 말을 듣자마자 뒷골이 서늘해졌던 것이다.

본능이 '고개를 끄덕이면 넌 지옥에 빠지는 거야아~' 라고 강력하게 경고를 하는데 고개를 끄덕일 리가 없었다.

덕분에 아직도 매일 두 방, 운이 좋으면 세 방에 그냥 뻗고 있었다. 이대로라면 내가 8살 생일을 맞기 전까지 란데의 쌍코피를 터뜨리기는커녕, 그가 손을 사용하게 만들 수나 있을는지도 모르겠다.

'아따~ 멋들어지게 물들었네. 수인화 상태로 있었는데도 어떻게 이렇게 만들 수 있지? 그것도 정통으로 맞은 것도 아닌데…….'

1황비 궁으로 가기 전 깨끗하게 씻고 거울을 봤더니 왼쪽 눈 주변이 퉁퉁 부은 채 시커멓게 변하고 있었다. 연고를 바를까 날계란을 챙길까 고민하는데, 내 뒤로 엄마가 다가오는 게 보였다.

"엄마, 생각해 봤는데……."

"뭘?"

"조인족의 회복 능력이 빠른 건, 어렸을 때 너무 얻어맞고 자라서 그런 게 아닐까? 맞아서 다치고 회복하고, 부러지고 회복하고를 반복하다 보니 회복 능력이 강해진 거지."

"네 말대로라면 네 회복 능력도 얼마 안 있으면 강해지겠구나."

엄마의 말에 암담한 내 미래가 어째 눈앞에 보이는 것만 같아 한숨이 절로 새어 나왔다.

"원래 조인족 애들은 다 이런 훈련을 해? 맨날 몬스터들만 상대하는 줄 알았는데……."

"몬스터들 앞에 던져놓지 않으면 전사들이 귀찮아지니까. 틈만 나면 덤벼드는 애송이들을 어떻게 다 일일이 상대하겠니?"

"응?"

난 지금 내가 뭔 소리를 들었나 싶었다.

"…애들이 전사들한테 덤빈다고? 아니, 왜?"

"왜라니? 당연한 거 아니야?"

벙~ 쪄서 자신을 바라보는 날 마주 보던 엄마가 문득 한숨을 쉬며 시선을 돌렸다.

"그래, 뭐… 너 같은 별종도 있긴 하지만, 보통은 전사들에게 덤벼들지 못해 안달하거든?"

"하아?"

'무슨 그런 쓸데없는 짓을… 할 일이 그렇게도 없나?'

전혀 이해 못 하겠다는 표정을 너무 노골적으로 드러냈나 보다.

"가끔 생각하는 건데, 넌 아무래도 조인족의 탈을 쓴 인간 같아."

엄마가 내게 툭 던진 말에 나는 속으로 엄지손가락을 치켜들었다.

'정답입니다!'

린데가 오기 전에는 내 몸에서 자잘한 상처가 가실 날이 없었다면, 린데가 오고 난 후부터는 부목 없이 지낸 날이 손으로 꼽을 수 있을 정도였다.

엄마 말대로 그 전까지 내가 받았던 훈련은 말 그대로 '가벼운' 훈련이었던 것이다. 그날도 거의 탈골될 뻔했던 왼쪽 어깨를 고정시킨 채 1황비 궁으로 향했더니, 사람들이 '또냐?' 라는 표정으로 나를 맞이했다.

"세상에~ 여전히 굉장한 모습이구나. 아프지는 않고?"

간만에 얼굴을 보인 마리엔 황녀가 고개를 설레설레 저으며 묻는 말에 나는 그저 웃어 보였다.

"당연히 아프지요. 그나저나 오랜만이에요. 오늘은 바쁜 일이 없나 봐요?"

"아아… 최근 자주 못 봤지? 호호~ 그럴 일이 좀 있거든. 나중에 아사한테……."

살짝 발그레해진 얼굴로 배시시 웃으며 대답하던 마리엔이 문득 안타깝다는 표정으로 한숨을 내쉬었다.

"으음… 아사한테 소개해 주고 싶은 사람이 있는데, 아사 상황이 안 좋으니… 아사는 언제까지 그 훈련을 받아야 해?"

"8살 생일이 될 때까지요."

본래 훈련 기한은 '린데가 인정할 정도의 실력'이 될 때까지였지만 그러려면 한 100년은 걸릴 것 같으니 대신 내가 성년이 될 때를 기다리고 있는 중이다. 조인족은 성년이 되기만 하면 '자기의 일은 알아서'라는 모토가 있기 때문에, 성년식에 참여하는 날을 기점으로 모든 도움의 손길이 사라지게 된다.

그 성년식을 보통 8살이 되는 해에 참여한다니까 나도 그때면 이 상황이 끝날 거라고 예상하고 있던 차였다.

"8살? 세상에, 그럼 아직 일 년이나 넘게 남았잖아? 으음… 그럼 그냥 소개해야 하나?"

마리엔의 영문 모를 고민에 뭔 소리냐고 물으려는데, 옆에서 조용히 차를 마시던 예쉬가 끼어들었다.

"아사 넌 성년이 되고 나서 뭔가 할 계획이라도 있는 거야?"

"응?"

애도 웬 뜬금없는 질문인가 싶어 돌아봤더니 예쉬가 어깨를 으쓱해 보였다.

"네가 조인족이라 인간과 같지는 않겠지만 그걸 감안한다 해도 지금 받는 훈련이 어마어마해 보여서."

그건 전적으로 동의한다.

'하지만, 내가 좋아서 받는 게 아니거든……'

내가 속으로 투덜대는 사이 예쉬의 말이 이어졌다.

"뭔가 하고 싶은 게 있으니 그렇게 힘든 훈련까지 받고 있는 거겠지. 하긴, 아사 네가 성인이 된 후에 황궁에서 조용히 지내는 건 상상이 안 돼."

그 말에 나는 머쓱한 웃음을 흘렸다.

솔직히 미래에 대한 진지한 계획 따윈 없었기 때문이었다.

그나마 공들여 세운 계획이라면 럭셔리하게 놀러 다닐 생각?

전생에서 대학 다닐 때 나는 졸업하기 전 최대한 빨리 괜찮은 자리에 취직해서 안정을 찾아야 한다는 생각밖에 없었다.

틈만 나면 스펙을 쌓고 학점을 관리하느라 바빴고, 3학년이 되어서부터는 정년을 보장해 주면서도 월급도 괜찮게 주는 자리를 찾느라 바빴다.

천만다행이도 튼튼한 중소기업에 취직할 수 있었지만, 이후에는 괜찮은 전셋집을 얻기 위해 돈을 모으는 게 목표였고, 그이후에는 결혼을 대비하여 넉넉한 여유 자금을……

하여간, 일찍부터 미래에 대한 목표는 가지고 있었지만, 슬프게도 기쁨과 낭만이 가득한 장밋빛 목표는 아니었다.

그랬기에, 지금은 벌써부터 미래에 대한 계획을 세우고 그에 대한 준비를 해나가고 싶지 않았다.

어차피 앞길이 구만리 같았고, 생활에는 여유가 흘러넘쳤으니 가능한 한 오래도록 느긋함을 만끽하며 게으름을 부려볼 생각이었다.

그러나 이런 생각을 차마 예쉬에게 말할 수가 없었다. 잘못된 생각은 아니었지만, 그렇다고 자랑스러운 생각도 아니었으니까.

특히나, 나와는 달리 이제까지 험난했고 앞으로도 험난할 길을 갈 예쉬라 더욱더 말하기 어려웠다.

'으음…….'

북궁으로 돌아온 나는 내 전용 쿠션을 끌어안은 채 오랜만에 진지하게 생각에 잠겼다.

그동안 주위 사람들에게 황녀의 의무에는 성심껏 임하겠다고 말해왔지만, 이건 그냥 놀고먹겠다는 소리였다.

참 다행스럽게도 난 조인족인 덕에 황위 다툼이나 정략결혼 같은 '인간'인 황녀가 휘말릴 수 있는 일에서 빗겨나 있었다.

황녀는 황자에 비해 계승권에서 훨씬 뒤처져 있긴 하지만, 설사 내가 황위 계승권이 제일 높다 해도 '인간 나라'의 황좌에 누가 이종족을 앉히겠는가.

정략결혼도 마찬가지였다.

조인족인 나를 정략결혼의 대상으로 생각하기는 힘들었다.

가문의 안주인 자리에 앉히는 것도 그렇지만, 후계를 생각해서도—이종족을 낮춰 보는 편견이 완전히 사라지지 않은 상황이니—더욱더 난감한 존재일 터.

뭐, 그런 걸 다 떠나서도 울 아빠의 태도로 보아 정략결혼은 커녕, 나중에 내가 정말 좋아하는 사람이 생겼을 때 방해나 안 하면 다행일 것 같다.

그러니 나에게 '황녀'는 일종의 '명예직'과 비슷했다.

'평생 놀고먹어도 된다는 이야기지. 평생……'

본디 이게 좋은 건 아니었다. 나야 전생의 기억을 가지고 태어난 덕에 현재 상황에 잘 적응하며 즐겁게 지내는 거지, 아무것도 모르는 아이였다면 허울뿐인 황녀라는 이름을 가진 아웃사이더 존재로 외롭고 힘든 황궁 생활을 보냈을지도 모른다.

'그렇다고 내가 조인족 마을로 돌아가려고 하면 아빠는 어떻게 해서든 날 잡아두려고 할걸? 내가 여기서 잘 적응하고 잘 사니까 아빠가 딸바보가 된 거지, 여길 벗어나려 했다면…… 음, 뭐… 그렇다는 거지.'

왠지 오싹한 곳까지 상상하게 될 거 같아 나는 거기서 생각을 그만뒀다.

내 앞에선 항상 흐물흐물한 표정으로 '오냐오냐~' 태세를 취하고 있지만, 아빠는 절대 그렇게 말랑말랑하고 만만한 사람이 아니었다.

아빠랑 같이 산 세월이 얼마인데, 아직까지 눈치 못 챘을까.

단지 나한테는 마냥 좋은 아빠니 그냥 모르는 척하고 있을 뿐이지.

다시 한 번 생각하는 거지만, 내가 아빠 딸로 태어난 게 나한테나 아빠한테나 정말 다행스러운 일이었다.

처음에 이 세상에서 환생했을 때 내 존재의 의의에 대해 고민했던 게 무색하리만치, 요즘은 '신께서 울 아빠를 엄청 사랑해서 날 딸로 태어나게 해준 게 아닐까?' 라고 생각할 정도였다.

'엄마는… 내가 성년이 되면 상관 안 한다고 하고, 앞으로도 여기는 계속 올 거 같으니 서운해하지는 않겠지?

어차피 난 평생 여기서 살 생각이었으니 엄마도 가끔 보고 나쁠 건 없을 것 같다.

'평생 여기서 살 거면 역시 뭔가 할 일이 있는 게 좋겠지. 기껏 공부한 게 아깝기도 하고 나도 평생 놀 생각은 없으니까.'

직장 생활은 결코 쉽지 않았지만, 그래도 월급 들어오는 날만은 참 보람이 있었다.

특히나 보너스까지 얹어져 껑충 뛰어올라 간 잔고를 확인하면 이 맛에 직장을 다니는 거라고 생각했으니까.

내 능력으로 이만큼 벌었다는 뿌듯함은 덤이었고.

뭐, 다음 날이면 사방에서 이체해 가서 텅 비게 되었지만, 매달 돌아오는 그날에 맛봤던 즐거움을 떠올리면 여기서도 적당한 일을 구해야겠다는 생각이 들긴 했다.

다행히 여기 아카제브 제국은 여성의 권위가 대체로 존중받는 편이라 능력만 있다면 일을 구하는 게 크게 어렵지 않았다.

'하지만 일단은 놀 수 있는 데까지는 놀래.'

한데, 그렇게 마음먹은 지 얼마 되지도 않아 예기치 않게 나는 해보고 싶은 일을 찾게 되었다.

점점 가을이 깊어가 아침저녁으로 제법 쌀쌀해진 어느 날이었다. 오후까지 이어진 수업을 끝내고 잠시 숨을 돌리고 있자니 오랜만에 1황비가 자신의 티타임에 초대했다.

"어서 와요. 방해한 건 아니지요? 오늘 아주 귀한 차가 들어왔는데, 그걸 보니 두 사람이 생각나지 뭐예요."

그렇게 반겨준 1황비가 직접 우리에게 차를 따라주자 차향이 화악~ 풍겨왔다.

어딘가 재스민 향 비슷하면서도 다른, 살짝 달달한 느낌도 나는 것이…….

그러면서도 상쾌한 느낌이 자연스럽게 잘 어우러져 있었다.

"꽃향기?"

어디서도 맡아보기 힘든 향기에 저도 모르게 코를 킁킁거리며 중얼거리자 3황비가 호호~ 웃었다.

"향이 참 좋지요? 저도 이 향을 맡고 난 뒤엔 다른 향은 거들떠도 안 보게 되더군요. 역시 아무리 인간들이 애를 써도 식물에 관련된 일은 엘프를 따라갈 수가 없나 봐요."

"엘프요?"

"네. 이 차의 정식 명칭은 따로 있지만, 다들 '엘프의 차'라고 부른답니다. 엘프들이 직접 꽃을 따서 손질해 만든 차거든요."

3황비가 친절하게 설명해 주며 향을 음미하더니 감탄사를 흘렸다.

"역시… 언제 맡아도 항상 감탄이 나오게 하네요."

하지만 나는 그 좋은 향보다는 다른 이야기에 정신이 팔렸다.

"엘프의 차라니, 진짜 엘프들이 만든 차란 말이에요?"

신기한 마음에 예쁜 레몬빛으로 물든 차를 내려다보며 확인차 다시 묻자 두 황비는 물론, 마리엔과 예쉬까지 실소를 흘리는 것이었다.

"이런, 이런. 난 오히려 아사가 그렇게 말하는 게 신기하네요. 아사가 엘프를 신기해하다니요."

"그러게요. 둘 다 유사 인종이잖아요?"

"엄연히 조인족과 엘프는 다른걸요. 게다가 전 엘프를 한 번도 본 적이 없으니까요. 정말 한번 보고 싶어요."

'가보고 싶은 여행지' 목록에 '엘프 마을'을 기록해 넣으며 중얼거리던 나는 문득 떠오르는 생각이 있어서 예쉬를 돌아봤다.

"그러고 보니 크레스포 백작가의 상단이 엘프랑 거래를 한다고 하지 않았어? 혹시 이 차도?"

"호호호, 맞아요. 크레스포 백작께서 특별히 가져다주신 차랍니다. 예쉬 황자 덕에 우리가 호강을 하고 있지요."

1황비의 감사에 예쉬가 겸양의 말을 하는 걸 흘려들으며 나는 속으로 무릎을 쳤다.

'그래, 이거야!'

"나 성년이 되면 하고 싶은 일이 생겼어!"

쇠뿔도 단김에 빼랬다고, 나는 온 식구가 저녁 식사를 함께하기 위해 모이자마자 입을 열었다.

놀지 못하는 건 아쉽지만, 이런 일은 딱 떠올랐을 때 진행해야지 나중으로 미뤄두면 잊어버리거나 흐지부지될 확률이 높기에 그냥 눈 딱 감고 시도해 보기로 했다.

한데, 기껏 내가 큰맘먹고 나섰건만 이상하게도 내 설명을 들은 엄마나 아빠, 그리고 나이젤 아저씨의 반응은 이상하게도 싸~ 했다.

"혹시 조인족 마을에서 살고 싶은 거니?"

"마을로 올 거였으면 그냥 그렇다고 말하지 그래? 그런 이상한 핑계 댈 것 없이."

"하. 하. 하……."

아빠는 '설마……' 하는 표정으로 바라봤고 엄마는 혀를 끌끌 찼으며, 오랜만에 저녁 식사에 함께 자리한 나이젤 아저씨는 난감한 표정으로 웃음만 흘렸다.

애초부터 나에게 무관심한 란데는 식사만 계속했고.

'뭐, 뭐지? 내가 그렇게 이상한 말을 한 거야?'

아무리 생각해도 내 말에 이상한 점은 찾을 수가 없었는데 말이다.

"조인족과 무역을 해보고 싶다는 게 그렇게 이상한 거야? 왜에? 크레스포 백작가 상회에서는 엘프, 드워프와 이미 무역을 하고 있다며? 수인족과는 아직 접촉 중이라고 해서 조인족은 내가 한번 시도해 볼 생각인데. 다른 수인족은 몰라도 조인족은 내가 해볼 만하지 않아?"

게다가 딴 데도 아니고 엄마네 마을을 첫 대상으로 할 예정이니, 비록 정이 안 가긴 하지만 아예 낯선 곳을 뚫는 것보다는 수월할 듯했다.

"으음, 으음… 그게 말이지……."

내 말에 나이젤 아저씨가 난감한 표정으로 뭐라 입을 열려고 했지만, 엄마가 가로막았다.

"해보고 싶다면 네가 알아서 해라. 단 실패하든 성공하든 결과 또한 네가 감당하도록. 안 된다고 나나 필립한테 매달려 해결해 달라고 하는 일은 없어야 한다는 걸 명심해."

엄마의 말에 나는 피식 웃어버렸다.

'이분들이 날 뭘로 보고……'

"당연하지."

엄마의 허락에 아빠도 그제야 얼굴을 풀고 가볍게 웃으며 허락했다.

"뭐, 실패해도 상관없어. 그런 경험을 한번 해보는 것도 나쁘지 않겠지. 그래, 해보고 싶으면 해보렴. 원하는 건 아빠가 다 들어주마."

"필립! 그대가 나서서 해주는 건 안 좋아."

"하하하, 그냥 뒤에서 지원을 해준다는 거지."

그렇게 선선히 하라고 허락해 주는 건 고마운데, 어째 다들 내가 실패할 거라고 확신하는 분위기라 속으로 좀 꺼림해하는 그때, 혼자만 식사에 열중하고 있던 란데가 처음으로 날 힐끔 보더니 들으라는 듯 중얼거렸다.

"이상한 생각할 시간에 실력이나 좀 키우는 게 더 나을 텐데."

'내, 내가 그렇게 이상한 생각을 한 건가?'

제32화

두둥~!

시간은 정말 쏜살같이 흘러갔다.

하루하루 지낼 때는 몰랐는데, 어느새 계절이 차례차례 바뀌어 정신을 차리고 보니 하늘에서 함박눈이 내리고 있었다.

'엥? 언제 겨울이?'라고 생각하기 무섭게 새해가 성큼 다가오자 나는 더더욱 바빠졌다.

이유인즉슨, 새해 첫 황성 파티에서 내가 정식으로 사교계 데뷔를 하기 때문이었다.

거울 앞에는 싱그러운 이팔청춘의 소녀가 서서 자신의 모습을 들여다보고 있었다.

양쪽으로 땋아서 틀어 올린, 푸른빛이 도는 검은 머리와 은보라빛 눈동자는 새하얀 드레스 덕에 한층 더 돋보이고 있었다.

"어쩜~ 너무너무 예쁘다~!"

내심 동감이라 생각하며 뒤를 돌아봤더니, 거기에는 우아한 파스텔 톤의 주황색 드레스를 차려입은 마리엔 황녀가 서 있었다.

"마리엔도 오늘따라 아름다운데요? 오늘 뭔 일 있으신가?"

"오호호~ 티 나?"

발그레하게 상기된 얼굴로 눈을 반짝반짝 빛내고 있는데 모를 수가 없었다.

"뭐예요?"

"으음~ 나중에 알려줄래. 아사가 깜짝 놀라는 표정도 보고 싶고. 후훗~"

'거참, 애인이라도 생겼남?'

너무 좋아하는 마리엔 황녀의 표정에 그런 생각이 절로 떠올랐다.

이번에도 1황비가 도와준다고 나섰기에 나는 내 생일 파티 때처럼 아침 일찍부터 1황비 궁으로 와서 준비를 시작했다.

그리고 마지막으로 거울 앞에서 차림새를 점검하고 있던 차에 마리엔 황녀도 준비를 끝내고 다가온 것이었다.

"처음 만났을 때의 그 꼬마 숙녀님이 순식간에 자라 이렇게 어엿한 레이디가 되어 있으니, 신기할 정도야. 아사, 그 드레스 정말 잘 어울린다."

사교계에 데뷔하는 소년 소녀들은 흰색 계열의 옷을 입는 게 관례라, 나도 그에 따라 하얀 벨벳 드레스를 차려입고 있었다.

상체는 살짝 달라붙는 반 폴라 형태로 내 날씬한 몸매를 드러냈고, 치마는 A라인으로 떨어져 깔끔한 멋을 내고 있었다.

화려한 레이스나 리본, 나폴나폴거리는 풍성한 치마폭은 없었지만 나는 오히려 이런 깔끔한 디자인이 마음에 들었다.

그렇다고 드레스가 밋밋한 건 전혀 아니었다.

복슬복슬하고 윤기가 자르르~ 흘러 척 보기에도 '나 고급이요!' 라고 외치고 있는 옷감으로 만들어진 드레스의 목과 손목, 치맛단 둘레에는 엄청 희귀하다는 은빛 여우 털로 몽실몽실하게 마무리가 되어 있었다.

게다가 드레스 전체에 수많은 작은 다이아몬드들이 은실로 수놓인 기하학 문양들과 어우러져 내가 움직일 때마다 반짝반짝 빛을 발했다.

특히나 가슴 부위에는 1캐럿짜리 옐로우 다이아몬드들을 모아 날개 문양을 만들어놔서 목걸이가 따로 필요 없을 정도였다.

디자인이 깔끔한 덕에 내 날개도 제법 잘 돋보여 나는 더욱더 흡족했다.

'완전 내 날개를 위해 디자인된 드레스 같아. 물론, 이 몸의 스타일이 좋으니 옷발이 잘 받는 거겠지만. 훗훗훗~'

또래들에 비해 반 뼘 정도 더 큰 키와 길쭉길쭉한 팔다리, 목에서부터 어깨까지 쫘악 잘빠진 선에 늘씬한 등과 허리 라인까지.

'이럴 때는 정말 조인족이라서 행복하다니까.'

아무리 먹어도 살이 안 찌는 체질에 짜리몽땅한 키나 숏 다리를 걱정할 필요 없는 종족이라니, 이 얼마나 축복받은 종족이란 말인가.

물론, 24인치의 개미허리를 가진 가냘픈 몸매는 아니었지만, 세 겹으로 접히지 않는 배와 늘어지지 않고 탄력 있게 붙은 팔뚝 살만으로도 충분히 감사하고 있다.

여기에 16세의 소녀로 보이는 외모는 화룡점정이었다.

완숙한 여성이 되기 전의 풋풋한 모습이라니, 딱 사교계 데뷔하기에 알맞지 않은가?

엄마의 눈에는 내가 여전히 왜소해 보이는 것 같았지만, 난 외려 적당히(?) 자라준 내 몸이 기특하기만 했다.

"누가 봐도 7살이라고 생각하지 않겠지요?"

내 말에 감탄사를 흘리던 마리엔 황녀가 깔깔 웃었다.

몇 달 후 생일만 맞이하면 난 8살이 된다. 8살이 되는 해에 사교계에 정식 데뷔라니, 아카제브 역사상 최초의 일이었다.

아빠를 잘 만난 덕에 난 아카제브 제국 역사상 최초 기록을 여럿 가지는 영광을 누리고 있다.

아, 그리고 한 가지 더.

예쉬도 이번에 나와 함께 사교계 데뷔를 하게 되었다.

대부분은 성년이 되는 해에 사교계에 데뷔를 했지만, 이게 법으로 정해진 건 아니었기에 개인 사정에 따라 일찍 하거나 늦게 하는 경우도 종종 있단다.

그래서 연년으로 한 명씩 따로따로 데뷔하느니 그냥 같이 하는 게 좋지 않겠냐는 1황비의 권유에 아빠와 예쉬네 엄마인 4황비가 동의했던 것이다.

다행히도 예쉬 녀석이 근래 성장기를 맞이했는지 쑥쑥 커서 사교계에 데뷔한다고 해도 별 위화감이 없었다.

아니, 오히려 그의 차분한 분위기와 평균치보다 더 큰 키 덕분에 성년이 지나 데뷔를 한 것처럼 보일지도 모르겠다.

파티가 열리는 시간에 맞춰 본궁으로 들어가자, 이번에도 아빠는 나만 따로 불러서 손수 내 머리 위에 보관을 씌워주며 아쉬워했다.

"우리 딸이 벌써 사교계에 데뷔를 하다니, 세월 참… 조인족이라서 오래오래 함께 살 수 있다는 건 좋지만, 성장이 빠른 건 서운하구나. 우리 딸은 언제나 귀여운 모습으로 있어도 좋을 텐데……."

그런데 난 아빠한테는 미안하게도 아빠가 씌워준 보관에만 온통 신경이 쏠려 있었다.

이번에 아빠가 준비한 보관도 참 호화찬란하기 그지없었다.

특히나 보관 한가운데 박힌 블루 사파이어는 내 첫 공식 생일 파티 때 썼던 보관의 탄자나이트보다 더 크다 싶었는데, 나중에 슬쩍 들으니 천 캐럿이 넘는다고 했다.

게다가 블루 사파이어라고 해도 투명도가 높아 거의 하늘색으로 보이는 보석이었다.

'전의 탄자나이트도 그렇고, 이번에도 또 하늘색? 하여간 아빠는 하늘색을 너무 좋아한다니까. 누가 엄마한테 반한 거 모르나?'

나에게 선물해 주는 것뿐만이 아니라 아빠가 소유하고 있는 보석의 많은 수가 엄마의 눈동자 색을 닮아 있었다.

아빠가 제국 내에서 하늘색 비슷한 색의 보석이 나오기만 하면 모조리 사들이는 건 아닌지 의심할 정도로 말이다.

'예쁘긴 하지만 말이지.'

전신 거울에 보관을 쓴 내 모습을 이리저리 비춰보고 있는데, 아빠가 다가오더니 아카제브 제국 황실 문장이 새겨진 금빛 휘장을 둘러줬다.

오른쪽 어깨에서 대각선으로 내려와 왼쪽 옆구리 부근에서 매듭을 짓는 이 휘장은 성년이 된 황족만이 두를 수 있는 것으로, 관례상 사교계 데뷔 때 처음 착용한다고 했다.

그래서 나도 이번에 처음 두르게 되었다.

예쉬도 오늘만 휘장을 두르고 내년 새해 첫 파티 때부터 다시 두를 수 있다고 들었다.

보관을 씌울 때는 서운한 기색이 역력했던 아빠는 내가 휘장까지 두르고 돌아보자 언제 그랬냐는 듯 만족스러운 미소를 지었다.

"내 딸이라서 이런 말을 하는 게 아니라, 정말 아름답구나. 하아, 네 엄마도 이 자리에서 이 모습을 함께 봤으면 얼마나 좋았을까."

지금 엄마는 북궁에 있으니 잠깐 와서 보는 것 정도야 얼마든지 가능하겠지만 아빠가 진정으로 원하는 건 그게 아니라는 걸 잘 알았기에 나는 잠자코 고개만 끄덕였다.

내 6살 생일 파티 때처럼 아빠의 에스코트를 받으며 등장해 첫 댄스까지 함께하자 여전히 많은 이의 시선이 쏠렸지만, 그래도 전에 비해 한결 덜한 느낌이었다.

이유인즉, 내 옆에는 같이 사교계에 데뷔하는 예쉬가 버티고 있었기 때문이었다.

뭐니 뭐니 해도 예쉬는 유력한 황태자 후보였으니 말이다.

게다가 우연인지 아니면 노린 건지, 나랑 예쉬가 사교계에 데뷔했다는 것 말고도 파티장에 큰 이슈가 하나 또 떨어진 덕에 나는 좀 더 사람들의 주목에서 벗어날 수 있었다.

놀랍게도, 마리엔 황녀가 결혼을 한다는 것이었다.

아까 나한테 말하고 싶어 하던 게 바로 이 소식이었나 보다.

'헐~ 애인이 생긴 게 아니라 예비 남편이 있었던 거였어?'

하기사, 작년에 20세 생일을 맞이한 그녀였으니 결혼 이야기가 이른 건 아니었지만, 나는 그보다 매일 1황비 궁에 드나들면서 얼굴 보는 사이에 그녀가 연애하는 것도 모르고 있었다는 게 더 충격이었다.

솔직히 그녀의 얼굴 보기가 힘들어졌다는 생각은 하고 있었다.

그럼 지나가는 말로라도 무슨 일 있는 거냐고 물어볼 만했는데 나는 그러지 않았던 것이다.

'아… 내가 너무 무심했네. 이거, 괜히 미안해지는걸?'

그나마 사랑하는 님과 함께 즐거운 시간을 보낸 일이라 다행이지, 천에 하나 만에 하나 안 좋은 일이었다면…….

'헛! 생각하지 말자. 생각하지 말자!'

한데 마리엔 황녀는 오히려 내게 진즉 남편 될 사람을 소개하지 못한 것에 미안해하는 것이었다.

상황이 여의치 못해 소개하기 어려웠다나?

'사람이 더 찔리게끔 만들다니…….'

드디어 서로 소개를 할 수 있게 되었다고 호호 웃는 그녀의 허리를 부드러운 손길로 감싸고 선 남자는 힘 좀 쓰게 생긴 사람이었다.

190이 넘는 키에 튼실한 근육질의 몸매를 가지고 있어 '기사?' 라고 생각했더니, 과연 현재 황궁기사단의 부단장으로 근무하고 있단다.

서른도 안 된 나이에 벌써 부단장이라는 게 놀라웠지만, 그의 이름을 들으니 납득이 되었다.

그의 이름은 타렉 란 류니드. 류니드 공작 가문에서 성을 하사할 만큼 인정받는 실력자였던 것이다.

마리엔 황녀와 결혼하고 나면 그의 본가인 헬포드 백작 가문을 물려받아 더 이상 사용하지는 않겠지만, 그가 '류니드' 란 성을 사용했다는 사실은 사라지지 않을 것이다.

뭐, 난 그의 전도유망한 미래나 그럴듯한 집안보다는 마리엔 황녀를 바라보는 그의 다정한 눈길이 제일 마음에 들었다.

그러니까 마리엔 황녀가 행복하게 환히 웃을 수 있는 것이겠지만 말이다.

"두 분 정말 잘 어울려요. 앞으로도 쭈욱~ 지금처럼 행복하셨으면 좋겠어요."

이건 진심이었다.

"호호호~ 고마워~"

"결혼식이 10월이라고 했지요?"

"응. 나는 간단하게 하고 싶은데, 어마마마께서……."

마리엔 황녀가 말끝을 흐렸지만, 무슨 말인지 알 것 같았다.

1황비에게는 단 한 명뿐인 딸의 결혼인데 최고로 멋진 식을 올려주고 싶지 않겠는가.

"저도 황비님과 같은 생각이에요. 일생에 단 한 번뿐인 거잖아요. 마리엔은 분명 아주아주 아름다운 신부가 되실 거예요."

"어마~ 아사도 차암~"

그렇게 본격적으로 둘이 수다를 떨기 시작하자 마리엔 황녀와 친한 귀족 영애들이 하나둘씩 모여들기 시작했고, 바통 터치를 하듯 타렉은 양해를 구하고는 슬쩍 자리에서 빠져나갔다.

영애들은 가끔 참여했었던, 마리엔 황녀가 주최하는 티타임에서 한두 번씩 얼굴을 본 사이라 난 그나마 편히 대화를 주고받을 수 있었다.

특히나, 성년이 되고 나면 신나게 쇼핑을 다닐 생각을 하고 있던 나는 그녀들의 대화에서 나오는 유명한 디자이너라든가 보석점에 대한 이야기를 진지하게 귀담아들었다.

'아빠한테 허락만 받으면 돈 걱정은 안 해도 되겠지?'

내가 전에 케이를 데려오기 위해 큰돈을 달라고 떼를 썼을 때도 두말 않고 선뜻 보내주지 않았던가.

그때를 떠올리며 아빠가 뭐 하고 있나 슬쩍 시선을 돌려보던 난 여전히 단 위의 자신의 자리에 우아한 자태로 앉아 있던 2황비와 눈이 마주쳤다.

속으로는 식겁했지만, 나를 향해 부드럽게 웃어주는 그녀에게 같이 웃어준 나는 자연스레 시선을 돌렸다.

'아우~ 불편한 사람이야.'

1황비 못지않게 호의를 보여주고 있었지만, 나는 그녀가 불편하기만 했다. 그 못난이 3황자의 어머니라는 걸 떠나서 뭔가 껄끄러운 느낌이 드는 사람이었다.

'음, 따지고 보면 그런 느낌을 받은 게 3황자 때문이긴 하지. 역시 3황자가 문제야.'

지난번 내 존재를 공식적으로 발표하기 위한 생일 파티 때의 사건이었다.

아빠와는 첫 댄스를 췄고, 이후 프라이스 공작과 예쉬하고도 한 곡씩 땡기고 돌아오자 2황비가 3황자의 등을 슬쩍 떠밀었다.

1황자도 있었지만, 그는 약혼녀와 첫 춤을 추고 싶다고 양해를 구한 상황이라 남은 건 3황자밖에 없었다.

뭐, 나도 딴 황자들하고 다 췄는데 2황비의 아들들하고만 안 출 수는 없는 일이라 내키지 않았어도 각오는 하고 있었다.

3황자 또한 자리가 자리인 만큼 거부하지 않고 나섰는데, 그랬으면 그냥 얌전히 춤만 추고 헤어졌으면 얼마나 좋았겠는가.

녀석도 좋고 나도 좋고, 주변 사람들 평안하고.

한데, 그러기에는 내가 너~ 무 싫었던지 녀석은 어리석게도 나에게 '감히 조인족 따위가 어쩌고……' 하고 속삭였던 것이다.

물론, 난 코웃음 한 방 날려주는 것으로 넘기려고 했다.

대신 왈츠를 추면서 녀석의 발등이 수난을 겪게 해주리라 결심하고 있는데, 놀랍게도 그 작은 속삭임을 아빠가 들은 것이었다.

소드 마스터의 청력이 그렇게 대단한 건 줄 그때 처음 알았다.

즉시 날아온 살벌한 눈길에 3황자는 그대로 얼어붙었고, 이후 아빠의 축객령을 받고 파티장을 떠나야 했다.

그때 먼저 나서서 아빠는 물론 나에게도 정중히 사과를 해서 분위기를 푼 게 2황비였다. 어떤 변명도 없이 전적으로 3황자의 잘못이며, 자신이 잘못 가르친 탓이라고 용서를 청했다.

뭐, 오랜 세월 황비로 지내왔으니 이 정도 처세술이야 거뜬했을지도 모르지만, 나에게도 미안한 기색을 가득 담아 사과를 건네는 그녀의 우아한 자태에 나는 '보통이 아니구만' 하는 감탄 아닌 감탄을 떠올렸다.

그때 받았던 '왠지 가까이하고 싶지 않은 사람'이라는 느낌은 지금까지 사라지지 않았다.

다른 황비들과 자주 얼굴을 맞대지 않는 입장이 무척이나 기꺼울 정도로 말이다.

처세술이 뛰어난 사람이라고 이렇게 거리낌을 느끼지는 않을 텐데, 아무래도 그녀와는 상성이 안 맞는 모양이었다.

그렇게 별일 없이 자연스럽게 시선을 돌리고는 주변 사람들과 대화를 이어갔지만 어째 2황비의 시선이 느껴져 불편한 마음에 안 되겠다 싶어 나는 양해를 구하고 자리를 떴다.

휴게실이 따로 마련되어 있었지만, 사방이 탁 트인 곳에서 찬바람을 쐬고 싶었던 나는 베란다로 향했다.

베란다로 나간 순간 반짝이는 별들로 가득 들어찬 밤하늘이 제일 먼저 눈에 들어왔다.

별은 겨울에 가장 잘 보인다더니, 그래서 그런지 유달리 별들이 더 크고 뚜렷하게 보이는 느낌이었다.

쏟아질 것 같다는 표현이 절로 떠오르는 아름다운 광경을 베란다에서 비죽 고개를 내밀고 보기는 아까웠던 나는 즉시 베란다 난간을 박차고 허공으로 떠올랐다.

조인족의 장점을 이럴 때 써먹어야 하지 않겠는가.

신기하게도 이곳 황성은 무도회가 열리고 있는 관계로 환하게 불을 밝히고 있었지만 밤하늘을 감상하는 데 크게 지장을 주지 않았다.

이 나라에서 가장 크고 화려한 곳이라 전생의 서울 야경 못지않게 휘황찬란한 빛을 휘감고 있었는데도 말이다.

이게 바로 마법의 힘이라는 걸까?

덕분에 나는 황성의 본궁을 등 뒤에 둔 채로도 멋진 밤하늘을 마음껏 감상할 수 있었다.

그 장엄하고도 아름다운 광경을 보고 있자니, 아까까지 내가 품고 있던 불편한 감정은 정말 하잘것없이 느껴지는 것이었다.

하지만 밤하늘은 다 좋은데 목이 아파서 장시간 보기 힘들다는 큰 단점이 있었다.

하늘을 보고 누운 자세를 한번 시도해 보면 좋았겠지만, 아직은 엄두가 나지 않았던 나는 그냥 뻐근한 뒷목을 주무르며 고개를 내려야 했다.

그러자 미처 보지 못했던 거대한 본궁 정원의 모습이 눈에 들어왔다.

북궁의 정원도 규모가 크지만, 본궁의 정원만 못했다.

여기 본궁은 저~ 멀리에 지평선이 보이고 있었으니 말이다.

그런 정원 가운데는 정원 규모에 걸맞은 거대한 분수가 버티고 서 있었다.

추운 겨울 날씨라 물이 흐르지 않는 건 조금 아쉬웠지만, 그 분

수 자체가 하나의 예술 작품이었기에 감탄사가 절로 흘러나왔다.

"진짜 크다……."

커다란 파도 위에 12마리의 말이 끄는 거대한 전차가 있었는데, 그 전차에 타고 있는 건장한 남성이 한 손에는 고삐를, 다른 한 손에는 대검을 하늘 높이 쳐든 채 포효를 내지르고 있었다.

분수대의 조각상이 얼마나 세밀하게 만들어져 있던지, 만약 사이즈가 실제와 같았다면 진짜인 줄 착각했을지도 몰랐다.

"헤에, 돌로 조각한 건가?"

날개를 달고 있으면 이런 게 좋았다.

보통 사람이라면 감히 올라가 볼 엄두도 내지 못하는 곳에 너무나 쉽게 올라가 볼 수 있으니 말이다.

살포시 남정네의 훌떡 벗어서 그대로 드러난 어깨 근육을 콕 찔러보니 돌 특유의 차갑고 딱딱한 질감이 느껴졌다.

뭔가 아쉬움(?)에 입맛을 쩝쩝 다시는데, 난데없는 목소리가 들려왔다.

"거기서 뭐 하나?"

"으헉!!"

'깜짝이야.'

바람이 여전히 내 주위를 맴돌고 있어서 다행이었지, 안 그랬으면 분명 굴러떨어졌을 거다.

생각지도 못한 목소리에 휙~ 하고 고개를 돌리니 분수대 근처에 서 있는 한 인영이 보였다.

'아씨, 누구야!!'

반쯤 놀라고 반쯤 분노한 심정으로 매서운 시선을 날리려던 난 근처 마법등의 불빛에 드러난 얼굴을 보고는 두 눈을 동그랗게 떴다.

"너어? 너, 너, 네가 여긴 어떻게?"

단 한 번뿐인 만남이었고 전에 만났을 때보다 훌쩍 성장한 외모였지만, 몰라볼 리가 없었다.

많이 놀라서 말까지 더듬는 나와는 달리 특유의 무덤덤한 표정으로 날 바라보고 있는 녀석은 류니드 공작가에 있을 거라고 여겼던 료우였다.

"뭐, 어쩌다 보니? 그런데 넌 계속 거기에 있을 거냐?"

"응? 아……."

올려다보는 시선에 나는 머쓱하게 웃으며 가볍게 발을 굴러 허공으로 날아올랐다.

이제는 바람의 도움을 받을 수 있어서 언제 어디서든 쉽게 이착륙이 가능했던 것이다.

한데 내가 료우의 옆에 내려서기 전에 생각지도 않게 료우 녀석이 슬쩍 손을 내밀었다.

마치, 여성이 마차에서 내릴 때 남성이 에스코트해 주는 듯한 매너 있는 태도였다.

설마 애한테서 이런 배려를 받을 줄은 몰랐던 터라 놀랍기도 하고, 이런 것도 할 줄 아는가 싶어 난 웃으면서 기꺼이 녀석의 손을 잡고 땅에 내려섰다.

"이야, 너 제법이다?"

그러면서 한마디 던졌는데, 료우 녀석이 의아한 눈빛으로 날 돌아보는 거였다.

"뭔 소리냐?"

"뭔 소리긴. 방금 전의 그 매너 있는 행동 말이다."

"매너? 뭐가?"

영문을 모르겠다는 료우의 기색에 나만 당혹스러워졌다.

'어라라? 설마 무심코 한 일이라고?'

어려서부터 거의 세뇌되다시피 예절 교육을 받아 온 귀족 남성이라면 본능처럼 자연스럽게 행할 수도 있겠지만, 얘는 그런 애가 아니지 않는가.

내 심정이 표정으로 드러났는지 료우의 미간이 슬쩍 찌푸려졌다.

"그냥 네가 내려오기에 잡아준 것 가지고 웬 호들갑이냐?"

그래서 나는 얼른 손을 내저으며 말을 맺었다.

"네가 이렇게 매너 있는 모습을 보이니 감동스럽기도 하고 놀랍기도 해서 그런 거지."

자신이 전에는 이렇게 자연스레 나오는 사소한 매너나 호의 같은 건 전혀 기대할 수 없을 만큼 무미건조해 보였다는 걸 모르는 걸까?

새삼스러운 시선으로 녀석을 바라보던 나는 그제야 무심코 지나쳤던 료우의 차림새를 다시 보게 되었다.

'오올~ 이것 보게나?'

깔끔하게 정리된 머리에 우아한 파티용 정장 차림이라니.

예전에 만났을 때도 몸은 괜찮다고 생각했는데, 거기서도 한 뼘은 더 커진 키에 더 탄탄해진 어깨가 받쳐주니 고급스러운 케이프 코트가 너무 잘 어울렸다.

누가 보면 몬스터를 잡으려고 산속을 헤매고 다니는 전사가 아니라, 어느 귀족가의 장성한 자제라고 생각할 것 같았다.

'그러고 보니, 얘 귀족 자제 맞잖아?'

그것도 그 대단한 공작가와 핏줄이 이어진 집안이었다. 그런 애가 파티용 정장을 입고 황궁에 나타났다는 건…….

"설마, 너도 황궁 파티에 참석하려고 온 거야?"

"왜 '설마' 란 단어가 붙는 거냐?"

이번에도 내 말이 못마땅한 듯 료우의 눈썹이 다시 한 번 움찔거렸다.

"아니, 왠지 너는 그런 요란한 자리는 별로 안 좋아할 거 같은 이미지라……."

얼른 변명조로 말을 내뱉자 료우가 가볍게 한숨을 내쉬더니 고개를 끄덕였다.

"그건 맞다. 어쩔 수 없이 참석한 거야."

역시… 라며 같이 고개를 주억거리던 나는 퍼뜩 떠오른 생각에 료우에게 시선을 던졌다.

"잠깐! 근데 너 파티에 참석했으면 나 봤을 거 아냐?"

"제일 잘 보이는 위치에 있으니 못 보는 게 이상한 거지. 그래서 네가 이번에 사교계에 데뷔한 황녀라는 것도 잘 안다."

곧바로 대답하는 목소리는 여전히 무덤덤했다.

그게 놀랍기도 하고 료우답다는 생각도 들었지만, 한편으로는 슬쩍 장난기가 생겼다.

"와~ 내가 황녀인 걸 알면서 감히 반말을 해? 그러다 너 황족 모독죄로 잡혀간다?"

"넌 황녀이기도 하지만, 그와 동시에 조인족이기도 하잖아. 난 지금 전에 산속에서 만났던 조인족과 다시 만난 기분이었는데, 아닌가?"

반은 농담 삼아 슬쩍 협박해 봤지만, 료우의 당당함은 변하지 않았다.

그에 나는 편하게 푸핫 하고 웃어 보일 수 있었다.

"맞아, 맞아. 네 말이 옳아. 그래서 말인데, 늦었지만 오랜만에 보니 반갑다."

황녀로서 귀족을 만나는 거였다면 손등에 키스를 받겠지만, 지금은 조인족과 사람으로 만나는 거였기에 나는 악수를 청했다.

"나도 설마 널 여기서 볼 줄은 몰랐다. 황녀라는 것에 더더욱 놀랐고. 그래도 왠지 넌 내가 격식을 차리지 않아도 개의치 않을 것 같았어."

그렇게 말하며 기꺼이 손을 마주 잡는 료우 녀석의 얼굴에는 희미하게나마 미소가 떠올라 있어 나는 눈을 휘둥그레 떴다.

"허어~ 너랑 정말 오랜만이긴 한가 보다. 네가 그렇게 웃는 거 처음 봤어."

웃음뿐인가.

아까부터 생각지도 못한 행동에 전보다 한층 누그러진 눈빛까지… 아무래도 내가 료우에게 가지고 있던 이미지를 슬슬 바꿔야 할 것 같다.

"보기 좋네. 그동안 잘 지낸 것처럼 보여 다행이다. 그러고 보니, 그때 시험은 어떻게 됐어? 공작가에는 들어간 건가?”

“이제 료우 란 류니드로 불려.”

덤덤히 고개를 끄덕인 료으의 말에 나는 눈을 휘둥그레 떴다.

“오올~ 대단한데?”

이름이 료우 란 류니드라니, 공작가의 양자가 되었다는 말이 아닌가.

이건, 마리엔 황녀의 배우자처럼 그 실력을 인정받았다는 거였다.

“뭘.”

당연한 일이었다는 양 덤덤한 녀석은 여전히 얄미웠다.

‘하여간, 저 자부심은 여전하구만.’

뭐, 그만큼 실력이 대단한 건 사실이지만 말이다.

그러니 공작가도 그 실력을 인정해서 2년 만에 양자로 삼은 게 아니겠는가.

“그리고 곧 황궁기사단에 입단할 예정이라 수도로 온 거야.”

이어지는 료우의 말에 나는 고개를 갸웃거렸다.

“황궁기사단? 황실기사단이 아니고?”

“한동안은 타렉의 보좌관으로 근무할 예정이거든.”

“아~ 타렉 란 류니드 경을 말하는 거야?”

“맞아.”

타렉 란 류니드 경이 바로 마리엔 황녀의 남편 될 사람이었다.

황궁기사단이나 황실기사단 둘 모두 제국 내에서 최고로 치는 엘리트 기사단이긴 하지만, 귀족 가문 출신들은 황실기사단에 들어가길 원한다고 들었었다.

그래서 료우가 황궁기사단에 들어간다고 해서 의아했었는데, 같은 공작가 사람 밑에서 배우기 위해서였나 보다.

"뭐야, 그 류니드 경이랑 같이 왔으면 아까 마리엔 황녀가 소개할 때 같이 있다가 인사하지 그랬어?"

"…그 자리에서 알은척하면 이렇게 편하게 대화하기는 어려울 거 아니냐."

잠시간 멈칫한 기색을 보니 내가 류니드 경과 인사하기 전에 파티장을 빠져나온 게 분명했다.

하지만 나는 일단 모른 척 그의 말에 맞장구를 쳐줬다.

"푸핫~ 그건 그렇네. 그럼 파티 구경은 많이 했어? 이 제국에서는 제일 크고 화려한 황성 파티니 구경거리도 많을 텐데. 맛있는 음식도 많고, 미녀들도 많고."

"그딴 것에 흥미 없다."

즉각 튀어나온 말에 나는 피식 웃었다.

"역시 파티가 시작되자마자 그냥 빠져나와서 밖에 있었던 거구만?"

내 말에 료우 녀석이 아무 말 없이 어깨만 으쓱였다.

"어쩐지, 아까 손이 엄청 차더라니… 기껏 황성 파티장에 왔는데 예쁜 영애와 왈츠라도 한번 춰봐야 하는 거 아냐?"

아무리 파티장이 어색해도 그렇지, 이 추운데 오랫동안 혼자 있었다는 사실이 안타까워 쯧쯧 혀를 차며 말하자 료우 녀석이 인상을 찡그리며 툭 내뱉는 거였다.

"춤 따위……."

'으잉?'

못마땅하다는 어투였지만, 어째 불편하고 거북해서 어줍대는 느낌이다.

'어라라? 혹시?'

그 모습에 고개를 갸웃대던 나는 문득 떠오르는 생각에 피식 웃으며 물었다.

"뭐야~ 설마 왈츠를 출 줄 모르는 건?"

그랬더니 료우의 눈썹이 더더욱 찡그려지며 입이 꾸욱 다물렸다. 이건 할 줄 모르면서도 차마 자존심 때문에 말은 못 하고 볼만 부풀린 어린애의 모습이었다.

'진짜로 왈츠를 출 줄 모르는 거였어?'

뭔가 나이에 걸맞지 않게 대단했던 료우가 이 순간엔 귀엽게 느껴졌다.

그래서 그랬나 보다.

충동적으로 료우에게 손을 내민 것은.

평소라면 오글거리고 낯간지러워 하지 않았을 행동이었는데 말이다.

"가르쳐 줄게."

"뭐?"

당황한 눈빛으로 나를 바라보는 녀석에게 나는 씨익 웃어 보였다.

"처음으로 황궁 파티에 참석했는데 왈츠 한 곡 못 추고 가는 것도 아쉬운 일이잖아. 간단한 걸로 가르쳐 줄 테니까 한번 도전해 봐. 영광으로 여겨라? 네 첫 춤의 상대를 이 황녀님께서 몸소 해주시는 거니까."

하지만 그렇게 당당하게 말하면서도 나는 료우가 됐다며 거절할 줄 알았다.

파티를 좋아하지도 않는 녀석이 이런 데서 춤을 배우겠다고 할 리가 없었으니 말이다.

단지 자존심 상해하는 녀석을 좀 더 보려는 장난기 반, 그래도 한 번은 시도해서 추억을 만들라는 배려심 반으로 기다리고 있었는데, 내밀어진 내 손과 내 얼굴을 번갈아 바라보며 답지 않게 머뭇거리던 료우가 잠시 후 천천히 손을 뻗는 것이었다.

'오호라?'

얘도 한 번은 해보고 싶었구나 싶어 속으로 키득대며 료우와 손을 맞잡으려는데, 그 전에 방해꾼이 불쑥 끼어들었다.

"아사 님, 밖에 너무 오래 계셨어요."

딱히 기척을 숨기고 다가온 건 아니었던 터라 나나 료우나 갑자기 말을 건네는 제이의 존재에 대해 놀라지는 않았다.

설마 우리 둘 사이에 끼어들 줄은 몰랐지만 말이다.

그녀는 우리 둘 사이에 끼어드는 걸로도 부족해 슬쩍 료우의 손을 밀어내더니 여전히 허공에 떠 있는 내 손을 자신의 양손으로 감쌌다.

"세상에, 손이 이렇게 차가워진 거 보세요. 얼른 돌아가시지요. 케이플턴 경이 에스코트해 드릴 겁니다."

제이의 말이 끝남과 동시에 기다렸다는 듯 그녀의 뒤쪽에서 한 사람이 다가왔다.

제이가 언급한 기사의 성을 인식하기도 전에 웬 기사를 데려왔나 싶어 시선을 돌린 나는 곧바로 환한 웃음을 터뜨렸다.

"세상에나~ 이게 누구야?"

멋드러진 황궁기사단의 갑옷 위에 망토를 걸친 채 반듯하게 서 있는 이의 얼굴이 굉장히 익숙했던 것이다.

거의 2년 만에 보는 얼굴이었다.

원래는 견습 기사 속성(?) 교육 과정을 끝내고 돌아올 예정이었지만, 케이의 양부가 재질이 쓸 만하니 이왕 기사로 만드는 것 시간이 좀 더 걸리더라도 정식으로 교육을 시키는 게 어떻겠냐고 청해 와서 받아들였다.

그 덕에 케이는 아직까지도 북궁으로 돌아오지 못하고 있었는데, 지금 이렇게 나타난 거 보니 오늘은 황궁기사로서 이 주변의 경호를 담당하고 있었던 모양이다.

"그동안 강녕하셨습니까, 아사 님."

오른 주먹을 가슴 위로 가져다 대며 허리를 살짝 숙이는 모습 하나하나에 절도가 배어 있었다.

'이야~ 완전 기사의 표본일세? 정식으로 교육시키길 정말 잘했네, 잘했어.'

왠지 잘 자란 아들을 보는 기분이라 나는 절로 흘러나오는 흐뭇한 미소를 보이며 고개를 끄덕였다.

"오랜만이야. 전에 비해 많이 멋있어졌는데?"

내가 자라는 동안 제이도 한층 성장해서 이제는 18세쯤으로 보였는데, 오랜만에 본 케이는 20세 전후쯤의 청년으로 보였다.

"아사 님께 누가 되지 않기 위해 노력하고 있습니다."

변성기가 지난 낮은 저음의 목소리가 정중한 어투로 흘러나오자 나조차 심장이 살짝 떨릴 정도였다.

'오올~ 목소리만으로 여자 여럿 쓰러뜨리겠는데? 거 견습 기사 교육장에서는 말하는 법도 가르치나?

얘가 정중히 손등에 키스라도 했다간 정말 심쿵~ 할지도 모른다는 실없는 생각을 하고 있는데…….

"돌아갈 거면 그쯤 하고 돌아가지?"

"응?"

아까 제이에게 슬쩍 밀려난 료우였다.

"어차피 나도 돌아가야 하니 함께 가자."

말을 하며 황궁 쪽으로 슬쩍 고갯짓을 하는 료우의 모습에 나는 별생각 없이 고개를 끄덕이려 했다.

나 혼자라면 몰라도 옆에 케이와 제이가 함께 있으니 어차 피 걸어서 돌아가야 하는 터라 거기에 료우 한 명이 더 는다고 해서 불편할 리가 없었다. 모르는 사이도 아니고.

케이와의 밀린 이야기는 가면서 하자고 말하려 하는데, 내 가 채 뭐라 하기도 전에 케이가 슬쩍 한 발 움직여 료우의 시 야에서 나를 가려 버리는 것이었다.

"황녀님은 제가 모실 테니 귀하께선 편히 돌아가시지요."

우린 우리끼리 갈 테니 넌 네가 알아서 돌아가라는 말이었다.

'어라? 왜?'

제이와는 이미 안면을 튼 사이니 가는 길에 케이와도 서로 소개시키려 했는데 말이다.

한데, 내가 뭐라 할 새도 없이 료우가 먼저 나섰다.

"난 그대에게 말한 게 아니다."

"황녀님을 모시는 것이 제 임무입니다. 또한, 앞으로는 황녀님께 예의를 갖춰주시겠습니까?"

단호히 잘라내는 케이의 대답에 료우의 눈빛이 급속도로 차가워졌다.

분위기가 험악해지자 나는 급히 나섰다.

"잠깐! 둘 다 왜 이래? 료우, 얘는 황궁기사라고. 너 곧 입단하면 얘가 선배야. 그리고 케이도, 얘가 네 후배가 되긴 하겠지만 일단은 내 친구거든? 제이도 얘랑 잘 알아."

"어머, 아사 님. 그냥 예전에 우연한 사건으로 안면만 튼 사이일 뿐인데요."

"그래도 같이 식사도 하고 통성명도 한 사이잖아. 그 정도면 잘 아는 사이지!"

도와주지는 못할망정, 단박에 부정하고 나서는 제이에게 슬쩍 인상을 써 보이며 입을 다물게 했건만, 료우마저 날 도와주지 않았다.

"'잘' 까지는 아니지."

"아따, 까다롭게 나오기는. 그때 험로를 뚫으며 캠프까지 같이 간 사이잖아. 그럼 '잘 아는 사이'는 어떤 사이인데?"

"그냥 안면 트면서 통성명한 것보다 한 단계 더 친한 사이?"

료우 녀석, 아무래도 제이의 말에 감정이 상했나 보다.

"그럼 나하고는 무슨 사이인데?"

설마 나도 그런 사이라고 말할 거냐는 시선으로 봤더니만, 료우는 망설임 없이 단숨에 대답하는 거였다.

"네가 친구라며? 그럼 친구 사이겠지. 일단은."

"'일단'은 또 뭐냐?"

친구로 인정할 거면 깔끔하게 인정할 것이지 뭔 단서를 붙이나 싶어 툴툴거렸다.

한데, 그때.

"이야, 아사한테 친구가 생긴 거야?"

이 와중에 예쉬까지 등장했다.

"넌 또 어떻게 왔어?"

"네가 오랫동안 안 보여서 찾으러 왔지. 그런데 그사이에 친구가 생긴 거야?"

두 눈 가득 호기심을 담은 채 료우를 바라보던 예쉬가 곧 나한테로 시선을 돌렸다.

"소개해 줄 거지?"

"그래, 그래, 소개는 해줄 테니 너라도 친하게 지내라."

푸념 섞인 내 말에 예쉬가 웃어댔다.

"아하하~ 아직은 낯선 사이지만 아사 친구라고 하니 호감이 팍팍 생기는데?"

그 대답에 나는 문득 애라면 료우와 잘 지낼 수 있을 것 같다는 생각이 들었다.

예쉬의 능청스러운 성격이라면 료우가 어떤 태도나 반응을 보이던 유연하게 잘 대처할 수 있을 테니 어쩌면 료우를 좀 물러지게 만들 수 있을지도 몰랐다.

예쉬에게도 나쁜 일은 아니었다.

료우는 사리사욕 때문에 한순간에 안면 몰수하는 애는 아니었으니, 귀족가의 영식들에게 맘을 터놓지 못하는 예쉬에게 편한 상대가 되어줄 거다.

그렇게 되면 나도 마음 놓고 둘과 함께 어울릴 수 있을 테고 말이다.

'그래, 제발 너희라도 친해져라.'

제33화

역시, 난 조인족이랑 안 맞아

생각지도 못한 사건이 있었지만, 나는 무탈하게 사교계 데뷔 파티이자 새해 첫 황궁 파티를 마칠 수 있었다.

그 후 얼마 지나지 않아 슬슬 추운 날씨가 풀리기 시작하자 나는 조인족 마을로 갈 준비를 했다.

성년식 같은 건 그닥 하고 싶지 않았지만, 앞으로 조인족과 거래하려면 참여하는 게 좋을 것 같아서 생각을 바꿨다.

다행히 족장 씨가 저엉~ 못 죽이겠으면 몬스터를 생포해서 마을로 끌고 오기만 해도 성년식을 치른 것으로 인정해 주겠다고 해서 결심할 수 있었다.

엄마야 내가 성인식을 치른다는 것에 만족한 표정이었고, 아빠도 '잠시 다녀오는 거라면야' 라면서 기꺼이 허락해 줬다.

놀라운 건 '그 실력 가지고?' 라고 비웃던 란데가 잘해보라 며 격려를 해줬다는 거다.

설마 란데에게 격려를 받을 줄 몰랐던 나는 얼떨떨해서 하마터면 감사하다는 답인사도 제대로 못 할 뻔했다.

그렇게 조인족 마을에 가게 되자 나는 이왕 다녀오는 김에 조인족과의 거래에 대해서도 족장 씨와 한번 타진해 볼 생각이었다.

성년식은 3월 중순부터 4월 중순까지 한 달 동안 치러진다고 하니, 충분히 모든 일을 처리하고 내 생일 전까지 돌아올 수 있을 것 같았다.

'돌아오면 여기서도 성년식을 치르겠구나.'

아빠는 내 8살 생일에 내가 성년이 되었다고 공표해 줄 예정이었다.

그랬기에 올해 사교계에 데뷔를 했던 것이었고 말이다.

'조인족 마을에 갔다 오면서 거래를 트게 되면… 생일 지나자마자 거래할 준비를 시작해야겠네. 바쁘겠는데?'

그래도 쇼핑이랑 맛집 순례는 꼭 해보겠다고 결심하며 나는 엄마와 함께 조인족 마을로 출발했다.

엄마는 내가 성년이 될 때까지 오랜 시간을 함께 하지 못한 게 마음에 걸렸던지 란데와 함께 북궁으로 온 후 쭈우욱~ 함께 있었던 것이다.

그렇게 마지막을 함께하려는 그 마음은 참 고마운데…….

'이왕이면 내 편의까지 생각해 주면 안 되는 걸까?'

전에 조인족 마을에 다녀올 때는 마법진으로 편하고 빠르게 갔다 왔었건만, 이번에는 달랐다.

엄마가 마법진 사용을 단칼에 거절하고는 그냥 허공으로 날아올랐던 것이다.

"그 멀리까지 어떻게 날아가려고? 며칠 걸릴 텐데?"

거리가 얼마인데 그걸 몸으로 때우려 하는 건지 모르겠다.

이제라도 돌아가 마법진을 이용하자는 의미로 말해봤지만, 역시 엄마한테는 안 먹혔다.

"인간의 마법에 너무 의지하면 나태해진다. 네가 바로 그 산 증인이잖니. 마법에만 의지하여 몸을 제대로 단련하지 못해 여전히 약한 녀석."

"그, 그래도 나름 열심히 했습니다만⋯⋯."

"여기서 마을까지의 거리 정도는 조금 힘든 체력 단련 정도로 생각할 수 있어야지. 앞으로 마을에 올 때는 꼭 네 힘으로 오도록 해. 만약 마법진으로 왔다간 그대로 내쫓을 거다."

"에에? 이 무슨 폭군 발언? 성년이 되면 그냥 알아서 하게 내버려 둔다며?"

"철없는 조인족 한 명 내쫓는 건 일도 아니지."

"으⋯⋯."

내 투덜거림을 단번에 눌러 버린 엄마는 하늘 높이 떠올랐다.

"바람으로 네 몸을 감싸거라. 저 높은 곳은 맨몸으로 견디기 어려울 정도로 춥고 숨도 쉬기 어려우니까."

"얼마나 높이 올라가려고?"

구름 위까지 올라갔다.

'으헥!'

기온이 얼마나 낮은지 바람으로 몸을 감싸고 있는데도 한기가 느껴졌다.

바람을 안 둘렀으면 추워서 덜덜 떠는 건 둘째 치고 숨도 제대로 쉬지 못했을 거다.

아래에서 올려다봤을 때는 맑은 하늘에 구름이 몇 점 없었건만, 구름 위로 올라오니 온 세상이 온통 새하얀 구름으로 뒤덮여 있어서 지상이 보이질 않았다.

'세상에… 여기서 방향이 가늠이 돼?'

가능했다.

아무리 하늘 높이 떠 있는 구름이라 해도 태양의 아래에 있었으니까.

그리고 엄마는 해의 위치만 가지고도 방향을 가늠할 줄 아는 능력자였다.

조인족 마을이 있는 방향을 손가락으로 가리키며 날 힐끔 돌아본 엄마는 휘둥그레진 내 눈을 보고는 가볍게 한숨을 내쉬며 고개를 절레절레 저어 보였는데, 그 폼이 꼭 '넌 할 줄 아는 게 뭐냐?' 라고 하는 것만 같았다.

이래 봬도 할 줄 아는 거 많다고 반박은 하고 싶었지만, 엄마 입장에서는 턱도 없는 소리겠지?

'아니, 뭐… 조인족이라고 다 서바이벌에 강하라는 법은 없잖수?'

나의 한탄 섞인 속마음을 당연히 알지 못하는 엄마는 내게서 등을 돌리고 있었다.

그녀의 날개가 한번 펄럭인다 싶더니, 마치 패러글라이딩 날개처럼 좁은 각도로 뒤로 쫘악 펴졌다.

'어라? 날개를 왜 저렇게……?'

평소와는 다른 모습에 내가 고개를 갸웃거리자마자.

쑤아아악~!!

엄마가 순식간에 스카이다이빙을 하는 듯한 포즈로 날아가기 시작했다.

'헉! 속도가…….'

아니, 날아가는 게 아니라 꼭 앞으로 쏘아지는 듯했다.

내가 당황해 눈을 몇 번 깜빡이는 사이 저~ 멀리 하나의 점이 되어 사라지고 있었으니 말이다.

과장 좀 보태 속도가 거의 음속과 가깝지 않을까나?

엄마는 아직 '바람의 사랑'을 받지 못했다고 하던데, 그런 조인족도 저런 능력이라면 도대체 '바람의 사랑'을 받은 조인족의 능력은 얼마나 대단한 건지 감도 잡히지 않았다.

조금의 배려도 없는 엄마의 행보는 '마을에 도착할 때까지 넌 엄청 고생할 거야!'라고 말해주고 있어 한숨이 절로 나왔지만 엄마를 원망하는 마음은 생기지 않았다.

란데와 함께 북궁으로 온 이후로 엄마는 전과 달리 나에게 많은 걸 가르쳐 주려고 했다.

아마 이번에 마을로 돌아갈 때 아빠의 호의를 거절한 것도 나에게 이렇게 먼 거리를 빠르게 날아가는 방법을 알려주고 싶었기 때문일 거다.

그 마음이 참 고마웠기에 불평할 수 없었지만, '배움이란 몸으로 직접 체험하면서 익히는 것'이라는 엄마의 모토는 정말 사양하고 싶다.

고마운 건 고마운 거고, 고달픈 건 고달픈 거니까.

게다가 닷새나 걸려서─지쳐서 뻗은 내가 회복할 시간이 좀 많이 필요했다─조인족 마을에 겨우겨우 도착했을 때에는 그냥 아무것도 안 해주셔도 감사하다고 속으로 외치고 있었다.

아마 그냥 날아왔어도 이보다는 더 빨리 도착했을 거다.

"후우… 너는 전사로서의 능력이 없어도 너무 없구나."

한숨과 함께 흘러나온 엄마의 말에 나는 울컥 눈물이 나올 것 같았다.

'그런 거 바라지도 않았거든요오~!'

그러나 서글프게도 황당한 일은 그게 끝이 아니었다.

"음… 아무래도 안 되겠다. 넌 내년에 보자."

"네에? 왜요?"

"다 크지 못한 녀석을 어떻게 성년식에 참여시키겠어? 그러니 다 크고 나서 참여해."

"저 몇 달 후면 곧 8살인데요?"

정말, 별로 참여하고 싶지 않았는데 필요에 의해 어쩔 수 없이, 그것도 고생고생하면서 성년식에 참여하려고 왔건만, 다음에 하란다.

이유란 것이 아직 덜 자랐기 때문이라니 더더욱 어처구니가 없었다.

"나이가 무슨 상관이냐? 네가 덜 자랐는데. 아직 솜털이 보송보송한 얼굴로 무슨……."

족장 씨의 말에 나는 당황하며 입을 열었다.

"8살이 되는 해에 그냥 다 성년식을 치를 수 있는 거 아니었어요? 엄마는 아무 말도 안 했는데……."

"'그냥'은 무슨. 내가 허락해야 성년식에 참여할 수 있는 거야."

'그, 그런 거야?'

다들 따로 국밥식으로 각자 알아서 지내기에 성년식도 8살이 되면 자기가 알아서 참여하는 줄 알았다.

"그럼 좀 봐주시면 안 될까요? 어차피 저는 강한 놈을 잡을 생각은 없거든요."

"안 돼. 쓸데없이 예외를 인정하게 된다면 나중에 또 다른 예외를 막을 명분이 없어지거든."

"윽."

정론을 들고 나오니 할 말이 없어졌다.

하기사, 나야 어쩔 수 없어서 참여하는 거지만 다른 조인족 꼬맹이들은 한시라도 빨리 참석하고 싶어서 난리라니, 나를 봐주게 되면 다른 꼬맹이들도 봐줘야 될 거다.

'아우~ 이럴 줄 알았으면 괜히 왔잖아?'

그 고생고생한 게 헛된 것처럼 느껴져 허망하기까지 한 그때, 나는 번뜩 든 생각에 족장 씨를 바라봤다.

"엇, 잠깐만요. 제가 지금 성년식을 치르지 않으면……."

"않으면?"

"란데와의 훈련은 어떻게 되는 건데요?"

분명 훈련을 끝내는 조건이 란데가 인정할 만한 실력을 갖추든가, 내가 성년이 되든가 하는 거였었다.

내 질문에 족장이 씨익 웃었다.

"란데의 인정을 받지 못하면 한 일 년 동안 더 해야지 뭐. 잘됐네. 란데한테 직접 훈련받을 수 있는 기회가 어디 그리 흔한 줄 알아? 내가 특별히 만든 기회니까 열심히 해봐."

'으갸악~!'

아주 자랑스럽다는 듯 어깨를 펴며 대답하는 족장 씨가 그렇게 얄미울 수가 없었다.

그렇게 성년식 참석에 퇴짜를 맞은 나는 터덜터덜 조인족 영역 밖으로 향했다.

앞으로 한 달간은 조인족의 성년식이 치러질 예정이었기 때문에 마을 근처는 물론 영역 안에도 외부인의 출입이 철저하게 금지되어 있었다.

성년식 행사에 방해가 되는 건 둘째 치고, 대대적인 몬스터 사냥이 벌어질 예정이라 성년식을 치르는 애송이 조인족들은 물론 몬스터들의 신경이 예민하게 곤두서 있어 위험하기 때문이었다.

그래서 내 일행들도 모두 마을 근처가 아닌, 조인족 영역 경계선 부근에 있는 마을에 머물고 있는 상황이라 그리로 향한 것이었다.

"어머나, 일찍 오셨네요? 잠시 쉬러 오신 건가요?"

때마침 내가 도착한 시간이 점심시간인지라 유모가 그렇게 생각하는 것도 당연했다.

하지만 나는 힘없이 고개를 저으며 투덜거렸다.

"아직 어리다고 올해는 참여하지 말고 내년에 다시 오래."

"네에? 정말요?"

"그렇다니까. 아우~ 그냥 좀 봐주면 어때서……."

말은 그렇게 하지만, 족장 씨의 말이 옳다는 걸 잘 알고 있는 내 말은 힘이 없었다.

"저런… 조인족의 성년 기준은 인간들과는 다른가 보네요. 그럼, 이대로 돌아가실 건가요?"

유모의 말에 나는 다시 고개를 저었다.

"아무것도 안 하고 돌아가면 너무 허망하지. 이 마을이 조인족과 거래를 한다고 했지? 담당자 좀 불러줘."

성년식을 못 하게 되었으니 조인족과의 거래라도 성사시켜야 했다. 아니면 기껏 여기까지 와서 빈손으로 돌아갈 테니 말이다.

그 시작으로 나는 실무 담당자와의 대화를 선택했다.

조인족과의 무역에 대해서는 족장 씨와 의견을 타진해 봐야 하겠지만, 그 전에 지금까지 직접 실무를 담당했던 사람에게 다양한 의견을 듣고 싶었던 것이다.

한데 부름을 받고 달려온 담당자는 내 말에 당혹감을 감추지 못했다.

"조인족과 거래를 트고 싶다는 말씀이십니까?"

"그래요. 조인족과의 교류는 앞으로도 계속 유지될 거잖아요. 이왕 그럴 거 정식으로 무역을 하는 게 어떨까 싶어서요."

"뜻하신 바는 알겠습니다만……."

내 말에 고개를 끄덕이면서도 그의 표정에는 난감함이 가득했다.

"왜요? 별로 좋은 생각이 아닌가요?"

"그건 아닙니다. 다만… 조인족과 무역은 성사되기는 힘들 겁니다.”

딱 잘라 말하는 태도에 나는 당혹감을 감추지 못했다.

“하지만 비공식적으로 조금씩 거래를 하고 있다면서요?”

비공식적이고 소규모지만, 그래도 마을이 생긴 이후 지속적으로 물물교환이 이루어지고 있다 해서 이걸 바탕으로 키워 나가면 괜찮지 않을까 생각했는데 말이다.

내 말에 실무 담당자가 씁쓸하게 웃어 보였다.

“그건 좋게 말해 거래라고 하는 것일 뿐, 정확하게는 조인족들과의 원활한 교류를 유지하기 위해 기름칠을 하고 있는 거라고 여기시면 됩니다.”

“하아?”

조심스러운 어조로 설명해 준 그의 말을 간략하게 정리해 보자면, 조인족과의 거래란 인간 쪽이 을의 입장이 되어 갑인 조인족의 아량에 매달리는 일이라고 했다.

예를 들어, 한 조인족이 몬스터를 사냥했다고 치자.

그럼 우리 쪽 실무자가 그 조인족에게 가서 몬스터의 사체를 너무 가지고 싶으니 기증해 주십사~ 청한다는 것이었다.

그래서 그 조인족이 선심을 베풀어 몬스터의 사체를 넘겨주면, 실무자는 선심에 감사하며 자신이 가지고 있는 것 중 조인족이 마음에 들어 하는 걸 답례품으로 내미는 것이었다.

당연하겠지만 조인족은 기꺼이 답례품을 받아줬고 말이다.

약자의 성의를 기꺼이 받아주는 게 강자의 아량이라고 생각한다나?

게다가 조인족은 따로 국밥을 좋아하는 종족들.

대부분의 조인족들이 제각각 자기가 하고 싶을 때 거래를 하고 있는 형편이라 정기적으로 일정한 거래가 형성되기는 어렵단다.

"저희는 그저… 조인족과의 교류를 꾸준히 유지하고 있는 것이 고작입니다."

어째 '황명만 아니었으면 그딴 짓 안 했다' 라는 중얼거림이 들리는 것 같다.

도움이 되지 못해 정말 송구하다는 말을 덧붙이는 그에게 나는 뭐라 하지 못했다.

그의 말을 듣는 순간 '조인족이라면 그럴 만도……' 하며 자연스레 납득하고 있었던 것이다.

내가 보기에도 조인족은 자신들이 무지 잘났다고 믿고 있는 종족이었다.

하지만 그렇다 해도 부족하고 필요한 건 있을 테니 무역이 가능하지 않을까 생각했는데, 내가 조인족의 도도함을 너무 과소평가한 모양이었다.

그랬기에 이미 다른 이종족들과 활발하게 거래를 하고 있는 크래스포 백작이 아직 거래를 트지 못한 거였고, 아빠랑 나이젤 아저씨가 내 말에 난감한 표정을 지었던 거겠지.

"이런……."

나는 어깨를 추욱~ 늘어뜨리고 길게 한숨을 내쉬었다.

하여간에, 난 조인족과 얽히면 쉽게 잘 풀리는 일이 없는 것 같다.

역시 조인족과는 상성이 맞지 않으니 그냥 멀리하고 사는 게 좋으려나?

"황녀님도 조인족이시면서 정기적인 거래를 생각하셨다는 게 좀 놀랍습니다."

촌장님의 말에 나는 쓰게 웃어 보였다.

'하.하.하… 난 조인족의 탈을 쓴 인간이라서요…….'

"그럼 조인족과의 거래를 한다는 건 영 불가능하겠군요?"

이쪽 일은 깨끗이 포기하고 새로운 일을 찾아봐야겠다고 생각하며 내뱉은 말이었는데, 의외로 내 말에 실무자가 잠시 침묵하더니 조심스레 입을 열었다.

"아예 방법이 없는 건 아닙니다."

"네? 정말요?"

의외의 대답에 실무자를 바라봤더니, 그가 조심스레 고개를 끄덕였다.

"최소 두세 명 정도만 제대로 포섭할 수 있다면 소량이나마 정기적으로 거래를 시작할 수 있습니다. 그걸 시작으로 천천히 조금씩 늘려 나가는 방법을 사용하시는 거지요."

"두세 명……."

"이것도 다 황녀님이 계시니 생각해 볼 수 있는 방법입니다. 다른 사람은 마을을 자유로이 드나들며 조인족들을 만나기는 어려우니까요."

그렇긴 하다.

게다가 작게 시작해서 늘려 나가는 방법 또한 나쁘지 않은 것 같지만, 문제는.

'두 명이라 해도 딱히 떠오르는 조인족이 없단 말이

지…….'

두 명은커녕 한 명도 없었다.

애초에 이 마을에서 친하게 지낸 조인족이 없었으니 말이다.

친하게 지내기는커녕 인사라도 하는 조인족이 손가락으로 꼽을 정도다.

'엄마랑 족장 씨에… 꼬맹이들 교육장을 담당하는 세 조인족 분들하고 코데로가 다네?'

란데는 북궁에 와서 알게 된 사이인데다 지금 마을에 없으니 제외하고.

'우와, 나도 참 삭막하게 지냈구나.'

덕분에 난 슬며시 기대감이 피어오르는 실무자의 눈빛을 난감한 표정으로 피할 수밖에 없었다.

"마땅한 상대가 없으십니까?"

"딱히… 떠오르는 이가 없네요."

"그러십니까?"

'역시나~' 란 표정으로 고개를 끄덕이는 실무자였지만, 왠지 조금 아쉬운 눈치였다.

소량이라도 정기적인 거래를 할 수 있다면 지금까지처럼 불규칙한 거래를 계속 유지하기 위해 애를 쓰는 수고가 덜어질 테니 말이다.

실무자에게 왠지 미안해진 나는 슬쩍 엉덩이를 들었다.

"음… 그래도 이대로 손 놓기는 아쉬우니까 한번 찾아는 볼게요. 하지만 기대는 하지 않는 게 좋겠지요?"

"하하하, 알겠습니다."

나만큼이나 조인족에 대해서 잘 아는 실무자였기에 편하게 웃으며 고개를 끄덕였다.

그리고 과연 '혹시나~'는 '역시나~'였다.

"흠, 거래라? 그런 게 필요한가? 딴 녀석들의 생각도 크게 다르지 않을걸?"

애초에 족장한테는 요~ 만큼의 기대도 없었다.

단지 미리 언질을 해두는 게 좋을 것 같아서 찾아가 말을 꺼냈을 뿐.

하지만, 족장이 저렇게 말하니 그나마도 없던 희망이 순식간에 사그라져 버렸다.

"정말 한 명도 없을까요? 왜, 성년이 된 이후로 인간 세상에 놀러갔다 오는 이들이 가끔 있다면서요? 그런 이들이라면 생각이 다를 것 같은데……."

인간보다 오랜 세월을 사는 데다 자유로운 걸 좋아하는 종족이다 보니 가끔은 마을을 뛰쳐나와 인간 세상을 돌아보고 오는 이들이 있다고 했다.

란데도 그중 한 명이었고 말이다.

본격적으로 인간 세상을 돌아다니기 전에 인간에 대해 좀 배워두는 게 좋지 않겠냐는 족장의 권유를 받아 잠시 북궁에 머물며 겸사겸사 내 훈련을 봐주고 있는 거라나?

란데처럼 바람의 사랑을 받은 이라면 날개를 숨긴 채 인간인 척 돌아다닐 수 있었으니 말이다.

"흠, 나도 100년 가까이 인간 세상을 돌아다녀 봤지만 별로 바뀌지 않던데? 그런 거 보면 네가 참 별종이긴 해."

"뭐어… 그렇긴 하죠."

"쿡. 너도 네가 별종인 거 아냐?"

"엄마한테 자주 듣는 소리거든요. 게다가 저도 엄마랑 생각이 참 많이 다르다는 걸 자주 느끼고 있고요."

"네 녀석이 특이한 거야. 난 너 같은 애 처음 봤다."

이게 참 외할아버지가 손녀딸한테 할 소리인지.

난 이 상황 자체가 특이한데 말이다.

"그 말도 하도 들어서 새삼스럽지 않습니다. 어쨌든, 그렇다 해도 다른 이들에게 한번 물어는 볼게요."

"맘대로 해라. 그래봤자 별다른 말은 듣지 못할 거다."

"그럴 거 같기는 해요."

"그럴 거 같으면서도 물어보러 가? 너 진짜 특이하다."

원래 다 '혹시나~' 하는 생각에 해보는 거 아니겠는가.

뭐, 조인족은 이해 못 하겠지만 말이다.

"뭘 또 새삼스럽게 말합니까? 그냥 이제는 그러려니~ 하세요. 전 진즉에 그러려니~ 하고 있습니다."

"하! 저 말하는 재주는 나를 좀 닮은 것도 같고?"

'아, 그건 별로 안 반가운데……'

키들키들 웃는 족장에게 가볍게 인사를 한 나는 발걸음을 옮겼다.

코데로한테도 한번 이야기해 보고는 싶었지만, 이미 성년식 행사가 시작되어 마을에 없었다.

성년식에 참여하는 이들은 몬스터를 잡기 전까지는 마을로 돌아오지 않기 때문이다.

'애초부터 또래 중에서도 실력이 제법이라는 이야기를 듣는 녀석이니 알아서 잘하겠지.'

그래도 녀석과 인연이 있다고 얼굴 좀 보고 싶었지만, 아무래도 난 곧 아빠한테 돌아갈 테니 다음 기회를 봐야 할 것 같다.

어린이 교육장을 담당하고 있는 세 조인족 어르신들께 가봤는데, 그분들도 역시나 족장과 생각하는 게 비슷했다.

그나마 내 생각을 괜찮게 여기기는 했지만 단지 그것뿐, 이미 전사의 자리에서 물러난 이들이라 직접 나서서 내 일을 도와줄 마음은 없어 보였다.

"흐음, 다른 이들에게 말은 해볼 수 있겠지만……."

"과연 들어먹을 녀석들이 있냐는 말이지."

"그러게. 차라리 내가 100년 정도 젊었다면 해봤을지도 모르지."

"헹, 네놈이 그때에 이런 말을 들었으면 그냥 코웃음을 쳤을걸?"

조인족들에게 살 물건이라고 하면 인간들이 쉽게 잡을 수 없는 몬스터 정도인데, 이걸 정기적으로 얻는 게 힘들다는 것이 가장 큰 문제였다.

조인족이 사냥하는 걸 좋아해서 자주 하기는 하지만, 그것도 내켜야 하는 거지 내키지 않으면 꼼짝도 안 하는 성격이라 분량을 채우기 위해 의무적으로 사냥하는 건 기대하기 힘들었다.

게다가 남이 강제하는 건 더더욱 싫어하고.

"역시 그렇겠지요?"

그들의 말에 순순히 고개를 끄덕인 난 진지하게 대화에 응해준 세 조인족에게 감사를 표한 다음 발걸음을 돌렸다.

예상하고 있던 일이었지만 그래도 조금은 아쉬워서 입맛이 썼다.

그래봤자 이제 할 수 있는 건 없으니 돌아가자~ 생각하는 그때, 내 눈앞에 시커먼 뭔가가 휙~! 하고 지나갔다.

"어?"

웬만하면 날아다니는 다른 조인족들과는 달리 터덜터덜 걸어가다 보니 우연치 않게 공터에서 만찬을 준비하는 홉고블린들과 마주쳤던 것이다.

그들의 모습을 보는 순간 머릿속에서 전구가 환하게 불을 밝혔다.

"브라우니!!"

반가움과 다급함에 내 입에서는 고함처럼 큰 목소리가 터져 나왔다.

덕분에 주변에 있던 많은 홉고블린들이 깜짝 놀라 날 바라봤다.

"뭐, 뭐냐, 저 황당한 애는?"

"아, 나 쟤 알아. 굉장히 이상한 조인족 꼬맹이야."

"나도, 나도. 근데 쟤 한동안 안 보이지 않았었나?"

황당해하는 홉고블린들의 수군거림을 한 귀로 흘려들으며 나는 내 부름에 다가오는 모습이 너무 반가워 손을 덥석 잡고 흔들었다.

"이야~ 브라우니, 오랜만이에요!"

"거참, 넌 오랜만에 봐도 여전히 이상하구나."

"하하하~ 원래 그랬으니 그러려니~ 하세요."

브라우니는 내가 처음 조인족 마을에 왔을 때 만났던 홉고 블린이었다.

처음에는 너무 당황한 나머지 그에게 하대를 했지만, 이후 그의 나이가 나보다도 많은 데다 홉고블린 중에서도 연장자 측에 속한다는 걸 알고 말을 높이기 시작했다.

아침, 점심은 몰라도 저녁은 항상 엄마와 함께 조인족 마을에서 먹었기에 브라우니와도 종종 만나서 인사를 나누곤 했었다.

그리고 보니, 다른 조인족들보다 브라우니와 더 친한 것 같기도……

"그런데 왜 불렀냐? 이렇게 불러댄 거 보니 뭐 필요한 거라도 있나 보지?"

브라우니의 말에 나는 얼른 정신을 차리고는 눈을 빛냈다.

"네! 브라우니, 물어볼 게 있어요. 혹시, 홉고블린들은 인간들이 가지고 있는 물품 중 탐나는 거 없으세요?"

홉고블린들은 이 마을의 안살림을 담당하고 있었으니 혹 인간과의 거래에 흥미를 느끼지 않을까 하는 생각이 퍼뜩 들었던 것이다.

순간적인 판단이었지만, 천만다행히도 들어맞았다.

"흐음, 인간들이 가진 거라?"

내 말에 브라우니가 눈을 빛내며 호기심을 보였고, 그건 무슨 일인가 싶어 다가왔던 다른 홉고블린도 마찬가지였다.

"아, 나 얼마 전에 사용하던 솥이 찌그러져서 새로 구하려고 하는데, 그런 거도 되냐?"

"어라? 그거 수리했다며?"

"수리하긴 했는데, 너무 오래되어서 그냥 새로 하나 구하려고."

"그럼… 인간들의 향신료도 구할 수 있나?"

"난 인간들의 식재료가 갖고 싶어!"

"가죽과는 다른 옷감이 있었으면 하는데."

'예쓰~!!'

조인족과는 다른, 너무나도 열화와 같은 반응에 나는 속으로 주먹을 불끈 쥐었다.

이 마을의 살림을 손에 쥐고 있는 홉고블린들이라 조인족에게 얻을 수 있는 건 그게 무엇이든 홉고블린에게서도 얻을 수 있었다.

즉, 홉고블린과 거래를 한다는 건 조인족과의 거래를 하는 것과 마찬가지였던 것이다.

인간들과 직접 물물교환을 해보지 않겠냐는 내 제안에 홉고블린들은 당장에라도 인간 마을에 가고 싶어 엉덩이를 들썩였지만, 만찬을 준비하던 차였기에 자세한 이야기는 내일 아침으로 미뤘다.

어차피 그들 또한 인간들에게 원하는 물품 목록에 대해 정리해야 할 테니 시간이 필요했을 거다.

나 또한 실무자와 자세한 이야기를 해야 했고 말이다.

황급히 인간 마을로 돌아간 나는 다짜고짜 실무자의 집무실로 쳐들어갔다.

나와 대면을 할 수 있을 위치의 실무자라면 당연 이 마을의 대표자, 즉 촌장밖에 없었다.

이름은 말해주지 않았다.

이곳에 있는 모든 이들은 아빠의 밀명을 행하기 위해 머물고 있는 터라 자신의 이름을 밝힐 수가 없다나?

그래서 나 또한 그를 촌장이라고만 불렀다.

서류 작업을 하고 있다가 갑작스레 쳐들어온 날 맞이한 촌장은 어리둥절해하다 홉고블린과 거래를 하겠다는 선언에 당혹감을 감추지 못했다.

"네? 홉고블린이요? 음… 그 조인족과 같이 살며 그들의 생활을 돌봐주는 이들을 말씀하시는 겁니까?"

과연, 촌장 씨도 홉고블린의 존재를 알고 있긴 했지만, 대부분의 다른 사람들처럼 편견을 가지고 있었다.

그랬으니 오랫동안 조인족과 왕래를 해왔으면서도 다른 이들과 마찬가지로 홉고블린과 거래할 생각을 하지 못했던 거겠지.

뭐, 그게 아니라 해도 홉고블린들은 먼저 다른 종족들에게 다가가려 하지 않기 때문에 만나기 어려웠을 거다.

속으로 고개를 끄덕인 나는 소파에 편히 자리를 잡고 앉아 차분하게 입을 열기 시작했다.

앞으로 그들과 꾸준히 거래를 하려면 그들에 대해 정확하게 알고 있어야 하는 게 기본이었으니까.

홉고블린과 조인족의 관계를 밖에서 얼핏 본다면 홉고블린이 조인족에게 얹혀사는 걸로 보인다.

아무래도 바깥의 위험으로부터 튼튼한 울타리가 되어주는 건 조인족이었으니 말이다.

심하면 홉고블린들이 조인족들의 허드렛일이나 하는 존재

로 여기기도 하는데, 실상은 전혀 그렇지 않다.

조인족과 홉고블린은 서로를 동등한 입장이라고 생각하고 존중해 주고 있으니 말이다.

잘하는 일이 각자 다르기에 서로 보완하는 사이라고 여길 뿐, 네 일이 내 일보다 하찮다고 여기는 일은 절대 없었다.

물론, 성격 급하고 혈기 왕성한 어린 조인족 녀석들이나 젊은 녀석들이 가끔 홉고블린들을 얕잡아 보고 함부로 대하는 경우도 있긴 했다.

아무래도 몸이 성장해 감에 따라 힘도 강해지고 바람까지 다루게 되면 혈기만 앞서서 힘이 강한 게 무조건 최고라고 생각하게 되니 말이다.

하지만, 그러고 나서는 홉고블린들에게 아주 철저하게 응징을 당하기 때문에 그런 태도를 계속 유지하는 멍청한 놈들은 없었다.

외려 조인족이 홉고블린들에게 휘둘리는 경우가 많았다.

그런 걸 보면 홉고블린이 겉으로는 얌전한 것 같아도 뒤로는 남편을 꽈악 휘어잡고 있는 현명한 아내들 같다는 생각이 들기도 한다.

즉, 이 마을에서 살림을 꽉 잡고 실질적인 권력을 휘두르는 건 홉고블린이었던 것이다.

촌장 씨와 대화를 하는 중 자꾸 입꼬리가 올라가려고 해서 제지하느라고 혼났다.

다른 사람들도 다 어렵다고 한 일을 내가 해내게 되었으니 말이다.

비록 조인족 당사자들과 거래를 하는 건 아니지만, 아무려면 어떤가.

상대가 누구든 정기적인 거래를 할 수만 있으면 되는 거지.

'우히히히~ 촌장 씨랑 이야기를 끝내고 아빠한테 자랑해야지~!'

다음 날, 촌장 씨와 나는 홉고블린들의 마을로 초대를 받았다.

홉고블린들은 조인족 영역 안에 자신들의 마을을 따로 이루어 살고 있었는데, 그 마을에는 그들만의 독특한 마법 결계가 걸려 있어서 초대받지 않는 한 조인족들도 들어가지 못했다.

그래서 나도 이번에 처음 방문해 보는 것이었다.

손재주가 뛰어난 홉고블린들의 마을답게 작은 통나무 오두막집들이 옹기종기 모여 있는 그곳은 아기자기함과 자연의 아름다움이 공존하는 곳이었다.

여건만 된다면 하루 종일 둘러보며 감상하고 싶었지만, 기대감으로 눈을 번쩍이고 있는 홉고블린들 덕분에 얌전히 포기했다.

내가 다른 일로 시간을 끈다면 당장에라도 보복을 당할 것 같은 분위기였던 것이다.

그들의 뜨거운 반응에 촌장도 난감함과 불안감을 슬쩍 내비칠 정도였다.

"으음… 이런 말 하는 건 실례겠지만, 이분들의 기대를 만족시키지 못한다면 무사히 마을에서 나갈 생각은 버려야 할 것 같습니다."

"당연하지. 우리를 이렇게 기대하게 만든 대가는 반드시 치러야 할 거야."

적당히 떨어진 거리에서 작게 속삭인 말인데도 어떻게 들었는지 우리를 안내하던 브라우니가 이를 드러내며 웃어 보였다.

그렇게 뜨거운 반응을 보이는 만큼 홉고블린이 우리에게 요구하는 물품은 많았다.

게다가 더 다행스럽게도 비싸거나 희귀하거나 대단한 물품은 얼마 없었고, 대부분이 인간들이 실생활에서 사용하는 생활용품이었기에 수용 가능했다.

좀 의외의 물품도 있어서 이걸 어떻게 알았냐고 물으니, 가끔 몰래 인간들 마을에 내려가 생활하는 모습을 구경했다고 순순히 털어놓는 거였다.

그 이야기를 들은 촌장 씨는 딱딱하게 굳어버렸다.

나름 실력자들만 데려다 놓고 있었건만, 여태껏 홉고블린들이 와서 자신들을 구경하고 있었다는 걸 모르고 있었으니 말이다.

완벽하게 방수가 되어 있는 줄 알았는데 알고 보니 물이 조금씩 새고 있는 꼴이 아니던가.

너무 심각한 표정이 된 촌장 씨가 왠지 안돼 보여 나는 그의 팔을 위로 차원에서 톡톡 두드렸다.

"그렇게 놀랄 건 없어요. 홉고블린이 작정하고 기척을 숨기면 조인족들도 찾기 어려운걸요."

그러니 자기가 잘난 줄 아는 조인족들이 홉고블린의 보복을 막지 못하고 당하는 거였다.

결코 조인족이 홉고블린을 봐주는 게 아니었다.

내 말에 주변에 있던 홉고블린들이 낄낄거리며 고개를 끄덕였다.

"그, 그렇습니까?"

촌장 씨는 새삼스럽다는 시선으로 홉고블린들을 둘러봤다.

하기야, 아무리 내 설명을 들었다 해도 그동안 가지고 있던 편견을 쉽게 없애기는 힘들 터, 직접 보고 깨달아야 했다.

'앞으로 계속 교류할 사이인데 서로서로 좋게 봐야지.'

홉고블린들과의 이야기는 수월하게 진행되었다.

서로 거래에 대해 긍정적인 데다, 교환할 수 있는 물건들도 있었기에 막힘이 없었다.

남은 건 언제 어디서 어떻게 얼마만큼 주고받냐에 대한 조율로, 이건 하루 안에 정하기는 힘들었던 터라 우리는 대강 큰 그림이 정해지자 자세한 건 다음을 기약하며 헤어졌다.

"이거 참, 앞으로 해야 할 일이 참 많아질 것 같습니다. 일단 전하를 보좌해 드릴 인물부터 찾아야겠군요."

촌장 씨와 인간 마을로 향하던 나는 문득 떠오르는 게 있어서 발걸음을 멈췄다.

"그보다는 우선, 조인족 족장께 이번 일을 이야기해 두는 게 낫겠지요?"

"그렇지요. 전하께서 해주시겠습니까?"

"그러려고요. 이번 일은 내가 벌인 일이기도 하니까. 그럼, 전 이대로 족장을 뵙고 돌아갈 테니 먼저 돌아가세요."

"알겠습니다. 그럼 마을에서 뵙겠습니다."

그렇게 촌장 씨와 헤어져 족장 씨를 찾아가니, 그는 벌써 내가 홉고블린들과 거래를 하려는 걸 알고 있었다.

"이야기는 들었어. 홉고블린들을 꼬셨다고?"

"우와, 소식이 빠르신데요?"

"이 마을에서 내가 모르는 일은 없거든."

마을 안에서 무슨 일이 벌어지든 전혀 관심이 없을 것 같았는데, 좀 의외였다.

역시 족장은 족장인 걸까?

어쨌든 알고 있다니 따로 입 아프게 설명할 필요가 없어 잘됐다 싶었다.

"해도 괜찮지요?"

"그래, 너와 홉고블린들 서로에게 좋은 일이라면 막을 생각 없다. 단, 마을 안에서 너무 시끄럽게 굴지 말 것."

당연한 말이었기에 나는 선선히 고개를 끄덕였다.

"네."

"그리고 넌 내년에 성년식에 다시 도전할 것."

"네에……."

만약 거래를 완전히 포기했다면 안 했을지도 모르지만, 홉고블린들과 거래를 하게 되었으니 하는 게 좋을 거다.

엄마도 원하고 있고.

그래서 이번에도 고개를 끄덕이자, 족장 씨가 쿡 웃으며 말을 이었다.

"마지막으로, 우리 마을의 일원이라는 걸 명심하고 행동할 것."

"엥?"

성년식이야 여길 왕래하는 데 불편함이 없도록 참여하는 거지, 딱히 이 마을의 일원이 되고 싶어서 참여하는 건 아니었다.

톡 까놓고 말해 여길 좋아서 오는 게 아니었으니 말이다.

게다가.

"저는 아빠랑 살 예정인데요?"

"알아. 그건 마음대로 해. 그냥 일 년에 한두 번 정도 얼굴만 보이면 되니까. 어차피 홉고블린 보러 가끔 올 거 아냐? 아, 나중에 혹시라도 소집령을 내리면 그건 꼭 응해라. 뭐, 소집령을 내릴 일은 거의 없긴 하다만……."

"하아?"

족장 씨의 말에 나는 고개를 갸웃거렸다.

전에는 '네가 원하면 받아주겠다'란 식이었건만, 지금은 '웬만하면 편의를 다 봐줄 테니 들어와'라고 권하고 있으니 의아했던 것이다.

"뭡니까? 혹시 홉고블린과 거래를 텄다고 제 존재가 족장님께 중요해지기라도 한 겁니까? 아니면 뭔가 필요해진 일이라도?"

나도 말이 안 된다고 생각하면서 내뱉은 말이었기에 족장이 어이없다는 웃음을 보여도 화나지 않았다.

"하, 그럴 리가 있나. 네가 뭐가 그리 대단하다고."

"그럼 지금은 왜 마을 일원으로 남길 원하시는데요?"

"네 엄마가 부탁했으니까."

"네에?"

이건 또 뭔 소리인가 싶었다.

게다가 엄마도 그렇지.

어디 부탁할 사람이 없어서 족장 씨한테 부탁한단 말인가.

내가 황당함을 금치 못하는 사이 족장 씨는 좀 머쓱한 표정으로 입을 열었다.

"음… 내가 젊었을 때는 그다지 착한 놈이 아니었거든."

솔직히 지금도 별로 착해 보이진 않았다.

"옛날에 방황도 좀 많이 했고. 그래서 그때 만난 반려자들이나 그때 태어난 애들에게는 좀… 많이 무심했었지."

뭐, 자녀들이 16명씩이나 된다니 그럴 거 같더라.

"나중에 생각하니 좀 미안하긴 하기에… 애들에게 내가 할 수 있는 선에서 각자 한 가지씩의 부탁을 들어주기로 했다."

오오, 그래도 양심은 좀 있었나 보다.

나름 꽤 고심해서 자녀분들에게 말한 것 같기도 하고.

"네 엄마에게도 그렇게 말했었거든. 그랬더니 2년 전쯤인가… 어느 날 찾아와서 네가 강해질 때까지 돌봐달라고 부탁하더군."

"에엥? 절요? 왜요? 나름 별 탈 없이, 부족함 없이 크고 있다고 생각하는데?"

의아한 것도 의아한 거지만, 그 상대도 별로 반갑질 않았다.

'엄마, 마음은 정말 감사한데… 애들을 돌보는데 힘만 세다고 다가 아니거든요.'

거기까지 생각하던 난 퍼뜩 떠오르는 게 있었다.

"자, 잠깐만요. 란데를 북궁으로 보낸 것도 족장이라고 하지 않았어요?"

"그랬지. 처음에는 그걸로 충분할 거라고 생각했는데… 왜 이렇게 여전히 연약한 거냐? 좀 팍팍 먹고 몬스터 놈들도 팍팍 잡고 그럴 것이지."

"하아아? 아, 그럼 혹시 성년식을 못 하게 한 건?"

"좀 더 훈련을 받게 하고 싶은 마음이 전혀 없다고는 못 하겠지만, 그렇다고 온전히 사심만 가지고 결정을 한 건 아니다. 넌 좀 더 커야 해."

"윽."

"마침 홉고블린과 거래를 한다니, 앞으로도 계속 여기 올 거면 너도 마을 일원으로 있는 게 좋잖아?"

'그렇긴 한데, 왠지 사양하고 싶다. 게다가 강해지는 거랑 이 마을의 일원이 되는 거랑 무슨 상관이라고… 관리하기 쉽다는 건가?'

그런데 족장 씨가 이런 나의 내키지 않아 하는 마음을 딱 알아챘던 모양이다.

"뭐어~ 네가 저엉~ 싫다면 안 해도 되긴 해. 그런데 말이다, 우리 마을 일원이 아닌 자가 우리 마을에 들락거리는 거… 쉽지는 않을 거다."

'이제는 협박입니까? 어쩜 그렇게 엄마랑 똑같은지… 누가 부녀지간 아니랄까 봐.'

속으로 투덜거려 봤자 '이 내가 봐주겠다는데 감히 거절하냐?' 란 시선으로 바라보는 족장 씨 앞에서 난 다른 말은 할 수가 없었다.

제34화

그 여자, 그 남자의 사정

그다음 날 당장 홉고블린들과 다시 만나서 이야기를 진행시키고 싶었지만, 사정이 여의치 못했다.

거진 다 포기했던 거래를 성사하게 된 흥분으로 깜빡하고 있었는데, 지금 조인족 영역은 성년식으로 인해 긴장감이 짙게 깔려 있었다.

촌장 씨와 함께 홉고블린을 만나러 올 때도 성년식을 치르는 꼬맹이 조인족들을 피하느라 허공 높이 날아와 놓고도 그걸 깜빡하다니, 내가 어지간히도 많이 흥분했던가 보다.

하기야, 그건 촌장 씨도 마찬가지였다.

그도 족장 씨에게 인사하러 간다는 나와 별생각 없이 헤어졌다가 조인족 마을 밖으로 나가지 못해 내가 올 때까지 기다리고 있었다.

결국, 그런 연유로 인하여 홉고블린들과의 미팅은 몇 달 뒤로 미뤄지게 되어—성년식이 끝나면 곧바로 조인족식 축제가 벌어지기 때문에 마을이 온전히 평온해지려면 세 달 정도 걸린단다—나는 황궁으로 돌아왔다.

북궁을 떠난 지 2주 만의 귀환이었다.

이번에도 역시 엄마에게 뒷덜미를 잡혀 구름 위를 올라갔다 내려오느라 잔뜩 지친 몸을 이끌고 북궁의 베란다로 내려서자, 마법진을 이용한 덕에 먼저 도착해 있던 유모 등등이 황급히 달려 나와 나를 맞이했다.

"이제 오십… 세상에, 마마!"

"무슨 일이세요?"

처음에는 화사하게 웃으며 맞이하려 했던 그녀들은 핼쑥한 얼굴로 비틀거리며 내려서는 날 보고 다급히 다가와 부축하며 물었다.

"무, 물……."

그러나 그녀들에게 대답할 기력조차 없었던 나는 간신히 가장 원하던 한 단어만 내뱉고 그대로 유모의 품에 쓰러지듯 기대어 버렸다.

이후, 응접실로 옮겨져 물을 몇 대접이나 마시고 나서야 겨우 정신을 차린 나는 우아한 포즈로 앉아 차를 마시고 있는 엄마를 보며 투덜거렸다.

"인간적으로 너무 심하잖아! 어떻게 딱 두 번 만에 시간을 절반으로 단축하라고 하냐?"

얼마나 힘들었던지 목소리마저 잔뜩 잠겼다.

그래봤자 역시 엄마는 눈 하나 깜짝 안 했지만.

"첫째, 넌 인간이 아니라 조인족이다. 너무 인간적으로 생각한다 했더니, 이제는 네가 인간이라고까지 착각하고 있는 거냐? 둘째, 결국은 해냈잖니?"

"거야……."

'해내지 못하면 다음에 조인족 마을로 갈 때는 하루 만에 도착할 수 있도록 비행 훈련을 시키겠다!' 라는 협박 때문이라고는 차마 말할 수 없어 나는 얌전히 입을 다물었다.

하기야, 나도 참 대단하다고 해야 할지, 미련하다고 해야 할지 모르겠다.

아무리 엄마의 협박이 있었다 해도 정말 이틀 안에 북궁에 도착했으니 말이다.

'덕분에 죽는 줄 알았지. 대단한 게 아니라 미련한 거였어.'

속으로 푹푹 한숨을 내쉬며 나는 소파에 드러누웠다.

너무 지친 데다 심한 근육통으로 인해 도저히 일어날 수가 없었던 것이다.

"마마!"

"잔소리는 나중에……."

이럴 때 잔소리까지 듣고 싶지는 않아서 손을 휘저어 유모의 입을 막으려 했지만, 유모가 하려던 말은 그게 아니었다.

"목욕 준비를 끝냈답니다. 많이 피곤하시겠지만, 목욕은 하고 주무세요."

유모의 말에 나는 활짝 웃으며 대답했다.

"그런 거였어? 아하하~ 당연히 해야지."

손 하나 까딱 안 하고 뜨신 물에 몸을 담그고만 있으면 머리부터 발끝까지 씻겨주지, 두피 마사지에 전신 마사지해 주지, 거기에 손발톱 케어까지…….

아무리 피곤하다고 해도 이런 호사를 거절할 리가 없었다.

다음 날, 뛰어난 실력의 시녀들 덕분에 다시 쌩쌩해진 내가 평소처럼 아침 훈련을 끝내고 1황비 궁에 갔더니, 카버 시종장이 웬 남정네 둘을 데리고 날 기다리고 있었다.

"앞으로 마마를 모시게 될 사람들입니다."

'에엥? 이렇게 빨리?'

물론 홉고블린들과 거래가 결정되자마자 거기서 곧바로 아빠한테 연락을 하긴 했었다.

그때 아빠가 다 알아서 준비해 줄 테니 걱정 말라고 하더니만, 설마 일주일도 채 되기 전에 날 도와줄 사람들을 내 앞에 선보일 줄은 몰랐다.

'우와, 아빠 진짜 능력자인데? 원래 황제들은 다 이렇게 능력 있는 건가?'

내가 거래를 성사시킬 거라고는 예상하지 못했을 테니 미리 찾아놓지도 않았을 거였다.

"뵙게 되어 영광입니다, 마마. 앞으로 마마께서 하시는 일에 최선을 다해 보필하도록 하겠습니다. 편히 콜린스라고 불러주십시오."

먼저 인사를 해온 남자는 한마디로 푸근한 미소를 가진 옆

집 아저씨였다.

차림새를 보고 눈치챘지만, 내가 이제 시작하게 된 홉고블린과의 거래 업무를 전반적으로 도와줄 거란다.

나머지 한 사람은 황궁기사단 정복 차림에 검까지 차고 있는 남자였다.

"마마를 모시게 되었습니다. 앞으로 잘 부탁드리겠습니다."

"이제부터 펄시윌 경이 마마의 호위를 담당할 겁니다."

카버 시종장이 덧붙인 설명에 나는 순순히 고개를 끄덕였다.

당연한 일이지만 모든 황족에게는 각각의 호위기사 팀이 붙어 있다.

한 사람이 하루 종일 호위하는 건 불가능하기에 전담 팀이 구성되어 교대로 호위를 맡는데, 황족의 급에 따라 구성 인원수는 달라지지만 황자와 황녀들은 보통 15명 전후라고 알고 있었다.

나도 공식적으로 황실 계보에 등록되었을 때 이 호위 팀이 붙었어야 했지만 여러 사정으로 인해 아직까지 없었는데, 이번에 정해졌나 보다.

'그럼 드디어 케이도 돌아오겠군!'

내 호위기사 팀이 구성되었다니 케이도 거기에 소속되어 같이 돌아올 거 같다.

그렇다면 눈앞의 이 남자가 케이의 직속상관인 건가 싶어 바라보는데, 문득 펄시윌 경의 진한 금발 머리가 눈에 들어왔다.

'흐음? 흐으음?'

순간, 머릿속에서 어떤 기억이 스믈스믈 피어오르며 혹시나 하는 생각이 떠올랐지만, 나는 곧 어깨를 으쓱이며 그 생각을 지워 버렸다.

아무렴 어떠랴 싶었던 것이다.

'아빠가 어련히 잘 알아서 뽑았겠지.'

확실히 그들은 아빠가 어련히 잘 알아서 뽑은 사람들다웠다.

'너무, 잘' 말이다.

서로 인사가 끝나자마자 콜린스가 기다렸다는 듯 준비한 보고서를 내밀었는데, 그 두께가 장난이 아니었다.

'헐… 이 정도라면 대충 봐도 3, 400페이지는 되겠는데?'

보고서라기보다는 참고서라고 해도 무방할 두께에 절로 입이 벌어졌다.

"급하게 작성된 보고서라 부족한 점이 보이더라도 이해해 주십시오. 아직 거래 품목과 양이 정확하게 정해지지 않았다고 해서 일단 촌장이 전해준 예상치를 기준으로 작성해 봤습니다. 각각 물품의 현재 매매가와 예상되는 운송비용도 포함시켜 놨으니 참고하실 만할 겁니다."

보고서를 팔랑팔랑 넘겨보며 콜린스의 말을 듣던 난 시선을 들어 그를 바라봤다.

"촌장? 혹시 그 근처 마을의 촌장과 아는 사이입니까?"

"제가 그 마을 물자 배송 담당이라 전부터 안면이 있었습니다."

"아하."

하기야, 그 마을 사람들도 살아가려면 기본 생활용품들이 필요할 터, 직접 만들 거 아니면 어디선가 가져와야 했겠지.

'그 마을이 이용하는 거래 라인 담당자였구나.'

그랬기에 그쪽 지방, 특히나 조인족 마을이 있는 올코트 산 주변 지역의 운송 방법이나 비용에 대해 빠삭할 수 있었나 보다.

한데 놀라움은 그게 끝이 아니었다.

콜린스는 벌써 황성 밖에 내 소유로 된 운송 상회를 하나 차려놓고 있었다.

번듯한 3층짜리 건물을 통째로 사용하고 있는 상회를 멍하니 바라보는 내게 콜린스는 '이제 막 시작하는 참이라 아직 규모가 작습니다'라며 엄청 송구스러워했다.

'이게 작은 거라고? 나는 그냥 작은 사무실 하나와 조그마한 창고 하나 정도 마련해 놓고 시작하려 했는데?'

내가 생각하던 것보다 훨씬 커져 버린 규모에 비용을 어찌 감당했냐고 물으니 그런 건 조금도 신경 쓰지 않아도 된다는 답변만 돌아왔다.

기실, 모든 운영이 척척 매끄럽게 굴러가고 있어 나는 어떤 신경도 쓸 필요 없이 막말로 서류에 사인만 하면 되었다.

'이, 이게 바로 다 차려진 밥상이라는 건가?'

역시, 아빠가 뒤에 버티고 있으니 모든 게 그냥 휘리릭~ 뚝딱, 척척이다.

하기야, 아빠 눈에는 아직 어리기만 한 딸내미가 생소한 분야에 덥석 뛰어들려고 하는데 어찌 가만히 보고만 있을 수 있겠는가.

돌아오는 생일에 성년으로 인정받는다 하나, 난 이 세상에 태어난 지 이제 겨우 8년.

기세 좋게 나만의 일을 해보겠다고 선언하긴 했지만, 난 아직 황족으로서 받아야 하는 기본 교육의 절반도 끝내지 못한 상황이었다.

특히나 이 세계의 상업에 대해서는 아는 게 거의 없는 주제에 운 좋게 홉고블린들과 거래부터 터버렸으니, 아빠는 딱 물가에서 꼼질거리는 애를 보는 심정이었을 거다.

'흐흐흐~ 하나부터 열까지 싹 도와주고 싶은데 차마 그러지 못하고 참는 모습이 눈에 선하다.'

하지만, 내가 처음으로 해보고 싶다고 나선 일이었기에 얼른 아빠한테서 독립해 내 능력으로 상회를 운영해 보고 싶었다.

그런 의미에서 나는 전보다 더 의욕적으로 공부에 매달렸다.

특히나 새로운 수업에는 제이도 끌어들인 상황이라─제이를 내 수행 비서로 진급시킬 생각이었다─더더욱 설렁설렁하기 어려웠다.

그러는 사이, 드디어 5월이 되어 조인족 마을이 안정을 찾았다는 촌장 씨의 연락을 받자마자 나는 지체 없이 움직였다.

한데, 조인족 마을에 도착하자마자 홉고블린들을 제치고 제일 먼저 나를 맞이하는 이가 있었으니.

"뭐야? 이제 오면 어떻게 해?"

"얼라리오? 네가 웬일이냐?"

이제는 건장한 20대 청년으로 보이는 코데로 녀석이었다.

나는 참여하지 못했던 성년식은 물론, 이후의 이벤트에도 참여했을 테니 당연히 엉망이 된 몰골로 거처에 처박혀 있을 줄 알았건만, 아주 멀쩡한 상태로 내 앞에 모습을 보이고 있었다.

"설마 날 보고 싶어 기다린 건 아닐 테고?"

그랬다면 저리 다급한 표정으로 기다리고 있지 않았을 거다.

게다가 녀석과 나의 친분 레벨은 녀석이 인간들의 숙소 앞까지 와서 기다릴 정도도 아니었고 말이다.

어째, 전의 일을 떠올리게 만드는 분위기에 나는 피식 웃으며 말을 이었다.

"나한테 부탁할 거 있냐?"

그러자 녀석이 기다렸다는 듯 입을 열었다.

"릴리가 결혼한대."

"에엥?"

참 뜬금없는 대답에 나는 황당한 시선으로 녀석을 바라봤다.

'릴리고 로즈고 걔네가 결혼하는 게 나랑 뭔… 어라, 릴리? 릴리라고?'

"혹시… 예전에 그 애? 네가 도와준답시고 나까지 끌어들였던?"

블랙 오크의 공격을 받아 위험에 처했던 걸 코데로가 도와준 걸로 인연을 맺은 소녀의 기억이 새록새록 떠올랐다.

코데로의 요청으로 나도 한 발 끼어들었다가 큰일 날 뻔했지만, 덕분에 료우도 만났고 해서 즐거운 추억으로 기억하고 있던 차였다.

이후 혹시나 하는 마음에 코데로가 릴리와 연락을 주고받길 원하면 도와주라고 유모를 통해 촌장에게 말을 넣어놨더니, 진짜로 편지를 몇 번 전달해 줬다는 이야기를 들었었다.

그러나 단 몇 번뿐, 후에는 그런 일이 없었다고 해서 나는 코데로와 릴리의 인연은 그쯤에서 흐지부지된 줄 알았다.

한데 이렇게 갑자기 나타나서 릴리의 결혼 소식을 전하다니…….

'이 시키, 편지를 주고받는 대신 직접 왔다 갔다 했다는 소리잖아?

뭐, 바람을 다룰 수 있게 되자마자 산맥을 넘어 다닌 녀석이었으니 하고도 남았을 거다.

'참 내, 또 다른 조인&인간의 커플 탄생… 이 아니네? 릴리가 결혼한다니.'

"결혼 축하 선물이라도 하게?"

아니면 릴리의 결혼식에 가고 싶다고 부탁하려는 건가 싶어 물었더니, 코데로 녀석이 펄쩍 뛰었다.

"축하라니! 날 두고 결혼한다는 게 말이 돼?!"

"뭐시기?"

"게다가 릴리도 원해서 하는 게 아니래! 도대체 인간은 이해할 수가 없어. 왜 자기가 원하지 않는 일도 해야 한다는 거지? 그게 제정신을 가지고 할 소리야?"

그동안 무척 답답했던지 나를 붙들고 하소연이라도 하듯 말을 쏟아냈지만, 나는 속으로 혀를 찰 뿐이었다.

'애야… 인간 입장에서는 네가 어이없는 거거든?'

하지만 지금은 그걸 따지고 있을 때가 아니었기에 난 본론에 다시 집중했다.

"릴리가 그러디? 결혼하기 싫대?"

"그렇다니까. 그래서 내가 그냥 우리 마을로 데려오려고 했더니 안 된다고 하는 거야."

"우리 마을로? 네가 여기에 릴리를 데려와서 어쩌려고?"

"어쩌긴. 이제 나도 당당한 전사야. 내가 충분히 보살펴 줄 수 있어."

주먹을 불끈 쥐어 보이며 외치는 폼을 보아하니, 정말 인간&조인 커플이 탄생될 건가 보다.

하지만 녀석은 곧 착 가라앉은 표정으로 말을 이었다.

"그런데 안 된대. 자기가 사라지면 부모님이 위험하다고 도리질을 치는 거야. 결혼을 안 하는 거하고 부모님하고 무슨 상관이람? 하아, 정말 인간은 이상해. 그러니까 이 사태 좀 해결해 줘. 넌 저번 일도 해결해 줬으니 이번 일도 해결해 줄 수 있지?"

'얼씨구?'

인간은 이상하다면서도 끝까지 도와주려는 그 마음은 갸륵하다만, 나에 대한 저 태도는 뭔지 모르겠다.

"이봐, 이봐. 꼭 맡겨놓은 거 찾아가는 태도다? 너무 당당하잖아?"

"당당하지 않을 건 또 뭐 있어? 이 일로 인해 너는 곧 미래의 대전사에게 무언가를 요구할 수 있는데 그럼 너한테도 좋은 거 아니야?"

'헐~ 그래, 조인족이 저렇지……'

저렇게 제가 필요할 때만 와서 제 것을 달라는 양 당당하게 요구하니 조인족과 정기적인 거래가 쉬울 리 없었다.

더 열받는 건 녀석의 말이 맞다는 거였다.

현재의 난 조인족이 한 명이라도 협조해 준다면 감지덕지였으니까.

'근데 저렇게 나오니 진짜 해주기 싫다아~'

속으로는 투덜거렸지만 어차피 도와줄 생각이었기에 불만을 접어 넣었다.

"근데 릴리가 싫어하는 건 확실한 거지?"

다시 한 번 확인하려 되묻는 말에 코데로 녀석이 짜증스레 머리를 쓸어 넘겼다.

"그렇다니까. 그놈의 상단인지 뭔지 때문에 협박을 받는다나?"

곱지 않은 말투로 대꾸하는 녀석의 입술을 꽉 꼬집어주고 싶었지만, 그 전에 녀석의 말에 머리에서 빛이 번쩍거렸다.

'상단? 상단이라고?!'

그러고 보니 릴리네 집안은 뢰블레 왕국과 무역을 하는 상단을 경영하고 있다고 했었다.

그녀 또한 집안일을 배우려 뢰블레 왕국에 갔다 오다가 블랙 오크를 만났다고 하지 않았던가?

'이거, 이거, 잘하면 일석이조겠는데?'

난 의미심장한 눈빛으로 코데로를 바라봤다.

"그래서 결혼식이 언제인데?"

"이 주 남았대."

"이 주? 결혼식이? 지금 릴리 양은 호빙 남작 영지에 있는 거 맞고?"

"응. 인간들이 그렇게 말하는 영지에 있어."

결혼식이 정말 이 주 정도 남은 거라면 시간이 좀 촉박하지만, 코데로의 말을 액면 그대로 믿기는 어려우니 상황을 따로 알아보는 게 좋을 거 같았다.

"알았어. 우선은 기다려."

"확실히 처리해 줄 수 있는 거 맞지?"

"상황을 정확하게 파악해야 처리하든 말든 하지. 아, 그리고 처리하더라도 시간은 좀 걸릴 거야."

"왜?"

"인간들은 원래 그래. 뭔 문제 하나를 풀려면 복잡한 과정이 필요하거든."

"인간들이란……."

맘에 안 든다는 표정으로 투덜거리는 코데로의 모습에 나는 코웃음을 쳤다.

'조인족은 어떻고.'

"하여간 알아보는 대로 연락 주마. 그러니 진득하니 기다려."

"알았어. 그건 그렇고, 그럼 넌 나한테 뭘 부탁할 거지?"

코데로의 말에 나는 기다렸다는 듯 입을 열었다.

"내가 홉고블린과 거래하는 거 알지?"

그러자 코데로 녀석도 아주 당연하게 대답하는 거였다.

"모르는데?"

"아, 네… 그러십니까?"

아무래도 이 녀석 릴리 양의 일에 폭 빠져 딴 데 정신 팔 여유도 없었나 보다.

하기야, 지금 이렇게 멀쩡한 꼴을 보아하니 성년식을 치르자마자 이벤트는 참여하지도 않고 릴리에게 다녀온 게 틀림없었다.

성년이 된 애들이 참여하고 싶어 안달이라는 이벤트도 빼먹을 정도였으니, 그만큼 릴리가 좋다는 이야기겠지.

"한데, 홉고블린과 거래에~? 무슨 그런 웃긴 일을……."

어이없다는 표정인 코데로 녀석에게 나는 방긋 웃어 보였다.

"앞으로 너도 그 일을 해야 하는데?"

"뭐? 아니, 내가 왜?"

"그야 내가 부탁할 게 그거니까."

"윽……. 따, 딴 걸로 하면 안 되냐?"

반사적으로 구겨지는 코데로의 얼굴이 너무 볼만했다.

덕분에 나는 기분 좋게 그 얼굴을 감상하며 후속타를 날렸다.

"지금 가장 필요한 건 그거라서. 그리고 그 일을 적극적으로 하는 게 너한테도 좋을 거야."

"아니, 그건 또 왜??"

"잘하면 릴리도 여기 와서 그 일을 도울 거거든."

그랬다.

코데로에게 이야기를 듣는 순간, 머릿속에 번쩍 떠오른 아이디어가 바로 이거였다.

릴리도 상단을 운영하는 집안에서 태어나 자랐고, 몇 년 전부터 상단 일을 돕기 시작했으니 지금쯤은 제법 경력자라고 할 수 있을 터.

그렇지 않아도 나는 슬슬 비서 겸 보좌관이 더 필요하다고 느끼고 있던 차였다.

물론, 아빠가 붙여준 콜린스 씨가 있지만 그는 비서로 데리고 다닐 수 있는 사람이 아니었고, 제이는 이제 나와 같이 배우고 있는 처지였다.

그 외에 유모나 시녀들은 상업 쪽은 잘 모르니 패스.

콜린스 씨에게 부탁하면 적당한 사람을 소개해 줄 테지만, 이왕이면 나와 인연이 있고, 나에게 편한 사람이 좋지 않겠는가.

거기에 플러스로 남친이 조인족이면 더욱더 좋고.

나는 속으로 회심의 미소를 지으며 얼른 아빠한테 연락을 넣었다.

"아빠, 부탁이 있는데……."

자꾸 아빠한테 기대는 것 같아 좀 찜찜하긴 하지만, 빽을 이럴 때 써먹지 언제 또 써먹겠는가?

조인족 마을에 있을 때 연락해 둔 덕에 나는 북궁으로 돌아와 며칠 지나지 않아 릴리를 만날 수 있었다.

천만다행히도 릴리는 결혼을 이 주 앞둔 게 아니라 결혼 발표를 이 주 앞두고 있던 거였기에 황궁으로 그녀를 호출하는데 큰 어려움이 없었다.

결혼 발표야 얼마든지 미룰 수 있는 일이었으니 말이다.

황성으로부터의 갑작스러운 부름에 괜한 걱정을 하고 있을까 싶어 일부러 응접실로 불렀는데, 별 도움이 안 되었나 보다.

응접실 안으로 들어서니 허리를 깊숙이 숙이고 있는 그녀의 어깨는 긴장으로 파들파들 떨리고 있었던 것이다.

"삼가 황녀 전하를 뵈옵니다."

"그만 일어나."

"황공하옵니다."

내 말에 허리는 폈지만 감히 날 바라볼 엄두는 못 내 시선을 아래로 깔고 있는 릴리의 모습에 나는 혀를 끌끌 찼다.

"그렇게 긴장할 필요는 없는데……. 하긴, 긴장하지 말라는 것도 무리려나? 게다가 빈말로도 잘 있었냐고 묻지도 못하겠네."

몇 년 전에 만났던 앳된 소녀는 청초한 미모의 아름다운 숙녀가 되어 있었는데, 마음고생이 많았던지 얼굴이 꽤나 수척해 보였다.

내 말에 의아한 듯 슬쩍 시선을 든 그녀는 내 얼굴과 등 뒤의 날개를 확인하더니 눈을 동그랗게 뜨며 입을 가렸다.

"세, 세상에… 세상에나……."

얼마나 놀랐는지 목소리가 떠듬떠듬 흘러나왔다.

그 모습에 나와 함께 들어온 시녀들의 눈초리가 매서워졌지만 나는 손을 저어 만류하고는 소파에 털썩 주저앉았다.

"아, 아사… 님?"

확인하려는 듯 조심스럽게 부르는 릴리에게 나는 싱긋 웃어 줬다.

"맞아. 오랜만이지?"

"네, 네에. 세상에 이런 우연이……. 아니, 아니, 전에는 몰라뵙고 큰 무례를……."

내 미소에 같이 웃어 보이려던 릴리는 순간 '아차!' 하는 표정으로 다시 무릎을 굽히고 허리를 숙여 보였다.

"됐어, 됐어. 괜찮으니까 걱정 말고 편히 앉아."

그런 그녀에게 자리를 권한 나는 타이밍 좋게 시녀가 내온 찻잔을 느긋한 자세로 들어 올렸다.

차와 함께 나온 쿠키도 하나 집어먹고 있으려니 릴리가 긴장이 좀 가신 표정으로 조심스레 자리에 앉는 게 보였다.

그 모습에 나는 다시금 풋~ 하고 웃었다.

"시간이 많이 흐르긴 흘렀나 봐. 전에 봤을 때는 풋풋한 꼬마 아가씨였는데, 지금은 완연한 숙녀네?"

살짝 놀리는 말에 릴리의 얼굴이 슬쩍 붉어졌다.

"아사니… 아니, 죄송합니다. 전하."

"괜찮아. 나도 첫 만남이 특별해서 그런지 이름을 불리는 게 더 편하니까. 그러니 사적인 자리에서는 이름을 불러도 좋아."

"황공하옵니다."

"말도 편하게 했으면 좋겠지만… 어려우려나? 그래도 나중에 코데로 녀석이 있을 때는 편하게 해. 안 그럼 코데로 녀석이 난리 칠걸?"

"코데로를 만나셨습니까?"

그녀와 나 사이에서 즐겁게 화제로 삼을 수 있는 인물이라 일부러 언급한 건데, 릴리의 반응이 이상했다.

뭔가 씁쓸한 분위기가 감도는 것이, 마치 헤어진 남친을 떠올리는 것 같다고나 할까?

"표정이 이상한데? 둘이 뭔 일이라도 있었어?"

"그냥… 제가 결혼하게 됐다는 소식에 코데로가 놀랐나 봐요… 아니, 그런 듯하옵니다."

"편히 말하고 싶으면 편히 해. 이름도 허락했는데 뭘."

내 말에 릴리가 풀썩 웃었지만, 슬그머니 아래를 향한 시선이나 두 손으로 찻잔을 꼬옥 감싸 쥐는 모습에서 우울한 기분이 풀풀 풍기고 있었다.

"결혼을 앞둔 아가씨면 얼굴에 꽃이 펴 있어야지, 왜 이렇게 세상을 다 산 사람처럼 표정이 안 좋아?"

정말 코데로의 말대로 원하지 않는 결혼을 강제로 하게 되어 그런가 싶었는데, 잠시의 망설임 후 조심스레 나온 릴리의 대답은 내 추측과 살짝 비껴 있었다.

"아사 님, 저는 제 나름대로 열심히 살고 있다고 생각했거든요? 그런데, 다들 너무 쉽게 제게 일을 그만두라고 하더라고요. 제가 한 일이 그렇게 별 의미 없는 일이었을까요?"

"뭔 소리야? 그렇게 두루뭉술하게 말하면 나도 두루뭉술 정석대로 대답할 수밖에 없잖아? 그렇게 말해줘?"

왠지 판에 박힌 위로의 말은 건네고 싶지 않아 그리 말했더니, 릴리가 피식 웃었다.

"아니요. 그리고 아사 님은 그러지 않으실 것 같아요."

그러면서 고개를 든 릴리는 반짝이는 눈으로 날 바라봤다.

"처음 뵈었을 때부터 대단한 분이라고 생각했어요. 분명 저보다도 어려 보이셨는데 다른 사람들을 이끌고 그 위험했던 상황을 잘 해결하셨잖아요."

"에엥? 설마. 나는 옆에서 좀 거든 것뿐이고, 그때 제일 많이 활약한 건 코데로하고 제이였는걸."

"물론 그렇긴 하지만 코데로나 제이라는 분이 활약할 수 있었던 건 아사 님이 계셔서 가능했던 일이었어요. 아사님이 계시지 않았으면 전 집으로 돌아가지도 못했을 걸요. 그때 전 아사 님을 보고……."

거기서 문득 말을 멈춘 릴리는 씁쓸한 한숨을 길게 내쉬고서야 다시 말을 이었다.

"처음으로 상단 일을 진지하게 생각해 보게 되었어요. 상단에서 능력을 인정받아 필요한 존재가 되고 싶어졌거든요."

"무슨 소리야? 넌 그때도 상단 일을 하고 있었잖아?"

"그때는 그냥 가벼운 마음이었어요. 스승님께서 재능이 보이니 한번 해보라고 권하셔서 시작한 거였는데, 슬슬 어렵고 힘에 부쳐서 그만둘까 고민하는 시점이었거든요."

"그랬어?"

그런 것치고는 직접 현장에도 따라가고 하는 거 보니 제법 열정을 가지고 있었던 듯한데 말이다.

내가 고개를 갸웃하는 사이에도 릴리의 말은 이어졌다.

"하지만 집에 돌아간 뒤로 마음을 고쳐먹고 나름대로 열심히 했어요. 다행히 노력이 헛되지 않았는지 제법 능력 있다는 소리도 들었고요."

"잘됐네."

"네. 저도 사람인지라 그런 소리 들으면 기분이 좋더라고요. 더욱이 제가 손댄 일이 잘 풀리는 걸 보는 재미도 점점 커졌는데……."

"그런데?"

"얼마 전 갑자기 어머니께서 부르시더니 좋은 혼처가 생겼다고, 놓치기 아까우니 결혼을 하라고 하셨어요.”

“뭐어, 어머니 입장에서는 그러실 수도 있겠지.”

솔직히 이 나라는 여성들이 사회 활동을 할 수 있다고는 하지만 그 비율은 저조했다.

귀족 여성 중 직업을 가진 여성은 20~30% 정도에 불과했고, 좋은 혼처가 있으면 결혼하는 것이 여성에게는 좋은 일이라고 생각하고 있는 사람이 상당수였다.

그러니 릴리네 어머니가 그런 생각을 가지고 있다 해도 이상한 일은 아니었다.

“하지만 저를 이렇게 결혼시킬 거였다면 처음부터 상단 일은 하지 못하게 했으면 좋았을 것을요. 저는… 부모님이 제 능력을 인정해 제가 일하는 걸 지지해 주실 줄 알았어요. 특히 아버지는 제가 상단 일을 해내면 잘했다고 칭찬해 주셨거든요. 한데 이제 와서 그런 것들이 하잘 것 없었다는 양 다 그만두고 결혼하라는 건 너무하시잖아요. 처음부터 절 인정할 마음이 없으셨던 걸까요?”

말하던 중에 설움이 북받쳤는지 급기야 릴리는 눈물을 글썽이기까지 했다.

그녀에게 ‘코데로는?’이라고 물을 뻔했지만, 나는 가까스로 그 질문을 삼킬 수 있었다.

코데로 녀석이 어떻게 말했을지 안 봐도 알 것 같았기 때문이었다.

‘조인족에게 이해나 위로 같은 걸 바라는 게 무리지.’

대신 다른 질문을 꺼냈다.

"그래서 그냥 결혼하기로 한 거야?"

내 말에 릴리는 눈물이 그렁그렁한 눈을 가지고 용케 의아한 눈빛을 보였다.

"이미 부모님이 결정하신 일인걸요. 게다가 상대는 자작 가문. 제게는 선택권이 없어요."

"아… 상대가 자작의 차남이랬지?"

부모님을 잘 만난 덕에 거의 잊은 채 살고 있었는데, 여기는 계급사회였다.

그리고 릴리는 귀족 중에서도 제일 급이 낮은, 쉽게 말해 이름만 귀족일 뿐 거의 평민에 가까운 집안이었고, 상대는 번듯한 세습 작위를 가진 집안이었으니 차이는 컸다.

이 구도에서는 남자 측이 결혼을 취소하는 건 쉬워도 릴리 측에서 하는 건 거의 불가능했다.

까딱 잘못하면 귀족 모독죄로 엮일 수도 있는 일이었으니, 그 상황에서 릴리가 자기 의견을 말하는 건 언감생심일 거다.

그러나 나는 가능했다. 냐하하~

"릴리, 내가 널 왜 불렀는지 대충 짐작하지?"

나는 은근슬쩍 어깨와 허리를 곧추세우며 다리를 꼬았다.

그런데 릴리는 내 말을 어찌 받아들였는지 씁쓸한 미소를 지으며 고개를 저어 보이는 거다.

"아사 님, 저는 조인족 마을에 간다고 행복해질 것 같지 않아요. 그곳에서 제가 뭘 할 수 있겠어요. 차라리 얌전히 결혼한다면 집안에도 좋은 일이고… 남편 될 사람이 원한다면 관리가 되어도 좋다고 했거든요."

"오호~ 결혼하고도 일을 할 생각이었단 말이야? 그 마음가짐 좋은데?"

"네?"

의아한 표정으로 날 바라보는 릴리에게 나는 손가락을 흔들어 보였다.

"넌 오해하고 있는 게 있어. 코데로가 나한테 부탁한 건 널 데려다 달라고 한 게 아니라 널 도와달라는 거였어."

"그, 그게 무슨……?"

"조인족은 상대방의 선택을 존중해 주거든. 네가 부모님의 뜻을 따라 결혼하겠다고 결정한다면 코데로는 네 뜻을 따라줬을 거야. 단지, 그 결정을 한 네가 즐거워 보이지 않으니까 널 조금이라도 도와주고 싶어 나한테 부탁한 거고."

"아……."

내 친절한 설명에 릴리의 표정은 감동의 물결이 넘실거렸다.

'으음, 상대의 선택을 존중해 주기는 하지만, 자신의 감정도 중요하니 끼어들 여지가 조금이라도 있으면 어택도 계속되었을 거란 말은 안 하는 게 낫겠지?'

속이 쪼끔 찔렸지만, 나는 꿋꿋하게 말을 이었다.

"그리고 코데로의 부탁도 부탁이지만 나도 너에게 용건이 있었어."

"아사 님이 저에게요?"

"그래. 요즘 내가 조인족 마을과 거래를 해보려고 준비하고 있거든? 그래서 상회 일에 경력이 있으면서도 조인족을 비롯한 이종족들을 편히 상대할 수 있는 사람이 필요해서 혹시나……."

그쯤 말하자 그동안 잔뜩 가라앉아 있던 릴리의 눈이 반짝 반짝 살아나기 시작했다.

"제, 제가 한번 해보겠습니다. 저에게 기회를 주십시오!"

얼마나 간절했던지 즉시 자리에서 일어나 내 앞에 무릎을 꿇고 부탁을 하는 것이었다.

"결혼할 거라며?"

"아사 니임~ 도와주세요~"

"그런데 난 친분만 가지고 사람을 뽑지 않거든."

"호빙 상단에 알아보시면 제 능력은 얼마든지 확인해 보실 수 있으실 거예요. 잘할 자신 있습니다!!"

"그럼 뭐, 이렇게 간절하게 부탁하니 일단 임시로 한번 채용해 볼까나? 그러나 만약 영~ 아니다 싶으면 그 즉시 해고해 버릴 거니까 각오하는 게 좋아."

"열심히 하겠습니다!!"

'앗싸! 일타쌍피로구나~'

혹 릴리가 기대에 못 미치더라도 상관없었다.

대신 코데로를 두 배로 더 부려먹으면 되는 거니까.

'기대하렴, 코데로~ 냐하하하~'

릴리의 일은 별 탈 없이 잘 해결되었다.

그녀의 결혼이 공식적으로 발표되기 전이었던 터라 황실 인장이 떠억~ 하니 찍힌 편지를 앞에 두니 양가 집안이 기꺼이 양해해 줬던 것이다.

덕분에 그녀가 무사히 내 시녀로 등록되는 사이, 유모가 슬쩍 릴리의 사정에 대해 이야기해 줬다.

내 곁에서 일할 사람이라 그녀의 신상에 대해 자세한 조사가 들어갔던 모양이다.

"일을 제법 잘했는지 상단 내에서 평판은 좋더군요. 전하께 폐가 될 것 같지는 않아 다행입니다."

"잘됐네. 한데 그렇게 잘하는데 왜 일을 그만두게 하고 결혼을 시키려고 그랬대? 요즘 세상에 결혼시키더라도 일을 그만두게 할 필요까지는 없잖아?"

"릴리의 남동생도 상단에서 일하고 있는데 누나에 비하면 좀 뒤처지나 봐요. 그래서 딸이 상단주 자리에 욕심낼까 염려된 부모가 미리 손을 떼게 하려고 했던 모양이에요."

"그냥 릴리에게 상단주 자리 물려주고 남매가 같이 상단 일을 하면 안 돼?"

"뭐어, 그게 가장 이상적인 방법이겠지만, 아들을 유난히도 우선시하는 부모들이 종종 있으니까요. 상단주는 무조건 아들이 해야 한다는 거지요. 말은 안 했어도 릴리도 그게 더 서운했을 겁니다. 그 부모도 나름 릴리를 신경 써서 좋은 집안과 결혼시키려 했던 것 같지만요."

"흐음……."

어쩐지, 황성에 머물게 된 릴리에게서는 단순히 일을 계속하게 되었다는 기쁨 말고도 무언가 후련한 듯한 표정이더라.

"그럼 나도 좀 걱정인데? 지금 릴리에게 기대하는 건 단순 잡무 정도라 괜히 능력 있는 애 썩히는 거 아닌가 몰라."

"오호호호~ 전하도……. 지방 상단에서 뛰어나다는 소리

듣는 것 정도로 여기서는 명함도 못 내미는 걸요. 평생 잡무만 보더라도 황송하게 여길 겁니다."

그렇게 말하는 아방카나 주위에 있던 시녀들의 얼굴에는 엘리트 의식이 번쩍번쩍 빛을 발하고 있었다.

"푸흐흐~ 그래, 그래. 내가 깜빡했네. 아무래도 릴리 레벨이라면 여기 사람들 앞에서 명함 내밀기 힘들겠지?"

이래 봬도 엄격한 훈련과 수준 높은 교육을 받고 테스트를 통과하여 이 자리에 서 있는 아가씨들이 아닌가.

"당연하죠."

'뭐어, 릴리는 앞으로 상단에서 일할 거고 이 아가씨들은 쭈욱 북궁에 있을 테니 마주칠 일은 거의 없겠지만.'

릴리는 비록 내가 직접 불렀지만 북궁에 들어올 등급이 아니라서 우선 1황비 궁의 시녀로 배치되었다.

뭐, 1황비 궁의 시녀로 있는 게 황성 바깥의 상단에 좀 더 쉽게 드나들 수 있어—북궁의 시녀들은 출입이 엄격히 제한되어 있는 탓에—나는 외려 잘되었다고 생각했다.

한데 콜린스는 릴리를 그다지 내켜하질 않았다.

일단 앞에서는 알겠다고 하더니, 후에 지나가는 말투로 자신이 좀 더 유능한 아이를 데리고 올 수 있으니 그 아이도 곁에 두는 게 어떻겠냐고 묻는 거였다.

물론 '조인족 남친이 있는 애로 부탁해요'란 내 말에 바로 꼬리를 내렸지만, 이후로도 그의 탐탁지 않아 하는 기색은 여전한 것 같았다.

그래서 괜찮을까 걱정했는데 내 걱정은 기우라는 듯 릴리는 씩씩하게 잘 적응했다.

게다가 경력이 있다 보니 일에 익숙해지는 것도 빨라서 일을 시작한 지 채 일주일도 안 되어 나와 제이에게 직접 세부 설명까지 해주게 되었다.

1황비 궁의 시녀에게 들으니 따로 시간을 내서 제이에게 상단의 일에 대해 과외도 해주고 있는 모양이었다.

그걸 알게 된 나는 내심 흐뭇하게 고개를 끄덕였다.

'그래, 그래. 그러면서 서로 친해지는 거지.'

사실 제이도 북궁의 시녀들 못지않게 자신의 능력에 대한 자부심이 높아서 자신이 인정한 사람들 외에는 사무적으로 대하는 경향이 있었다.

그래서 그런지 릴리가 처음 내 곁에서 일을 시작했을 때에는 사무적으로 대했었다.

아무래도 처음 만났을 때의 사건이 있다 보니 제이의 머릿속에 릴리는 '남의 보호를 받기만 하는, 별 도움 안 되는 소녀'로 분류되어 있었던 모양이다.

그런 모습에 괜찮을지 슬쩍 걱정이 되었는데, 차츰차츰 릴리가 상단의 일로 실력을 드러내자 달리 보게 되었나 보다.

그렇게 모든 일이 잘 풀리고 있는 어느 날이었다.

그날따라 수업이 일찍 끝나 제이와 릴리를 찾았더니 둘이 빈방에서 머리를 맞댄 채 열심히 서류를 들여다보고 있는 거였다.

한 주에 단 하루 있는, 홀로 수업받는 날이었는데, 우연찮게도 1황비와 3황비, 마리엔 황녀도 각자 약속이 있다고 해서 오랜만에 셋이 오붓하게 점심을 먹으려고 했었다.

한데 너무 열중해 있는 둘의 모습을 보니 방해하기 미안해질 정도라 나는 그녀들을 부르려는 1황비 궁 시녀를 만류하고는 조용히 뒤로 물러났다.

'아무래도 둘이 더 친해지도록 나두는 게 좋겠는데? 그럼 난 그동안 숙제나 하고 있을까?'

어디로 갈까 고민하며 발걸음을 옮기는데, 문득 활짝 열린 복도의 창으로부터 포근한 봄바람이 불어와 내 뺨을 간질였다.

고개를 돌리니 창밖으로 화창한 봄날의 정원이 펼쳐져 있었다.

"오랜만에 정원에 나가볼까?"

1황비 궁의 정원도 북궁의 정원 못지않게 아름다웠는데, 특히나 수백 그루의 나무들이 일제히 꽃망울을 터뜨리는 이 시기가 가장 절경이었다.

바람이 정원을 휘감아 돌자 사방에서 꽃향기와 함께 꽃비가 흩날렸다.

"멋진데?"

뒤따르던 시녀가 햇볕을 가리려 얼른 양산을 펴 들었지만 나는 이 멋진 광경이 조금이라도 가려지는 게 싫어 손을 저어 만류한 채 천천히 걸음을 옮겼다.

1황비와 3황비가 귀족 부인들과 티타임을 갖고 있다는 곳을 피해 한적한 곳을 찾다 보니 꽤나 멀리까지 가게 되었지만, 꽃길을 걷다 보니 시간 가는 줄을 몰랐다.

한데 갑자기 내 옆에서 함께 걷고 있던 사이먼이 나를 제지했다.

그의 행동에 곁에 있던 세 기사들이 일사불란하게 나를 둘러싸며 검을 잡았고, 그 뒤에야 사이먼이 나무 위를 바라보며 물었다.

"누구냐?"

'음? 누가 있었어?'

내가 도착한 곳에 군락을 이루고 있는 나무들은 봄에 꽃을 피우지 않는 애들인지 잎만 무성하게 자라 있었다.

그런데 그 무성한 잎들이 흔들리더니 웬 인영이 뚝 떨어지는 것이었다.

"웬 놈이냐? 여기서 뭐하는 거지?"

기사들이 일제히 그 인영을 향해 검을 뽑아 들었고, 그와 함께 사이먼 옆에 자리한 기사가 외치자 의외로 순순히 답변이 돌아왔다.

"이 주변 경계 담당조. 휴식 시간이라 잠시 쉬고 있는 중."

한데 그 어조가 책을 읽듯 건조한 데다 종결어미를 모조리 잘라먹은 탓에 이게 예의를 갖춘 건지 무례한 건지 헷갈리게 만들었다.

"뭣?"

역시나 그의 태도에 먼저 질문을 던졌던 기사가 어이없어하며 다시 뭐라 하려 했지만 그보다 먼저 내가 나섰다.

"료우?"

낯익은 목소리에 기사들 틈새로 얼굴을 내밀자 과연 아는 얼굴이 앞에 서 있는 것이었다.

황궁기사 정복을 입고 있는 료우의 모습은 낯설기도 했지만 제법 잘 어울렸다.

몸 전체에 나뭇잎 등등이 붙어 있다 해도 말이다.

나와 시선이 마주친 료우가 막 뭐라 입을 열려고 하는데, 그 전에 사이먼에게 가로막혔다.

"예를 갖춰라. 황녀님이시다. 황궁기사면서 예법을 모르는 건 아니겠지?"

사이먼의 말에 료우의 미간이 미미하게 찌푸려졌지만 주변 기사들을 힐끔 보고선 어쩔 수 없다는 듯 자세를 바로 했다.

"황녀님을 뵙습니다."

살짝 주먹 쥔 오른손을 왼쪽 가슴에 올린 상태로 약간 허리를 숙인 정중한 자세.

'아따, 짜슥~ 많이 컸네. 이런 인사도 할 줄 알고.'

예전에는 상상도 못 했던 료우의 정중한 인사에 속으로 키득키득 웃으면서도 겉으로는 어디까지나 황녀다운 우아한 포즈로 살짝 고개를 끄덕여 줬다.

"그만 일어나세요, 료우 경. 다시 보게 되니 반갑군요. 내 지인이니 경들은 검을 집어넣으세요."

내 말에 호위기사들이 순순히 검을 집어넣었지만, 경계를 완전히 풀기 어려웠던지 다른 때보다 좀 더 내 옆에 바짝 붙어 있었다.

뭐, 그게 그들의 일이었기에 나는 뭐라고 하는 대신 로우에게 시선을 돌렸다.

본래는 류니드 경이라고 불러야 했지만, 아직 타렉이 류니드 경이라고 불리고 있기에 혼동을 방지하기 위하여 료우는 성 대신 이름으로 불렸다.

나는 내 말에 곧바로 료우가 허리를 세우는 걸 확인하고는 방긋 웃었다.

"그리고 지금은 사적인 자리이니 편히 행동해도 좋습니다. 그래서 방금 그게 무슨 소리야? 경계 담당조라니? 벌써 황궁 기사가 되어서 임무를 맡게 된 거야?"

나의 갑작스러운 돌변에 료우도 피식 웃으며 고개를 끄덕였다.

"아아, 얼마 전에 서임받았는데, 받자마자 이 주변 경계를 하라고 하더라고. 근데 지금은 휴식 시간이라 쉬고 있었지."

이곳은 황비궁 뒤쪽에 있는 정원으로 개방된 곳이 아닌 데다 후미진 곳이라 여기에서 근무하는 김에 가끔 휴식처로 삼은 모양이었다.

"오호, 그럼 경계 담당조 조장?"

각 담당 구역의 경계를 실제로 서는 건 견습 기사들과 병사들이었고, 그들을 지휘하기 위해 신입 기사가 조장을 맡는다고 했다.

전에, 새해 황궁 파티 때 케이가 조장으로서 본궁 정원의 경계를 서고 있었다고 이야기를 해줘서 알고 있었다.

그래서 료우도 그런가 보다 하고 물었는데, 의외로 료우가 고개를 흔들었다.

"아니, 조원."

"엥? 네가?"

"가장 밑바닥에서부터 차근차근 배우래."

"푸핫!"

아마 그렇게 말하며 료우를 여기다 배치시킨 건 타렉이겠지.

내가 웃음을 숨기지 않자 료우가 눈썹을 한번 씰룩이며 날 바라봤다.

"근데 넌 여긴 웬일이냐?"

한데, 내가 채 대답하기도 전에 사이먼이 심기 불편한 표정으로 슬쩍 끼어들었다.

"전하, 아무리 가까운 지인이라 하나 황족과 귀족 간의 기본적인 예의는 갖추심이 어떠신지요?"

나에게 말하는 모양새였지만, 료우에게도 들으라는 듯 목소리를 낮추지도 않았다.

그의 말에 나는 웃음을 그치고 근엄한 황녀의 표정으로 돌아와 고개를 끄덕였다.

"그대의 조언이 옳은 것 같군요, 펄시워 경."

사이먼에게 료우와의 관계가 이러니저러니 설명해 봤자 그는 납득하지 않을 테니 그냥 그의 말을 들어주는 게 편했던 것이다.

나의 순순한 대답에 사이먼은 만족한 표정으로 뒤로 물러났고, 나는 그 태도 그대로 료우에게 시선을 돌렸다.

"그런 이유로 료우 경, 식사는 했나요?"

한순간에 바뀐 태도에 료우의 표정에 의아한 기색이 떠올랐지만, 다행히 그도 눈치껏 나에게 맞춰 정중한 어조로 대답했다.

"아직 식전이긴 합니다."

황궁기사가 되더니 예의범절까지 확실하게 익혔나 보다.

"그것참 다행이군요. 샌드위치를 좀 챙겨왔는데 괜찮으면 함께하겠어요?"

"영광입니다. 감사히 동석하겠습니다."

시녀와 하녀들의 능숙한 손놀림 덕에 자리가 마련되는 건 순식간이었다.

커다란 나무 아래 폭신한 모포가 깔렸고, 그 위에 먹음직스러운 샌드위치와 여러 과일, 견과류 같은 간단한 주전부리가 가득 담긴 바구니가 놓였다.

한쪽에 따끈한 차와 음료까지 마련해 주고 시녀들이 물러나자 나는 료우에게 손짓하고는 편히 자리를 잡고 앉았다.

기사들이 경계를 한다고 모포 밖으로 약간 멀찍이 떨어져서자 나는 슬쩍 바람을 불러와 료우와 내 주변을 감쌌다.

뭔가 이상함을 느낀 듯 사이먼의 시선이 슬쩍 내게로 향했지만 모른 척했다.

뭐, 사이먼도 눈에 딱 뜨일 정도의 별일이 아니면 참견하지 않는 사람이었기에 그쯤에서 관심을 끊고 고개를 돌리는 모습이 보였다.

그런데 이상함을 느낀 건 사이먼만이 아니었는지 료우의 의아한 시선이 내게로 향했다.

"뭐냐? 바람이 주변을 휘감고 있는데?"

"조인족의 능력이야. 우리가 말하는 게 안 들리게 하려고. 그럼 편히 말할 수 있잖아."

구두를 벗은 뒤 다리를 편하게 뻗으며 대꾸해 주자 료우는 더더욱 이해하지 못하겠다는 눈빛이었다.

"아까부터 이해할 수 없는 행동을 하는군. 뭐하러 이렇게 번거로운 짓을 하지? 저자 때문인가?"

료우가 눈짓으로 사이먼을 가리키자 나는 순순히 고개를 끄덕였다.

"이렇게 번거로운 짓을 할 바에야 네 곁에서 치우는 게 어때?"

"아빠가 기껏 신경 써서 붙여준 사람이라서."

그 정도 대답으로는 료우를 이해시키기 어려웠던지 그가 눈썹을 꿈틀 움직였다.

"네 아빠가 신경 써서 붙여줬다 해도 네가 불편하다면 처리해야 하는 거 아니야?"

"그렇긴 한데… 조금 귀찮은 정도야. 게다가 다른 사정도 있고."

이 대답에는 료우가 한숨을 내쉬었다.

"복잡하군. 차라리 변경에서 전투에 참여하는 게 더 편한 거 같다. 여기는 뭐든 복잡해. 뭔가 하나를 하려고 하면 알아야 하거나 고려해야 하는 게 왜 이리 많은 건지……."

"아하하~ 여기가 좀 그런 곳이지."

별로 위로가 안 되는 말과 함께 샌드위치 하나를 건네자 료우가 답답한 심정을 풀려는 듯 우적우적 씹어 먹기 시작했다.

'변경의 전투? 설마 변경이란 곳에서 오크 같은 몬스터랑 싸울 리는 없을 테고?'

하나, 곧바로 료우가 말을 이어 하는 바람에 나는 그에 대해 묻는 대신 잠자코 내 몫의 샌드위치를 입에 넣었다.

"그래, 정말 불편한 곳이다. 이곳으로 오면 좀 더 수월하게 원하는 일을 할 수 있을 거라는 얘기를 듣고 왔는데, 오히려 더 칭칭 묶여 있는 느낌이야."

"익숙하지 않아서 그래. 게다가, 황궁기사단에 소속되기까지 했으니 더욱 개인 활동을 하기는 어렵지 않을까? 아, 이 샌드위치 제법 맛있네."

아삭아삭 씹히는 채소와 거기에 버무려진 소스가 정말 환상적이었다.

그 사이에 끼인 두툼하면서도 연한 스테이크와도 잘 어울려, 그 맛에 감탄하느라 하마터면 뒤에 이어진 료우의 말을 흘려들을 뻔했다.

"그래, 그렇더군. 널 만나지 않았다면 다 때려치우고 다른 방법을 찾았을 거다. 뭐, 지금도 때려치우고 싶다만……."

"다른 방법이라니? 혹시 뭔가 하고 싶은 거라도 있는 거야?"

샌드위치를 한 입 더 먹으며 문자 넘겨준 샌드위치를 다 먹어치운 료우가 손을 내밀며 대답했다.

"널 만나려고 했지."

별생각 없이 새로운 샌드위치를 건네주던 난 아무렇지도 않게 나온 료우의 말이 머리에 인식되자 눈을 동그랗게 떴다.

"응? 나?"

"그래. 그렇게 헤어지고 난 후 다시 만나고 싶었거든. 하지만 그때 만나고 헤어진 이후로 널 만날 방법이 없더라고. 너에 대해서 아는 건 이름과 날개를 달고 있었다는 것밖에 없었으니까."

료우가 그윽한 눈길과 함께 착 가라앉은 목소리로 말했다면 '혹시?' 라고 생각해 봤겠지만, 깔끔할 정도로 담백한 눈빛과 목소리라 엉뚱한 생각을 할 여지가 없었다.

"그랬냐? 그런데 날 만나고 싶었던 것하고 황궁기사가 된 것하고 무슨 연관성이 있는 거야? 설마 내가 황궁에 있는 걸 알았던 것 같지는 않은데."

"네 말대로 공작가로 들어가긴 했는데, 공작가에 있으면서 조인족을 만날 방법이 없더라고. 그래서 공작가를 나와 용병이라도 되어야 하나 고민하고 있는데, 누가 말해주더군."

"뭘?"

"현 황제는 이종족들과 사이가 좋아서 교류까지 하고 있다고. 게다가 조인족 여성과의 사이에서 난 딸을 황녀로 삼기까지 했으니, 황제의 기사가 된다면 이종족들과 만날 기회가 생길 수도 있을 거라고 했어. 아니면 그 방법을 알 수 있거나."

"뭐어, 크게 틀린 말은 아닌 것 같다만……."

료우를 황실기사로 만들고 싶어 하는 의도가 찐~ 하게 보이는 그 말을 듣고 여기까지 왔다는 거에 뭐라 충고라도 해주고 싶었지만, 그 덕에 날 만났다니 할 말이 없었다.

'아니, 그건 둘째 치고, 우리가 그렇게 친했던가?'

료우가 날 친구로 여기는 건 이해할 수 있지만, 그게 어디있는지도 모르는 날 찾아다닐 정도로 진한 우정은 아닌 것 같은데 말이다.

"마침, 황궁에서 근무할 기사가 필요하다고 해서 지원했지. 오자마자 널 만나게 되었으니 목적은 달성했지만, 황궁기사란

거 여러모로 피곤해.”

마음에 안 든다는 표정으로 두 번째 샌드위치를 먹는 료우를 물끄러미 바라보던 나는 얼떨떨한 심정으로 입을 열었다.

“그것참… 내가 보고 싶어서 찾아와 준 건 고마운데, 네 할 일은 어쩌고? 너도 꿈이나 하고 싶은 일이 있었을 거 아니야?”

“없어.”

그런데 나와는 달리 료우의 대답은 참으로 쌈빡했다.

“뭐?”

“없다고. 날 키워준 자는 내가 공작가로 들어가기만 바랐고, 난 그걸 이루어줬으니 내가 할 일은 끝났어. 이후에 딱히 하고 싶은 일이 없었는데, 너는 다시 만나보고 싶었지. 그래서 찾아온 거다.”

“그, 그러냐?”

‘얼마나 할 일이 없었으면 딱 한번 만난 날 찾아올 정도야?’

이 무슨 꿈도 희망도 없는 메마른 애가 다 있는 건지…….

“아니, 이왕 검을 잡았으니 소드 마스터가 되겠다든가, 뭐 그런 꿈도 없어?”

“그걸 해서 뭐하게?”

순간 나는 내가 다른 단어를 잘못 말한 줄 알았다.

세상에 ‘소드 마스터’란 단어를 별것 아닌 것처럼 느껴지게 만들다니, 세상에 소드 마스터를 꿈꾸는 모든 이들이 들었으면 검을 뽑아 들고 쫓아왔을 거다.

소드 마스터가 되어서 뭐하냐니…….

근데 나도 내가 목표로 삼은 게 아니다 보니 잘 모르겠다.

"으음… 작위를 받는다든가, 다른 이들의 존경을 받는다든가?"

"필요 없어."

필요 없다는 애한테 뭔 말을 하겠는가.

'그래, 너 잘났다. 설마, 소드 마스터가 어떤 존재인지 모르고 대답하는 건 아니겠지?'

공작가에 소드 마스터가 떡하니 버티고 있다는 데 모르지는 않을 거다.

결국, 할 말을 찾지 못한 나는 화제를 돌렸다.

"그럼 넌 나랑 만나서 좋냐? 날 만나러 오길 잘한 거 같아?"

"응. 그런 거 같아."

료우는 단번에 대답을 하는 것도 모자라 말을 덧붙였다.

"그래서 말인데, 너는 황궁기사만 만날 수 있는 거냐?"

"음?"

"황궁기사가 된 덕에 너를 만날 수 있게 되긴 했지만, 자주 만날 수 있는 것도 아니고 생활은 답답해서 말이지. 아니면 이제라도 네 호위기사가 될 순 없는 거냐?"

"내 호위기사? 내 호위기사를 하고 싶어?"

"그러면 매일 널 만날 수 있잖아."

그 말에 나는 아무래도 혹시나 싶어 료우를 물끄러미 바라봤다.

"료우, 혹시나 말인데… 나한테 반한 거냐?"

"반하다? 반하는 게 어떤 건데?"

"그러니까, 날 보면 가슴이 간질간질거리고 심장이 심하게 두근두근 거린다든가, 얼굴이 괜히 화끈거린다든가……."

"그런 일은 없는 것 같은데?"

물론, 설마~ 하는 생각으로 물어본 거였긴 하지만, 단박에 부정당하니 쬐까 열이 올랐다.

"뭣이여? 그럼 뭐하러 매일매일 만나려고 한대? 그냥 가끔씩 만나면 되지?"

"매일 만나고 싶으니까. 만나서 이렇게 대화도 하고 싶고."

"그, 그러냐?"

단지 친구인데 이 정도까지 하나 의아했지만, 곧 내가 최초의 친구라서 그런 걸지도 모르겠다는 생각이 들었다.

애는 지금껏 친구 하나 없이 살아온 것처럼 보였으니까.

혼자 알아서 납득하던 나는 아까 료우가 물었던 걸 떠올리며 입을 열었다.

"내 호위기사가 되면 나를 위해 다른 사람과 싸울 수도 있는데?"

"그 정도야 뭐. 변방에서는 매일 드미트리 제국군과 싸우는 게 일이었는데."

아무렇지도 않게 대답하는 말에 오히려 내가 놀랐다.

"뭣이라? 네가 직접 변방에 가서 옆 나라 군사와 싸웠단 말이야?"

"왜 놀라? 류니드 공작가가 서쪽 국경의 변경백이라는 거 몰랐어?"

"아, 맞다."

수업 시간에 배웠는데 깜빡했다.

"류니드 공작가로 들어간 애들은 모두 기본 교육이 끝나면 의무적으로 2년 동안 변방에 있는 요새에서 복무해야 하거든."

"그럼 너도 2년간 변방의 요새에 있었던 거야?"

"아니. 나는 공을 세워서 1년으로 끝냈지."

'잘난 척은~'하고 말하고 싶었지만, 정말 잘난 놈이 사실을 말하고 있었으니 차마 입 밖으로 나오질 않았다.

그러나 도저히 그냥 넘어가기는 싫어서 나는 녀석의 옆구리를 쿡 찌르며 근처에 서 있던 사이먼을 슬쩍 가리켰다.

"그럼, 혹시 저 사람 이길 수 있냐?"

사이먼은 아빠가 직접 내 호위기사 팀의 팀장으로 임명한 사람이었다.

아무도 말해주지는 않았지만, 내 짐작이 맞다면 그는…….

"무리다. 그나마 동귀어진이라면 시도해 볼 수 있겠다만……."

슬쩍 사이먼을 살펴 본 료우가 고개를 저었다.

과연, 아무리 료우라고 해도 사이먼은 어려운 상대인가 보다.

"너 저번 새해 황궁 파티 때 나랑 같이 만났던 황궁기사 기억해? 케이라고……."

"아아……."

안다는 듯 고개를 끄덕이는 료우 덕에 설명을 덜었다.

"그 애 실력은 대충 가늠이 되려나? 만약 케이와 네가 협공을 해서 저 사람에게 덤빈다면 어때?"

"흠… 그 케이라는 황궁기사가 익스퍼트 중급?"

"아직은 좀 부족하지만, 중급의 선은 밟았다고 하더라."

"그럼 동귀어진까지 가능할 거다."

"뭐? 아까 네가 동귀어진이라면……."

"시도해 볼 수는 있다고 했지, 가능하다고는 하지 않았다. 그러나 그 케이라는 황궁기사가 거들어준다면 가능성이 생길 거다."

"그 정도야?"

익스퍼트 중급과 상급의 차이가 어마어마하다더니, 료우와 케이가 협공을 해도 사이먼 하나 상대하기 어려울 줄이야.

"그럼 너희 둘에다 제이까지 끼운다면?"

"얼마나 잘 협공할 수 있느냐에 따라 틀려. 셋이라면 단번에 호흡을 맞추기가 어렵거든."

"흐으음… 그럼 저 사람은 어때?"

이번에 내가 가리킨 건 사이먼 근처에 있던 또 다른 기사로, 사이먼 다음으로 가는 실력자였다.

"저 사람 정도면… 해볼 만하겠는데?"

"동귀어진?"

"말고. 상대 가능해. 승패 확률은 반반. 물론, 이건 다 어림짐작일 뿐이고 직접 부딪혀 봐야 정확하게 알겠지만."

"그래? 그렇단 말이지……."

잠시 생각을 좀 정리하려고 하는데, 료우 녀석이 잠시도 참지 못하고 물어왔다.

"뭐냐, 저들을 그냥 네 선에서 해결해 보려고?"

"그럴 수도 있고, 아닐 수도 있고."

"그건 또 무슨 소리냐?"

"여기에는 좀 복잡한 사정이 있는데… 설명해 주랴?"

내가 '복잡한 사정'이란 말을 하자마자 료우의 인상이 찌푸려지더니 '설명'에서는 고개를 저었다.

"됐다."

단호하게 거부하던 녀석은 잠시 후 슬쩍 덧붙였다.

"그냥 나중에 필요하면 불러라. 네가 부탁하면 저 사람 정도는 처리해 줄게."

료우가 가리킨 건 사이먼이 아닌 그다음 실력을 가진 기사였다.

"난 저 인간 막을 사람이 필요한데."

그래서 반 장난삼아 슬쩍 사이먼을 가리키며 묻자 료우가 잠시 고민하더니 진지한 목소리로 입을 열었다.

"시간을 버는 정도라면……."

그 대답에 나는 풋~ 하고 웃어버렸다.

"짜슥, 그래그래, 난 네 친구라는 거지? 너 제법 의리 있다."

별로 친해질 시간이 있었던 것도 아닌데, 그 정도에도 이리 선뜻 호의를 베풀다니, 애가 맘에 든 사람에게는 잘 퍼주는 타입인가 보다.

솔직히 나는 제이나 케이라면 몰라도 료우에게는 아직 그 정도의 말이 쉽게 나오지 않았는데 말이다.

코데로 녀석이나 릴리라도 딴 데서 도움을 받을 수 있는지 알아봐 줄 수는 있어도 직접 나서는 건 꺼렸을 것 같다.

'으음… 아무래도 료우한테 좀 미안해지는데? 하지만 뭐, 앞으로 도울 일 있으면 그때 도와주면 되는 거겠지.'

"그래서 네 호위기사 자리는?"

"아, 그건 어려워. 내 호위기사에 대한 모든 권한이 아빠한테 있는 터라. 하지만, 다른 수가 있는데 들어볼래?"

료우 정도의 실력자라면 없는 자리라도 마련해서 영입해야
하는 거 아니겠는가.

제35화

아, 이런 바보 같은……

료우가 나와 함께했으면~ 하는 뜻을 밝히자 나는 료우를 상회 소속 무사로 고용하려고 했다.

그럼 나도 그에게 쉽게 도움받을 수 있고, 그도 매일은 아니더라도 전보다는 자주 날 만날 수 있을 테니 말이다.

내 제안에 료우는 무척 기꺼워하며 당장에 사표를 내려고 했다. 앞으로 계속 날 만날 수 있게 되었으니 '황궁기사'라는, 자신의 행동을 제약하는 족쇄를 계속 차고 있을 이유가 없다는 것이었다.

보통 공작가의 자제이자 황궁기사씩이나 했던 자라면 귀족의 명예나 자부심 등을 먼저 생각해 절대 오려 하지 않겠지만, 료우나 나는 그런 걸 대단치 않게 여기는 사람들이라 황궁기사를 그만두는 것에 대해 전혀 거리낌이 없었다.

한데, 얼마 후 타렉이 날 따로 찾아와 료우가 황궁기사로 남아 있도록 설득해 달라고 간곡히 부탁하는 것이었다.

그렇게만 해주면 이후 료우가 내 일을 쉽게 도울 수 있도록 황궁기사의 모든 임무에서 배제시켜 주겠다고까지 하니 차마 거절할 수가 없었다.

'그것참, 그렇게 하는 게 더 번거로울 것 같은데… 가문의 명예라는 게 그렇게 중요한가?'

한데, 그렇게 배려를 받아봤자 지금 당장 그에게 맡길 만한 일이 있는 것도 아니라서 고민고민하다 료우에게 당분간 황궁기사인 상태로 릴리의 호위를 부탁했다.

내가 아직 상회 경영에 적극 참여하고 있는 게 아니라고 했더니 그럼 그때까지 백수로 놀겠다고 하기에, 무늬만 황궁기사인 상태로 상회 일을 해달라고 했던 것이다.

황궁기사가 황궁 시녀를 호위하다니, 명검을 가지고 사과를 깎게 된 모양새라 타렉은 기겁하고 릴리는 엄청 부담스러워했지만, 나는 '일단'이라는 단서를 달아 밀어붙였다.

솔직히 그동안 릴리 혼자 황성과 상회를 왕래하고 있는 것도 걱정스러웠던 터라 내심 잘됐다 생각하면서 말이다.

한데 그 일이 생각지도 못한 결과를 가지고 왔다.

슬슬 내 생일 파티가 다가오자 나는 수업받는 와중 파티 준비까지 시작되어 점점 바빠졌다. 거기다 생일 파티가 끝나고 나면 상회 활동이 정식으로 시작될 예정이라 나는 이 세계에 와서 처음으로 야근을 하게 될 줄 알았다.

한데, 따악 타이밍을 맞춰서 콜린스가 구원투수처럼 짠~!
하고 나선 것이었다.

"이번 파티는 마마께서 사교계 데뷔 이후 처음으로 주인공
으로서 참석하시는 자리라고 들었습니다. 그러시려면 아무래
도 준비하실 게 많으실 거 아닙니까? 그러니 상회 일은 모두
저에게 맡겨주십시오."

그의 말대로, 사교계 데뷔 이후 처음으로 모습을 드러내는
자리라 북궁의 시녀들과 1황비 궁 시녀들이 열의를 불태우고
있던 차였다. 저리 말하며 나서는 콜린스가 그렇게 든든해 보
일 수가 없었다.

'역시, 아빠가 나한테 붙여준 사람!'이라는 생각이 절로 떠
오름과 동시에, 사이먼이 그와 비교가 되어 더더욱 미워졌다.

만날 때마다 살갑게 구는 콜린스와는 달리 사이먼은 입으로
는 적당히 미소를 지어 보이고 있어도 나를 바라보는 눈빛만
은 냉랭했다.

사람들 앞에서는 그나마 숨기려고 했지만, 사람들이 없으면
못마땅해하는 기색도 가끔 드러냈다.

뭐, 아빠의 모든 수하들이 북궁의 시녀들처럼 다들 날 떠받
들어 줄 거라고는 생각지 않았지만, 그렇다고 한 거 없이 저런
시선을 받자니 굉장히 열받았다.

덕분에 요즘 북궁의 분위기가 별로 안 좋았다.

사이먼이나 나나 노골적으로 적대한 건 아니었지만, 주변
사람들도 눈치라는 게 있었으니 말이다.

뭔가 사건이 벌어지거나 한 게 아니니 어떻게 하지는 못하

고 조마조마한 심정으로 지켜보는 상황이랄까?

그렇게 살얼음판을 걷는 듯 아슬아슬한 분위기가 이어지자 더욱더 사이먼이 괘씸해진 나는 어떻게 해서든 녀석을 해고시키려고 기회만 노리고 있었다.

물론, 아빠한테 쪼르르~ 달려가서 '아빠, 나 쟤 싫어!' 라고 말하기만 하면 간단히 상황이 정리될 수도 있겠지만, 그렇게 하는 건 성에 안 찼다.

게다가 정말 그렇게 했다가 사이먼에게 '너는 아빠한테 빌붙는 것 외엔 할 수 있는 게 없지?' 라는 시선을 받게 된다면 내 자존심은 큰 타격을 입고 회복 불능에 빠지고 말 거다.

최소한 녀석의 면전에다 '넌 이러이러해서 해고야!' 라고 당당하게 선언을 해줘야만 내 속이 시원할 거 같았다.

하나 사이먼 녀석도 만만치 않았다. 녀석은 나와 있을 때 냉랭한 눈빛을 보이는 정도의 불손함만을 제외하면 꼬투리를 잡힐 만한 어떤 행동도 하지 않았던 것이다.

혹시 시선만은 맘대로 하려고 다른 행동들을 철저하게 관리하는 게 아닐까 의심될 정도로 말이다.

덕분에 속으로 벼르고 있는 나만 조바심이 나서 견디기 힘들었다.

'으으윽~ 짜증 나. 그냥 확 으슥한 곳으로 끌고 가서 맞짱이라도 뜰까?'

물론, 나 혼자 한다는 건 택도 없는 소리였다.

내가 아무리 조인족이고, 근래에 란데에게 훈련을 받고 있다 해도, 익스퍼트 상급에서도 거의 끝에 다다라 소드 마스터를 바라보고 있다는 사이먼을 상대하기에는 한참 부족했다.

그렇다 보니, 료우랑 케이랑 제이를 다 데리고 가서 협공을 펼칠까~ 하는 생각이 너무 유혹적으로 다가왔다.

이게 불가능한 일이라면 그냥 상상 속에서 그를 묵사발 내주는 걸로 끝내고 말겠는데, 실제로 가능하니까 이러면 안 된다는 걸 알면서도 마음이 갈대처럼 흔들렸다.

오죽했으면 내가 영화나 드라마에 가끔 등장하는, 조폭 똘마니들을 데리고 가서 다구리 치려다 오히려 주인공에게 두들겨 맞는 찌질한 재벌 3세들의 심정을 알 것 같겠는가.

이러다간 정말 실행에 옮길지도 몰라서 나는 요즘 거의 매일 마음을 다스리고 있었다.

'그거로는 성에 안 찬다, 그거로는 성에 안 차. 기필코 놈의 자존심을 박박 긁어놓고야 말겠어! 빌어먹을 아빠의 광팬 녀석억~!!'

정말 웃기게도 엄마와 나를 바라볼 때는 냉랭하기만 한 녀석의 시선은 아빠만 오면 단번에 한여름 낮의 햇빛처럼 뜨겁게 달아올랐다.

얼마나 진~ 한 경외감을 가진 채 바라보던지, 그가 아빠의 골수팬이라는 걸 척 보면 착 하고 알 수 있을 정도였다.

아빠가 대단하다는 건 알고 있었지만 설마 이렇게 열렬한 팬까지 있을 줄은 몰랐던 내가 황당해하자 카터 시종장이 슬쩍 말해주길, 사이먼 같은 사람이 은근히 꽤 많단다.

아빠가 황제가 되기 전 주변국과의 전쟁에 사령관으로 여러 번 참전해 공을 쌓았다는 건 수업 시간에 들어 알고 있었다.

그런데 아빠는 뒤에서 전황을 지켜보며 지시를 내리기보다는 '나를 따르라!' 하고 외치며 앞장서서 돌격하는 지휘관이었다고 한다.

지금 소드 마스터인 걸 보면 알 수 있겠지만, 그 시절에도 아빠가 뛰어난 검술 실력을 가지고 있었기에 가능한 일이었단다.

그렇게 군사를 이끌고 전장을 종횡무진 하며 그 뛰어난 검술 실력과 용병술로 승리를 쟁취하는 모습에 반한 사람이 생기는 건 어쩌면 당연한 일일지도 모른다.

"사이먼도 그중 한 명이었습니다. 아니, 아주 앞장서서 폐하를 따르던 사람 중에 한 명이었지요. 자신이 폐하의 종자였다는 걸 무척 자랑스러워할 정도로요."

사이먼은 옛날에 아빠의 종자로 있었는데, 그 이후로 쭈욱 아빠를 따라 모든 전쟁에 참여했단다.

겉으로 보기에는 30대 중반, 혹은 후반쯤인 줄 알았건만 진즉에 50세를 넘겼다나?

'그렇게 나이를 먹었으면 정신 수양도 좀 쌓을 것이지!!'

사이먼은 그렇게 아빠를 우상으로 여기다 보니 역설적으로 엄마와 나를 '감히 내 우상님 곁에~!!' 라는 시선으로 바라보는 것이었다.

딱히 이종족을 낮게 보는 건 아닌 것 같지만, 우상님 옆에 있으면 흠이 되니 말이다.

'남의 집은 가능해도 우리 집은 안 돼!' 라는 심보랄까?

아니면 정치적으로나 사회적으로나 조금의 도움도 안 되면서 특별 대우를 받으며 옆에 붙어 있는 게 눈꼴시어 보이는 건지도.

그랬기에 더더욱, 자신이 못마땅하게 여기던 존재에게 자신의 우상이 직접 명을 내린 일을 제대로 수행하지 못한다고 지적당하는 기분을 맛보게 하고 싶었다.

'두고 보자!!'

그렇게 사이먼에게 속으로 이를 바득바득 갈고 있는 상황이라 그런지 그 반작용으로 콜린스는 더더욱 믿음직한 동료로 느껴졌다. 한데, 내 생일 파티를 딱 사흘 앞둔 어느 날 릴리가 다급한 표정으로 찾아왔다.

"아사 님, 말씀드릴 것이 있습니다."

"응?"

릴리의 손에 잔뜩 들린 서류를 보아하니 상회 일 같았다.

그에 자동적으로 '콜린스에게 얘기해'라고 하려고 했지만, 릴리의 표정을 보니 그 말이 쏙 들어갔다.

"무슨 일이야?"

그런데 내 물음에 릴리는 서류를 보여주는 대신 아주 심각한 표정으로 물었다.

"아사 님, 저 믿으시죠?"

'음?'

뜬금없는 질문에 당혹스러웠지만, 릴리의 표정이 워낙 심각했기에 나는 가볍게 여길 수가 없었다.

"그래, 믿어."

나름 진지한 표정으로 대답했지만, 릴리의 표정은 풀어지질 않았다. 아니, 오히려 더 황당한 질문을 던졌다.

"콜린스 님보다 더요?"

그제야 생각보다 더 심각한 상황이라는 걸 깨달은 나는 태도를 바로 하며 릴리를 바라봤다.

"진짜 무슨 일이야?"

"얼마 후에 있을 상회의 첫 거래 말인데요, 뭔가 이상한 거 같아서 제가 나름대로 좀 알아봤거든요?"

그렇게 서두를 시작한 릴리가 가져온 서류를 내 앞에 늘어놨다.

"이거는 상회에서 최종적으로 아사 님께 보고할 서류고요, 이건 제가 나름대로 알아봐서 작성한 거예요."

릴리가 펼쳐놓은 두 서류에는 곧 홉고블린들에게 넘겨주기로 한 물품들의 목록과 그 가격이 적혀 있었다.

한데, 릴리가 직접 작성한 서류에 있는 가격이 다른 서류에 적힌 가격에 비해 2~30%나 낮은 거였다.

"이거 진짜야?"

"시간이 없어서 몇 군데밖에 가보지 못했으니 좀 차이가 있겠지만, 많이 틀리진 않을 거예요. 그리고 이것도요."

이번에 내민 서류에는 우리가 홉고블린들에게 받아 올 물품들의 목록이 있었다.

"몬스터의 사체는 시세에 따라 변동 폭이 크다고 하고 저 혼자 알아보기에는 한계가 있어서 뺐났습니다만, 여기 석청 가격 좀 보세요."

석청은 홉고블린들이 어렵지 않게 산속에서 채취할 수 있는 반면, 인간 도시에서는 구하기 어려운 희귀 품목으로 대접받았기에 목록에 집어넣게 된 것이었다. 한데 그 석청 가격이 두 서류 간에 거의 1.5배 정도 차이가 났다.

"하… 그러니까, 홉고블린들한테서는 후려친 가격으로 물건을 받고, 우리 물건은 가격을 올린 채로 넘긴다는 뜻이네?? 이거 운송료까지 적용된 거 아니지?"

"네, 운송료는 여기 뒤에 따로 책정되어 있어요. 한데……."

"한데 뭐?"

"아사 님, 제 본가도 상단을 운영했다는 거 아시죠?"

"서론은 빼고 본론만 말해봐."

"저희 본가에서도 국경을 넘어 거래를 하는 터라 운송료가 제법 많이 들거든요. 한데, 이건 더 비싸요. 아무리 이종족들에게 운반을 한다고 해도 국내잖아요. 거기다 산속으로 들어가는 것도 아니고 평야인데."

홉고블린과 만나기로 약속한 지점은 올코트 산 근처에 있는 넓은 황야 지대였다.

조인족의 영역은 산속 깊은 곳에 있었지만 그곳까지 많은 사람이 수레를 끌고 가기는 어려운 일이었기에 홉고블린들이 양해해 줬다.

거기다 더해 산 바로 아래가 아닌, 좀 멀리까지 와주기로 한 덕에 올코트 산과 그 근처에 있는 성의 가운데 지점으로 약속 장소를 잡을 수 있었다.

뭐, 내가 기꺼이 십여 개의 마법 주머니를 빌려준 덕에 생겨난 호의였지만, 지금 이 순간은 내가 먼저 그렇게 과한 인심을 쓴 게 정말 천만다행이었다는 생각이 들었다.

"그런데 넌 이거 어떻게 알았어?"

문득 든 의문에 릴리를 바라보자 그녀가 한숨을 내쉬며 대답했다.

"운이 좋았어요. 처음에 이 목록을 받고서 예상보다 거래 물량이 적으니 짐마차도 몇 대 동원되지 않을 거라고 생각했었거든요. 그런데 여기 보시면 수레가 10대나 동원될 예정이라고 쓰여 있지요? 이번 첫 거래의 수량이라면 5대로도 차고 넘치는데 말이죠. 아, 그리고 조사하는 건 료우 님이 도와주셨어요. 딱히 의논할 상대가 없어서 료우 님께 말씀드렸더니 적극적으로 나서주셨지 뭐예요. 솔직히 저 혼자서 며칠 사이에 이걸 다 알아내긴 힘들거든요."

"그랬군. 료우에게 말한 건 잘했어. 너 혼자 조사한답시고 돌아다녔다가 무슨 일이라도 있었으면 어쩔 뻔했냐? 그나저나 후우… 나 참……."

내가 정말 안일했다는 자책과 함께 한숨이 절로 흘러나왔다.

사이먼 같은 이를 옆에 두고 있으면서 콜린스에겐 어떤 의문도 없이 철석같이 믿은 내가 바보였다.

"일단… 릴리는 이대로 돌아가서 모르는 척하고 있어."

"어떻게 하실 건데요?"

"지금 당장은 딱히 괜찮은 생각이 안 나. 하지만 다행히 시간은 좀 있으니 천천히 궁리해 봐야겠어. 이대로 가만있을 수는 없잖아?"

"괜찮으시겠어요?"

"당연히 안 괜찮지. 하지만 내 잘못도 있으니 무조건 배신당했다고 난리 치기도 뭐하네."

쓸쓸하게 웃어버리자 릴리가 옴팡지게 주먹을 불끈 쥐어 보이며 눈을 빛냈다.

"힘내세요, 아사 님. 아직 일은 벌어지지 않은 것 아시죠? 그리고 아사 님 곁에는 저도 있고 다른 분들도 많잖아요. 여차하면 코데로도 동원할게요."

릴리는 자신이 겪은 일을 떠올렸는지 적극적으로 나섰다.

"당연하지. 기껏 내가 마음먹고 시작한 일인데, 이대로 망치게 두지는 않을 거야. 걱정 마."

겉치레 말이 아니라 진심이었다.

'이것들이 감히 쌍으로~!! 어디 두고 봐!!'

드디어 기다리고 기대했던 첫 거래일이 돌아왔다.

나도 운송 과정부터 참여하고 싶었지만, 주변에서 강력하게 만류해서 어쩔 수 없다는 표정으로 순순히 물러났다.

대신 상회 사람들이 홉고블린과 만나기로 한 장소에 먼저 도착해 만반의 준비를 마쳤을 시간을 가늠하여 엄마와 직접 그곳으로 날아갔다.

내 능력이 그래도 쪼~끔은 늘었는지 예상보다 일찍 도착했는데도 먼저 도착한 이들이 벌써 그럴듯한 캠프를 설치해 놓고 있었다.

'그것참, 능력 하나는 대단하단 말이야.'

아래에서도 우리가 도착한 모습을 발견했는지 여기저기서 사람들이 모여드는 차에, 때마침 저어~ 멀리 올코트 산 쪽에서도 이십여 명의 조인족이 날아오는 모습이 보였다.

날아오는 속도가 얼마나 빨랐던지 엄마랑 내가 천천히 바닥에 내려서는 사이에 벌써 저만큼까지 다가와 있었다.

홉고블린들은 조인족들 품에 각각 한 명씩 안겨 있었는데, 그 품이 꽤나 편안해 보여 나는 속으로 웃음을 터뜨렸다.

'푸핫~ 역시 홉고블린들이 조인족을 잘 다룬다니까.'

"오오~ 저분들이 저희와 거래를 하실 분들이시군요."

나를 맞으러 나왔다가 내 시선을 따라 조인족을 발견한 콜린스가 흥분 어린 어조로 입을 열었다.

조인족 마을에서 거래에 대해 디테일하게 이야기를 진행시키고 계약까지 체결한 사람은 촌장 씨였기에 콜린스는 지금 처음으로 직접 홉고블린들과 만나는 거였다.

"이거 앞으로 자주 뵐지도 모르니 오늘 잘 보여야겠습니다."

기대된다는 듯 너스레를 떠는 그에게 나는 피식 웃으며 슬쩍 주변을 둘러보았다.

운송단에 끼워서 먼저 보내놨던 일행들이 잘 도착했는지 확인하기 위해서였다.

내 곁에 선 유모를 비롯한 시녀들 사이에는 제이와 릴리가 함께하고 있었고, 그 뒤에 자리한 호위기사들 사이에는 케이와 료우의 모습이 보였다.

한쪽에는 수도에서부터 짐을 호위하여 온 진정한(?) 운송단 직원들과 호위무사들이 모여 있었는데, 그 사이에는 란데가 끼어 있었다.

지금껏 북궁 안에만 있었으니 좀 더 넓은 경험을 해봐야 하지 않겠느냐고 내가 꼬셔서 넘어왔… 으면 얼마나 좋을까만,

도와달라고 애걸복걸해서 겨우 참여시켰다.

그 옆에는 올토트 산—조인족 영역 근처에 있는 인간 마을—에서 온 사람들이 모여 있었다.

콜린스가 이왕 홉고블린들과 거래를 하러 그곳까지 가는 거, 겸사겸사 그 마을과도 함께 생필품을 거래하는 게 어떻겠냐고 건의해서 받아들였더니 예상보다 많은 사람이 나와 있었다.

일행 중 맨 앞에 있던 촌장 씨가 내 시선에 슬쩍 고개를 숙여 보였는데, 그의 뒤로 대충 남정네 30여 명 정도의 모습이 보였다.

"휘유~ 많이도 모였군. 원래 인간들이 우르르~ 몰려다니는 걸 좋아한다고 들었다만, 이건 생각보다 더 많은데?"

딱, 내가 떠올리고 있던 그 생각을 입 밖으로 낸 이는 브라우니였다.

어느새 캠프에 도착해 조인족과 함께 땅에 내려선 그가 주변을 두리번거리며 나에게 다가왔던 것이다.

"제가 좀 특별한 존재라서 말이죠."

"그래, 그래. 너 이상한 건 진작부터 알아봤지."

다른 조인족들도 하나둘 땅에 내려서는 사이, 그들과 함께 왔던 코데로 녀석이 은근슬쩍 다가와 릴리 옆에 서는 게 보였다.

"그럼 올 사람은 다 온 건가?"

한 번 더 주변을 둘러보며 누구에게랄 것도 없이 묻자 콜린스가 바로 고개를 끄덕이며 대답했다.

"그렇군요. 그럼 자리를 이동하는 게 어떻겠습니까? 간단한 다과를 준비해 뒀습니다."

"호오, 인간들의 다과라?"

"거, 달콤한 과자도 있나?"

"난 빵이 좋은데."

"어서 가보자고. 어서 앞장을 서!"

"허헛, 이쪽으로 오십시오."

그의 말에 나보다도 주변에 있던 홉고블린들이 더 좋아하며 재촉하자 콜린스가 사람 좋게 웃으며 앞장을 섰다.

캠프 중간에 위치한 커다란 천막 안에는 콜린스가 이야기한 대로 따끈한 차와 쿠키, 북부 지방에서는 보기 힘든 남부 지방의 말린 과일 등등, 제법 신경 쓴 티가 나는 간식거리들이 회의용 탁자에 준비되어 있었다.

아마 인간들처럼 서로 마주 앉아서 서류를 확인하며 거래에 대해 이야기를 나눌 줄 알았던 모양이다.

'이런, 이런, 홉고블린들에게는 필요 없는데…….'

과연 홉고블린들은 그 모습을 보더니 신이 나서 우르르~ 다가와 탁자 위에 있는 간식거리만 몽땅 챙겨 우르르~ 천막을 빠져나가 버렸다.

"자자, 그럼 물건을 확인하러 가자고!"

본래 홉고블린들에게는 계약서가 필요 없었다.

'이렇게 저렇게 하겠다' 구두로 약속하면 끝이었다.

그런 그들이 계약서를 작성하고 사인을 해준 건 인간과도 거래를 하는 나를 위한 배려였던 것이다.

지금도 여기서 만나기 전에 이미 이 물품 하나를 저 물품 몇 개와 바꾸겠다고 이야기를 끝낸 이상 물품을 확인하고 그대로 교환하면 되는 거였다.

"이, 이거 참⋯⋯."

설마 홉고블린들이 간식만 챙겨 쏙 빠져나갈 줄은 몰랐는지 콜린스는 당혹감을 감추지 못한 채 황급히 그들의 뒤를 따라갔다.

"아니, 이렇게 준비하는 걸 그냥 놔뒀어요?"

그 모습에 내가 농담조로 옆에 있던 촌장 씨에게 한마디 했더니 그가 난감한 표정으로 대답했다.

"저희가 도착했을 땐 이미 다 준비되어 있던 차라 뭐라고 할 수도 없었습니다."

그러면서 나에게 '출발하기 전에 미리 말씀해 주지 그러셨습니까' 라는 의미가 짙게 담긴 시선을 보내기에 이번에는 내가 얌전히 입을 다물고 발걸음을 재촉했다.

하지만 얼른 그들의 뒤를 쫓아왔는데도 물건들이 보관된 장소에 도착하니 제일 먼저 나와 촌장을 반긴 건 '왜 이제 왔냐' 는 원망이 가득 담긴 콜린스의 시선이었다.

"우리 게 이거라고?"

"그럼 우리가 가지고 온 건 여기다 놓으면 되려나?"

"이건 뭐냐? 이건 우리 게 아니야?"

"어어, 그건 만지시면 안 됩니다."

"조인족 물건은 이쪽이라니까요."

"조인족이라니! 우린 홉고블린이야!"

"그, 그러니까⋯⋯."

물론 그곳에는 콜린스뿐만이 아니라 일단의 상회 사람들이 지키고 있었지만, 우르르 몰려와 함부로 이것저것 만지고 포장을 풀고 뚜껑을 열어 살펴보는 홉고블린들을 만류하지 못해 쩔쩔매고 있었다.

말로 하는 건 들은 척도 안 했고, 앞을 막아서도 쉽게 돌파해 버렸다. 그렇다고 거래 상대에게 무력을 쓸 수는 없는 일이라 상회 사람들은 이도 저도 못 하고 그들의 뒤만 졸졸졸 쫓아다니는 형국이었다. 그사이 홉고블린들은 쌓인 물건들을 하나하나 풀어 헤치고 있었다.

"이, 이런……."

홉고블린들의 드높은 호기심은 알고 있었지만, 설마 이렇게까지 할 줄은 몰랐던지 촌장 씨가 낭패 어린 신음을 흘리며 얼른 콜린스에게 합류했다.

"이거 다른 사람에게 넘기는 거란 말입니다아~!"

다들 사색이 된 채 발을 동동 구르며 뛰어다니고 있었지만, 나는 얄밉게도 슬쩍 뒤로 빠져 구경만 했다.

홉고블린들은 호기심을 참지 못하는 성격이기도 했지만, 애 같은 면이 있어서 만류하면 더 신이 나서 난장판을 만들어놓는다.

그러니 이럴 때는 그냥 저들 맘껏 구경하라고 놔두는 게 제일 좋았다.

그럼 구경할 것 다하고 저희들이 알아서 다시 본래대로 해놓았으니까.

좋은 손재주가 그럴 때 참 유용하다고나 할까?

설사 그게 아니라 해도 오늘 우리가 가지고 온 목록 중에는 크게 값진 것이 없었고, 만약을 대비해 여유분까지 넉넉히 챙겨왔기에 좀 망가진다 해도 별로 상관없었다.

망가지면 망가진 대로 홉고블린들에게 청구하면 되었으니 말이다.

그렇게 생각하면 좀 여유로울 만도 하건만, 상회 사람들은 필사적이었다.

덕분에 홉고블린들이 한층 더 신나서 열렬하게 이것저것 다 풀어 헤치던 중 한 고블린이 큰 소리로 날 불렀다.

"어이, 이상한 조인족! 이것 좀 봐!"

"헛!"

"큭!"

"어, 어찌 저걸……."

날 부른 소리에 시선을 돌린 건 나만이 아니었다.

그리고 그렇게 시선을 돌린 이들은 곧 홉고블린의 손에 떡하니 들린 바스타드 소드를 보고 저마다 헛바람을 삼켰다.

홉고블린이 검집에서 검을 빼내자 반질반질 잘 닦인 시퍼런 검날이 모습을 드러냈다.

'빙고!!'

늘씬하게 잘빠진 검의 모습에 나는 속으로 회심의 미소를 지었다.

"이야, 이거 인간들이 사용하는 검이지? 나 하나만 주면 안 되냐?"

"앗! 그럼 나도, 나도!"

"나도 가질래!"

그 홉고블린의 말에 사방에 흩어져 있던 홉고블린들이 너도 나도 손을 번쩍 들며 외쳤다.

"그걸 가지고 가서 뭐에 쓰게요? 뭐, 정~ 원하신다면 고려해 볼 테니 일단 그거 내려놓으시고요."

나는 거기까지 말하고는 그 자리에 뻣뻣하게 굳어 있는 상회 사람들 중 콜린스를 바라봤다.

"설명 좀 해보실까? 왜 저기에 무기가 있는 거지? 분명, 내가 받은 목록에 검은 없었는데 말이야."

홉고블린에게 넘기는 물품 목록은 물론, 인간 마을에 넘기는 물품 목록에도 식량과 의복 같은 생필품만 적혀 있었다.

"저, 전하, 그러니까……."

"그러니까?"

갑작스러운 상황에 당황한 건지 콜린스가 제대로 설명을 못하고 어물거리자 나는 피식~ 하고 한 번 웃어주곤 다른 사람들을 향해 시선을 돌렸다.

"설명할 마음이 없나 보네. 뭐, 그건 그렇고 당신들은 거기서 비켜주실까? 내가 어떻게 생각하게 될지 모르니 천천히 물러나는 게 좋을 거야."

그러자 상회 사람들은 어찌할 바를 모른 채 콜린스를 바라봤고, 콜린스가 황급히 다시 입을 열었다.

"저, 전하. 오해하시면 안 됩니다."

"그렇습니다. 다 설명을 드릴 테니……."

촌장도 콜린스를 도우려는 듯 급히 끼어들었지만, 나는 손을 들어 그의 말을 막았다.

일단 설명할 기회를 줬는데 그 기회를 놓친 건 콜린스였다.

그리고 난 다시 기회를 줄 마음 따위는 요~ 만큼도 없었고 말이다.

"내가 분명 물러나라고 했다."

"전하, 먼저 이야기를 들어주시……."

하나, 내가 한 번 더 힘주어 말해도 콜린스와 촌장 씨는 물론이거니와 상회 사람들도 난감한 표정만 지을 뿐 움직이려 들지 않았다. 그 와중에 콜린스가 또 무어라 하려 했지만, 난 또 그의 말을 잘랐다.

"저들을 잡아라!!"

물품을 쌓아두고 있는 곳이다 보니 밖에는 상회의 호위무사들이 지키고 서 있었고, 나를 호위하기 위한 호위기사들에 병사들까지 모여 있었다.

그들은 안의 분위기가 심상치 않음을 느끼고 들어왔다가 내명에 얼어붙어 버렸다.

"뭐 하는 거지? 나는 저 사람들을 잡으라고 했다!"

내 재촉에 호위기사들은 슬금슬금 움직여 콜린스와 촌장 씨를 비롯한 상회 사람들을 둘러싸기는 했지만, 제압할 생각은 안 하고 어정쩡하게 서 있기만 하자 나는 이번에는 내 호위기사라는 명칭을 달고 서 있는 이들을 바라봤다.

하지만 내가 뭐라 하기도 전에 사이먼이 선수 쳤다.

"저들의 말을 먼저 들어보시는 게 어떻습니까?"

"난 이미 명을 내렸습니다만?"

"감정이 격양되셔서 잠시 실수하신 겁니다. 지금이라

도…….”

“그러니까, 펼시워 경은 황족인 나에게 실수로 잘못 명을 내렸으니 그 명을 철회하라고 말하고 있는 겁니까?”

사이먼의 말을 자르며 차갑게 묻자 사이먼이 입을 다물었다.

하지만 나는 거기서 끝내지 않았다.

“게다가 지금 내 호위기사로 온 분들 중에서도 내 명을 따를 의지가 있는 분은 없는 것 같군요. 내 말이 틀립니까?”

주변을 쭈욱~ 둘러보며 묻자 내 말이 틀리다고 나서는 이는 아무도 없었다.

모두 슬그머니 시선을 피하자 사이먼 녀석이 그것 보라는 듯 피식 웃어 보였다.

“저들의 설명을 먼저 들어보시지요?”

그러자 도저히 못 참겠다는 듯 내 뒤에 있던 유모가 나섰다.

“펼시워 경이야말로, 먼저 마마의 명을 따른 후에 청하셔야 하는 것 아닙니까?”

“난 폐하의 명에만 따른다. 그리고 내가 폐하께 받은 명은 ‘황녀님의 신변 보호’였지.”

“펼시워 경!”

그러니까 내 신변 보호 외의 일은 안 할 것이며, 더해 내 명도 안 듣겠다는 의미의 말을 아주 당당하게 내뱉는 사이먼의 태도에 유모의 목소리가 높아지자 사이먼이 유모를 향해 매서운 시선을 보냈다.

“네가 감히 누구에게 목소리를 높이는 거지? 그럴 거면 네가 모시는 분이나……?”

한데, 사이먼은 거기서 슬쩍 나에게 시선을 돌렸다가 멈칫 거렸다.

내가 녀석을 바라보며 씨익~ 웃어줬기 때문이었다.

몇몇을 제외하고는 내 명을 듣지 않아 자존심과 위신이 엉망이 된 것은 물론, 거의 고립되어 있는 상황이건만 내가 여유 만만한 태도로 지켜보고 있으니 좀 당황했을 거다.

"무슨… 생각을 하고 계시는 겁니까?"

뭔가 꺼림칙한 표정으로 묻는 그에게 나는 환하게 웃으며 대답했다.

"'드디어 짜증 나는 것들을 단번에 처리할 수 있게 되어서 속이 다 시원하다!' 라고 생각했답니다."

그러면서 잽싸게 그들에게서 멀찍이 물러나자 때맞춰 홉고블린들이 스샤샥~ 사람들 사이를 빠져나와 내 곁으로 몰려들었다.

하여간에 동작 하나는 조인족 못지않게 잽싼 홉고블린들이었다.

사전에 미리 짠 것이 빤히 보이는 그 행동에 사이먼의 눈썹이 꿈틀거렸다.

"지금 뭘 하시려는 겁니까?"

"짜증 나는 것들을 단번에 처리하려고 합니다."

"전하!"

"닥쳐! 진심으로 윗전이라 생각한 적도 없으면서 함부로 부르지 마라. 네놈에게 장단 맞춰주는 것도 오늘로 끝이다."

날 부르는 사이먼을 매섭게 노려보며 그리 말해주는 사이,

우리 일행 뒤에는 수많은 조인족이 속속히 모습을 드러냈다.

이번 거래를 위해 온 줄 알고 신경도 안 쓰고 있던 이들이, 그것도 숫자가 몇 배는 늘어난 채 자신들을 에워싸고 있는 모습에 사람들은 놀라서 주변을 두리번거렸다.

조인족들은 저마다 설렁설렁 불량하게 서 있었지만, 어느 누구도 감히 그들을 얕보고 함부로 움직이려 하지 않았다.

상황이 매우 이상해지고 분위기가 살벌해지자 콜린스가 다급히 나섰다.

"전하, 지금 크게 오해하고 계시는 겁니다. 제가 다 설명을 드릴 테니 조금만 진정해 주십시오!"

"난 분명 아까 기회를 줬다. 그 기회를 놓친 건 그대가 아닌가?"

"그, 그게 아닙니다."

다급하니 이제와 뭐라고 이야기를 하려는 콜린스였지만, 난 들으려 하지 않았다.

그가 뭐라고 하든 내가 할 행동은 변함이 없을 테니까.

"뭐, 이유가 무엇이든 아무래도 상관없어. 자, 그럼 상황을 정리하도록 하지. 콜린스 드 트레이슨, 그리고 내 앞에 있는 모든 상회 인원들. 그대들은 이 시간부로 해고야. 사유는 상회 주인의 명을 듣지 않은 것. 이의 있나?"

"저, 전하."

"왜?"

"그, 그게… 이번 일은 정말 죄송합니다. 뭐라 드릴 말씀이 없습니다. 그래도 설명을 들으시면 이해하실 테니 부디 노여

움을 푸시고······."

"콜린스 드 트레이슨. 확실히 말하는데, 나 화 안 났어. 단지 내 명을 듣지 않는 사람을 계속 고용할 맘이 없을 뿐이야. 퇴직금은··· 뭐, 내가 모르는 자금줄에서 알아서 해결하도록 해. 번복은 없다."

단호하게 못을 박은 나는 그 옆에 잔뜩 굳어 있는 촌장 씨를 바라봤다.

"촌장 씨, 이 시간부로 그 마을과의 모든 관계를 정리하겠습니다. 그동안 도움받은 것에 대해서는 감사드립니다."

마지막으로 나는 사이먼을 바라봤다.

"사이먼 딘 펄시워 경. 그대를 비롯한 호위기사 팀은 방금 전 내 명예와 위신을 지키지 못했다. 이로써 그대들은 임무를 지속할 능력이 부족하다고 판단, 이 시간부로 호위기사직에서 파면한다. 임무를 수행치 못한 죄는 폐하께서 내려주실 터, 그대들은 즉시 돌아가 폐하께 죄를 청하도록 하라."

내 말에 굳어지는 사이먼의 얼굴을 보니 그동안 쌓인 체증이 한꺼번에 풀려 너무너무 시원했다.

생각 같아서는 비웃음까지 한번 날려주고 싶었지만, 여기에 그만 있는 것이 아니었기에 아쉬움을 참은 채 나는 그곳에 있는 모든 '사람'을 돌아보며 말했다.

"일단 여기 있는 물품은 모두 상회의 물품이니 우리가 챙겨 가도록 하겠다. 그대들은 알아서 각자의 길을 가도록. 물건을 하나라도 건드렸다가는 절도죄를 범한 것으로 간주, 국법에 의거해 처형하겠다."

그 말을 끝으로 그들에게서 몸을 돌리려 하는데 콜린스가 다급히 날 불렀다.

"전하, 혹시… 운송단이 출발할 때부터 저희 모두를 해고하실 생각이셨습니까?"

뭐가 예쁘다고 친절하게 설명해 줄까 싶었는데, 너무 절박하게 날 바라보는 시선에 나는 순순히 입을 열었다.

"그래."

"어째서입니까? 전하, 저희는 모두 폐하께 충심을 다하는 자들입니다. 이번 일도, 전하를 기만하려는 것이 아닙니다. 이건 다……."

"알아. 아마도 아빠를 위해서 한 일이겠지."

불쑥 끼어든 내 말에 콜린스의 눈이 커졌다.

나도 처음에는 콜린스가 딴 주머니를 찬 줄 알았다.

한데, 그가 조인족 영역 근처에 있는 마을을 들먹인 이후, 릴리가 추가로 몰래 확인해서 가져다준 목록을 보고 분노를 가라앉혔다.

나에게 보고되지 않은 갑옷, 검, 방패 등등의 무기류가 대거 끼워져 있는 것은 물론이거니와, 대략 100여 명 정도가 머물러 있는 마을에 가져다주는 물량이 거의 500여 명이 한 달은 넉넉하게 사용할 수 있는 분량이었던 것이다.

'참 내, 그쪽에 아빠의 비밀 부대라도 있나 보지?'

홉고블린과의 거래에서 빼돌린 돈은 몽땅 그 물량을 채우는 데 사용한 듯 보였다.

그걸 알자 혹 아빠가 날 이용하려는 건가 하는 의심이 들었지만, 곧 고개를 저었다.

제국의 황제가 이용할 게 그렇게 없어서 내 운송 상회를 이용하겠는가.

이제 막 시작해서 물량도 적고 아직 체계도 잡히지 않은 초짜 상회를 말이다.

결국, 시키지도 않은 일을 충성이랍시고 저지른 과잉 행동이었던 것이다.

그것도 급한 사정으로 어쩔 수 없어 저지른 일이라기보다는, 얼마만큼 가능한지 시험하는 의도가 보여 내 분노를 더욱더 부채질했다.

이건 결과가 괜찮으면 앞으로도 나 몰래 계속 이용해 먹겠단 심보가 아닌가.

"그, 그걸 아시면서 어찌……."

"이봐, 콜린스. 아빠한테 충성하는 건 좋아. 나도 뭐, 아빠를 위한 일이라면 당연히 적극 협력했을 거고. 그런데 그 모든 일의 주체는 내가 되어야 하잖아. 말해봐. 이 상회의 주인이 누구야?"

"전하이십니다."

"그래, 잘 아네. 그럼 이 상회에서 어떤 일을 하는데, 그게 주인인 나 모르게 진행되는 게 옳은 거야?"

이번 말에는 콜린스가 입을 다물었다.

"그 일의 목적이나 중요도는 부차적인 거야. 그 일을 주인인 나를 제외하고 아랫사람들끼리 생각하고 판단해서 진행시킨다는 건, 나를 아무것도 아닌 거라고 여기는 거지. 그걸 내가 봐줘야 해?"

더 열받는 건, 상회의 일을 자신들의 목적을 위한 수단으로밖에 여기질 않았다는 거였다.

만약 콜린스를 비롯한 사람들이 상회의 일을 중점으로 둔 채 아빠의 일을 겸사겸사 도왔던 거라면 나도 이렇게까지는 안 했다.

한데, 이들은 상회를 아빠의 일을 위한 보조나 받침대 정도로밖에 여기질 않았다.

아빠를 위해서라면 상회에 손해가 나도 전혀 아랑곳하지 않았을 테고, 필요하다면 파산까지 시켰을지도 모른다.

그런 저들에게 '감히 황녀인 나를~!!' 이라고 외치고 싶었지만, 저들 앞에서 제대로 처신하지 못한 내 잘못도 컸기 때문에 더는 화를 낼 수가 없었다.

모르면 알 때까지 물어보고 확인했어야 했는데, 좀 의아한 점을 발견해도 '알아서 잘하겠지…' 라고 생각하며 대충대충 넘어갔으니까.

그러니 그렇지 않아도 애송이로 보이는 내가 얼마나 더 얕보였겠는가.

'릴리가 없었으면 나는 한동안 계속 이용당했을 거야. 이거, 코데로 녀석에게 감사해야 하는 건가? 어쨌든, 속이 다 시원하네. 특히나 사이먼 녀석에게 한 방 먹여준 것이~!! 캬캬캬~'

벼르고 별렀던 일을 드디어 해냈다는 성취감에 속으로 웃으며 밖으로 나오자 홉고블린들이 따라붙으며 기다렸다는 듯 물어왔다.

"이제 다 끝난 거야?"

"그럼 우리 저거 다 챙겨도 돼?"

눈을 반짝반짝 빛내는 그들에게 나는 시원스레 고개를 끄덕였다.

콜린스의 행태에 대해 알게 된 뒤 나는 적당한 기회를 봐서 홉고블린들에게 연락했다.

이 상황을 타개하기 위하여 도움을 받으려니 그들이 제일 먼저 생각났던 것이다.

멀리 떨어진 그들에게 연락하려면 마법 통신을 이용하는 수밖에 없었지만, 때마침 내 생일 파티가 끝난 후 최종적으로 확인하기 위해 홉고블린들에게 연락하기로 했었던 터라 누구의 의심도 사지 않고 도움을 청할 수 있었다.

사정을 들은 브라우니는 인간들에게 사기당한 나를 가엽게 여기며 기꺼이 도움의 손길을 내밀었고, 그 대가로 이번 거래에 가지고 온 물건들을 몽땅 가지고 가기로 했다.

호의를 베푸는 와중에도 챙길 건 다 착실히 챙기는 홉고블린들이었던 것이다.

"네네, 저거 다 가지고 가세요. 알아서 다 챙길 수 있죠?"

"걱정 마, 걱정 마. 네가 준 마법 주머니면 충분해!!"

이럴 때를 대비한 건 아니었는데, 여유 있게 마법 주머니를 챙겨줬던 게 참 여러모로 도움이 많이 되고 있었다.

내 말이 끝나자마자 우르르~ 들어가는 홉고블린들의 뒷모습을 바라보며 나는 웃음을 흘렸다.

"에게? 이게 겨우 끝?"

"뭐야~ 뭔가 대단한 일이 있을 줄 알았더니……."

"그냥 지루하게 서 있었던 것뿐이잖아?"

아, 이런 바보 같은…… 195

홉고블린들이 뭐라고 꼬셨는지 조인족들은 홉고블린들과는 반대로 못마땅하다는 듯 투덜댔다.

그러나 그건 내가 신경 쓸 일이 아니었기에 난 무시해 버리고 앞으로 해야 할 일들을 머릿속으로 정리했다.

사람들을 몽땅 해고했으니 모든 걸 처음부터 다시 시작해야 했지만, 기분은 나쁘지 않았다.

이번에야말로 내가 직접 하나하나 알아보고 계획하고 운영해야겠다 다짐하니 오히려 기대감으로 심장이 두근두근거릴 정도였다.

그런데 바로 그때였다!

"어이! 이상한 것들이 이쪽으로 오고 있어."

"숫자가 제법 되는데?"

날개를 퍼덕이는 소리와 함께 허공에서 몇몇 조인족이 아래를 향해 외쳤다.

내가 볼일(?)을 보는 사이 병풍 역할에서 땡땡이(?)를 치던 이들이 뭔가를 발견한 모양이다.

"뭐? 어딘데?"

"앗! 나도!!"

"그럼 나도 가볼까?"

그 조인족의 말에 호기심을 느낀 조인족들이 일제히 허공으로 날아올랐고, 유모는 다급히 시녀 한 명을 마법사에게 보냈다.

내 신변을 크게 염려하는 아빠였기에 호위기사 팀뿐만이 아니라 병사들에 마법사까지 딸려 보내줬던 것이다.

나도 다른 조인족들처럼 날아가서 그 이상한 것들이 뭔지 확인하고 싶었지만, 이런 내 마음을 눈치챈 시녀들이 황급히 옷자락을 붙잡고 매달려 와서 포기해야만 했다.

'쳇, 홉고블린들 못지않게 재빠르기도 하지.'

"잠시만 기다려 주세요. 무슨 일인지 알아보러 보냈으니 곧 알 수 있을 겁니다."

불퉁한 표정을 짓고 있는 나를 달래려는 듯 유모는 그리 말했지만, 이게 웬걸?

무슨 일인지 알아보러 갔다는 시녀가 오기도 전에 사방이 소란스러워지기 시작했다.

"빨리 마마를 모시고 피해!!"

"성으로 갑니까?"

"그래! 마법진은?"

"준비되어 있습니다!"

"황궁에도 연락을……."

다급해 보이는 분위기가 척 보기에도 뭔가 심상치 않은 일이 터진 것 같았다.

그리고 그때 무슨 일인지 알아보기 위해 보낸 시녀가 평소 보이던 우아한 행동 따윈 던져 버린 채 치마를 덜렁 부여잡고 두다다~! 달려오며 고함을 치는 것이었다.

"레드 3!! 레드 3 발생!!"

'뭐?'

이게 무슨 소리인지 생각할 틈도 없었다.

시녀의 외침이 들리자마자 갑자기 유모에게 손을 잡혀 끌려가기 시작했으니 말이다.

"마마, 실례하겠습니다."

"뭐, 뭣? 자, 잠깐! 잠깐마안~!!"

몸이 자라서 좋아진 점 중의 하나가 바로 이거다.

예전에는 유모가 들고(?) 뛰면 그대로 끌려갈 수밖에 없었는데, 이제는 제법 힘으로 버틸 수 있게 되었다는 것.

"마마, 시간이 없습니다."

채 두 발자국을 가지도 않고 내가 발에 힘을 주며 유모에게 잡힌 손을 뿌리치자 유모가 다급하게 다시 잡아오며 외쳤다.

"시간이고 뭐고 무슨 일인지부터 말해!"

뒤로 물러나 그 손길을 피하며 단호히 말하자 옆에 있던 자넷이 날 설득하려고 했다.

"안전한 곳으로 이동하시면 얼마든지 말씀드리겠습니다. 지금은 어서 안전한 곳으로 가셔야 합니다."

"그렇게 나를 설득하려고 할 시간에 무슨 일인지 말해주면 안 돼?"

하지만 그래도 내가 순순히 따르지 않자 이제 막 도착한 시녀가 숨을 헐떡이며 빠른 어조로 말했다.

"엄청난 수의 몬스터 떼가 이쪽으로 향하고 있다 합니다. 더 큰 문제는 이게 자연적으로 발생한 일이 아닌, 흑마법사가 조종하고 있는 것으로 보인다는 겁니다."

"흑마법사라고?"

흑마법사는 악마와 계약하고 사악한 짓을 저지르는, 세상에 있어서는 안 되는 악 중의 악이라고 배웠다.

뭐 그 소리를 100% 믿는 건 아니지만, 몬스터들을 떼거지로 이끌고 이동하고 있다니 안 좋은 일인 게 분명했다.

"목적은?"

"아직 모릅니다. 그러니 일단 안전한 곳으로 먼저 몸을 피하셔야 합니다."

"나만 피한다는 게 말이 돼?"

말도 안 되는 소리에 어이없어하며 주변을 둘러보는데, 아뿔싸~ 엄마가 없었다.

게다가 더 황당한 건, 저쪽에 있던 란데의 모습도 보이지 않는 거였다.

'둘 다 간 겨? 그럼 홉고블린들은 누가 보호해?'

급한 대로 그 둘에게 홉고블린들을 부탁하려고 했는데, 둘다 가버렸으니 나는 당혹감을 감추지 못했다.

엄마는 둘째 치고 란데는 지금껏 사람인 척 내숭을 떨고 있었지 않은가 말이다.

그런 건 전혀 신경 쓰지 않은 채 날아가 버리다니, 홉고블린들 못지않게 조인족들도 호기심이 강했던가?

한데, 그때 할 말을 잃고 서 있는 내 팔뚝을 누가 쿡쿡 찔렀다.

"뭐야? 뭐가 어떻게 되어가는 건데? 잘 풀리고 있는 거 아니었어?"

"응?"

료우였다.

"료우~ 네가 있었구나!!"

얼마나 반가웠던지 나는 료우의 두 손을 덥석 잡으며 기뻐했다.

"그래, 너라도 있어서 다행이다."

내 손에는 얌전히 잡혀주던 녀석이 내 말에는 눈썹을 꿈틀거렸다.

"나라도?"

"네가 엄청나게 반갑다는 뜻이야."

뭐, 란데에 비한다면 료우가 좀 많이 못 미더운 건 사실이었지만, 그 말은 속으로 삼키며 나는 씨익 웃어 보였다.

그런데 그때 료우를 잡은 내 손을 부드럽게 풀어버리는 손길이 있었다.

"저희도 있는걸요, 아사 님."

제이였다.

그리고 제이 옆에는 료우를 매섭게 노려보는 케이까지.

"그래, 그래. 너희도 있었어."

힐끔 시선을 돌리니 릴리도 잘 붙어 있었다.

"릴리, 코데로는?"

"아까 다른 조인족의 말을 듣고 날아가던데요? 그러면서 아사 님 곁에 꼭 붙어 있으라는 말은 잊지 않더라고요."

'얼씨구. 그럴 거면 가지 말고 자기가 릴리 옆에 붙어 있을 것이지.'

하지만 유모와 자넷을 비롯한 시녀들까지 내 곁에 서 있는 걸 보니 무척 든든했다.

이 정도라면 충분하겠다 싶어 나는 안쪽을 향해 외쳤다.

"브라우니이~!!"

내 외침에 안쪽에서 기다렸다는 듯 브라우니가 모습을 드러냈다.

"또 뭐냐? 어라? 쨱쨱이들은?"

조인족들의 모습이 안 보이자 어리둥절했는지 브라우니가 주위를 둘러보며 물었다.

"몬스터 구경하러 갔어요. 이쪽으로 웬 몬스터들이 떼를 지어 몰려오고 있다네요."

"어쩐지, 아까 날개 퍼덕이는 소리가 요란하게 난다 싶더니 싹 다 그쪽으로 갔나 보지? 몬스터들이 얼마나 몰려오는데 그래?"

그 질문에 나는 자연스레 아까 마법사에게 다녀온 시녀를 바라봤고, 내 시선에 호흡을 고르고 있던 그녀는 얼른 자세를 바로 하며 대답했다.

"대략 500마리가 넘어 보인다고 합니다."

"500마리? 에이, 그 정도 가지고……."

브라우니의 코웃음에 시녀가 황급히 반박했다.

"그 정도라니요. 보잘것없는 놀이나 고블린 같은 애들이 몰려오는 게 아닙니다. 대부분이 오크였고 트롤하고 빅 베어의 모습도 보인답니다. 게다가 더 큰 문제는 그 몬스터들을 흑마법사가 조종하고 있는 것 같다는 겁니다. 반 시간 안에 이곳에 당도할 것 같다고 했습니다!"

"그게 진짜야? 이 치사한 쨱쨱이들! 나도 좀 데려가지 어떻게 자기네만 구경하러 쏙 갔다냐?"

다른 홉고블린이 안쪽에서 나오다 이 이야기를 들었는지 불쑥 끼어들었다.

"챙길 건 다 챙겼냐?"

"당연하지. 싹싹 걷어왔으니 걱정 마. 그나저나 저 양반 하는 말이 진짜야?"

다른 홉고블린의 말대로 안에서 챙길 건 다 챙겼는지 나머지 홉고블린들도 우르르~ 몰려나오며 저희들끼리 '뭔데, 뭔데' 하며 물어왔다.

"아, 아니……."

사람들은 큰일 났다고 난리인데, 홉고블린들은 신기한 구경거리로 여기는 분위기이니 시녀들은 당혹감을 감추지 못했다.

'뭘 그 정도 가지고… 성년도 안 된 애 격투 실력 좀 키우겠다고 몬스터 앞에 던져대는 종족도 있는데.'

성년식을 무사히 통과한 조인족이라면 최소 10마리의 오크 정도는 가뿐할 거다.

료우처럼 '실력 좀 있는' 레벨이라면 그 이상도 충분히 가능할 거고.

즉, 홉고블린들이 꼬셔서 여기까지 온 조인족 40여 명이라면 지금 몰려온다는 몬스터들 정도는 충분히 상대할 수 있다는 소리였다.

게다가 조인족이 아무리 호전적인 성격이 강하다고 하지만, 상대도 안 되는데 무조건 달려들고 보는, 머리까지 근육으로 꽉 찬 멍청이는 아니었다.

아니, 오히려 사냥이나 전투에 관해서는 얼마나 머리가 비상하게 잘 돌아가는지 모른다.

그러니 트롤이나 빅 베어 등등의 레벨이 골고루(?) 섞였다고 해도 조인족이 위험에 처할 확률은 극히 낮았다.

'그들과 맞서 절대 물러나면 안 된다든가, 전멸시켜야 한다든가 하는 의무는 없으니 아마 자신들에게 가장 유리한 게릴라전으로 나서겠지?'

조인족만큼 게릴라전에 능통한 종족이 또 있을까.

"지금 이분은 조인족을 걱정하는 게 아니라, 우리를 걱정하는 거예요. 몬스터들이 이쪽으로 오고 있는데 여기 있는 모든 이를 어떻게 피신시켜야 하나… 하고요."

내 설명에 브라우니가 고개를 끄덕였다.

"아아, 여기에는 인간들도 있었지?"

자기네들은 전~ 혀 걱정 없다는 투에 시녀가 슬쩍 나에게 다가와 속삭였다.

"저기… 홉고블린분들이 저희보다 강해 보이지는 않은데요."

'우리보다 더 약하지 않냐'라는 기색이 역력한 그녀에게 나는 웃어 보였다.

별로 강해 보이지도 않는 이들이 뭘 믿고 저리 태평한지 이해를 할 수 없었던 모양이다.

"전투 능력이 높지 않을 뿐, 약한 게 아니거든."

내 설명이 그다지 도움이 되지 않았는지 여전히 그녀가 고개를 갸웃거리는데, 사이먼 녀석이 다가왔다.

"왜 아직까지 여기 계시는 겁니까? 여긴 위험하다는 이야기를 아직 못 들으셨습니까? 자넨 뭐하는 건가?"

아까 시녀가 비상을 외치며 달려왔는데도 우리가 이동도 안 하고 가만히 있자 직접 재촉하려고 온 모양이었다.

자기 할 말만 다다다~ 내뱉고는 곧바로 유모를 다그치는 사이먼에게 나는 코웃음을 치며 말했다.

"누구세요? 여긴 외부인 출입이 금지된 곳이니 관계자가 아니신 분은 나가주시겠어요?"

사이먼은 이제는 아예 막 나가기로 했는지 대놓고 인상을 구기고 있더니만, 거기다 더해 하~ 하고 한숨까지 내뱉으며 짜증 어린 어조로 툭 내뱉었다.

"이제 성년까지 되셨으니 어린애처럼 구는 건 그만하시지요? 폐하께서 이런 모습을 보시면 뭐라고 하시겠습니까?"

그래서 나도 아주 기분 나쁘다는 기색을 노골적으로 드러내며 틱틱거렸다.

"외부인은 남의 사생활에 관심 꺼주시겠습니까? 아주아~주 귀찮군요."

"누군 그러고 싶어서 그러는 줄 아십니까? 한 가지 더 말씀드리자면, 전하께선 절 해고할 권한이 없으십니다. 제게 임무를 내리신 분은 폐하시니까요."

그의 말에 난 속으로 혀를 찼다.

'쳇, 몬스터 녀석들만 갑자기 나타나지 않았으면 그냥 여기서 보내 버릴 수 있는 거였는데…….'

물론, 나도 그걸 잘 알고 있었다.

그러나 아무리 사이먼에 대한 인사권이 아빠한테 있어도 사이먼이 임무를 제대로 수행하지 못했다는 명분을 손에 쥐게되었으니 그의 해고는 기정사실이나 마찬가지였다.

지금처럼 비상사태가 일어나지 않았다면…….

이런 상황에 아빠한테 연락해서 '얘 좀 해고해 주세요~'라고 해봤자 사이먼을 나한테 바짝 붙여놓으려고 하면 했지 내 말을 들어주려 하지 않을 거다. 그리고 아빠한테 '넌 해고야!' 란 통지를 듣지 않은 이상, 사이먼은 내 호위기사였다.

사이먼의 말에 내가 반박을 못 하고 멈칫하자, 아까 내 해고 통지로 멀찍이 떨어져 서 있던 나머지 호위기사들까지 슬금슬 금 다가오는 것이었다.

'우쒸……'

기껏 벼르고 별러서 해고할 구실까지 잘 얻어놨는데, 까딱 잘못하다간 그 모든 게 흐지부지되게 생겼다.

사이먼도 그걸 눈치챈 듯 사람 속을 박박 긁어놓는 얄미운 미소를 지으며 날 바라보는데, 나와 사이먼 사이에 누군가가 불쑥 끼어들었다.

"어이, 우리가 의논해 봤는데."

브라우니였다.

"뭘요?"

"저 인간들 죽으면 네가 곤란한 거지?"

"그렇긴 하죠."

사이먼은 전~ 혀 걱정이 안 되었지만, 상회 사람들이나 병 사들은 달랐다.

물론 그들도 쉽게 죽을 사람들로는 안 보였지만, 여기서 저들은 쏙 빼두고 우리끼리만 안전을 도모하면 나중에 꿈자리가 안 좋긴 할 거다.

그런 생각으로 고개를 끄덕이니 브라우니가 잘됐다는 듯 손 뼉을 쳤다.

"그럼 우리가 도와주마. 그 대신……."

"그 대신?"

"인간들의 간식거리를 일주일에 한 번씩 가져다줘."

"난 호두 파이라는 게 좋아."

"난 티라미수라는 거!!"

"초코 쿠키!!"

"새로운 것도 끼워서!!"

브라우니의 뒤를 이어 다른 홉고블린들도 눈을 빛내며 저마다 입을 열었다.

'아까부터 머리를 맞대고 뭘 쏙닥쏙닥거리나 했더니만…….'

왠지 모르게 웃음이 나왔지만, 그 제안을 그대로 받아들이는 건 좀 무리였기에 난 한 번 튕겼다.

"기껏 한 번 도와주는 거 가지고 얼마나 우려먹을 생각이세요? 그냥 저번에 가져다 드린 것만큼 가져다 드릴 테니 그걸로 만족하세요."

"겨우 한 번이라니!"

"그거로는 안 돼!!"

"맞아, 맞아."

"한 번 도와준 거 가지고 여러 번 얻어먹는 것도 말이 안 되거든요? 그러지 말고 이번에 도와주는 건 그걸로 퉁 쳐요. 대신, 거래를 일주일에 한 번씩 할게요."

"어? 진짜?"

"서로 괜찮다면요."

처음에 홉고블린과의 거래는 한 달에 한 번 정도 하기로 했었다.

아무래도 양쪽이 처음 시도하는 일이다 보니 서툰 부분도 많고, 예기치 못한 변수도 있을 거라 생각해 안정될 때까지는 천천히 진행하자는 뜻에서였다.

그렇게 조심하는 건 좋지만, 대신 홉고블린들은 인간들의 간식을 한 달에 한 번만 맛볼 수 있었다.

전부터 그걸 엄청 아쉬워한다는 걸 알고 있었기에 그걸 카드로 꺼냈더니, 과연 홉고블린들은 즉각 열렬히 고개를 끄덕였다.

"좋아. 그럼 그렇게 하자. 그럼 인간들을 모두 이 주변으로 모아봐."

브라우니의 말에 유모를 돌아보자 그녀가 나섰다.

"이 주변에 있는 사람들이 전부입니다."

내가 움직이지 않고 있었더니 이제는 반대로 다른 사람들이 몽땅 내 주변에 모여 있었다.

아까 나에게 해고당한 호위기사들을 비롯해 촌장 씨와 마을 사람들, 마법사 팀과 병사들에 하다못해 상단 사람들까지 슬그머니 다가와 있던 터라 더 부를 사람도 없었다.

"좋아, 좋아. 그럼 좀 더 가까이 붙으라고 해. 참, 혹시 챙길 거 있으면 얼른 다 챙겨오고. 이 주변을 제외하면 다른 곳에 있는 건 다 버리는 거라고 생각할 거다."

브라우니의 말에 유모가 주변을 둘러보자 각 그룹의 장에 해당하는 사람들이 고개를 끄덕여 괜찮다는 사인을 보내왔다.

"상관없습니다. 편할 대로 하십시오."

"그래? 그럼 이야긴 끝난 거다. 나중에 물어내라느니 그러면 안 돼!"

한 번 더 확인하는 브라우니에게 유모가 단호하게 고개를 끄덕였다.

"예. 그건 걱정 마십시오. 하지만 서두르셔야 할 겁니다. 생각보다 몬스터들의 속도가 빠르다고 하는군요."

슬쩍 마법사들 쪽으로 시선을 주는 폼이, 그쪽에서 뭐라 언질을 준 모양이다.

"걱정 마, 걱정 마. 슬슬 움직일 테니까."

브라우니의 말이 끝나자 기다렸다는 듯 다른 홉고블린들이 일제히 사방으로 흩어졌다.

사람들을 가운데 두고 그 주변을 둘러싼 모양새로 자리를 잡았는데, 홉고블린들의 숫자가 적다 보니 꽤나 간격이 멀리 떨어지게 되었다.

그 모습을 사람들이 불안한 시선으로 보고 있다는 걸 아는지 모르는지, 자리를 다 잡은 홉고블린들이 히죽 웃으며 사람들을 돌아봤다.

"자, 그럼 다들 잘 잡고 있으라고."

뜬금없는 말에 사람들이 어리둥절해하는 사이, 나는 얼른 바닥에 주저앉아 안정적인 자세를 잡았다.

홉고블린들의 의도를 파악하려 머리를 굴릴 시간에 저들의 말을 그냥 따르고 보는 게 심신이 편하다는 걸 진즉에 터득했기 때문이었다.

내 행동에 나를 따르는 이들과 눈치 빠른 몇몇이 나를 따라

서 얼른 바닥에 주저앉자마자 때맞춰 우르릉~ 하는 굉음과
함께 마치 지진이라도 일어난 듯 땅이 흔들리며 우리가 있는
곳 주변 여기저기가 쩍쩍 갈라지기 시작했다.

"헉!"

"으헉!!"

그러나 돌발 상황은 거기서 끝이 아니었다.

정확히 우리가 서 있는 곳 주변을 빙 둘러 균열을 일으킨 땅
이 갑자기 허공으로 치솟아 올랐던 것이다.

바로 우리가 딛고 서 있는 부분이 말이다.

"으허허헉~!!"

땅이 흔들릴 때에도 중심을 잃지 않은 채 잘만 버티고 서 있
던 사람들이었지만, 땅이 솟구쳐 오르는 데에는 대책이 없었
던지 여기저기서 쓰러지는 이들이 출몰했다.

'이러려고 잘 잡고 있으라고 했구먼……'

땅은 한번 솟구쳐 오르기 시작하자 쉬지 않고 계속 쑥쑥 솟
아오르더니 거의 10m가 넘어선 뒤에야 멈췄다.

"이야~ 오랜만에 힘 좀 썼더니 피곤하구먼."

"그러게 말이야. 이렇게 온 힘을 다한 게 얼마만이지?"

"아이고, 삭신이야……."

"너무 힘들어서 움직이질 못하겠어."

그렇게 뜬금없이 거대한 땅의 기둥을 만들어놓은 홉고블린
들이 하나둘 주저앉으며 엄살을 부려댔다.

"이거, 이거, 겨우 한 번 얻어먹는 거로는 수지가 안 맞아."

"그럼, 그럼. 우리가 이렇게 고생했는데."

'목적은 그거였군.'

너무나 빤~ 히 보이는 귀여운 수작에 나는 속으로 헛웃음을 흘렸지만, 겉으로는 엄청 곤란하다는 표정을 지으며 투덜거렸다.

"아, 진짜… 대신 양을 전보다 더 많이 가져다 드릴게요. 그럼 됐죠?"

"겨우 양 좀 늘리는 거 가지고 되냐?"

"종류도 더 늘려서."

"흠, 흠… 그럼 일단 가지고 오는 걸 봐서."

"에잇, 보긴 뭘 봐요. 그걸로 끝내요. 제가 신경 많이 써서 챙겨올게요."

아무래도 빵집 하나 털어오는 걸로는 부족할 것 같다.

'디저트 전문점이라도 알아봐야겠네.'

내가 홉고블린들과 가볍게 투닥거리는 사이, 사람들은 조심스럽게 자신들이 서 있는 곳을 둘러보기 시작했다.

"이, 이게 도대체……."

"세상에, 이걸 홉고블린들이?"

"놀랍군요. 이건 고위 마법이 아닙니까? 홉고블린들이 어떻게 고위 마법을……."

"여기라면 확실히 몬스터들로부터 안전하기는 하겠군요."

"우리도 조심해야겠지만요."

하기야 10m가 넘는 허공에서 맨땅으로 다이빙하고도 무사할 사람은 거의 없을 거다.

사람들은 10m가 넘는 높은 바위로 이루어진 기둥 위에 선 상황에 놀라움을 감추지 못한 기색이었지만, 그렇다고 패닉에 빠져 우왕좌왕거리는 일은 없었다.

역시 아빠가 내 곁에 붙여놓은 사람들답다고나 할까?

게다가 마법사들은 슬금슬금 나에게 다가와 질문을 던지기까지 하는 것이었다.

"마마, 홉고블린들은 기본적인 하급 마법만 쓸 수 있다고 알고 있었습니다만, 그게 잘못 전해진 이야기였습니까?"

"지금 방금 시전한 마법이 4서클인 '월 오브 스톤'인 겁니까?"

"아니야. 월 오브 스톤이라기 보다는 '다그 하우트'의 변형에 더 가까워."

"설마요. '다그 하우트'는······."

처음에는 나에게 질문을 던지더니만, 점점 저희들끼리 전문적인 이야기를 마구 쏟아낼 분위기로 진행되자 나는 얼른 차단하고 나섰다.

"음··· 내가 마법에 대해 잘 몰라서 그러는데, 혹시 먹을 것 좀 가지고 있어요? 군것질거리도 좋고."

뜬금없는 내 말에 다가온 이들이 당혹한 표정을 지어 보였지만, 다행히 한 마법사가 지체 없이 로브의 소매를 뒤적여 자그마한 주머니를 꺼냈다.

"출출하십니까? 이게 입에 맞으실지 모르겠습니다만······."

그가 열어 보인 주머니 안에는 육포가 가득 들어 있었는데, 운이 좋게도 살짝 말린 고기에 치즈를 섞어 한 번 더 가공한 엄청 고급스러운 육포였다.

'호오, 이 마법사가 입이 고급이라 다행이네.'

나는 그걸 꺼내 벌써부터 이쪽을 보며 눈을 빛내고 있는 홉고블린들에게 흔들어 보였다.

"이분들이 물어볼 게 있다는데요?"

마법에 대해 문외한인 나에게 뭘 물어보는가.

나는 홉고블린들이 행한 마법에 대해선 잘 모른다.

그들이 하니까 하는가 보다~ 하는 거지.

'그런 전문적인 이야기는 전문가들끼리 해야 하는 거 아니겠어?'

다행히 홉고블린들이 뭘 좋아하는지는 잘 알고 있었기에 그들의 호기심을 불러일으키는 건 어렵지 않았다.

"흠흠, 일단 그거 맛 좀 봐야지."

"그럼, 그럼. 맛없는 거면 대답은 없어."

말은 그리하며 벌써 우르르~ 다가오는 홉고블린들의 모습에 나는 웃음을 참지 못했다.

'힘들어서 움직이지 못하겠다더니?'

일견 귀엽게도 보이는 그들의 행동에 나는 뭐라고 하는 대신 들고 있던 육포를 하나씩 나눠줬다.

"맘에 드실라나 모르겠네."

홉고블린들의 요리는 거의 자연식이라 이렇게 짭짤할 정도로 조미료와 향신료를 넉넉히 넣고 만든 가공식품을 좋아할까 걱정이 되었는데, 그런 걱정이 무색할 만큼 홉고블린들은 그 치즈 육포를 마음에 들어 했다.

"오오, 이거 괜찮은데?"

"맛있다. 어이, 이상한 조인족. 나중에 이것 좀 가지고 와라."

"그래, 그래. 앞으로 인간들의 간식거리를 가지고 올 때 이것도 같이 챙겨와."

"그럴까요?"

"그래서, 뭐가 궁금하다고?"

홉고블린의 너그러운 질문에 옆에서 지켜보고 있던 마법사들이 반색하며 다가들었다.

"방금 행하신 마법 말입니다……."

두 종족이 사이좋게 대화를 나누기 시작하는 모습을 보면서 나는 흡족한 미소를 흘렸다.

그렇지 않아도 새로운 간식으로 뭘 가지고 가야 하나… 고민했는데, 마법사 덕에 육포를 발견하게 되었으니 생각지도 못한 득템을 한 기분이었다.

"릴리, 이번에 살 홉고블린들의 간식거리에 육포도 추가해 놔. 종류는 다양하게, 맛있는 것들로만 골라서."

"네, 알겠습니다."

앞으로 상회의 전반을 관리하게 될 릴리가 야무지게 고개를 끄덕였다.

두두두~

그즈음, 땅에서 미미한 진동이 느껴지며 저~ 멀리서 둔중한 소리가 들려오기 시작했다.

드디어 몬스터들이 시야가 닿는 곳까지 다가온 것이었다.

땅으로부터 불쑥 튀어나온 높은 기둥 위에 있어서 그런지 진동이 좀 더 강하게 느껴지는 것 같았다.

그러자 좀 불안했던지 홉고블린들과 이것저것 이야기를 나누던 마법사들이 자신들의 마법으로 기둥 아랫부분을 보강하기 시작했다.

"그런데 말입니다……."

자연스레 몬스터들이 몰려오는 방향을 주시하고 있던 중, 누군가가 뜬금없이 입을 열었다.

"저 몬스터들은 어디로 가는 걸까요?"

"어?"

갑자기 몬스터가 몰려온다는 돌발 상황에 사람들은 날 피신시킬 생각에만 몰두해 다른 것들은 모두 제쳐놓고 있었다.

그러다가 홉고블린들 덕에 한시름 놓게 되자 제쳐놨던 일들이 떠오른 모양이다.

"아무래도 흑마법사가 조종하고 있다니 어떤 목적이 있는 것 같은데……."

"어… 저 방향에서 여길 지나쳐 쭈욱 가면 거기 아닙니까? 우리가 거쳐 왔던 성이 있는……."

"헉! 그럼 저들이……."

"그만!!"

전 상회의 직원들과 병사들 사이에서 웅성거림이 커지자 사이먼의 입에서 엄한 목소리가 흘러나왔다.

그리 크지 않은 목소리였음에도 그 목소리에 실려 있는 엄중한 기운에 사람들이 저마다 입을 다물었다.

"그대들의 첫 번째 임무가 무엇인지 잊지 마라."

사이먼의 말에 사람들의 분위기가 진중해졌지만, 그에 해당되지 않는 이도 있었다.

'허이고~ 댁은 잊지 않으셨나보지요오~?'

바로 나였다.

한 번 미운 털을 박아놓고 나니 뭘 해도 못마땅해 보였던 것이다.

솔직히 사이먼뿐이 아니었다. 아주 대놓고 여기 있는 모든 이의 멘탈을 콕콕 찔러주고 싶었지만, 이걸 눈치챈 유모가 잽싸게 내 손을 잡으며 간절한 시선을 보냈기에 참았다.

'아우~ 내가 유모 때문에 참는다.'

물론, 정말 그렇게 하면 난 못된 녀석으로 찍히게 될 테지만, 어차피 나와의 관계를 먼저 망친 건 저쪽이었다.

지금 상황이 어떻게 진행되든 저들을 내칠 건데 뭐하러 좋게, 너그럽게 대해주겠는가.

아마 유모는 돌발 상황 덕에 틀어졌던 관계가 다시 회복될지도 모른다는 기대를 하고 있는 모양인데, 너무 무리한 기대였다.

그렇게 생각하니, 이대로 아무 말도 없이 있는 건 너무 억울한 거 같아 나는 결국 참지 못하고 입을 열었다.

"유모, 그러니까 지금 저 몬스터들이 사람들이 살고 있는 성으로 가고 있다는 소리지?"

"아, 네에… 아무래도 그런 듯합니다."

"그럼 그쪽에 연락해 줘야 하는 거 아니야?"

"그렇지 않아도 몬스터들의 모습을 발견하자마자 혹시나 싶어서 연락해 놓으라고 했습니다."

유모가 대답하며 슬쩍 홉고블린들과 함께 있던 마법사를 바라보자 그가 고개를 끄덕였다.

"예, 소식은 전해놨습니다. 지원군이 필요하냐고 묻기에 일단 기다려 보라고 했습니다만……."

슬그머니 사이먼과 내 눈치를 살피기에 나는 피식 웃었다.

"저런~ 그렇다면 펄시윅 경이 병사들을 이끌고 그 성으로 지원을 가주는 게 어떻습니까? 설마, 하는 일도 없으면서 '제 임무는 황녀님을 지키는 겁니다' 라고 말하는 건 아니겠죠?"

내 비꼼 섞인 말에 사이먼이 못마땅한 표정이 되었고 유모는 울상이 되었다.

"마마아~"

유모가 제발 좋게 좋게 좀 지내보라는 간절한 염원이 섞인 목소리로 날 불렀지만 나는 대놓고 흥~ 하고 코웃음을 쳤다.

'그런 간절한 시선은 저쪽으로 보내든가.'

그러면서 정말 지원이라는 명목으로 사이먼 일행을 보내 버렸으면~ 하고 진지하게 바라고 있는데, 이런 나의 바람을 산산조각 내는 목소리가 들려왔다.

"저 몬스터들 때문에 난감하다는 거니?"

허공에서 들려오는, 왠지 정말 반갑지 않은 엄마 목소리에 나도 모르게 움찔거렸다.

'엄마 목소리가 안 반갑다니, 나도 참 불쌍한 딸내미야…….'

"안 난감해."

속으로 투덜거리면서도 엄마가 무슨 꼬투리를 잡아 나에게 뭔 일을 시킬까 싶어 얼른 대답했건만, 역시 엄마한테는 소용없었다.

"그것참, 잘됐구나. 저 몬스터들로 인해 난감할 일이 없다면 맘 편히 움직일 수 있을 테니."

"뭐, 뭘 시키려고?"

엄청 불안한 맘으로 물었더니, 엄마가 아주 가뿐하게 대답했다.

"이렇게 훈련하기 딱 좋은 환경을 만나기도 쉽지 않은 일인데 이번 기회를 놓치기는 아깝잖니."

엄마의 말이 끝나기도 전에 나는 잽싸게 몸을 날렸다.

"브라우니이~!!"

나보다 키도 작고 약해 보이는 홉고블린을 찾는 게 참 웃겼지만, 여기서 엄마를 막는 데 브라우니만큼 도움 되는 존재는 없었다.

한데 기껏 엄마의 허를 찌르는 타이밍에 몸을 날렸건만 채 브라우니의 뒤에 숨기도 전에 목덜미가 잡혔다.

'헉, 어느새?'

설마 엄마가 눈치를 챈 건가 싶어 놀라서 돌아보니, 언제 왔는지 란데가 서 있는 거였다.

"하여간에 도망 다닐 궁리는 잘한단 말이지."

"켁······."

'란데랑 연합작전을 펼칠 줄이야······.'

이럴 줄 알았으면 란데에게 애걸복걸하며 동행을 청하지 않는 건데 말이다.

"설마 나 혼자 저기에 던져 넣는 거야?"

그러기만 하면 그냥 날아서 곧장 아빠한테 도망가 버리겠다

다짐하며 물었더니, 엄마가 가소롭다는 듯 피식 웃었다.

"걱정 마. 그렇지 않아도 여기까지 와서 한 일 없다고 투덜 거리던 녀석들이 저놈들을 보니 몸 좀 풀고 가겠다고 하더라. 그래서 좀 이따 하라고 했지."

분명 나도 함께 던져 넣으려고 그랬던 걸 거다.

"저기에 흑마법사도 있다고 하던데?"

그럼 몬스터들을 조직적으로 움직일 수 있는 거 아니냐, 마법도 쓸 수 있는 거 아니냐 등등~ 엄청 위험하다는 걸 어필하려 했지만, 엄마의 말에 막혔다.

"알아서 잘 피하렴."

"쳇……."

몬스터 떼거리 사이에 떨어지면 몬스터를 죽이느니 마느니 하며 갈등할 틈도 없이 오로지 전투에만 집중해야 할 터, 아마 엄마나 란데나 그걸 노리고 날 저기에 던져 넣으려 하는 것일 터였다.

'여기서 그냥 날아가 봤자 엄마나 란데한테 금세 붙잡히겠지? 결국 저 안에서 적당히 버티고 있어야 한다는 소리인가?'

속으로 한숨을 푹푹 내쉬고 있는데, 날개 펄럭이는 소리와 함께 허공에서 코데로 녀석의 목소리가 들려왔다.

"어이, 너도 낄 거라며? 그럼 릴리는?"

나도 참여할 거란 소식에 가장 먼저 릴리가 걱정되었나 보다.

'나도 조인족은 조인족인데, 왜 조인족 중에 내 편은 없는 걸까?'

왠지 모를 우울함에 한 번 더 한숨을 내쉬며 나는 릴리와 유모를 돌아보았다.

"유모, 릴리 좀 잘 데리고 있어. 릴리 너도 유모 옆에 꼭 붙어 있고."

그 말을 마치자마자 기다렸다는 듯 란데가 날 기둥 아래로 던져 버렸고, 나는 익숙하게 날개를 펴 사뿐하게 땅에 착지했다.

'던져지는 것에 익숙하다 못해 이제는 당연하게 느껴지기까지 하니 원……'

가여운 내 처지를 한탄하며 이제 100m 앞까지 다가온 몬스터들을 응시하고 있을 때였다.

탁.

타악~

타닥.

가벼운 발소리와 함께 세 인영이 내 주변에 내려서는 거였다.

케이와 제이는 물론, 료우까지 함께 서 있는 모습에 나는 눈을 동그랗게 떴다.

"아니, 너희들이 내려오는 걸 울 엄마가 그냥 놔두디?"

"모릅니다. 아사 님께서 내려오실 때 저도 같이 뛰어내렸습니다."

"저도요. 하레츠 님을 볼 틈 같은 건 없었는걸요."

"나도 뭐… 너만 보고 있었으니까……."

케이, 제이, 료우의 대답에 슬쩍 위를 쳐다보니 엄마가 '걔들은 봐준다' 하는 표정으로 허공에 둥둥 떠 있었다.

그에 조금 안심한 나는 여전히 바위로 된 기둥 위에 떠억~ 버티고 서 있는 사이먼을 올려다봤다.

사이먼 또한 나를 바라보고 있었기에 금방 시선이 마주칠 수 있었는데 그러자마자 나는 아주 진하게 히죽~ 웃어 보였다.

'얘네들은 내가 내려오니 앞뒤 안 가리고 같이 뛰어내렸는데, 호위기사라고 떠들고 다니는 네놈은 거기 가만히 있는 다는 거지?'란 의미를 노골적으로 담아낸 미소였다.

내가 기껏 사이먼을 호위기사 자리에서 자르려고 수를 쓴 게 이번 돌발 상황으로 인해 무효가 될 처지에 놓였는데, 저 행동으로 인해 다시 꼬투리를 잡겠다는 의도를 내비친 거였다.

딴 사람들은 몰라도 사이먼만은 안전한 곳에 편히 앉아 구경하고 있는 꼴은 못 보겠어서 도발해 본 거였는데, 뜻밖에도 사이먼 녀석이 피식~ 하고 웃는 거였다.

'웃어?'

예상치 못한 사이먼의 반응에 멈칫하는 사이, 사이먼이 아주 가벼운 동작으로 높은 기둥 위에서 훌쩍 뛰어내렸다.

순식간에 바닥으로 가뿐하게 내려선 그는 다시 한 번 비죽 웃으며 입을 열었다.

"뭐, 저 위에서 가만있었으면 주군께서 절 가만두지 않으셨을 테니 이번만은 전하의 도발에 넘어가 드리죠."

선심 한번 써준다는 말에 왠지 속에서부터 울컥 부아가 치밀었다.

'아쒸~ 그냥 가만 놔뒀다가 나중에 아빠한테 일러 버릴 걸 그랬나?'

몬스터 무리는 점점 다가왔다.

엄마 덕에 몬스터들은 많이 만나봤지만, 저렇게 우글우글하게 몰려 있는 모습은 처음이라 나도 모르게 긴장으로 침이 꼴깍 넘어갔다.

"크륵? 크르륵?"

"취이익~!"

놈들은 멀리 있을 때는 앞만 보고 직진하더니만 우리를 발견하자 마치 돈 떼먹고 도망간 놈을 발견이라도 한 듯 무기를 꼬나쥔 채 우르르 달려오는 것이었다.

"왓! 저 미친!!"

사람 비슷한 것만 보면 앞뒤 재지 않고 달려드는 게 몬스터의 본능이라고 하지만 저렇게 떼거리가 몽땅 달려들 줄은 몰랐다.

사실, 몬스터의 떼가 움직이는 방향은 홉고블린들이 만들어 준 바위기둥에서 좀 빗겨나 있었다.

몬스터 떼거리를 원으로 봤을 때, 원의 테두리와 바위기둥이 부딪칠락 말락 할 정도로 말이다.

그래서 잘하면 일부만 달려들지 않을까 기대했는데, 이런 내 기대가 처참하게 무너져 버렸다.

"저것들 누가 조종하고 있는 거라고 하지 않았어? 그런데 왜 우리한테 몽땅 달려드는 거야?"

반쯤 얼이 빠져 중얼거린 말에 냉큼 답변하는 인간이 있었다.

"뭐, 우리한테 원한이라도 있나 보지요."

사이먼이었다.

남은 떼로 달려드는 몬스터의 모습에 긴장해 굳어 있건만, 혼자만 태평한 표정이었다.

'그게 말이 되냐! 내가 언제 누구를 만나서 원한을 만들었다고!!' 란 의미를 담아 그를 째려봤더니 사이먼이 얄밉게 웃어 보이며 말을 이었다.

"저렇게 몬스터를 조종하는 놈들은 아무래도 뒤가 구린 구석이 많은 놈들이거든요. 그리고 뒤가 구린 놈들은 눈앞에 누가 보이기만 하면 그냥 원한을 품어버리죠. 마치, 인간만 보면 적의를 품는 몬스터처럼 말이지요."

두두두두~!!!

사이먼이 말하고 있는 사이에도 몬스터들은 점점 다가왔다.

그와 함께 아까와는 비교도 안 될 정도로 빠르고 강하게 지축을 울리는 소리에 심장도 같이 달음박질을 치기 시작했다.

멀리서 보고 있을 때는 그럭저럭 괜찮았는데, 떼거리가 점점 다가오니 그 압박감이 장난 아니었던 것이다.

그나마 그동안 란데에게 신나게 굴려진 덕에 도망칠 자신은 있었지만, 위에서 누구누구 씨들이 버티고 있으니 후환이 무서워서라도 여기서 버텨야만 했다.

'차라리 내가 먼저 나가서 선빵을 날릴까? 선빵이 필승이라며!!'

지금 나의 바람을 다루는 실력이라면 광역 공격이 가능했다.

실제로 해본 적은 없었지만, 그래도 온 힘을 다해 펼친다면 꽤 강력한 한 방이 나올 거다.

그러면 함께 싸우는 사람들이 좀 편해지지 않을까?

'어쩜, 그 뒤를 이어 저들도 선빵을 날릴지도?'

제법 괜찮은 생각 같아 막 나서려고 하는 그때, 묵직한 손이 내 어깨를 지그시 눌러왔다.

"설마, 지금 튀어나가려고 하시는 건 아니겠지요?"

사이먼이었다.

내가 튀어나가려는 걸 알아챈 그 눈썰미가 놀랍긴 한데, 어째 말투에서 빈정거리는 기운이 진~ 하게 묻어나는 거였다.

그렇지 않아도 그 때문에 나갈 타이밍을 놓쳤는데 말투까지 저러니 내 입에서도 절로 까칠한 어투가 튀어나갔다.

"뭡니까?"

별거 아닌 걸로 막은 거면 절대 가만있지 않으리라 다짐하는데, 사이먼이 하~ 하는 한숨과 함께 대놓고 이죽거리기 시작했다.

"전투 전 압박감을 견디지 못하고 튀어나가는 건 미숙한 녀석들이나 저지르는 실수인데 말입니다. 그러고 보니, 미숙한 주제에 압박감을 견디지 못하고 튀어나간 녀석들은 대부분 뒤끝이 안 좋았지요. 혹시 황녀님께서 그 결과를 한번 뒤바꿔 보시겠다면야 말리지는 않겠습니다만……."

"아무 생각도 없었던 건 아니었습니다만? 제 능력이라면 광역 공격이 가능하단 말입니다."

아주 못난 녀석 취급하는 그의 말투에 화가 나 반박을 해봤지만, 돌아오는 건 사이먼의 코웃음이었다.

"최소 백 놈 정도는 움직이지 못하게 만들 자신은 있으신 거지요?"

"그, 그건……."

자신은 없었다. 아직 바람의 칼날을 날릴 레벨이 아니라서 기습적으로 공격을 날린다 해도 기껏 십여 놈 정도 멀리 날려 버리고 이삼십 놈 정도 쓰러뜨리는 게 다일 거다.

'우씨, 그 정도면 충분한 거 아녔어?'

내가 우물쭈물하는 걸 슬쩍 바라본 녀석은 못 한다는 걸 뻔히 다 눈치챘을 텐데도 모른 척, 게다가 거기서 좀 더 크게 목소리를 키우며 말을 이었다.

"그렇다면 저 녀석들과 같이 튀어나가시면 딱이겠네요."

'응?'

사이먼의 눈짓에 반사적으로 시선을 돌리니 진즉에 검을 빼 들고 있던 세 사람이 어느새 몇 발자국 앞으로 나가 있다가 사이먼의 말에 움찔하는 게 보였다.

나뿐만이 아니라 저들도 여차하면 그냥 튀어나가려고 했던 모양이다. 인정하기는 싫지만, 사이먼이 제때 나서지 않았으면 자칫 큰일 날 뻔했다.

'쳇. 그래, 그래. 댁이 노장이라 이거지?'

한데, 사이먼의 이죽거림은 거기서 끝이 아니었다.

"저 정도의 숫자에 겁먹은 건 아니시겠지요? 혹시, 아까 태연히 계셨던 건 다 연극이셨습니까?"

'그때는 내가 상대하는 게 아니었으니까 그렇지! 지금은 상황이 다르잖아, 상황이!'

그렇게 외쳐주고 싶었지만, 나는 그냥 입술만 삐죽이며 달려오는 놈들만 죽어라 노려봤다.

사이먼도 몬스터들이 지척까지 다가오자 밉살스럽게 구는 건 그쯤으로 끝내고 진지 모드로 변환했다.

"그대들은 각자의 자리에 서서 자신의 앞으로 다가오는 것들만 처리하도록 해. 절대 혼자 앞으로 나서지 마. 료우 경은 중앙에, 케이플턴 경은 오른쪽을, 시녀는 왼쪽을 맡아. 몇 놈 놓치는 건 그냥 놔둬. 뒤에는 내가 있으니까!"

얄미운 놈인데 지금 이 순간 자신이 뒤에 있다고 하는 그 한 마디가 그렇게 든든하게 느껴질 수가 없었다.

그건 나뿐이 아니었는지, 사이먼의 말에 세 사람의 분위기가 차분하게 가라앉더니 일사불란하게 움직여 자리를 잡고 막 닥쳐오는 오크들을 향해 검을 휘두르기 시작했다.

세 사람의 능력은 과연 대단했다.

나는 혹 파도처럼 몰아쳐 오는 놈들을 막아내지 못하고 휩쓸리게 되는 건 아닐지 걱정했는데, 세 사람이 몬스터의 파도를 막아냈던 것이다.

그리고 그들 공격 범위 틈새로 하나둘씩 빠져나오는 놈들만 내가 처리했다.

이래 봬도 조인족 마을에서 놈들을 상대해 봤던 데다, 지금은 그때보다 실력이 더 좋아졌으니 가뿐히 상대할 수 있었다.

'쳇, 엄마한테 감사해야 하는 건가? 그리고 사이먼한테 도……'

"료우! 위치를 벗어나지 마!! 케이플턴! 어깨에 힘이 들어갔다! 너무 동작이 급하잖아! 서두를 것 없어. 네 페이스를 찾아!!"

계속 세 사람에게 한두 마디씩 던지는 사이먼을 힐끗 보며 나는 입맛을 다셨다.

앞의 세 사람이 나이에 비해 대단한 실력을 가지고 있다 하지만 아직 애송이들이었다.

그나마 료우는 국경에서 1년 넘게 머물며 전투를 겪어봤지 제이와 케이는 실전 경험이 거의 없다고 하는 게 맞았다.

그저 예전에 나를 따라 조인족 마을에 가서 몬스터를 몇 번 상대해 본 게 고작이었으니까.

"시녀! 확인 사살까진 필요 없어. 움직이지 못하면 그냥 놔둬!"

'제이의 이름은 모르나?'

그런 우리들이었으니 아마 사이먼이 없었더라면 각자 제멋대로 움직여 정말 몬스터들의 파도에 휩쓸려 버렸을지도 모른다.

한데, 필요한 때에 적절히 녀석들의 행동을 지적해 준 덕에 저들 셋이나 나나 무리 없이, 서로를 보완해 주면서 몬스터들을 막아내고 있었다.

'아우~ 사이먼에게 이렇게 큰 도움을 받게 될 줄이야……'

이 인간, 설마 이렇게 될 걸 알고 아까 내 도발에 넘어와 준 거였을까?

'과연, 노장~' 이라고 감탄해 주고 싶지만, 이번 일로 나중에 사이먼이 으스댈 걸 생각하니 벌써부터 속이 꼬인다.

게다가 이러다간 계속 사이먼을 달고 다니게 되는 건 아닌가 하는 불길한 느낌에 절로 목덜미가 움츠러드는 그 순간!

갑자기 옆에서 뭔가 획~ 하고 지나가더니만 눈앞에 커다란 물체가 떨어져 내렸다.

쿵!!

"왓! 뭐, 뭐야!!"

덕분에 내 심장마저 떨어져 내릴 뻔했다.

"과연, 한가락 하는 인간이었군?"

갑작스러운 상황에 놀라 폭주하는 심장을 진정시키고 있는데, 허공에서 얄미운 목소리가 들렸다. 번쩍 고개를 들어 올리니 거기에는 코데로 녀석이 동동 떠 있는 것이었다.

"야!! 이게 무슨 짓이야? 놀랐잖아!"

'아오~ 저 코다리 조림으로 만들어 버릴 녀석 같으니라고!!'

"살아 있는 걸 집어 던진 것도 아니고 그냥 죽은 걸 허공에서 손을 놓은 것 가지고 놀라냐? 네 옆의 인간처럼 단번에 반토막을 내지는 못할망정."

내 앞에 떨어져 내린 건 오거라는 놈이었다.

나도 두어 번 멀찍이서 본 적 있는 놈이었는데, 일단 덤벼놓고 보는 호전적인 오크들조차 슬슬 피해 버릴 정도로 엄청 강한 몬스터였다.

엄마도 난 아직 택도 없으니 덤벼들 생각은 안 하는 게 좋을 거라고 경고까지 할 정도였으니까.

얘는 내가 봤던 애들보다는 약간 작긴 했지만, 그래도 확실히 오거는 오거였다.

코데로 녀석의 말대로 정확하게 반 동강이 난.

슬쩍 시선을 돌리니, 아까까지만 해도 바지 주머니에 두 손을 넣은 채 껄렁하게 서 있던 사이먼이 어느새 검을 빼어 들고 있었다.

뭔가가 휙~ 하고 지나간다고 느낀 게 사이먼이 검을 빼어 들고 하늘에서 떨어지는 오거를 반 토막 내버린 거였나 보다.

"너, 너어~"

하지만 아무리 사이먼이 막아줬다고 하나 코데로의 괘씸함이 사라진 건 아니라서 이를 빠드득 갈며 노려보자 코데로 녀석은 '내가 뭘?' 이란 표정이나 지으며 땅에 내려서는 것이었다.

"이게 무슨 짓이야? 내가 오크 상대하고 있는 거 안 보였어?"

남이 전투를 하는 중에 방해를 하다니, 이건 멱살이 잡혀도 할 말 없는 짓이었다.

한데 코데로 녀석은 뭐가 문제냐는 듯한 표정이었다.

"오크 가지고 힘들어하기에 기껏 도와줬더니만."

"뭐어? 네가 도와주긴 뭘 도와……."

"내가 오거 시체를 던져놔서 더 이상 오크들이 덤비질 않잖아. 봐봐, 저거 안 보여?"

코데로가 손으로 가리키며 하는 말에 시선을 돌리니 과연, 방금 전까지만 해도 죽자 사자 덤비던 놈들이 '앗 뜨거!' 하는 표정으로 뒤로 주춤 물러나 있었다.

덕분에 내 앞을 막아서고 있던 세 사람도 잠시 뒤로 물러나 한숨 돌리고 있었다.

이건 정말 코데로의 말대로 그가 던져놓은 오거의 시체 때문이었다.

'오거=사신' 이라는 공식이 머릿속에 뿌리 깊이 박혀 있는 놈들이라 죽어 있는 오거에게조차 함부로 덤비지 못하는 거였다.

"딴 놈들은 우리가 대충 치워놔서 슬슬 몸이나 풀고 있을 줄 알았는데 좀 힘겨워 보이기에 내가 너 생각해서 챙겨왔다. 고맙지?"

아주 대놓고 생색을 내는 코데로였지만, 나는 의아함 때문에 화내는 것도 잊어버렸다.

"딴 놈들이라니?"

"뭐야, 우리가 트롤이나 빅 베어 같은 놈들 처리하는 거 못 봤어?"

"응? 아~"

그러고 보니, 아까 그런 애들도 섞여 있다는 이야기를 들었던 거 같은데 지금까지 그놈들의 모습은 안 보였다.

지금껏 그 많은 조인족 다 어디서 뭐하나 속으로 투덜거렸었는데, 저~ 앞에서 중급 몬스터들만 골라서 처리하고 있었나 보다.

"그건 그렇고, 이왕 도와줄 거면 좀 좋게 도와주면 안 되는 거였냐? 왜 허공에서 떨어뜨려가지고 남 놀라게 만들어?"

"이왕 도와주는 김에 저 인간의 실력도 한번 보고 싶어서."

그러면서 코데로가 투지에 활활 불타는 시선을 던진 쪽에는 사이먼이 서 있었다.

"그래서 말인데, 나 저 인간이랑 한번 겨뤄보면 안 되냐? 빅 베어나 트롤 몇 놈 처리한 걸로는 몸을 풀다 만 거 같아서⋯ 오거 한 마리 있는 건 다른 전사가 냉큼 먼저 처리해 버려서 아쉬웠거든."

코데로의 말에 나는 '기꺼이, 얼마든지, 네가 원하는 대로 덤벼보렴~'이라고 말해주려 했다.

내 입장에서야 사이먼이 지든─그럴 가능성은 적어 보였지만─코데로가 지든─가능성이 컸다─아무래도 좋았으니 말이다.

아, 이런 바보 같은⋯⋯ 229

한데, 내가 채 입을 열기도 전에 먼저 나선 이들이 있었으니.

"겨우 허공에서 파닥파닥거리다 타이밍 좋게 기습이나 했으면서……."

료우가 혼잣말을 주변 사람들이 다 들을 수 있을 목소리로 중얼거리자 케이가 냉큼 그 말을 받았다.

"료우 경이 오랜만에 옳은 소리를 하시는군요. 허공에서 녀석들을 지켜보다 타이밍 좋게 기습하는 것과 땅에서 놈들을 상대하는 게 어디 같겠습니까?"

그 둘의 말에 코데로 녀석의 눈썹이 꿈틀거렸다.

"조인족 전사의 진정한 실력도 모르면서 어디서 잘난 체냐? 여기서 내 상대가 될 수 있는 건 이 인간밖에 없다."

코데로가 가리키는 건 당연하겠지만, 사이먼이었다.

그러자 그 말에 케이와 료우가 코웃음을 쳤다.

"상대할 엄두도 안 난다는 말을 잘못한 거 아닙니까?"

"내가 생각해도 그런 것 같다."

"뭣? 우리는 땅이든 하늘이든 어디에서든 강하다! 네놈들처럼 오크 따위에 쩔쩔매는 일도 없고!"

"누가 오크 따위에게 쩔쩔맸다는 거냐? 숫자가 많아서 귀찮았을 뿐이다."

"그렇게 잘났으면, 어디 한번 실력을 겨뤄볼까요? 마침 재료도 넉넉한데."

료우의 뒤를 이어 케이가 슬금슬금 주변에서 멀어지고 있는 오크들을 가리키며 말하자 코데로가 팔을 걷어붙이고 나섰다.

"좋다. 너희들에게 진정한 조인족 전사의 능력을 보여주지."

"지고 나서 울지나 말지?"

료우가 본격적으로 나설 태세를 취하며 말하자 케이도 고개를 끄덕이며 다시 검을 치켜들었다.

한데, 케이의 그 의욕 넘치는 모습을 료우가 어리둥절한 시선으로 바라보는 것이었다.

"왜 네가 하려는 거지? 내가 할 테니 넌 아사 옆에 있어."

분명 악의를 담지 않은 말이었지만, 오히려 케이의 이마에 힘줄이 솟아나게 만들었다.

"제가 꺼낸 말이니 제가 하겠습니다."

"너보다는 내가 강하니 내가 하는 게 나아."

"언제 적 이야기를 하시는 겁니까?"

"너희! 둘 다 하고 싶으면 아예 한편이 되는 건 어떠냐? 아무래도 조인족 전사인 내가 인간과 일대일로 붙는 건 좀⋯⋯."

"됐습니다. 료우 경, 우리도 이참에 승부를 내는 건 어떻습니까?"

코데로의 말을 싹둑 잘라먹으며 단칼에 거절한 케이가 분노로 활활 불타는 시선을 료우에게 돌리며 묻자 료우가 떨떠름한 표정으로 고개를 끄덕였다.

"뭐, 나는 상관없지만⋯⋯."

그러자 가만히 보고만 있던 제이도 불쑥 끼어드는 것이었다.

"그것참, 좋은 제안이군요. 그럼 아예 이번 기회에 누가 제일 뛰어난지 한번 겨뤄보지요."

말을 끝내자마자 냉큼 먼저 앞으로 튀어나가 오크들 사이로 뛰어드는 제이였다.

"하나, 둘, 셋……."

제이의 입에서 처리된 오크의 숫자가 흘러나오자 남은 세 녀석들도 후다닥 오크들 사이로 뛰어들었다.

결국, 나와 사이먼만 덩그러니 남아 오크들 틈에서 화려하게 움직이는 네 녀석들을 바라보고 있었다.

'엥? 아니, 케이와 제이야 몰라도 료우까지?'

케이와 제이야 평소에 곧잘 호승심을 드러내긴 했지만 료우는 소드 마스터가 되는 것에도 흥미를 보이지 않던 녀석이 아니던가.

그랬던 녀석이 다른 애들 못지않게 의욕에 불타고 있는 걸 보니 할 말을 찾지 못하고 있었는데, 상황이 대충 정리되자 사이먼 녀석이 즉각 이죽 모드로 돌아왔다.

"그것참, 충성스러운 호위기사들이로군요. 모시는 분도 내 버려 두고 달려가 버리다니."

여전히 얄미운 말이나 내뱉는 사이먼을 쳐다보지도 않은 채 나는 묵묵히 입만 다물고 있었다.

이 인간은 족장 씨 못지않게 말발이 좋아서 여기서 괜히 저 애들 역성을 들어주다가 자칫 내가 당할 수도 있었기 때문이었다.

'두고 봐. 다음번에는 반드시……'

속으로 굳게 다짐하면서 말이다.

도움받은 건 도움받은 거지만, 얄미운 건 얄미운 거였기에 계속 함께 있고 싶지 않았다.

제36화

샤멧 성 전투

제이와 케이, 료우와 코데로의 대결은 끝을 맺지 못했다.

　그들이 본격적으로 오크들 사이를 휘젓고 다닌 지 얼마 되지 않아 갑자기 오크 녀석들이 사방으로 우르르 흩어졌던 것이다.

　코데로가 날 돕겠답시고 오거의 시체를 가져와 그들 앞에 떨어뜨렸을 때도 주춤거리며 조금 물러났을 뿐, 그 주변에서 얼쩡거리다가 네 명이 대결한답시고 뛰어들자 기다렸다는 듯 격하게 맞이하던 놈들이었다.

　오죽했으면 나도 끼어들어 도와야 하나 고민했을 정도였으니 말이다.

　한데, 어느 순간 놈들이 움찔하더니 사방으로 두두두~ 하고 흩어지는 것이었다.

누구도 예상치 못한 돌발 상황에 멈칫하는 사이에 오크들은 네 사람만 남겨놓고 멀어져 갔고, 결국 그들도 아쉬움을 접고 돌아와야 했다.

누군가 조종한 것이 분명한 모습에 네 사람도 함부로 움직일 수가 없었던 것이다.

"찾았나?"

그 순간, 사이면이 다짜고짜 위를 보며 묻자 바로 대답이 들려왔다.

"죄송합니다. 놓쳤습니다."

기둥 위에 남아 있던 마법사들이었다.

"저희보다 상위 레벨 마법사든가 혹은 고급 마법 아이템을 소지하고 있는 것 같습니다."

"최소 두 명 이상으로 보입니다."

우리가 아래에서 난리 법석을 떨고 있을 때 위에서도 나름 대로 움직이고 있었던 모양이다.

그 대화가 신호라도 된 듯 기둥 위에 있던 사람들이 아래로 내려오는 사이, 마법을 사용해 단번에 아래로 내려온 두 마법사는 보고를 이어갔다.

"일단 지금 상황을 황성과 주변에 알렸습니다."

"지시가 내려온 건?"

"전하의 안전을 최우선 순위로 하라고 하셨습니다."

"단지 그것뿐? 모시고 돌아오라는 명령은?"

"따로 없었습니다."

"흠… 그래?"

의아하다는 듯 고개를 갸웃하는 사이먼이 날 바라보자 자연스레 그와 함께 있던 마법사들이 나에게 시선을 던졌다.

"폐하께선 황녀님이 빨리 환궁하길 원하실 것 같은데 말입니다만……."

저들이 의아해하는 것도 당연했다.

딸바보 아빠라면 흑마법사가 나타났다는 이야기에 당장 날 데리고 돌아오라며 다그친다거나 호위를 더 보낸다고 하고도 남았을 텐데 그런 이야기가 전혀 없었으니 말이다.

아마 아빠는 속으로 그러고 싶은 마음이 굴뚝같을 테지만, 아이의 곁에 있는 부모가 아이에 대해 전반적인 책임을 지는 조인족 문화에 따라 참고 있는 거였다.

만약 황궁에 있는 아빠가 뭐라고 했다간 엄마는 그걸 자신을 무시하는 거라고 받아들일 테니 말이다.

내가 성년으로 인정받았다면 한심하다는 시선이나 좀 받을지언정 그나마 괜찮았을 텐데, 하필 성년식에 참석을 못 한 탓에 지금 난 오롯이 엄마의 책임하에 있었던 것이다.

인간이 보기에는 이상할 수도 있는 일이지만, 이건 종족 간의 문화 차이라 그냥 그런갑다… 하는 게 좋았다.

게다가 엄마만 있었으면 몰라도 란데까지 있는 데다 만약을 대비해서—이건 사이먼을 겨냥한 거였는데—공격이랑 방어 마법 아이템이랑 스크롤까지 잔뜩 챙겨 온 걸 알기에 아빠가 참을 수 있었던 거다.

'모르지 뭐. 엄마 몰래 호위 병력을 더 보냈을지도…….'

그러나 이걸 일일이 설명해 주고 싶지는 않아서 나는 배시시 웃으며 그냥 얼버무렸다.

"아마도?"

내 반응에 사이먼은 슬쩍 미간을 찌푸렸지만, 곧 피식 웃고는 재차 물었다.

"그러나 따로 명이 내려오지 않았으니 모든 건 다 전하의 뜻에 달려 있는 거군요?"

'옴마, 이 아저씨 말하는 것 좀 보소. 언제부터 내 명에 그리 잘 따랐다고……?'

나라는 존재는 싸악~ 무시한 채 저들 멋대로 해왔으면서 전혀 그런 적 없다는 듯 말하는 게 좀 어이없었다.

'어차피 내가 자신들의 기준에서 벗어난 행동을 하면 금방 방해할 거면서.'

하나 이렇게 말하는 대신 난 '이대로 얌전히 돌아가시지?'란 의미가 명명백백한 시선을 가뿐히 무시해 줬다.

때마침, 반가운 도우미들이 대거 투입된 덕에 사이먼이 원하지 않는 방향으로 일을 진행시키는 건 더욱 쉬워졌다.

"어이, 이제 다 끝났으면 밥 먹으러 가자. 슬슬 배고프다."

"맛난 건 많이 준비해 놨겠지?"

"잔뜩 준비해 놨어야 했을 거다!"

'굿~ 타이밍!'

이때만 기다렸다는 듯 달려드는 홉고블린들의 모습에 나는 활짝 웃으며 고개를 끄덕였다.

"당연하지요. 유모, 연락해 놨지? 준비는 끝냈대?"

"네? 아, 네, 네. 이야기해 놨습니다. 출발하기 전에 연락만 해주면 됩니다. 지금⋯ 가실 건가요?"

내가 상회 사람들에게 깽판을 치기 위해 홉고블린들에게 도움을 청할 때 조인족들까지 끌어들이기 위하여 그들에게 주기로 한 대가가 있었다.

바로 인간들의 음식을 실컷 맛보게 해주겠다고 한 것이었다.

전에 선물로 가지고 간 쿠키들 덕분에 인간 음식에 호기심을 가지게 된 홉고블린들과 먹는 걸 엄청 좋아하는 조인족들은 기꺼이 그 제안을 받아들였고, 나는 차후 일이 마무리된 후에 인간들의 성에서 그들을 위해 인간들식의 만찬을 열어준다고 약속했었다.

그러나, 아무리 나라고 해도 여기까지 많은 양의 음식을 가지고 오기는 어려운 일이라 유모를 통해 근처에 있던 샤멧 영지의 영주에게 부탁을 해놨던 것이다.

다행히 그 성은 아빠의 직할령이라 일은 어렵지 않게 진행되었다.

물론, 유모한테는 깽판 친다는 얘기는 쏙 빼고 첫 거래 기념으로 거래하러 온 홉고블린들과 조인족들에게 대접하고 싶다고만 이야기한 덕도 있겠지만.

나는 사이먼처럼 만류하고 싶은 기색이 역력한 유모에게 씨익~ 웃어 보였다.

"응, 지금 간다고 연락해."

여긴 영주성과 꽤 떨어진 곳이라 말을 타고 달려도 반나절은 가야 했지만, 조인족에게는 그다지 먼 거리가 아니었다.

나를 포함한 조인족들은 홉고블린을 데리고 먼저 영주성으로 향하고 사이먼을 비롯한 내 전 호위기사들은 나머지 사람들을 지휘해서 영주성으로 향하기로 했다.

조인족을 따라 발바닥에 불이 날 정도로 달려보라는 심술이 조금도 섞이지 않았다고 할 수는 없었지만, 한편으로는 아까 우리와 맞서다가 사방으로 흩어진 오크 떼라든가 결국 발견하지 못한 흑마법사가 마음에 걸렸던 것이다.

사이먼과 내 전 호위기사들의 실력이라면 영주성으로 향하면서 주변 정찰도 함께 할 수 있을 터.

잘하면 뭔가 정보를 더 얻거나 뒤처리라도 할 수 있을지 모른다.

'난 여기까지.'

품에 제이를 안고 사이먼에게 상큼한 미소를 날려준 뒤 허공으로 날아오르며 생각했다.

뜬금없이 어디서 흑마법사가 나타나서 무슨 이유로 몬스터들을 떼로 모아 어디로 향한 건지는 모르겠지만, 이후의 일은 아빠가 알아서 할 일이었다.

나 같은 비전문가가 신경 쓴답시고 나서서 설치고 다니면 오히려 방해나 될 테니, 아빠 주변에 있는 전문가가 알아서 하게끔 놔두는 게 도와주는 걸 거다.

그러니 지금 난 처음 계획대로 홉고블린과 조인족들을 잘 대접해서 보내고 나도 북궁으로 무사히 귀환하는 게 최선이었다.

영주성에 도착하니 기다리고 있던 영주가 크게 반겨줬다.

"뵙게 되어 영광입니다, 전하. 이 영지를 관리하고 있는 바이넌 남작이라고 합니다."

"만나서 반가워요, 바이넌 남작. 그리고 갑작스러운 부탁을 기꺼이 들어줘서 고맙게 생각합니다."

"별말씀을요. 앞으로도 필요하신 일이 있으면 얼마든지 말씀해 주십시오. 최선을 다해 도와드리겠습니다."

아빠 대리인 자격으로 파견 나온 직업 영주라서 그런지 바이넌 남작은 꽤나 젊은 사람이었다.

함께 맞이하는 영주 부인의 모습도 없었고, 손에 반지도 없는 걸 보니 아직 결혼도 안 한 모양이었다.

'으음, 젊은 사람이니 릴리가 상대하기 편하겠네.'

난 이후 이 도시에 내 상회 거점을 설립해 릴리보고 관리하게 할 생각이었다.

아무래도 조인족 마을과 가까운 곳에 상회가 있어야 코데로 택배를 쉽게 사용할 수 있을 테니 말이다.

게다가 아빠 직할령이니 영주에게 여러모로 도움도 받을 수 있지 않겠는가?

그래서 난 일단 상회 거점을 관리할 릴리는 물론, 앞으로 가끔 드나들지 모르는 내 주변 사람들을 소개해 주려 했다.

인간 쪽 예의를 따지자면 엄마를 제일 먼저 소개해 줘야 했지만, 엄마는 만찬장에 들어오자마자 인간들 일에 끼우지 말라는 듯 란테와 함께 제일 먼 식탁으로 가버렸기에 그냥 넘어갔다.

뭐, 엄마뿐만이 아니라 조인족과 홉고블린들은 모두 남작에게서 멀어졌기에 소개할 수 있는 이는 내 곁에 있는 사람들뿐이었다.

조인족이 홉고블린들보다 숫자가 많았기에 홉고블린들을 데리고 있지 않은 조인족들에게 부탁해 유모를 비롯한 내 주변 사람들도 함께 데리고 왔던 것이다.

나와 엄마를 제외하면 가장 직급이 높은 이는 유모인데, 유모는 만찬을 부탁하려고 이미 남작과 인사를 나눈 상태였기에 료우와 케이를 선두로 소개를 시작했다.

"남작, 이쪽은 황궁기사인 료우 경과 케이플턴 경입니다."

"만나서 반갑습니다. 료우 란 류니드라 합니다."

"케이 라 케이플턴입니다."

그리고 마지막으로 릴리를 소개하려 할 때였다.

"내 보좌관인 릴리 드 호빙……."

자신의 차례가 되자 슬쩍 앞으로 나온 릴리가 남작에게 귀족 예법에 맞춰 인사를 하려는데, 갑자기 검은 그림자가 휙~ 날아와 그녀를 덮쳤다.

"내 날개를 씻어주는 여자니 눈독 들이지 마라, 인간."

코데로 놈이었다.

날개를 씻어준다는 건, 인간식으로 말하면 사귀는 사이라는 뜻이었다.

조인족에게 날개는 귀족 여성들의 머리카락과 비슷한 의미를 가지고 있었다.

풍성하고 윤기가 흐르는 긴 머리카락을 귀족 여성들이 자랑스러워하듯 조인족도 자신들의 강하고 아름다운 날개를 자랑스러워했던 것이다.

다만, 귀족 여성들이 머리카락을 전문가들에게 맡기는 것과 달리 조인족들은 자신의 능력과 밀접한 신체 부위이다 보니 날개를 타인이 함부로 건드리지 못하게 했다.

반대로 말하자면, 그런 날개를 맡길 수 있다는 건 그만큼 특별한 존재라는 이야기였다.

녀석은 남작을 향해 눈을 부라리며 선언하더니만 나를 향해 그 시선을 그대로 돌렸다.

"너 무슨 짓이냐!! 설마 저 인간과 릴리를……."

"시끄럽거든!! 너야말로 무슨 짓이야!! 릴리가 내 보좌관이라고 소개하려는 것뿐이었다고!!"

"소개 따위! 그런 것 필요 없다!"

'니가 상회를 운영할 거냐!!'

하여간 도움이 안 되는 녀석이다.

얼굴이 새빨개진 릴리가 코데로의 품에서 벗어나려 했지만 그녀가 코데로의 힘을 이길 수 있을 리가 없었다.

오히려 코데로 녀석은 릴리를 번쩍 들어 음식이 잔뜩 차려진 식탁으로 데리고 가버려 주변 사람을 황당하게 만들고 말았다.

"하. 하. 하… 인간과 조인족 커플인가 보군요."

애써 웃어 보이는 남작에게 내가 대신 사과할 수밖에 없었다.

"창피한 모습을 보였군요. 내가 대신 사과하지요. 조인족이라 인간 문화에 어두워서 그러는 거니 이해해 주길 바라요."

"물론입니다."

"자기 잘난 맛에 사는 저 조인족이 경계할 정도로 남작님께서 범상치 않게 느껴진다는 뜻이겠지요."

옆에 있던 자넷이 슬쩍 끼어들며 던진 말에 남작의 눈빛이 슬쩍 누그러졌다.

상대방 기분을 띄워주려는 의도가 슬쩍 드러나 있었지만, 그래서 외려 맘 편히 웃을 수 있는 말이었던 것이다.

"하하하, 이거 참. 마마 앞에서 부끄러워 몸 둘 바를 모르겠습니다."

'굿 잡, 제이.'

이후 남작은 자신이 끼면 불편할 테니 지인들과 편히 만찬을 즐기라며 자리를 비켜줬고, 유모가 그와 할 말이 있다며 함께 자리를 떴다.

그때를 맞춰 저~ 쪽으로 가 있던 코데로 녀석이 꾸물꾸물 다가오는 게 보였다.

표정을 보아하니 내키지 않는데 릴리가 가고 싶다고 해서 오는 게 분명했다.

'저리 불퉁해하면서도 오다니… 릴리가 대단하긴 대단하네.'

한데, 불만스럽다고 얼굴에 써 붙이고 있는 코데로의 표정을 보고 있자니 문득 재처럼 표정이 안 좋았던 또 다른 인물이 떠올라 그쪽으로 시선을 돌렸다.

"너 표정이 왜 그러냐?"

아까 성에 도착했을 때부터 료우도 이상하게 표정이 안 좋았던 것이다.

얼핏 보면 변함없이 무뚝뚝해 보였지만, 워낙 무표정의 대명사인 엄마를 봐왔던 탓인지 녀석의 가라앉은 분위기를 눈치챌 수 있었다.

"음? 내가 뭘?"

"기분이 별로인 표정이라서. 아, 혹시 조인족이랑 홉고블린 들이랑 합석하는 게 불편한가?"

그러고 보니 료우가 사교성이 별로 없는 애였는데, 그걸 배려해 주지 못한 건가 싶어 슬쩍 눈치를 살피는데 옆에 함께 있던 제이가 끼어들었다.

"어머, 그건 아닐 거예요. 아까도 조인족이랑 잘만 놀던데요 뭘. 아마 승부를 내지 못해서 속이 상해 저런 걸 테니 신경 쓰지 마세요."

제이의 말이 정곡을 찔렀던지 료우의 눈썹이 움찔거렸다.

"결국 내 승리로 끝났을 아까 그 승부 말이냐?"

어느새 가까이 다가와 있던 코데로도 불쑥 끼어들자 료우의 눈썹이 한 번 더 꿈틀거리더니 입에서 으르렁거리는 듯한 목소리가 튀어나왔다.

"23."

"뭐?"

"23마리라고. 그때까지 내가 처리한 오크가."

그러면서 찌를 듯한 료우의 시선이 코데로를 향하자 코데로의 얼굴이 단번에 구겨졌다.

"쳇, 마지막에 그놈이 도망가지 않았다면 내가 이기는 거였는데."

"그래서 넌 몇 마리였는데?"

"21······."

억울함이 담긴 코데로의 목소리에 나는 기대에 찬 눈을 들어 제이와 케이를 바라봤다.

한데, 두 녀석은 아예 풀이 팍 죽어 있는 거다.

"왜?"

"죄송합니다. 18마리였습니다."

케이의 뒤를 이어 제이도 기어들어 가는 목소리로 대답했다.

"15마리요……."

"어… 음… 아무래도 제이가 가장 어리니까……."

기껏 위로하려고 말을 꺼냈는데 별로 위로가 되지 않는지 제이의 얼굴이 더 우울해졌다.

그 순간, 옆에서 피식~ 하는 바람 빠지는 듯한 소리가 들렸다.

료우였다.

오늘의 우승자가 될 뻔했던 사실이 마음에 들었는지 입꼬리가 슬쩍 올라가 있었는데, 그게 코데로의 심기를 건드렸나 보다.

"흥, 그래봤자 오늘 이 녀석에게 최종적으로 도움이 된 건 나였어!"

남이 처리한 오거 시체를 주워 와 던져놓은 것밖에 없었지만, 효과가 제일 좋았던 건 사실이라 누구도 반박을 하지 못했다.

"과연 코데로 씨. 아사 님께 큰 도움이 되었다니, 멋져요."

게다가 진심으로 기쁘다는 듯 눈을 반짝반짝 빛내는 릴리 덕분에 코데로의 콧대는 조금 더 높아졌다.

"훗훗, 그렇지?"

남들의 얼굴이 썩어가든 말든 저희들끼리 좋아서 웃어대는 모습이 너무 눈꼴시어서 나는 가만있을 수가 없었다.

"그렇기는 뭐가 그래! 도와주려면 곱게 도와주지 오거는 왜 던져? 사이먼에게 시비 걸 거면 오거는 얌전히 내려놓고 직접 덤비지. 괜히 나만 놀랐잖아!"

녀석을 째려보며 툴툴거렸더니, 그 말에 코데로가 쩝~ 하고 입맛을 다시는 거였다.

"처음에는 그러려고 했지."

"뭐? 직접 덤비려고 했단 말이야? 근데 왜 안 했어?"

조인족은 천생 사냥꾼이었기에 필요하다면 기습하는 것도 주저하지 않건만, 왜 마음만 먹고 말았는지 의아해서 되물었더니 코데로의 얼굴이 구겨졌다.

"마음을 먹자마자 그 인간이 쳐다보잖아."

"헐, 진짜?"

사이먼을 노린 순간, 그 기색을 사이먼에게 들켰다는 거였다.

"투기를 들킨 거군. 과연······."

"팀장님이라면 가능하실 수도······."

료우와 케이가 납득한 표정으로 고개를 끄덕이자 코데로가 물었다.

"혹시 그 인간 바람의 사랑을 받은 건가?"

"아직인데, 목전이라고 하긴 하더라. 뭐, 그것도 대단하긴 하지."

"크··· 아깝네. 시선이 마주쳤더라도 한번 덤비고 볼걸. 바람의 사랑을 받기 직전인 인간과 한번 겨뤄볼 기회가 흔하지는 않은데."

과연, 뛰어난 전사만 보면 한번 겨뤄보고 싶어서 몸이 근질근질한다는 조인족다운 소리였다.

"그 인간 여기 올 거니까 한번 덤벼봐. 말리지 않으마. 난 릴리와 함께 널 응원해 주도록 하지."

혹시 코데로가 덤비는 걸 보고 다른 조인족도 투지를 불태우지 않을까 하는 바람으로 내뱉은 말이었는데 놀랍게도 료우가 끼어들었다.

"그 전에 나랑 한판 어때?"

"뭐? 너랑?"

생각도 못 한 제안이었는지 코데로가 당혹스러워하자 료우가 차가운 음성으로 말을 이었다.

"그래. 나보다 실력도 낮은 녀석이 내 앞에서 잘났다고 알짱대는 걸 더 이상 보기 싫거든."

"뭣? 하, 이거야 원……."

"화끈하게 한판 붙는 걸로 결론 내는 게 어때?"

"그거 좋지! 이번에야말로 확실하게 실력을 가리자고."

당장에라도 둘이 맞붙을 것 같은 분위기에 나는 다급해져서 료우의 팔을 붙잡았다.

"야, 야, 관둬."

나는 전적으로 저를 위해서 말린 거였건만, 이걸 어찌 해석한 건지 료우의 표정이 굳어졌다.

"왜? 내가 질 것 같아?"

"그게 아니라……."

"당연히 내가 이길 것 같겠지. 난 이래 봬도 이번에 당당히 성년식을 치른 전사니까."

설명하려는 내 말을 싹둑 잘라 버리고 끼어든 코데로의 말에 료우가 고개를 돌리며 내 손을 가볍게 뿌리쳤다.

"걱정 마. 내가 이기니까. 내가 저 녀석보다 강하다는 걸 확실하게 보여주지."

그러고는 내가 재차 뭐라 말하기도 전에 훌쩍 몸을 날려 버렸다.

덕분에 설명할 기회를 완전히 잃어버린 나는 답답함에 발을 동동 굴렀다.

'그게 아니거든? 안 하는 게 네가 편한 길이라고. 아따, 이 도움 안 되는 코다리 찜 녀석 같으니라고.'

코데로도 전에 비해 훨씬 강해지긴 했지만, 아직은 료우가 질 것 같다는 생각이 들진 않았다.

한데, 그게 문제였다.

료우가 이긴다면 분명 코데로 녀석은 료우한테 이길 때까지 계속 대련하자고 끈질기게 달라붙을 테니 말이다.

"에휴, 넌 코데로랑 계속 투닥거릴 운명인가 보다. 제이, 너도 봤지? 난 분명히 말리려고 했어."

"네, 아사 님. 분명히 막으려고 하셨습니다."

"그래, 그래. 저 료우 녀석이 나중에 왜 안 말렸느냐며 어쩌고저쩌고 그러면 네가 한마디 해줘."

"알겠습니다."

나는 증인이 되라는 의미였는데, 내 말을 어찌 받아들인 건지 제이가 두 주먹을 불끈 쥐는 거다.

"저도 제이를 돕겠습니다."

거기다 케이도 눈을 빛내기까지…….

'뭐, 맘대로 해라. 다 같이 투닥거리면서 우정을 쌓아가렴.'

콰앙~!! 콰광, 쾅~!!

두 녀석은 마치 짜기라도 한 듯 홀 가운데 내려서자마자 곧바로 바닥을 강하게 박차 서로에게 달려들었다.

료우의 검과 코데로의 길어진 손톱이 서로 맞부딪히자 불꽃이 튀며 그 소리가 홀 안을 쩌렁쩌렁 울렸다.

"이제 와서 밖에 나가 싸우라고 하면 안 듣겠지?"

"그럴 거 같은데요."

제이의 긍정에 나는 길게 한숨을 내쉬며 부디 저 두 녀석이 홀을 너무 많이 망가뜨리지 않길 빌었다.

이번 일에 조인족을 끼워서 그런가, 어째 내 맘대로 풀리는 일이 하나도 없었다.

"저 두 녀석은 밥 먹다 말고 갑자기 왜 저러는 거냐?"

조인족들끼리 치고받는 건 흔하게 일어나는 일이었기에, 홀 안에 있던 모든 이들은 잽싸게 자기가 먹을 걸 챙겨 멀찌감치 물러나 있었다.

조인족들은 재밌어하는 기색으로 먹으면서 구경 중이었고, 홉고블린들은 식사 시간을 방해받아 짜증 난다는 기색이었다.

"한 놈은 인간으로 보이는데 어떻게 조인족과 똑같이 논다니? 인간들도 밥보다 치고받는 걸 더 좋아하나?"

"여기 족장 다시 오라고 해라. 밥 먹을 때는 조용히 좀 먹자고 그래."

"내 이럴 줄 알았어. 그러니까 만찬은 조인족과 따로 하자고 그랬잖아."

"여기서도 저리 놀 줄 알았나?"

"쟤네보고 밥 먹고 하라고 그러면 안 될까?!"

"하여간 조인족 녀석들이란……."

내가 있는 곳이 두 녀석이 치고받는 곳과 가장 멀기도 하고 자리가 넓어서 그런지 홉고블린들이 저마다 음식이 가득 담긴 쟁반을 들고 쫄래쫄래 다가오며 투덜거렸다.

"케이, 저기 있는 방석들 좀 가지고 와줘. 그리고 제이는 식탁보를 가지고 와서 여기 깔아주고."

괜히 홉고블린들에게 미안해진 나는 둘에게 지시를 내리면서 나도 직접 움직여 내 앞에 놓인 식탁을 한쪽 구석으로 밀어넣어 넓은 자리를 만들었다.

성에 와서는 인간들식으로 해본다고 의자에 앉아 식사를 했지만, 원래 조인족이나 홉고블린들은 바닥에 편히 앉아 식사하는 편이었다.

그 점을 생각해서 홉고블린들이 편히 앉아 식사를 할 수 있게끔 자리를 마련해 주자, 홉고블린들이 계속 투덜거리기는 미안했는지 저희들도 한 손 보태왔다.

덕분에 잠시 후 단에는 제법 넓고 편안한 자리가 마련되었고, 그에 만족한 모습을 보이며 홉고블린들이 자리를 잡고 앉았다. 나 또한 그 옆에 자리를 잡고 앉으며 여전히 투닥거리고 있는 애들한테로 시선을 돌렸다.

타악, 탁, 탁, 퍼억~!!

팡, 팡, 파바방~!!

애네들은 잠시 안 보는 사이 뭔 심경의 변화가 있었는지 료우는 검 없이, 코데로는 손톱을 집어넣은 채 맨손 박투를 벌이고 있었다.

물론 살과 살이 맞부딪히는 소리도 참 살벌하게 울려 퍼지고 있었지만, 아까처럼 홀 안이 쩌렁쩌렁 울릴 정도는 아니어서 나는 속으로 안도의 한숨을 내쉴 수 있었다.

'그나마 홀이 좀 덜 망가지겠군.'

휘릭! 탁!

코데로의 돌려차기를 팔뚝으로 막은 료우가 몸을 지탱하고 있던 코데로의 다른 한쪽 다리를 걷어차려 했다.

그러자 코데로는 즉시 몸을 허공으로 띄우며 그 다리로 다시 돌려차기를 먹였다.

하지만 아쉽게도 료우가 몸을 가볍게 빙글 돌리며 피한 덕에 코데로의 멋진 돌려차기는 허공만 갈라야 했다.

료우가 다시 코데로를 향해 몸을 돌리고, 코데로는 땅을 딛자마자 곧바로 덤벼들면서 다시 이어지는 격렬한 공방에 나는 절로 감탄사를 흘렸다.

"둘 다 잘하네."

나도 그동안 실력이 많이 늘었다고 생각했는데, 저 둘에 비하니 '아직 멀었구나~'라는 생각이 절로 떠올랐다.

게다가 더 놀라운 건 코데로였다.

처음 료우와 만났을 때는 코데로가 료우에 비해 뒤지는 게 뚜렷하게 느껴졌는데, 지금은 거의 대등하게 맞대응하고 있었다.

료우를 만나고 난 뒤 자괴감을 좀 느끼는 것 같더니, 그걸 계기로 엄청나게 노력했나 보다.

"그래도 아직은 코데로가 한 수 아래로 보이지?"

"지금 대련은 그렇습니다만, 코데로가 날개를 사용해 허공에서 공격한다면 어떻게 될지 모르겠습니다."

"날개를 쓴다고 해도 코데로가 이기진 못할 거야."

케이의 뒤를 이어 엄마의 목소리가 들리기에 고개를 돌려보니 엄마와 란데가 어느새 다가와 있는 거였다.

"어라? 여긴 무슨 일로?"

아까까지만 해도 조인족들 사이에 있던 둘이었기에 의아해 물어봤더니, 란데가 내 옆 빈자리에 털썩 주저앉으며 대답했다.

"여기가 제일 편해 보여서."

뭐, 제일 넓은 데다 방석에 식탁보를 바리바리 끌어 와 깔고 앉았으니 그렇게 보일 만했다.

엄마가 등장하자 내 옆에 자리를 잡고 있던 제이와 케이가 얼른 자리를 내주며 물러났고, 엄마는 당연한 듯 거기에 자리를 잡고 앉았다.

"근데, 엄마. 아까 그거 진짜야? 난 둘의 차이가 크지 않은 거 같은데."

"보렴. 저 인간의 움직임은 여유가 있는 데 반해 코데로는 여유가 없어 보이지 않니?"

'그런가?'

솔직히 둘 다 나보다 뛰어난 실력이라 잘 모르겠어서 고개를 갸웃거리는데, 옆에서 둘의 공방을 지켜보고 있던 란데가 불쑥 입을 열었다.

"저 인간, 인간치곤 제법이군."

'뭐어? 진짜?'

뜻밖의 말에 나는 놀라움을 금할 수가 없었다.

교관들의 칭찬을 독차지하던 제이와 케이한테도 란데는 '그 럭저럭… 걸리적거리지는 않겠군' 이라고 평했던 것이다.

그것도 꽤나 좋게 봐준 거라는 말을 들을 정도로 평가가 박한 란데에게 제법이라는 말을 듣다니 료우가 대단하긴 대단한가 보다.

"하지만 코데로는 아까 료우를 거들떠보지도 않던데? 아까 그 강한 인간 있지? 사이먼이라고. 그 사람한테만 눈독을 들이더라고."

"가장 맛난 부위를 앞에 두고 어디 딴 부위가 눈에 들어오겠니?"

엄마는 그리 말하며 우아한 포즈로 거위의 다리를 뜯으셨다.

"아하~"

잠시 후, 대련은 엄마의 말대로 료우의 승리로 끝을 맺었다.

한데, 웃기게도 코데로는 료우에게 결정타를 얻어맞고 쓰러져서 패배한 게 아니라 지칠 대로 지쳐서는 바닥에 드러누운 채 '더는 못 해~' 라며 기권을 한 것이었다.

"이야~ 그 정도밖에 못 하나?"

"어이, 창피하다~!!"

"조금만 더 힘내보지?"

조인족들의 웃음기 어린 야유를 날렸지만, 코데로는 대꾸할 기력도 없는지 숨만 헐떡였다.

릴리가 급히 달려가 코데로를 부축하려 했지만, 여리여리한 몸매의 릴리 혼자서는 역부족이었다.

료우 녀석은 도와줄 만도 하건만 거들떠도 안 보고 혼자 돌아왔기에 나는 케이를 보내서 코데로를 데리고 오게 했다.

"헉, 헉, 이, 이, 치사한 녀석⋯⋯."

케이의 어깨에 거의 매달리다시피 해서 휘청거리는 발을 끌고 오던 코데로는 무척 억울하다는 표정으로 료우를 향해 이를 갈았다.

"치사하게⋯ 결정타를 날릴 수 있는데도 안 날리고 시간만 끌어서 날 지치게 만들다니⋯ 헉, 헉⋯⋯."

"안될 거 같으면 그냥 물러날 것이지, 그놈의 자존심 때문에 미련하게 끝까지 버티다 지쳐서 쓰러진 네놈은 어떻고?"

우리가 있는 곳까지 와서 다시금 쓰러지듯 드러누운 그에게 엄마가 쯧쯧~ 하고 혀를 차자 코데로가 더욱 억울한 모양이었다.

"아우~ 저 자식이 괜히 내 공격이 먹히는 척해서⋯⋯."

"널 가지고 노는 것도 모른 네가 멍청한 거지."

그제야 둘의 공방이 막상막하로 보였던 게 료우가 코데로 녀석을 봐주고 있었기 때문이라는 걸 깨달은 난 입을 떠억 벌렸다.

'격차가 줄어든 게 아니었단 말이야?'

"으으윽."

란데의 말에 뭐라 말은 못 하고 분해서 어쩔 줄 모르는 코데로를 바라보다 힐끗 료우에게 시선을 돌리니 이 녀석 꼭 십 년 묵은 체증이 싸악~ 내려간 표정을 짓고 있었다.

'헐~ 어쩐지 대결이나 승부 같은 거에 관심 없어 보이던 녀석이 답지 않게 적극 나서더라니 벼르고 있었던 거냐?'

아무래도 그동안 코데로가 되게 얄미웠던 모양이다.

시원한 표정 그대로 우리가 가져다 놓은 음식에 손을 가져가는 료우를 보며 나는 속으로 고개를 내저었다.

'쯧쯧, 안됐다. 그 잠깐의 시원함을 맛보기 위해 미래의 귀찮음을 감수하다니…….'

코데로 녀석 눈이 투지로 활활 불타오르고 있는 것이, 사이먼은 싸악~ 잊고 있는 듯하다.

사이먼이 귀찮아지는 걸 보고 싶었는데 그건 좀 아쉽게 되었다.

이걸 료우에게 언질해 줄까 잠깐 갈등했던 난 결국 그냥 놔두기로 했다.

둘 사이에 끼어서 괜히 귀찮아지는 건 사양이었던 것이다.

'료우가 알아서 대처하겠지. 아, 나중에 릴리에게 여기 지점을 맡길 때 료우에게도 여기 일을 맡길까? 코데로랑 둘이 신나게 놀라고…….'

료우가 릴리와 함께 일하게 된다면 코데로 녀석은 매일매일 득달같이 들이칠 게 뻔했다.

그게 눈에 선해서 나도 모르게 키득거리자 료우가 의아하다는 듯 바라봤다.

"뭐가 그리 재밌어?"

"응? 아냐, 아무것도……."

잘못한 건 없었지만 괜히 뜨끔했던 난 슬그머니 시선을 돌렸다.

"오호~ 시간이 꽤 지났네? 슬슬 뒤에 놓고 온 사람들이 도착하겠는데?"

내 말이 끝나자마자 기다렸다는 듯 홀의 문이 벌컥 열렸다.

나는 그와 함께 모습을 보인 유모를 비롯한 사이먼 등등에게 '호랑이도 제 말 하면 온다더니~' 운운하고 싶었지만, 잔뜩 굳어 있는 그들의 표정이 내 입을 막았다.

"뭐냐, 저 인간들?"

코데로조차 이상함을 느껴 중얼거리는데, 급한 발걸음으로 들어온 유모가 내가 아닌 엄마를 불렀다.

"하레츠 님."

한데, 유모가 채 뒷말을 잇기도 전에.

땡, 땡, 땡, 땡~!!

밖에서부터 다급함이 어린 시끄러운 타종 소리가 들려오기 시작했다.

"하레츠 님, 지금 곧바로 북궁으로 환궁하시면 안 되겠습니까? 혹, 어두워서 비행이 불편하시다면 즉시 마법진을 준비하겠습니다."

갑작스러운 종소리의 뒤를 이어 환궁을 간청하는 유모라니, 뭔 일이 나도 크게 난 모양이다.

"이유는?"

"지금 이 성 주위로 엄청난 수의 몬스터가 몰려오고 있습니다."

"몬스터? 아까 그 녀석들?"

"아까 그놈들은 다 도망간 거 아니었어?"

"다시 온다고 해도 오크만 남아 있을 텐데 뭘 그 정도 가지고……"

심각하고 긴장된 분위기가 조인족들에 의해 순식간에 깨져 버렸다.

조인족들도 잠시 자리를 비웠던 유모가 심각한 표정으로 돌아오니 뭔 일인가 싶어 다가왔던 모양인데, 누가 코데로네 종족 아니랄까 봐 참… 단체로 도움이 안 된다.

"그 정도가 아닙니다!"

결국 흐물흐물 풀어지는 분위기를 참지 못한 유모가 소리를 높이자 조인족들의 눈이 뚱그레졌다.

항상 조용하고 여유 있는 모습을 보이던 유모가 이마에 뽈록 힘줄이 튀어나온 채 매섭게 노려보고 있으니 놀라웠나 보다.

"오오, 인간 여자~!!"

"화를 내는 거야?"

"이런 면도 있었네?"

"그냥 닥치라고 해도 된다."

기가 막히다 못해 입까지 막힌 듯한 유모의 모습에 연민을 느꼈던지 엄마가 유모에게 넌지시 한마디를 던졌다.

하지만 엄마가 허락했다고 어디 쉽게 '시끄러! 닥쳐!' 라고 외칠 수 있을 리가 있나.

그래서 결국 엄마가 나섰다.

"옆에서 시끄럽게 떠들 거면 나가! 나가서 네놈들 눈으로 직접 확인하든가."

그러자 사이먼까지 거들고 나섰다.

"직접 보시면 별거 아니라는 말이 쏙 들어가실 겁니다. 어쩌면 아무리 대단한 조인족 분들이라 해도 함부로 덤빌 엄두를 못 낼지도 모르겠군요. 제가 슬쩍 보니 오크만 있는 게 아니었거든요."

"호오, 그 정도야?"

"그럼 한번 가볼까?"

"대단한 놈들이 있었으면 좋겠는데?"

조인족이 눈을 빛내며 당장에라도 밖으로 향하려 하자 덩달아 쫓아가는 이들이 있었다.

"앗, 나도, 나도."

"어디, 얼마나 몰려들었는지 나도 좀 보자."

호기심 하면 누구한테도 지지 않는 홉고블린들이 나섰다.

산속에서 몬스터는 하도 많이 봐서 흥미가 없을 줄 알았는데 '조인족조차도 함부로 덤빌 엄두를 못 낼' 정도의 몬스터 떼가 궁금했던 모양이다.

"그럼 오든지."

그렇게 단번에 조인족과 홉고블린들을 내보내 버리자 이번에야말로 기필코 환궁을 청해보려는 듯 유모가 단단히 결심한 눈빛을 보였다.

한데, 유모가 채 말을 꺼내기도 전에 엄마가 자리에서 일어나 버린 것이었다.

그것도 나까지 챙겨서.

"우리도 가볼까?"

"하레츠 님!"

유모가 다급히 엄마를 불렀지만, 울 아빠도 못 막는 엄마를 유모가 막을 수 있을 리가 없었다.

"일단 보고 이야기하지. 우리는 창문으로 나갈 테니 자네들은 알아서 찾아오도록."

단호한 말투로 유모의 입을 막은 엄마는 내 손을 잡고 창문 밖으로 날아올랐다.

하늘 높이 솟아오르니 도시 내의 상황이 잘 보였다.

급히 성벽 쪽으로 달려가는 병사들에 성벽 위에서 다급히 전투 준비를 하는 병사들, 그리고 성벽 너머로 빠글빠글 모여든 몬스터들까지 말이다.

'헐, 진짜 엄청나잖아?'

아까 낮에 우리가 상대했던 몬스터 떼도 많다고 생각했건만, 지금 성벽 밖에 모여든 몬스터들은 그 몇 배를 상회하는 듯했다.

"저 많은 몬스터가 도대체 어디에 있었던 거지?"

튼튼해 보이는 성벽이 있으니 단번에 무너지지는 않겠지만, 지금 모여들고 있는 병력만으론 저 몬스터들을 다 물리칠 수 있을 것 같지 않았다.

'지원이 올 때까지 버틸 수나 있으면 다행이겠지.'

"아, 하레츠 왔어?"

"봐봐, 정말 엄청나."

"나도 이렇게까지 많은 놈이 모인 건 정말 처음이야."

"난 오거도 다섯 마리나 발견했어."

"아까 인간 여자가 겁먹은 것도 이해는 돼."

몬스터 떼를 구경해 보겠다고 먼저 밖으로 나갔던 조인족들도 허공 높은 곳에 둥둥 떠서 성벽 밖을 내려다보고 있었다.

"이거 인간들이 다 처리할 수 있을까?"

"힘들 거 같은데?"

"흠, 그럼 여기는 없어지는 건가?"

"아깝네… 아까 먹은 음식 맛있던데 오늘로 끝이라니."

홀로 갈팡질팡하고 있던 탓에 조인족들의 대화를 흘려듣고 있던 나는 한 박자 늦게 그 내용을 인식하고는 퍼뜩 정신을 차렸다.

"안 없어질 거거든요!! 제가 있는 한 그럴 일은 없을 겁니다."

"응?"

"오호라~ 꼬맹이가 투지 좀 불태우시나 본데?"

내가 바락 외치자 조인족들은 낄낄거렸다.

"하지만 안 돼, 꼬맹아. 이 일은 인간의 일. 우리는 끼어들지 않아."

그랬다.

조인족들은 호승심이 강해 싸움과 사냥을 밥 먹듯이 즐기고 개인주의가 강해 자기 멋대로 하는 것처럼 보이지만, 자기 영역과 남의 영역이라는 선은 확실히 지키는 편이었다.

그게 숲의 철칙이라고 하는데, 아무래도 수많은 몬스터와 공존하는 세계에서는 영역이라는 건 철칙이라고 불릴 만큼 중요한 것 같았다.

남의 일이라고 인식해 버리면 냉정하리만치 무심해질 정도로 말이다.

그렇기에 지금도 저 몬스터 떼에 뛰어들어 마음껏 날뛰고 싶은 기분이 들기도 할 텐데, 인간이라는 타 종족의 일이라고 딱 선을 그어버리고는 지켜보기만 하려는 것이었다.

아까와는 정반대로 말이다.

이대로라면 이들은 이 성의 인간들이 몬스터들에게 모두 몰살당한다고 해도 나서지 않을 거다.

그리고 여기에는 조인족 미성년자인 나도 예외가 아니었기에 그들은 나에게 끼어들지 말라는 엄한 시선을 보내왔다.

하지만 이미 끼어들기로 마음먹은 나는 가증스럽게도 깜빡했다는 척 손뼉까지 치며 입을 열었다.

"아~ 제가 말씀 안 드렸던가요? 이 도시 우리 아빠 거예요."

"뭐?"

"그거 진짜야?"

"말도 안 돼. 저렇게 큰 인간의 도시가 어떻게 한 사람 거라는 거야?"

"그러게. 우리 마을보다 몇 배는 크구만."

"거짓말도 적당히 해야지."

"그럼 그럼, 조인족이 거짓말하면 안 되는 거야."

조인족뿐만이 아니라 그들에게 고이 안겨 있던 홉고블린들마저 못 믿겠다는 투로 한마디씩 하자 나는 푸하하~ 하고 웃어버렸다.

"아이고, 제가 금방 들통날 거짓말을 왜 해요? 인간들은 우리랑 다르잖아요. 이 도시보다 넓은 땅을 자기 거라고 영역 표시 한 인간도 있는데요, 뭐."

"그 넓은 땅을 가지고 뭐 하는데?"

"음, 농사도 짓고 가축도 기르고 이렇게 도시도 만들고 마을도 만들고 하죠."

"허어… 여기도 인간들이 많이 사는데 이게 다 네 아빠 거라고? 그럼 만약 네 아빠가 다 나가라고 하면 여기서 다 나가야 해?"

"네. 아까 그 만찬도 제가 아빠 허락 받아서 저 성에 사는 인간들에게 시킨 거예요."

물론, 유모를 통해서 정중하게 부탁을 한 거였지만 어차피 의미는 비슷하니 완전 거짓말은 아니었다.

그 말에도 두 이종족의 표정에서 의심이 가시지 않자, 난 어깨를 으쓱하며 말을 이었다.

"정 못 믿겠으면 저 성의 인간들에게 물어보시든가요."

"하레츠, 이 꼬맹이 말이 진짜야?"

한 조인족의 물음에 엄마도 어깨를 으쓱해 보였다.

"여긴 모르겠지만, 필립이 사는 곳이 이 도시만큼이나 넓긴 했었지. 부하라고 하는 인간들도 많았고."

엄마의 말에 할 말을 잃고 바라보기만 하는 그들에게 나는 생긋 웃어 보였다.

"그래서 말인데요, 울 아빠 영역을 지키려고 나서는 건 괜찮은 거죠? 이건 인간의 일이라기보단 울 아빠의 일이니까."

아까 유모가 안색이 변한 채 다급히 들어왔을 때 안 좋은 일이 벌어졌다는 건 짐작할 수 있었다.

다만, 내가 함부로 나서면 숨넘어갈 사람이 한둘이 아니라 충동적으로 움직일 수가 없었다.

그냥 단순히 심장만 부여잡고 날 불러대는 걸로 끝나면 좀 멋대로 했을 텐데, 같이 뛰어드니 난감했다.

난 가만히 있는데 위험이 닥쳐와서 저들이 막아내는 거라면 '그게 저들의 임무니 당연한 거다'라고 당당히 외칠 수 있겠는데, 내가 일부러 뛰어들어 주변 사람들까지 휩쓸리게 만들면서 그렇게 말하기는 어려웠다.

게다가 까딱 잘못되었을 경우 주위 사람들의 미래가 암울해질 게 뻔했기에 더더욱 조심스러웠다.

하지만, 어려움에 처한 사람들이 뻔히 보이는데 그냥 외면해 버리는 건 힘든 일이었다.

특히나 난 한 팔 거들 수 있는 능력은 되었으니 말이다.

'내가 최소 코데로나 료우 정도만 되었어도 그냥 한번 저질러봤을 텐데… 아우, 앞으로 훈련량이라도 늘려야 하나?'

그렇게 속으로 한숨을 푹푹 내쉬며 망설이고 있던 중, '오늘로 끝'이라는 조인족 말에 퍼뜩 정신을 차렸다.

'이런, 바보 같은!! 지금은 그따위 갈등을 하고 있을 때가 아니잖아!'

"그것참, 분명 내가 낳은 알에서 태어난 아이인데 도통 이해할 수가 없구나. 직접 집어 던져야만 몬스터를 상대하던 녀석이, 그것도 안 싸우려고 도망치기 급급했으면서 저기에는 오히려 뛰어들 마음이 생기다니."

"다른 때라면 그럴 텐데, 이건 아빠 일이잖아."

배시시 웃으며 변명을 늘어놓는데, 커다란 나팔 소리가 들려왔다.

황급히 시선을 돌리니 성벽에서 드디어 전투가 시작되는 모습이 보였다.

아직 몬스터들이 성벽 바로 아래까지 도착하기 전이라서 제일 먼저 시작되는 건 활 공격이었다.

"쏴라~!"

"어서 화살을 가지고 와! 서둘러!"

"어두워졌어. 횃불을 더 가지고 오라고 해!!"

"아이고, 안 되겠다. 엄마, 나 가봐도 되지? 응응?"

유모 등등이야 내가 고집을 부려볼 수 있지만, 엄마가 막아서면 어찌해 볼 도리가 없었기에 엄마의 허락은 필수였다.

그래봤자, 엄마의 성격상 '위험해서 안 돼!' 라고 할 리가 없었다.

"뭐, 여기가 필립 거라니 알아서 해봐라."

'그렇지~!'

엄마의 쿨한 성격은 이번에도 도움이 되었다.

간단하게 떨어진 허락에 나는 '앗싸~!' 를 외치며 서둘러 성벽으로 향하려고 하다가 코데로의 모습에 멈칫거렸다.

많이 지쳤다고 해도 허공을 날아다닐 기운은 있었는지 몬스터를 구경하러 나와 있었던 것이다.

"여, 코데로. 같이 안 갈래? 료우와 한 번 더 승부를 겨루게 해줄게. 아, 지쳐서 움직이지 못하겠으면 말고."

그렇게 말하고 먼저 날아가려고 하니 뒤에서 코데로 녀석이 외치며 득달같이 쫓아왔다.

"기다려!! 이 정도는 금방 회복해! 무조건 간다!! 이번에야말로 기필코 내 실력을 보여주고 말 테다."

"음… 꼬맹이네 아빠의 영역이라고?"

"그럼 우리가 껴도 되는 거 아닌가?"

"그러게? 꼬맹이가 나설 수 있는 거면 타종족의 일이라고 할 수 없지 않나?"

"하레츠는 어떻게 생각해?"

점점 멀어지는 관계로 엄마의 대답까지는 듣지 못했지만, 아무래도 긍정의 답이 나오지 않았을까나?

'너네 맘대로 해!' 이런 식으로.

내가 성벽 위에 내려서기도 전에 성벽 위에 진즉에 와 있던 유모와 사이먼 등등이 날 발견하고 빠르게 달려왔다.

"결국 이쪽으로 오셨군요."

"마마, 이쪽은 이제 전투가 시작될 겁니다."

"어서 성으로 돌아가시지요."

하지만 난 그들의 잔소리는 귓등으로 흘려들으며 주변을 두리번거리다가 료우와 제이, 케이를 발견하고는 반색하며 그들 옆으로 내려섰다.

"료우, 코데로가 한 판 더 하자는데 어때? 제이와 케이도 같이할래?"

료우라면 당연히 받아들일 거라 생각한 난 그의 대답을 듣기도 전에 제이와 케이에게도 끌어들이려 했는데, 의아하게도 료우가 단칼에 거절해 버리는 거였다.

"안 해."

"엇, 진짜?"

아까 적극 나서기에 한 번 정도는 더 흔쾌히 나설 줄 알았는데, 설마 아까 그 한 번으로 다 해소가 되었던 건가?

'이러언~ 료우가 안 하면 곤란한데?'

"왜??"

코데로 녀석도 끼어들어 재차 요구해 봤지만 료우는 냉정했다.

"이런 상황에서 무슨 소리를 하는 거냐? 난……."

"으와앗~! 료우, 너 나 좀 보자. 코데로 넌 거기서 잠깐만 기다려."

게다가 엄한 목소리로 우리에게 훈계를 하려는 모양새에 나는 급히 료우의 말을 끊으면서 그를 잡아끌었다.

코데로와 멀찍이 떨어진 곳까지 료우를 끌고 온 나는 다짜고짜 료우의 손을 잡으며 간절히 부탁했다.

"료우, 이 심각한 상황에 황당하다는 건 알겠지만, 부탁 좀 하자. 코데로랑 한 번 더 겨뤄줘."

곧 있을 몬스터와의 전투 준비로 이리 뛰고 저리 뛰는 병사들 옆에서 이런 이야기나 하는 내가 어이없어 보일 거라는 건 나도 잘 안다.

아는데, 나도 아무 생각 없이 이러는 건 아니었다.

고양이 손이라도 빌려야 할 판에 코데로 정도의 실력자를 전투에 써먹을 수 있다면야 그깟 승부를 한 번 더 내는 게 문제겠는가?

원한다면 승부 할아버지라도 내줘야지.

게다가 승부를 하면서 몬스터를 처리할 수 있으니 이건 완전 일석이조가 아니겠는가?

보기에는 좀… 많이 안 좋겠지만 말이다.

이런 걸 찬찬히 설명하면서 이해시켰으면 좋겠지만 상황이 다급했기에 다짜고짜 부탁만 했더니 료우의 미간이 슬쩍 찌푸려졌다.

"꼭 해야 하는 거냐?"

"내키지 않는 다는데 미안하다. 그래도 한 번만 부탁하자, 응?"

그렇게 말하며 간절하게 쳐다보자 료우가 결국 한숨을 내쉬었다.

"맘에 안 드는군."

"그래, 그래, 내가 많이 미안하다. 나중에 내가 맛난 걸로 한턱 쏘마. 물론, 그걸로 네 맘을 풀기는 턱도 없겠지만……."

"네가 부탁하니 어쩔 수 없지. 좋아. 그런데 그럼 넌 어디 있을 거지?"

"음? 나도 성벽에서 한 팔 보태고 싶은데, 그랬다간 주변에서 난리 날 게 뻔해서… 성벽에서 좀 떨어져 있을 거야. 그나마 난 원거리 공격이 가능하니 그렇게라도 도움이 되어야겠지. 아, 넌 돕지 못하겠지만……."

승부를 겨루고 있는 판에 내가 끼어들 수는 없는 일 아니겠는가.

그래서 많이 미안해하는데 료우가 손을 들어 내 뺨을 가볍게 톡~ 쳤다.

"난 됐어. 너야말로 괜찮겠냐? 저 두 녀석도 승부에 끼워 넣을 거잖아. 가능하면 펄시웍 경 곁에 붙어 있어라."

"내 걱정이야말로 됐네. 난 안전한 곳에 있을 건데 뭐가 문제냐?"

"놈들이 아래까지 왔습니다!!"

"돌을 굴려!! 활을 더 쏘고!"

"성벽으로 기어오르려 합니다!!"

"기름을 부어!! 절대 올라오게 해서는 안 된다!"

사방에서 다급한 외침이 울려오는 가운데, 아래쪽에서 쿵쿵거리는 커다란 소리까지 들려오기 시작했다.

"놈들이 성문을 부수려고 합니다!!"

"성문을 보강해! 성문이 뚫리면 안 된다!"

드디어 몬스터들이 화살 비를 뚫고 성벽까지 도착한 모양이었다.

"서두르자. 잘 부탁한다, 료우!"

이제부터 본격적인 전투가 시작될 판에 머뭇거리고 있을 틈이 없었다.

'네 명이 지원한다고 큰 도움은 안 될 거야. 사이먼을 지휘관으로 하고 병사하고 상회 무사들을 다 지원 팀으로 내보내야겠다.'

그렇게 속으로 계획을 세우며 서둘러 돌아오니 유모가 단단히 벼른 표정으로 기다리고 있었다.

"마마!"

하지만 지금은 일분일초가 아까운 상황이었기에 난 단호한 표정으로 그녀의 말을 막았다.

"엄마한테 여기 있어도 된다고 허락받았어. 케이, 여기 지휘관한테 나 좀 잠깐 보자고 해. 그리고 유모, 여긴 왜 마법사가 없는 거지?"

엄마의 허락은 만능열쇠였다.

허락받았다는 그 말에 유모가 더 이상 다른 말은 못 하고 순순히 내 질문에 대답을 해줬으니 말이다.

"여기처럼 작은 도시는 높은 레벨의 마법사를 고용할 능력이 없습니다. 통신 마법이 가능하고 이동 마법진을 관리할 수는 있으나 전투에 나서서 공격 마법을 펼칠 정도는 아닙니다."

"그런 거야? 그럼 펄시웍 경, 경이 이번에 나와 함께 온 이들을 이끌고 병사들을 지원하세요."

"폐하께서 허락하지 않으실 텐데요?"

"아빠 허락은 나한테 맡기고 경은 지원하는 것에만 신경 쓰세요. 기사들과 병사들은 물론, 상회 호위들까지 포함입니다. 그리고 마법사들도 한 팔 거들라고 하세요."

"마마의 뜻대로."

단호하게 지시를 내리는 날 물끄러미 바라보던 사이먼이 가슴에 손을 얹더니 정중하게 고개를 숙여 보였다.

설마, 이 인간한테 이리 정중한 예를 받을 줄 몰랐던 터라─게다가 순순히 명을 받들기까지 했다─속으로 당혹스러워하는데, 지시를 따르기 위해 자리를 뜨는 사이먼과 바통 터치라도 하듯 이곳 지휘관이 케이와 함께 다가왔다.

그에게 내가 성벽의 일정 구간을 몇 사람에게 맡기고 싶다고 하자 그는 대놓고 절대 불가를 외쳤다.

"이 위급한 상황에 그 무슨 천부당만부당하신 말씀이십니까!!"

사이먼을 비롯한 황실기사들을 비롯하여 병사들에 마법사까지 지원해 줄 거라 해도 그는 물러나지 않았다.

자칫 그곳을 통해 대형 몬스터가 한 마리라도 성내로 들어온다면 그 피해가 어마어마하다는 이유 때문이었다.

그곳을 담당할 이들이 뛰어난 실력자라고 해도 절대 불가를 외치던 그는, 결국 내가 뒤에서 대기하고 있다가 여차하면 막아주겠다고 하자 그제야 겨우 고개를 끄덕였다.

물론, 내 실력을 믿은 게 아니라 내가 가지고 있던 마법 아이템과 스크롤들을 줄줄이 꺼내 보여줘서 물러난 거였다.

만약을 대비해서 있는 거 없는 거 싹 챙겨 오길 정말 잘했다 싶었다.

역시 유비무환이란 틀린 말이 아니었달까?

'그나저나 아따 그 양반, 되게 고지식한 사람일세.'

황족을 앞에 두고도 저리 뻗댈 수 있다니―사이먼 녀석은 제쳐두고―고지식함을 넘어서 대단하다고 느껴질 정도였다.

그로 인해 설득하는 게 힘들었지만 기분은 나쁘지 않았다.

아니, 오히려 저런 사람이 아빠의 직영지 경비를 담당하고 있다니 든든할 정도였다.

'아빠가 사람은 잘 뽑은 거 같아.'

그러는 사이, 지원 팀 중 마법사들이 제일 먼저 나서서 실력을 발휘하기 시작했다.

처음으로 보게 된 그들의 진정한(?) 능력에 나는 속으로 감탄에 감탄을 거듭했다.

아빠가 내 곁에 붙여놓은 사람들이니 막연히 '실력자인갑다~' 라고 생각하긴 했지만, 그들의 능력을 직접 본 적이 없었던 탓에 큰 도움이 될 거라 기대하지 않았다.

그냥 몬스터들의 시선과 정신을 잠시 분산시키는 정도를 바랐건만, 눈앞에서 펼쳐진 공격 마법은 눈과 귀를 현혹하는 수준이 아니었다.

"파이어 볼!!"

커다란 불덩어리가 허공을 가르고 몬스터들 위로 떨어져 큰 폭발을 일으켰다.

콰아앙~!!

마치 폭탄이 떨어진 듯한 폭음이 사라지고 나자 거기에는 시커멓게 타버린 수십의 몬스터 시체만 남아 있었다.

"그리스~!!"

짧은 그 한 단어가 튀어나오자마자 성벽 위를 오르던 몬스터들이 일제히 주르륵~ 미끄러져 땅으로 떨어졌다.

"라이트닝 볼트~!!"

그리고 그 몬스터들은 자신들에게로 떨어져 내린 시퍼런 번개를 맞고 다시는 일어나지 못했다.

'와~ 끝내주는군.'

감탄사밖에 나오질 않았다.

이렇게 대단한 일을 해내는 사람들을 그동안 얕보고 있었으니, 이 얼마 어리석은 일인지.

나는 여차하면 그들에게 빌려주려고 꺼내 들고 있었던 마법 아이템들을 얌전히 집어넣었다.

여기서는 내가 제일 도움이 안 되는 거 같았다.

하지만 그렇게 마법사와 병사들이 필사적으로 노력했음에도 결국 시간이 지나자 성벽 위로 녀석들이 하나둘 모습을 드러냈다.

그만큼 몬스터의 숫자가 너무 많았던 것이다.

키익, 키익~!!

키이익~!!

제일 먼저 성벽 위로 올라온 건 오랑우탄처럼 생긴 몬스터들이었다.

나무 위에서 생활하는 녀석들이라서 성벽 오르는 것도 수월했던 모양이다.

무리를 지어 움직이는 녀석들이라 하나둘 모습을 드러내기 시작하자 그 뒤로 끊임없이 줄줄이 올라왔다.

"올라왔다!!"

"막아라! 막아야 한다!!"

병사들이 용감하게 몬스터들의 앞을 막았지만, 안타깝게도 그들의 능력으로는 역부족이었다.

오랑우탄 녀석들이 덩치는 오크보다 좀 작아도 더 강한 놈들이었기 때문이다.

놈들이 팔을 한 번 휘두를 때마다 창이 부러지고 방패가 우그러졌다.

그나마 병사들 사이사이에 내 일행들이 있어서 막아낼 수 있었지, 안 그러면 놈들을 막지 못하고 속수무책으로 밀렸을 거다.

하지만 날이 완전히 저물자 몬스터를 상대하는 건 더욱 어려워져 피해는 점점 늘어났다.

몬스터가 인간보다 밤눈이 밝은 데다, 개중에는 외려 밤에 더 활발히 활동하는 녀석들도 많았기 때문이었다.

급하게 많은 횃불들을 가져와 성벽 위를 환히 밝혔지만, 일반 병사들에게는 별 소용이 없어 보였다.

그럼에도 불구하고 병사들이 물러나지 않고 버티려 했기에 더더욱 피해가 많아지는 느낌이었다.

'아우~ 그냥 확 나설까?'

내가 직접 몬스터를 상대할 때보다 이렇게 가만히 지켜보는 게 더 힘든 것 같았다.

특히나 사람들이 피를 흘리며 쓰러지는 걸 볼 때마다 당장 달려가서 거들고 싶어 몸이 움찔움찔거렸다.

그 때문에 내 옆에 붙어 있던 유모와 자넷은 나를 보호하는 게 아니라 내가 뛰쳐나갈까 봐 막고 있는 상황이었다.

원래는 뒤에서 원거리 공격으로 보조를 하려고 했는데, 경험도 없는 초짜가 함부로 썼다가는 오히려 아군에게 피해를 준다고 극구 반대를 해서 지켜보고 있는 중이었다.

솔직히, 여차하면 뛰쳐나가려고 했었는데, 유모와 자넷이 이런 내 속마음을 눈치챘는지 처음부터 철썩 달라붙어 도통 날 혼자 내버려 두지 않았다.

지금도 내 양옆으로 유모와 자넷이 내 몸을 자신들의 몸으로 거의 가리다시피 하며 바싹 붙어 섰다.

어디서 어떤 공격이 와도 나를 보호할 수 있으면서도 내가 함부로 움직이지 못하게 막을 수 있는 절묘한 위치였다.

둘은 내가 자꾸 움찔거리니 많이 불안했는지 곁에 선 것으로도 모자라 잠시 후에는 둘이서 내 옷자락을 슬며시 붙들기까지 했다.

덕분에 내가 움찔움찔할 때마다 유모와 자넷도 흠칫흠칫거렸다.

"크억!!"

"허어억!!"

그러던 와중, 시커먼 그림자가 성벽 위로 올라와 일반 병사들을 덮치는 모습이 보였다.

"블랙 샤벨 타이거!!"

오랑우탄도 상대하기 힘들었건만, 그보다 더 강한 놈이 나타났다.

특히나 저 블랙 샤벨 타이거는 짙고 어두운 색의 털을 가지고 있는 놈들이라 이렇게 어두운 상황에선 그들의 모습을 알아차리기 힘들었다.

2m가 훌쩍 넘는 커다란 놈이 한 병사를 덮치자마자 강한 이빨로 단번에 목을 물어뜯었다.

워낙 순식간에 일어난 일이라 옆에 있던 병사들이 돕고 자시고 할 틈도 없었다.

그렇게 단번에 한 병사를 처리한 놈이 또 다른 병사에게 막 달려들려고 할 때, 다행히 급히 달려온 기사가 그놈의 앞을 막아섰다.

'아오~ 금방 따라올 거 같던 조인족 전사들은 왜 안 온대?'

그 모습에 속으로 안도의 한숨을 내쉰 나는 고개를 돌려 여전히 허공에 떠서 지켜보기만 하는 조인족들을 바라봤다.

이럴 때 저들이 나서주기만 하면 엄청 든든할 텐데, 왜 움직일 생각을 안 하는 건지 모르겠다.

샤벨 타이거급이라면 조인족들이 털가죽을 탐내서라도 달려들 만한데 말이다.

'뭐지? 내 예상과는 달리 엄마가 참여하는 걸 반대했나?'

여전히 저 높은 허공에 둥둥~ 뜬 채로 지켜보기만 하는 조인족들의 모습에 나는 조금 초조해지는 기분이었다.

그 기색을 눈치챈 것인지, 유모가 아예 내 손을 잡아왔다.

"마마."

"가만히 있잖아, 가만히. 갈 때는 말하고 간다니까."

하지만 솔직히 유모가 손을 안 잡았다면 나는 그냥 전투에 끼어들었을지도 모른다.

이럴 줄 알았으면 그냥 성에서 기다리고 있을 걸 그랬나 싶기도 했지만, 그랬다 해도 답답함을 못 참고 뛰쳐나왔을 거 같다.

"초조해하실 것 없습니다. 지금 병사들은 잘 막아내고 있는 거니까요."

내가 계속 안절부절못하고 있자 진중한 시선으로 전투를 주시하고 있던 지휘관이 불쑥 입을 열었다.

방해하지 않는다는 조건으로 있었던 건데 신경 쓰이게 한 건가 싶어 그의 눈치를 보자, 지휘관의 말은 계속 이어졌다.

"이대로만 진행된다면 지원군이 올 때까지 너끈히 버틸 수 있겠습니다. 다 전하께서 도와주신 덕분입니다."

그러면서 희미한 미소를 지어 보이기까지 하는 거다.

하지만 그 미소를 본 나는 속으로 길게 한숨을 내쉬었다.

'애 달래느라 애쓰십니다, 그려.'

아직 전투의 끝이 보이지도 않는 시점에서 그걸 어떻게 장담한단 말인가.

게다가 우리가 유리한 고지에 있는 것도 아니었다.

이제 성벽 위의 많은 곳에서 몬스터들과의 전투가 벌어지고 있었고, 성벽 아래에는 여전히 엄청난 수의 몬스터가 빠글빠글 몰려 있었다.

한쪽에서는 성문을 부수기 위함인지 계속 강하게 두드리고 있었고 말이다.

그나마 나와 함께 온 일행들의 지원 덕에 잘 막고 있었지만, 몬스터의 1/10도 안 되는 숫자로 얼마나 버틸 수 있을지 의문이다.

이런 불안 요소들만 눈에 보이고 있었으니, 지휘관 씨의 말이 날 달래기 위한 빈말로 들렸던 것이다.

지금도 이 도시의 병사들은 계속 쓰러져 가고 있지 않은가.

하지만 기껏 신경 써준 사람한테 대놓고 '거짓말하지 마시죠'라고 할 수는 없는 일이라 나는 애써 웃어 보였다.

"당연히 도와야지요."

그런데 그때였다.

쒸유우웅~!!

마치 비행기가 날아가는 듯한 소리에 반사적으로 고개를 들었더니, 저 높은 하늘에서 떨어져 내리는 커다란 불덩어리가 보였다.

한데, 불덩어리가 떨어지는 방향이.

'어째 이쪽인 듯……?'

"뭣……!"

"피햇!!"

"전하!!"

내가 기겁할 새도 없이 유모가 내 허리춤을 잡아채 그대로 성벽 아래로 몸을 날렸다.

그러자마자.

쿠와아앙~!!

거대한 폭발음과 함께 머리 위에서 후끈한 열기가 느껴지며 뜨거운 폭풍이 우리를 덮쳐왔다.

바람을 부르고 뭐고 할 틈도 없이 속수무책으로 휘말려 날려 가는데, 강한 바람 때문에 몸이 바람개비처럼 팽글팽글 돌아 정신을 차릴 수도 없었다.

그냥 멘붕된 상태 그대로 떨어지는데…….

"정신 차려!!"

나직하지만 힘 있는 목소리가 어렴풋이 들려오는 것 같았다.

하지만 멘붕에 빠진 정신이 어디 말로 한다고 단번에 제자리로 오겠는가.

그냥 저~ 멀리 어딘가에서 들려오는 바람 소리라 치부하고 다시 까무룩 흩어지려고 하는 그 순간.

좌아아악~!!

듣기만 해도 온몸의 털이 쭈뼛 서는, 정말 찰진 소리와 함께 눈앞에서 빛이 번쩍거렸다.

"으흑!!"

저도 모르게 헛바람을 들이켜며 눈을 번쩍 뜨자 엄마의 혀 차는 소리가 귀에 콕 박혔다.

"쯧쯧, 그러기에 말로 할 때 들었어야지. 정말 어리석구나. 네 바람은 어디다 버려두고 맨몸으로 떨어진 거냐?"

"뭐, 뭐가?"

상황 파악이 안 된 내가 당황한 표정으로 중얼거리자 엄마가 가볍게 손을 들어 뺨을 톡 건드렸다.

"아직도 정신을 못 차린 거니?"

그런데 분명히 가볍게 톡 건드린 손길에 뺨이 되게 화끈화끈, 따끔따끔거리는 거다.

'서, 설마……'

슬쩍 뺨을 만져보니 손에까지 열기가 느껴진다.

"괘, 괜찮으세요?"

유모의 목소리에 고개를 돌리니 무지 어색한 얼굴로 웃고 있었다.

"그… 뺨이……."

'와~ 나 진짜 엄마한테 싸다구를 맞은 겨?'

딸내미 정신 차리게 하려고 싸다구를 날리는 건 조인족밖에 없을 거다.

'아니, 어쩌면 다른 수인족들도 이렇게 하려나?'

그렇게 아주 잠깐 딴생각을 하고 있을 때였다.

"아사 님!!"

"전하아~!!"

저쪽에서부터 절절한 목소리가 들려오더니 새파랗게 질린

제이와 케이가 득달같이 뛰어와 나에게 매달려 왔다.

그동안 철저하게 교육받았던 예절 따위 까맣게 잊을 정도로 놀란 그들의 모습에 나는 머쓱하게 웃으며 그들의 팔을 톡톡 두드려 줬다.

"미안, 많이 놀랐지?"

그러는 와중 슬쩍 주변을 둘러본 나는 얼떨떨함을 감출 수 없었다.

'어라? 여긴 아까 내가 있던 성벽 위잖아? 아까 마법 공격을 맞아 부서진 거 아니었어?'

성벽이 비록 돌을 쌓아 만든 튼튼한 구조물이긴 했지만 아까 그 마법의 위력이 너무 강해서 최소 반파 정도는 될 줄 알았는데 주변이 좀 그슬리고 부서진 것 외에는 멀쩡해 보였다.

'그 마법이 보기보다 위력이 약했나?'

폭발음도, 후폭풍도 장난 아니었는데 말이다.

여기가 멀쩡해서 내가 정신을 잃은 사이 엄마가 다시 여기다 옮겨놓은 모양이다.

나 혼자 추측하고 결론을 내는 사이 제이가 번쩍 고개를 들더니 거리낌 없이 내 얼굴부터 다리까지 샅샅이 쓸어보고 만져보며 물어왔다.

"어디 다치신 덴 없으신 거죠?"

"응? 아, 으응……."

"정말, 다행입니다. 정말, 정말, 다행입니다."

제이처럼 내 몸을 샅샅이 살펴보지는 못했지만, 그래도 한 팔은 꾹 잡은 케이가 죽다 살아난 듯한 표정과 물기 어린 목소리로 말했다.

"앞으로는 아무리 전하께서 명하셔도 결코 전하의 곁을 떠나지 않을 것입니다."

"에엣? 아니, 뭐 그럴 것까진……."

이 상황에서 할 말은 아니지만, 앞으로 이 둘에게 시킬 일을 이것저것 생각해 놨던 터라 내 옆에만 있겠다고 외치면 내가 곤란했다.

그런데 그때.

뒤에서부터 내 어깨를 둘러오는 팔이 있었으니.

"심장 멈추는 줄 알았다."

료우였다.

"그러기에 내가 이번에는 네 곁에 있으려고 했는데 왜 그런 쓸데없는 승부나 시켜가지고……."

내 어깨 위로 이마를 댄 채 중얼거리는 말에 나는 하하~ 웃으며 료우의 머리를 토닥였다.

"미안, 미안. 나도 뭐 이럴 줄 알았냐……."

거기까지 말하던 나는 잠시 말을 멈추며 고개를 갸웃거렸다.

왠지 뭔가를 빼먹은 듯했던 것이다.

'뭐지? 제이 있고, 케이 있고, 료우에… 맞다, 코데로!! 자, 잠깐… 그러고 보니!!'

"야! 너까지 다 오면 성벽은 누가 지키고 있는 건데?"

그러면서 제이와 케이를 번갈아 바라보자 분노와 부러움이 뒤섞인 매서운 눈초리로 료우를 노려보던 제이와 케이는 찔끔해서 슬그머니 시선을 돌렸다.

다만 료우 녀석만은 뻔뻔했다.

"몰라."

"뭣이라? 설마 지금 코데로 혼자 막고 있는 거야?"

다급히 료우의 팔에서 빠져나와 아까 이들이 맡고 있던 부근을 살펴보니, 무슨 일인지 코데로의 모습도 보이지 않는 거다.

대신 처음 보는 복장을 한 이들이 성벽을 타고 올라오는 몬스터들을 막아서고 있었다.

쉬익~!

군더더기 없는 깔끔한 횡 베기에 오랑우탄처럼 생긴 몬스터의 목이 단번에 떨어져 나갔다.

"오옷!!"

저 녀석을 저리 간단히 처리해 버리다니, 내 전 호위였던 황실기사들 못지않은 실력이었다.

"저 사람들은 누구지?"

분명 이 도시에 소속된 이들은 아니었다.

일단 이곳 기사들과 복장이 달랐고, 저 정도의 실력자가 소속되어 있기에는 이 도시의 규모가 크지 않았던 것이다.

"지원군입니다."

한데 이런 내 의문에 대답한 이는 뜻밖의 인물이었다.

"어라? 바이넌 남작?"

아빠 대리로 이곳을 관리하고 있는 바이넌 남작이었다.

성에 있는 줄 알았던 사람이 여기까지 와 있는 모습에 의아해서 바라보자 그가 싱긋 웃었다.

"지원군을 데리고 오느라고요. 제가 신분을 보장해야 했거든요.”

“지원군요? 벌써?”

의아함에 하늘을 올려다봤더니, 아직 자정도 안 되었다.

즉, 전투를 시작한 지 채 세 시간도 안 되었다는 소리인데 벌써 지원군이 도착했다니, 그게 가능한 건가?

“예. 아라르 요새에서 와줬습니다. 급히 서두른 탓에 도착한 선발대의 숫자가 얼마 안 되지만, 곧 후발대도 당도할 겁니다.”

아라르 요새라면 이 근처에 있는 모클러 산맥과 다이즌 공국과의 국경선이 맞닿는 곳에 세워진 요새라고 들었다.

험한 환경에 세워진 곳이다 보니 국경보다는 모클러 산맥에서 내려오는 몬스터들을 막기 위한 요새라나?

그런 이유로 그곳에 있는 병력은 수도에 있는 중앙군 못지 않게 정예병이라고 하니, 요새의 병력이 지원군으로 왔다면 그보다 든든할 수가 없을 거다.

문제는.

‘거기랑 여기랑 거리가 말을 타고 달려도 하루하고 반나절 거리라며?’

순간 바이넌 남작이 속고 있는 건 아닌가~ 하는 생각까지 들었다.

물론 지금 저들이 몬스터들을 상대해 주고 있기는 하지만, 이게 다 작전일 수도 있지 않은가.

“전하, 걱정하지 않으셔도 됩니다. 이들은 제가 아는 이들입니다. 게다가 이건 극비입니다만, 요새와 이 성 사이에는 이동 마법진이 설치되어 있어서 급할 때는 이렇게 단번에 지원을

와줄 수가 있답니다. 제가 직접 마법진에서부터 동행해 왔으니 확실합니다."

그는 내가 무슨 생각을 하는지 알아챈 듯 하하 웃으며 호기롭게 말했다.

'아, 마법진이 있었구나.'

확실히 마법진이 있으면, 그리고 거기서부터 동행을 해왔다고 하면 믿을 만했다.

"그랬군요. 그런데 극비라면서 이렇게 막 말해줘도 되는 겁니까?"

"하하하, 당연히 안 되지요. 나중에 폐하께서 진노하시면 잘 좀 부탁드리겠습니다."

'거참, 넉살 좋은 사람일세.'

지금도 한쪽에서는 몬스터와의 전투가 벌어지고 있는데 이리 여유를 부릴 수 있다니, 역시 지원 온 병력이 대단한가 보다.

"그나저나 전하께선 정말 괜찮으신지요. 아까 이쪽으로 오다 마법 공격이 떨어지는 걸 보고 얼마나 놀랐는지 모릅니다. 그 마법 공격을 막은 분이 누구신지 여쭤봐도 되겠습니까?"

'마법 공격을 막았다고? 그래서 여기가 멀쩡할 수 있었던 거였군?'

제정신이 아니었던 터라 보지는 못했지만, 마법을 막았다고 하니 떠오른 인물이 한 명 있었다.

나는 확인차 성벽 밖을 가만히 주시하고 있던 엄마한테 다가가 슬쩍 말을 꺼내봤다.

"엄마, 혹시 아까 마법을 막은 거 란데야?"

"그래."

"이야, 진짜? 혹시나 했는데, 정말이라니 놀랍네. 나를 별로 안 좋아해서 도와줄 거라고는 생각지 않았는데……."

"아무리 네가 마음에 안 들어도 같은 종족의 아이가 눈앞에서 죽는 걸 내버려 둘 리가 있나."

역시, 아무리 조인족이라 해도 아이를 보호하고 지키려는 인식은 인간과 같은가 보다.

내심 고개를 끄덕이며 무심코 엄마의 시선을 따라 성벽 밖으로 시선을 돌린 나는 눈을 휘둥그레 떴다.

"어? 어라라? 아니, 왜 다들 저기 있어?"

아까는 이상하리만치 움직이지 않고 구경만 하던 조인족들이 지금은 성문 밖에서 몬스터들을 향해 맹공을 퍼붓고 있는 것이었다.

그들 틈에는 코데로까지 있었다.

"무슨 심경의 변화인 거래?"

"심경의 변화가 아니라 조인족 전사의 자존심이 걸린 문제인 거다. 조인족 전사들의 눈앞에서 조인족 아이를 죽이려 하다니, 이게 조인족 전사를 무시하는 게 아니고 뭐란 말이냐?"

그렇게 말하는 엄마의 눈에도 분노의 빛이 스며 있었다.

아마 내가 아니었더라면 당장 저 전투에 끼어들었을 태세였다.

"어? 그런데 란데는 안 보이는데?"

"홉고블린들을 보호하고 있어야 할 전사는 필요하니까. 홉고블린들을 데리고 성으로 돌아갔다."

"아하……."

홉고블린을 보호하는 것 또한 조인족에게는 중요한 일이었기에 가장 강한 전사인 란데에게 그 일이 맡겨진 모양이었다.

"근데, 아까 날 공격한 건 마법사인데 몬스터들만 주구장창 잡아도 되는 거야?"

"그 마법사가 저 몬스터들을 끌고 온 놈이 아니더냐? 그러니 저 몬스터들을 처리하다 보면 언젠간 기어 나오겠지."

어째 그 말을 내뱉은 엄마 앞에서 '안 나올 수도 있는 거잖아?'란 말이 나오질 않았다.

란데가 없어도 조인족 전사들의 힘은 대단했다.

아까처럼 몸풀기 운동이 아닌, 진심으로 나서니 조인족보다 100배는 더 많은 몬스터가 외려 밀리는 분위기였다.

그렇게 조인족들이 중간에서 몬스터들을 휘젓고 다녀준 덕에 성벽을 향한 공세가 주춤하게 되자 병사들 사이에서 희망이 감돌기 시작했다.

뛰어난 실력을 가진 지원군이 합류한 데다 공세까지 주춤하니 이대로라면 날이 밝을 때까지 충분히 버틸 수 있을 것 같아 보였던 것이다.

'아까 지휘관 씨가 말한 지원군이 아라르 요새군을 말한 거였군?'

아라르 요새와 마법진으로 연결되어 있다는 걸 알고 있었기에 크게 열세인 상황에서도 충분히 버틸 수 있다고 한 거였나 보다.

하지만 상황이란 녀석은 우리한테 뭔가 감정이 있는 듯하다.

우리에게 안 좋은 방향으로 다시 흘러갔으니 말이다.

쒸이이잉~

실력 좋은 지원군 덕분에 우리 쪽으로 완전히 승기가 넘어오려고 하는 그때, 어디선가 강한 바람이 불어와 사방을 한번 휩쓸고 지나갔다.

평소 흔히 만났던 바람과 별다를 바가 없어 보였건만, 피부를 스쳐 지나가는 바람의 한기에 저도 모르게 뒷골이 선뜩해졌다.

"뭐, 뭐야?"

그 느낌에 움찔 놀란 나는 뒷목을 주무르며 슬그머니 주변을 돌아봤다

별거 아닌 일로 놀란 게 머쓱하기도 했고, 혹 남들도 나처럼 예민한 반응을 보인 건 아닌지 확인해 보고 싶어서였다.

한데 내가 괜히 예민하게 굴었던 게 아닌 모양이다.

옆에 있던 엄마의 표정이 심각해지는 걸 보고 불안진진 내가 무슨 일이냐고 물어보려 하는데.

우우웅~!!

다시 한 번 섬뜩한 바람 소리가 들려오더니 그 뒤를 이어 사방에서 이상한 기파가 덮쳐왔다.

그 느낌은 뭐랄까… 마치 걸레 빤 물이 가득한 커다란 통에 풍덩~ 빠진 느낌이었다.

생전 처음 겪어보는 생소한 기분이 당황스러워 어찌할 바를 모르고 엄마만 보고 있는 그때 경악에 찬 외침이 들려왔다.

"저, 저것 좀 봐!!"

반사적으로 그가 가리키는 성벽 아래를 내려다봤더니 세상

에나…….

성벽 아래에 쌓여 있던 몬스터의 시체들이 꿈틀꿈틀거리며 움직이고 있는 거였다.

"으흭! 저게 뭐야?"

"죽은 몬스터가 움직이고 있어!!"

기괴한 일은 그게 끝이 아니었다.

"으아아악~~!!"

반대쪽, 그러니까 성벽의 보호를 받고 있는 안쪽에서 터져 나온 비명에 사람들의 시선이 급히 그쪽으로 돌아갔다.

그곳은 이 전투에서 희생된 병사들의 시신을 수습하여 모아 둔 곳이었는데, 그 주위에 있던 병사들이 저마다 비명을 내지르며 뒤로 주춤주춤 물러서고 있는 것이었다.

"으흭!! 저, 저리 가!!"

"사, 살려줘!!"

하기야 죽은 줄 알았던 시체가 꾸물꾸물거리며 몸을 일으키고 있는데 누군들 기겁하지 않을까.

그것도 멀쩡해진 게 아니라, 죽음에 이르게 된 모습 그대로 움직이고 있었다.

"흑마법!!"

"네크로맨서다!! 네크로맨서가 있는 거야!!"

몬스터에게 복부를 꿰뚫려 내장이 밖으로 흘러나온 몸으로 휘청거리며 걷고 있는 모습은 보기만 해도 소름이 돋을 만큼 무서웠다.

성벽 밖의 몬스터 시체는 물론, 성벽 안 사람들의 시체까지 일제히 일어나 살아 있는 사람들을 향해 다가오자 병사들 사이에서 패닉이 일어났다.

"으, 으아악~!!"

"사람 살려!!"

몬스터들 앞에서는 죽음을 각오하면서까지 버티던 이들이 시체 앞에서는 다들 겁쟁이가 된 듯 물러서기 바빴다.

하지만, 모든 이들이 그런 건 아니었다.

"정신 차려!!"

"저놈들은 아까 그 몬스터들에 비하면 별거 아니야!!"

"겁먹을 필요 없어!!"

고참 병사들과 하급 지휘관 격인 기사들이 황급히 큰 목소리로 외치며 병사들을 통제하려고 나섰다.

그러자 그 뒤를 이어 마법사들도 나섰다.

"조심하셔야 합니다!! 저들에게 상처를 입으면 안 됩니다!!"

"저놈들은 불에 약합니다. 불로 태우세요!!"

"횃불! 횃불을 가져와라!!"

"오러 사용자들은 오러를 사용해서 상대하시고, 일반 병사들은 머리를 공격하십시오. 머리를 완전히 부서뜨려야 쓰러집니다!!"

마법사들의 조언에 지휘관들이 그에 맞춰 병사들에게 지시를 내리며 대처해 나가려고 했지만, 안타깝게도 병사들은 패닉에 빠져 제대로 따르지 못했다.

오히려 공포에 젖어 우왕좌왕거리다 좀비들에게 당하는 자들만 점점 늘어났다.

문제는 좀비에 의해 당한 자들은 그들도 곧 좀비가 되어 산 사람들에게 덤벼든다는 것이었다.

그 모습을 본 병사들은 더더욱 공포에 질렸고, 그로 인해 놈들을 막기는커녕 피하기에 급급했다.

심지어는 등을 돌리고 도망가는 이들까지 발생했다.

한 명이 도망을 치자 마치 전염병 퍼지듯 너도나도 도망치기 시작해 결국 겨우 형성해 놓은 방어선까지 우르르~ 무너지고 말았다.

아무리 기사들이나 마법사들이 이리 뛰고 저리 뛰었지만, 그들만으로 사태를 해결하기에는 턱없이 부족했다.

하지만 나는 도망가는 병사를 비난할 수가 없었다.

지금 난 멀찍이 서 있는 덕에 그나마 태연히 있을 수 있었지, 저 병사들처럼 바로 코앞에서 저런 일을 겪게 된다면 나 또한 비명을 지르며 뒤도 안 보고 도망쳤을 거다.

기실, 사방으로 흩어지는 병사들을 보면서도 뭘 어찌해 볼 생각도 못 한 채 멍하니 바라만 보고 있질 않은가.

그런데 그때, 엄마의 음성이 들려왔다.

"무섭냐?"

'무섭냐고? 그 무슨 당연한 소릴!'

죽은 사람이 그대로 일어나 움직이는데 안 무서우면 그게 이상하지 않은가?

내가 입을 열어 말하지는 않았지만, 엄마는 내 표정만 보고도 무슨 말을 하려는 건지 알아챈 듯 재차 물어왔다.

"왜?"

정말 모르겠다는 듯 고개까지 갸웃거리는 모습에 내가 어안이 벙벙할 지경이었다.

"왜라니? 당연한 거잖아? 엄마는 안 무서워?"

내 말에 엄마의 눈꼬리가 슬쩍 찡그려졌다.

"뭐가 당연하다는 거지?"

"죽은 사람이 움직이잖아!"

"죽은 사람이 움직이면 무서워해야 하는 게 당연한 거라고?"

"응."

내가 크게 고개를 끄덕이며 당당하게 말하자 엄마가 다시 물었다.

"왜? 왜 죽은 사람을 무서워해야 하는 거지?"

"그야, 죽은 사람이니까? 죽은 사람은 무섭잖아……."

너무나 당연한 걸 뭘 묻냐는 표정으로 입을 열었는데, 말하다 보니 스스로가 이게 정말 당연한 건가 하는 의문이 드는 거였다.

그동안은 '시신&귀신=공포의 대상'이 절대 불변의 공식이었건만, 엄마의 의아하다는 시선에 밀려서 그런가 한번 의문이 드니 그 관념이 자꾸 흔들렸다.

"아니야?"

그래서 자동적으로 내 의견을 지지해 줄 사람을 찾아 고개를 돌렸더니, 주변에 있던 유모를 비롯한 시녀들이 어색하게 웃으며 시선을 피하는 것이었다.

왠지 나만 따가 된 느낌에 울상을 짓는데, 엄마가 다시 물어왔다.

"그럼, 저놈들도 무섭냐?"

엄마가 가리킨 건 성벽 밖에서 흐느적거리며 움직이고 있는 오크의 시체들이었다.

"으음… 별로 보고 싶지 않은 몰골이긴 하지만, 무서울 것까진……."

거기까지 말하던 나는 한심하다는 표정을 하고 있는 엄마를 보고는 머쓱하게 웃어 보였다.

"아니, 쟤들은 인간이 아니잖아."

"몬스터는 안 무서운데 인간은 무섭다고?"

"그… 그게……."

뭔가 변명을 하고 싶은데, 할 말이 없었다.

그도 그럴 게, 그동안 당연히 무섭다고만 생각했지 왜 무서운지 생각해 본 적은 없었으니 말이다.

'아우~ 전설의 고향을 적당히 봤어야 했는데…….'

하기야, 난 직접 오크를 상대해서 거의 죽기 직전까지도 만들어봤던 몸이었다.

상해를 입힌 건 부지기수였고, 배를 뚫은 적도, 사지를 부러뜨린 적도 많았다.

더욱이 녀석들의 시체도 여러 번 봤던 터라 저런 몰골로 움직인다 해도 도망가고 싶을 정도로 무섭지 않았다.

한데 여전히 성벽 안쪽의 움직이는 시체의 모습에는 두려움을 느끼고 있으니… 내가 생각해도 어처구니가 없었다.

"쓰으읍~ 후아아아~"

깊숙이 숨을 들이마셨다가 길게 내뱉었다.

물론, 단 한 번의 심호흡 가지고 단번에 모든 두려움을 없앨 수는 없었지만, 그래도 몸을 움직일 수는 있었다.

"이번엔 나도 직접 나서겠어!"

"전하!!"

유모가 기겁하며 외쳤지만, 물러서지 않았다.

"지금은 더더욱 사람이 부족하잖아. 이럴 때야말로 나서야지."

게다가 이렇게라도 해야 조금이나마 두려움도 떨칠 수 있지 않겠는가.

그런 생각에 들고 있던 마법 주머니에서 불에 관련된 마법 아이템이랑 스크롤을 골라내려고 하는데, 엄마가 나를 불렀다.

"간만에 마음에 드는구나. 그런데 그 전에."

"응?"

"홉고블린들에게 도와달라고 해."

"으응?"

"홉고블린들은 요정족이라서 이렇게 자연의 순리를 어그러뜨리는 일을 두고 보지 못하거든. 너희에게 큰 힘이 되어줄 거다."

나는 엄마의 말에 입을 떠억 벌렸다.

"홉고블린이 요정족이었어?"

"몰랐니?"

"아… 응……."

그… 요정족이라고 하면 예쁘고 아름답고 아기자기하고, 뭐 이런 걸 먼저 떠올리게 되는 나는 홉고블린이 요정족이라는 사실에 충격을 금치 못했다.

"그것참, 네가 무슨 생각을 하는지는 잘 모르겠다만, 엄청 실례되는 생각을 한다는 건 알겠구나."

"앗, 아니, 뭐… 아핫핫~ 그, 그럼 얼른 성에 갔다 오도록 할게."

브라우니에게는 방금의 생각을 절대 밝히지 말아야겠다고 다짐하며 나는 얼른 허공으로 박차 올랐다.

성벽에서 가장 멀리 떨어져 있는 성에서도 성벽 주변을 휘감고 있는 그 어두운 파장이 느껴졌던 모양이다.

내가 성에 가까이 다가가니 이미 테라스로 나와 있던 홉고블린들이 나를 보자마자 분개한 표정으로 외쳤다.

"어떤 놈이 이런 기운을 퍼뜨리는 거냐!!"

"당장 가자! 이런 놈을 가만 둘 수는 없다!!"

"자연의 순리를 어그러뜨리는 놈이 이곳에 있다니!!"

"설마, 이곳의 인간들이 그러는 건 아니겠지?"

예상외의 열렬한 반응에 나는 속이 뜨끔뜨끔했다.

엄마가 홉고블린들이 힘이 되어줄 거라고 말해주긴 했지만, 솔직히 인간들의 일이라 뭔가 대가를 요구할 거라고 생각했던 것이다.

한데, 대가는커녕 순리가 어긋난 사실에 분노해 적극적으로 나서주니 외려 그런 생각을 하고 있던 내가 미안해졌다.

'이번 일이 잘 해결되면, 이 도시에 있는 사탕이란 사탕은 다 사서 가져다줘야겠어.'

좀비를 상대로 나선 홉고블린들의 활약은 실로 대단했다.

비록, 마법사들처럼 커다란 불덩어리를 폭파시키거나 번개가 내리꽂히게 한 건 아니었지만, 그들이 불러온 바람은 좀비들에게 커다란 악영향을 발휘했다.

홉고블린들이 불러온 바람을 맞은 좀비들은 움직임이 한결 둔해지더니, 마치 호박이라도 된 양 너무 쉽게 무기에 베여 쓰러졌다.

그리고 그렇게 한 번 쓰러진 녀석들은 다시는 일어나지 못했다.

은제 무기나 검기로 목을 쳐야만 쓰러뜨릴 수 있다는 놈들을 일반 무기로 쓰러뜨리게 된 것이었다.

더 놀라운 일은 그렇게 바람과 접촉한 좀비에게 물리는 건 위험하지 않았다.

물론, 다치는 건 똑같았지만 그 상처로 인해 좀비로 변하는 일은 사라졌던 것이다.

"이, 이건 마치 사제가 와서 성력이라도 발휘한 것 같군요."

홉고블린들이 일으킨 활약에 마법사들은 그저 입을 벌리며 감탄에 감탄만 거듭했다.

꼭 아까 내가 그 마법사들의 활약에 감탄한 것처럼 말이다.

그렇게 대단한 홉고블린들의 활약이 알려지자 공포에 떨며 전전긍긍하던 병사들의 태도도 바뀌었다.

좀비가 될 염려가 사라진 덕에 전투에 적극적으로 임할 수 있게 된 것이었다.

'이야~ 이거 사탕만 가지고는 안 되겠는데? 사탕에다 초콜릿을 더해서 갖다 바쳐야겠어.'

나는 속으로 한 번 더 홉고블린들에게 감사하며 검을 휘둘렀다.

쉬익~!

펜싱 검처럼 가느다란 검이 휘둘러질 때마다 날카로운 바람 소리가 흘러나왔다.

그리고 그 날카로운 바람은 좀비 몬스터들의 목을 마치 짚단처럼 숭덩숭덩 잘라 버렸다.

처음에는 정말 각오를 다지고 이를 악물고 나서야 겨우 좀비 몬스터의 목을 날릴 수 있었는데, 이게 손에 전해지는 감각이 달라서 그런지, 아니면 이미 죽었다는 사실 덕분인지 몇 번하고 나니 거부감이 덜해지는 느낌이었다.

그로 인해 나도 전보다 더 적극적으로 전투에 임하고 있었다.

유모가 끝까지 만류했지만, 나도 고집을 꺾지 않고 기어코 전투에 나섰다.

본래는 성벽 안쪽에서 한 손 보탤 생각이었는데, 그곳에는 이미 많은 전력이 투입된 상황이었기에 성벽 밖으로 방향을 틀었다.

'자넷에게 검을 배워두길 정말 잘했지.'

내가 사용하는 건 얼핏 레이피어처럼 보였지만, 그보다 더 가늘고 검막이나 검 손잡이가 따로 없었다.

검만 놓고 보면 그냥 가느다란 회초리처럼 보였는데, 엄청 낭창낭창거리는 녀석이라 처음에 그 검을 배울 때는 매일 피를 봤다.

그만큼 다루기가 어렵고 까다로운 녀석이었던 것이다.

하지만 그렇게 고생고생해서 배운 효과는 확실했다.

샤악~ 샤아악~

마치 춤이라도 추듯 경쾌하게 스텝을 밟아 뒤로 물러나다가

왼발을 축으로 몸을 휘리릭~ 돌리며 팔을 크게 휘두르자 검격 안으로 들어온 몬스터들의 몸이 뎅강뎅강 잘려 나갔다.

그렇게 한창 몬스터들 사이를 휩쓸고 다니는데, 어째 아까부터 계속 시선이 느껴지는 것이었다.

처음에는 내 착각인가 했지만, 계속 뒤통수고 옆통수고 따끔따끔거려서 견디다 못한 내가 고개를 휙 돌리니 료우와 눈이 딱 마주쳤다.

한데 이 녀석, 날 계속 보고 있었던 들켰음에도 움찔하기는 커녕, 눈 하나 깜짝 안 한 채 계속 물끄러미 날 바라보고 있는 거다.

료우 녀석이 너무 당당하니 오히려 내가 뭔가 이상한가 싶어 스스로를 이리저리 살펴보며 물었다.

"왜, 왜 그렇게 봐? 뭐 이상한 거라도 있어?"

한데, 녀석의 대답이 가관이었다.

"아니, 보기 좋아서. 너 검 휘두르는 모습이 예쁘네."

"에엑?"

"예쁘다고. 전에 드레스 입었을 때도 예뻤지만, 지금도 반짝반짝 빛이 나는 것 같다."

"그, 그래? 고, 고마워……."

분명 칭찬이었건만, 상황이 상황이다 보니 그런가… 기분이 좋기보다는 얼떨떨하기만 했다.

아니, 내용이 마음에 안 들어서 그런지도.

'설마… 내가 활짝 웃으면서 검을 휘둘러 댄 건 아니겠지?'

날이 샐 때까지 검을 휘둘러 댄 건 처음이었다.

주변에서 같이 검을 휘두른 다른 이들은 피곤한 기색만 보였는데, 나는 지친 몸을 성벽에 기대 겨우 지탱한 채 가쁜 숨을 몰아쉬었다.

아마, 땅에 몬스터의 사체 조각과 핏물 등등이 없었다면 그냥 맨땅에 드러누워 버렸을지도 모른다.

"이런, 이런, 인간들은 멀쩡한데 조인족이란 녀석 혼자 헉헉대다니… 아무래도 내 교육이 부족했던 것 같군."

전투 내내 모습을 보이지 않으면서 끝나자마자 나타난 란데가 한 말이 저따위였다.

'와~ 누가 들으면 아주 열정적으로 날 가르친 줄 알겠네! 매일 아침 겨우 15~20분 정도 대련하는 걸로 끝이면서.'

하지만 확실히 체력 훈련에 대한 필요성이 좀 더 느껴지긴 한다.

그런데 이때 바이넌 남작이 지휘관 씨와 함께 나를 찾아왔다.

"전하, 어찌 감사를 드려야 할지 모르겠습니다. 전하께서 안 계셨더라면 이번 사태를 쉽게 해결하지 못했을 것입니다."

그리 말하며 바이넌 남작과 지휘관 씨가 깊숙이 허리를 숙이자 나는 당황해서 그들을 일으켰다.

"이럴 것 없어요. 능력이 되니까 도운 것뿐인걸요. 게다가 내가 손해를 보거나 희생한 것도 없는데 이리 감사를 받으니 민망하잖아요."

"하지만 전하 덕분에 상황을 수월하게 해결할 수 있었던 건 사실이지요. 그 사실 하나만으로도 감사를 받으시기 충분합니다. 성벽을 무사히 사수한 덕에 시민들의 피해도 전무할 수 있었습니다."

"솔직히 좀비가 일어났을 때는 막지 못할 줄 알았습니다. 그래서 이번 일에 큰 도움을 주신 두 종족께도 감사를 드리고 싶습니다만."

바이넌 남작의 말에 나는 속으로 나이스를 외쳤다.

바이넌 남작이 두 종족에게 호감을 가지게 된다면 이 샤멧 성에 내 상회의 지점을 내는 데 많은 도움이 될 테니 말이다.

물론, 내가 부탁하면 바이넌 남작은 흔쾌히 편의를 봐주겠지만, 본인에게 호의가 있을 때와 없을 때는 아무래도 차이가 나지 않겠는가.

그걸 계산해서 도와준 건 아니지만 이렇게 된 거 잘 사용해야겠다고 마음먹었다.

'코데로를 데려갈 때는 릴리도 같이 데려가야겠지? 앞으로 코데로 택배를 애용할 테니까.'

신속하고 정확한 코데로 택배~ 많이많이 이용해 주세요~

샤멧 성에서 벌어진 전투는 운 나쁘게 떼로 몰려든 몬스터와의 전투로 발표가 되었고, 흑마법사에 대한 건 철저하게 함구령이 내려졌다.

흑마법사 출현을 밝힌 후 생길 파장이 너무 컸기에 함부로 발표하기 어렵다는 게 이유였다.

흑마법사는 아무래도 세계의 공적으로 지목되어 있는 데다 거기에서 파생된 극단적인 헛소문이 많다 보니 자칫 시민들이 과한 공포감으로 인한 패닉에 빠져 허우적댈 수도 있는 일이라 신중해야 한다고 남작이 설명해 줬다.

그것 말고도 정치적인 이유도 있었지만, 그 이야기의 대부분은 한 귀로 듣고 한 귀로 흘렸다.

아무래도 정치에 대한 건 아빠가 알아서 할 일이지 내가 어떻게 해줄 수 있는 건 아니었으니까.

단 한 가지 알아들은 건 이 일이 알려지게 되면 아빠가 안으로는 귀족파와, 밖으로는 신전 세력과의 알력 싸움에서 밀리게 될지도 모른다는 것.

그 말에 나는 얼른 남작의 뜻에 찬성해 줬다.

흑마법사가 정말 위험한 존재라면 그런 것을 각오하고서라도 밝혀야 하는 것이 아닌가 하는 생각이 잠시 들기도 했지만, 아빠가 알아서 잘할 거라고 믿고 넘겨 버렸다.

이미 뛰어난 실력자들로 추적대가 형성되어 흑마법사를 쫓고 있다니 말이다.

만약 좀비들이 시내로 들어가서 활개를 쳤다면 흑마법사에 대한 이야기를 막는 건 불가능했겠지만, 다행히 성벽 근처에서 놈들을 모두 처리할 수 있었기에 비밀로 하는 게 가능했다.

그 때문에 바이넌 남작과 지휘관 씨가 홉고블린들에게 크게 고마워했던 것이다.

흑마법사에 대해 함구령이 내려진 덕에 홉고블린들의 활약 또한 드러낼 수가 없었지만, 홉고블린들이 개의치 않아 하자 바이넌 남작은 그 마음 씀씀이에 한 번 더 감격해 내가 사주려고 했던 간식거리는 물론, 다른 지방의 유명한 간식거리들까지 구해 와서 홉고블린들에게 전해주기까지 했다.

뭐, 홉고블린들도 인간 세상의 명예나 공로보다는 맛있는 간식거리들을 더 좋아했기에 이 일로 홉고블린들 사이에서는 바이넌 남작에 대한 호감이 생겨 버린 모양이었다.

"제법 마음에 드는 인간이야."

"그러게. 우리 마을에 한번 초대할까?"

"그거 좋지. 선물도 많이 가지고 오라고 해서."

바이넌 남작이 아니라 그가 전해준 선물에 대한 호감이었나?

홉고블린들과는 반대로 조인족들의 활약은 대대적으로 소개가 되었다.

아무래도 밤하늘을 날아다니던 모습을 본 사람들이 많았던지 공식적인 발표가 나기도 전에 소문이 먼저 돌아서 숨기는 건 불가능했다.

하지만 모든 걸 다 밝히는 대신 '성주와 친분이 있는 조인족들이 놀러 왔다가 우연히 몬스터의 습격을 보고 도와줬다!' 라고 발표가 되었다.

즉, 나에 대한 것도 쏙 빼버린 것이었다.

뭐, 나도 명예욕이니 공훈이니 하는 건 그다지 필요성을 느끼지 못했기에 흔쾌히 허락해 줬다.

그렇게 모든 일이 잘 해결되는 듯했는데 엉뚱한 곳에서 문제가 생겼다.

전투에 대한 뒤처리가 얼추 마무리되어 조금 여유가 생기자 바이넌 남작은 크게 도움을 받은 조인족과 홉고블린들에게 조금이라도 답례를 하고자 그들을 초청해 큰 만찬을 열었다.

당연히 그 자리에는 나와 내 일행들도 함께했다.

조인족과 홉고블린들이 먹는 걸 엄청 좋아한다는 내 조언을 받아들여 남작은 정말 말 그대로 상다리가 휘어질 정도로 음식을 차려 대접을 했고, 그 대접을 받은 조인족과 홉고블린들은 무척이나 흡족해했다.

거기까지는 참 좋았는데… 그렇게 분위기가 화기애애해지며 이것저것 대화를 하다 보니 내가 홉고블린들과 앞으로 쭈욱~ 교류할 거라는 이야기까지 나오게 되었다.

그러자 그 이야기를 들은 바이넌 남작이 무릎을 탁 치며 자신이 도와주겠다고 나선 것이었다.

홉고블린들에게는 뒤로 그 답례를 할 수 있는 것에 반해, 나에게는 공훈을 숨긴 걸로 그냥 땡~ 한 것이 되게 마음에 걸렸던 모양이다.

아무래도 황녀인 나에게 남작인, 그것도 아빠 대리 영주인 그가 뭔가 답례를 하기는 어려웠으리라.

그래서 제 딴에는 나에게 보답을 하고자 나선 것이겠지만, 이미 아빠의 수하들에게 데인 전적이 있던 나는 반갑지가 않았다.

언제든 도와줄 마음만 가지고 있어 주는 걸로 족하지, 내 상회 일에 적극 개입하는 건 사양이었다.

내가 원하는 건 가끔씩 우리 상회에 약간의 편의를 봐주는 정도였으니까.

그랬기에 정중히 사양을 하려고 했는데, 아뿔싸… 사이먼 녀석이 냉큼 '그것참 좋은 생각이시군요~' 하고 나선 것이었다.

게다가 그 뒤를 이어 유모도 바이넌 남작님의 식견이 어찌구저쩌구~ 하며 뒤를 받쳐주니 남작이 기꺼운 표정으로 '이렇게 된 거 저도 상회에 출자를 하겠습니다!' 라고 해버렸다.

내가 '어어~' 하는 사이에 말이다.

조인족은 아무래도 좋았고, 홉고블린들이야 이미 남작에게받은 선물에 반쯤 혹한 상황이라 어느 누구도 내 편을 들어주지 않았다.

그나마 릴리가 내 기분을 알아챈 듯했지만, 신분으로 보나시녀 경력으로 보나 나설 입장이 못 되었기에 안절부절못할뿐이었다.

내가 끼어들 틈을 찾지 못하고 멈칫거리는 사이에 일은 순식간에 진행되어 나와 홉고블린과의 거래는 아예 바이넌 대리영주와 홉고블린과의 거래로 변경되었다.

그것도 바이넌 남작의 개인적인 거래가 아니라 샤벳 영지의이름을 걸고 하는 거래로 말이다.

성내에 내려고 한 지점은 영주 성안에 사무실이 차려지게되었고, 코데로에게 맡기려고 했던 배달 업무는 홉고블린들이조인족과 함께 영주성을 방문하여 직접 거래하는 방식으로 바뀌게 되었다.

홉고블린들도 직접 성내의 시장에 나가서 인간들이 파는 물건들을 구경하고 구입까지 할 수 있다는 소리에 혹한 모양이었다.

그럼 내가 가지고 오는 먹거리를 기다릴 필요 없이 직접 가서 자신들이 좋아하는 걸 골라서 사 오면 되니 말이다.

게다가 바이넌 남작이 거래가 지속되는 한 앞으로도 계속 다른 지방의 명물 간식거리를 구해 와서 전해주겠다고 약속까지 하자 그 즉시 '콜!'을 외친 것이었다.

'먹거리에 넘어가다니~!!'

나 또한 지금까지 그렇게 유혹했으면서 왠지 그 순간만은 엄청나게 배신감이 느껴졌다.

하지만 홉고블린들보다는 사이먼과 유모에게 느낀 배신감이 더 컸다.

'아니, 아니, 사이먼 녀석이야 원래 그렇다 치고 유모는 너무하잖아!! 내가 이 일을 어떻게 생각했는지 알면서~!! 설마 내가 상회를 해보려는 걸 가볍게 여긴 건 아니겠지? 아니면, 저번에 호위기사들과 상회 사람들을 자르는 것을 미리 말해주지 않은 것에 대한 원망?'

정말 별의별 생각이 다 들었다.

그래서 오랜만의 즐거운 만찬을 끝까지 제대로 즐기지도 못하고 나는 만찬이 파할 기미를 보이자마자 양해를 구하고 자리를 빠져나왔다.

한데, 내가 딱 내 숙소에 들어가 유모를 홱~! 돌아보자, 세상에나… 유모가 내 앞에서 무릎을 꿇고 고개를 땅에 처박고 있는 거였다.

"이! 이! 너무 치사하잖아!! 일은 다 벌여놓고 이렇게 나오면 내가 아무 말 못 할 줄 아는 거지!!"

내가 이 세상에 태어난 그 순간부터 나를 돌봐온 사람이었다.

특히나, 전생에서 엄마의 사랑을 느껴보지 못했던 나는 유모의 지극정성에 반쯤은 흐물흐물거리고 있었다.

그런 이가 눈앞에서 무릎을 꿇고 있으니… 정말 보기가 싫었다.

"당장 못 일어나?"

배신감을 따지는 건 유모가 일어나서 해도 될 일이었기에 일단 일으키려고 했지만, 유모는 꼼짝도 안 했다.

뒤에서 같이 무릎 꿇고 있던 사이먼 녀석은 금세 일어났는데 말이다.

"사이먼, 유모 좀 일으켜 봐."

다짜고짜 사이먼의 이름을 부르며 반말로 명을 하자 사이먼이 눈을 동그랗게 떴다.

"허, 갑자기 막나가시기로 하신 겁니까?"

"댁은 내 성질을 더 돋우기로 한 거고?"

열받아서 눈에 뵈는 게 없었던 나는 사이먼의 말대로 막나가고 있었다.

그러자 사이먼이 과장되게 '어맛~ 뜨거라!' 하는 표정으로 얼른 유모의 팔을 잡아 일으켰다.

"전하께서 일어나라고 하시잖아. 명을 어길 셈이야, 조케스터 경?"

유모가 사이먼의 손길을 뿌리치려고 했지만, 사이먼의 힘이 강했던 모양이다.

결국 반강제로 자리에서 일어났지만, 차마 시선을 마주치지 못하고 고개를 푹 숙이고 있었다.

"죄송합니다."

"그래그래, 죄송하겠지. 솔직히 말해봐, 아빠가 시킨 거야?"

몬스터와의 전투가 끝나고 나는 북궁으로 돌아가야 했지만, 바이넌 남작이 조인족과 홉고블린들을 초청해서 대접하고 싶으니 그때 중간 다리 역할을 해달라고 간곡히 부탁하는 바람에 며칠이 지난 지금까지 성에 남아 있었다.

그사이 아빠와 마법으로 영상통화를 하면서 호위기사와 상회 사람들을 해고한 건을 이야기했기에 그들은 수도로 돌아갔다.

뭐어, 이번 전투에 한 힘 보태준 것까지도 다 이야기했으니 아빠가 심하게 처벌하지는 않을 거라 생각한다.

한데 호위기사들은 전원 교체해 준다고 해놓고는 이상하게 사이먼만은 남겨놓은 것이다.

그도 거의 주동자급인데 말이다.

돌아오면 아빠가 혼내주겠다고만 하는 거 보니 사이먼만은 끝까지 교체하지 않을 건가 보다.

그래서 저 인간을 어떻게 하면 떼어놓을 수 있을까… 고민 중이었는데…….

"잠깐. 이번 일 혹시 사이먼이 계획한 거야?"

그럼 얼마든지 납득이 되었다.

저 인간은 내 감정이나 계획 등이 어떻든 전~혀 상관없이 제 임무만 완수하면 된다고 생각하니까.

"전 억울합니다, 전하."

전혀 억울하지 않은 표정으로 어깨를 으쓱이며 대꾸하는 그는 무시한 채 유모만 바라보고 있자 유모가 다시 무릎을 꿇었다.

"유모!!"

그에 정말 화가 나서 고함을 쳤지만, 유모는 그 상태 그대로 말을 꺼냈을 뿐이었다.

"이번 일은 제가 계획한 거였습니다. 펄시워 경은 제 뜻에 따라준 것뿐입니다. 전하의 뜻을 거스른 죄 목숨으로 갚아도 부족할 터, 어떤 처벌이라도 달게 받겠습니다."

"이익~!!"

지금 처벌이 문제냐고 고함을 지르려던 나는 나를 빤~ 히 보고 있는 사이먼의 시선에 멈칫했다.

녀석이 완전 '구경꾼' 모드로 흥미진진하다는 눈빛까지 보내고 있었던 것이다.

"이야~ 전하께 이런 모습이 있을 줄이야~"

"댁은 닥쳐!"

"넵이, 넵이~"

하지만 그 능글맞은 사이먼 덕분에 난 내가 엄청 흥분해서 이성을 잃을 정도였다는 걸 깨달았다.

'진정하자, 진정… 이럴 때일수록 침착하게… 는 개뿔!!'

"자꾸 그렇게 딴소리만 할 거야?? 내가 오늘 폭주 한번 해 볼까? 어?"

이번에 바이넌 남작이나 홉고블린들은 좋을지 몰라도 나에게는 하나도 좋을 게 없었다.

남작이야 은혜를 갚으면서 홉고블린과의 거래에서 이익도 얻고, 나를 도와준다는 명분까지 얻게 되었으니 이보다 더 좋을 수는 없을 테고, 홉고블린도 사람들의 시장이라는 걸 경험해 볼 수 있을 테니 전보다 더 좋을 거였다.

단지 나만 안 좋았다.

온전히 내 힘으로 해보려던 상회 일이 남작과의 협력 상회로 바뀌게 되었으니, 내 영향력이 확 줄어들게 되었지 않은가.

트레이슨을 곁에 두고 있을 때보다는 나아졌을지 모르겠지만, 그래봤자 시간이 흐르면 멀리 황궁에 있는 나보다 바로 옆에 있는 남작의 영향력이 더 커질 터.

그럼 내 맘대로 상회를 운영하는 건 점점 어려워질 거다.

생각할수록 배신감만 더 커지는 느낌이라 여차하면 확 뒤집어 엎어버리겠다는 생각까지 하며 외치자 유모가 황급히 입을 열었다.

"…여긴 위험하니 전하께서 이곳을 자주 방문하시게 할 수는 없었습니다."

"하아?"

황당하다는 내 표정에도 아랑곳 않고 유모의 말은 계속 이어졌다.

"전하께서도 아시지 않습니까? 지난번 전투는 분명 흑마법사의 소행이었습니다. 하지만 저희는 끝까지 그 흑마법사를 찾아내지 못했지요."

나는 몰랐는데, 아라르 요새에서 온 지원군 중에는 마법사도 있었다고 한다.

그러나 그들은 이곳에 오자마자 곧바로 흑마법사를 추적해 나갔기에 성벽에 모습을 보이지 않았던 거라고 했다.

한데 이 흑마법사가 그 추적을 눈치채고 먼저 몸을 피하는 바람에 잡기는커녕 누구인지, 몇 명인지도 알아내지 못했단다.

단지, 엄청난 수의 몬스터를 끌고 온 것과, 시체를 일으키는 흑마법을 광범위한 범위에서 일으킨 것으로 보아 최소한 4서클 이상의 흑마법사가 서너 명은 있지 않았을까 하고 추론하고 있는 중이었다.

더 놀라운 것은 전투가 일어났던 성벽 주변 곳곳에 흑마법 아이템이 숨겨져 있었다는 것이었다.

흑마법의 힘을 증폭시키는 종류였다고 하는데, 이걸 보면 흑마법사들은 진즉부터 이 성을 노리고 준비하고 있었다는 이야기가 된다.

그 이유는 아직 모르지만 말이다.

"또한 그 전투 당시 그들은 전하를 노렸습니다."

"아니, 그……."

"물론 그들이 정확히 전하를 노린 건지, 아니면 단순히 지휘관과 마법사를 노렸는데 전하가 휩쓸린 건지 확실하지는 않습니다만, 전하를 노린 게 아니었다고 단언할 수도 없는 일 아닙니까?"

"너무 억측 아니야? 내가 온 당일에 공격하려고 그렇게 많은 준비를 했겠어? 내가 여기 올 줄 어떻게 알고?"

물론, 홉고블린들과의 거래가 끝난 이후 이 성으로 돌아와 만찬을 벌일 계획이긴 했지만, 그 만찬에 나와 조인족, 홉고블린들이 참석한다는 건 오로지 바이넌 남작만이 아는 사실이었다.

되도록 다른 이들에게 민폐를 끼치지 않기 위하여 방문할 때도 정문이 아닌 창문을 통해 들어오기로 했으니 말이다.

하지만 유모는 물러서지 않았다.

"처음에는 성을 공격하기 위해 왔을지도 모릅니다. 하지만 이곳에 와서 전하의 모습을 보고 계획을 바꿨을 수도 있지 않습니까?"

"나 원……."

그쯤 되자 머리끝까지 치솟았던 화가 차츰차츰 가라앉고, 대신 허탈한 한숨이 흘러나왔다.

"하지만 전하께 아무리 위험하다 말씀드려도 이 성에 상회 지점을 내고 거래를 하실 계획을 계속 추진하실 테지요?"

그래서 내가 크게 화를 낼 거란 걸 뻔히 알고 처벌을 받는 것까지 감수하면서 이렇게 나왔다는 표정에 나는 할 말을 잃어버렸다.

"아, 진짜……."

배신감은 사라졌지만, 대신 허망함과 서운함이 가득 들어차 버렸다.

그래, 뭐… 내 안전에 대해서는 마치 불도저처럼 절대 물러섬 없이 강경하게 밀고 나가는 유모였으니 이번에도 강수를 쓴 거라고 여길 수 있었으면 좋았겠지만, 이번에는 방법이 틀렸다.

큰일이 아니라서 별거 아닌 거 같지만, 그렇지 않았다.

황족이 결정하여 명을 내렸고, 이미 진행하고 있는 일을 수하가 황족에게 보고도 하지 않고 가운데서 자기 임의대로 틀어버리는 건 황족 모독죄로 몰아갈 수도 있는 일이었다.

게다가 이건 황족이 아니라 해도 어떤 조직에서도 용납하기 힘든 일일 터였다.

윗사람의 지시를 보고도 없이 자기 멋대로 바꿔 버린다면 그걸 본 윗사람은 어떤 마음이 들까?

사소한 일이었다 해도 그 일로 인해 윗사람은 그 수하에 대해 '멋대로 하는 사람'이라는 인상을 가지게 될지도 모른다.

그럼, 멋대로 하는 사람에게 좀 더 중요한 일을 믿고 맡길 수가 있겠는가?

내가 지금 딱 그 짝이었다.

상회의 일이야 내가 신경을 많이 썼다 해도 내 미래와 목숨까지 바쳐가며 할 건 아니었으니 한번 화를 내고 나면 풀릴 수 있겠지만, 이로 인해 유모에 대한 내 마음에는 쩍~ 하고 금이 가버렸다.

'꼭 이렇게 해야만 했어? 다른 방법은 없었던 거야?'

내가 속으로 심란해하는 와중에도 유모의 말은 계속 이어졌다.

"죄송합니다, 전하. 아마 이번 일로 저는 북궁으로 돌아가면 더 이상 전하 곁에 있을 수 없게 될 터, 앞으로는 자넷이 곁에서 모시게 될 겁니다."

"하……."

이어지는 유모의 말에는 짜증까지 났다.

내가 모르는 사이에 처벌받을 것까지 생각해 후임을 선발해서 인수인계까지 하는 등, 저 혼자서 뒷정리까지 다 끝냈다는 소리가 아닌가.

하기야, 유모는 나를 키워오면서 나에게 황족의 명예에 대해 거의 세뇌를 시키다시피 교육을 시켜온 장본인이었다.

남들이 내 명을 가볍게 생각하게 만들어서는 안 되며, 잘못된 것이라 해도 일단 지시가 떨어졌으면 사용인들이 무조건 명을 이행하게 만들어야 된다고 가르쳐 놓고는 본인이 그 가르침에 어긋난 일을 저질러 버렸으니, 내가 옆에 있으라고 해도 스스로가 용납하기 어려울 거다.

'그러기에 왜 그랬어!!'

난 유모가 언제까지고 내 곁에 있어줄 거라고 생각했건만, 유모는 이런 일만 있으면 언제든 간단히 내 곁을 떠날 수 있었던 모양이다.

그런 것도 모르고 화가 나서 방방 뛰었던 내 자신이 너무 바보같이 느껴졌다.

"내가 뭐라고 말할 필요도 없었던 거네, 안 그래? 그렇게 혼자 다 알아서 하고 떠날 준비까지 끝낸 사람한테! 설명도 나중에 자넷한테 들으면 될 걸. 알았어, 유모 맘대로 해. 나가려면 나가고 혼자 나가서 잘 먹고 잘 살아라!"

그러게 다다다 쏘아붙인 나는 그대로 몸을 돌려 문을 있는 힘껏 쾅!! 닫고 나와 버렸다.

"아, 짜증 나아아~~!!"

"뭔 짓이야? 너 미쳤냐?"

나오자마자 발을 쾅쾅 구르며 힘껏 외쳤더니 근처에 지나가던 사람들의 황당하다는 시선이 쏠렸다.

물론 이렇게 대놓고 미쳤냐고 물을 만한 존재는 얼마 없었지만.

"브라우니이~~"

왠지 이 순간 그가 너무 반가웠던 터라 내가 두 팔 벌리며 다가가자 브라우니가 질색하며 뒤로 물러났다.

"저리 떨어져라. 지금도 충분히 이상한 녀석인데, 거기다 더해 미치기까지 하면 뭔 짓을 할지 어찌 아냐?"

"너무하십니다아~ 그동안 제가 홉고블린들에게 바친 정성이 얼마인데. 제가 아니었으면 이런 데 와서 인간들의 만찬을 즐길 수나 있었겠어요?"

"그래서 얼마 전에 네가 상회를 해산시키는 것도 도와줬잖아. 지금도 기껏 인간들 시장에 같이 가자고 왔건만… 제정신이 아니면 그냥 두고 간다?"

"어? 그게 무슨 소리예요?"

"여기 인간 영주가 지금 시장 구경해 보지 않겠냐고 해서 가보려고. 불편하지 않게 안내할 인간들도 붙여준다고 하더라고. 그래서 딴 조인족들은 내버려 두고 우리끼리 가려고 했는데 네 생각이 나서. 같이 갈래?"

브라우니의 말에 나는 감격에 찬 시선으로 그를 바라봤다.

'그래, 역시 홉고블린은 의리가 있는 종족이었어~'

시장으로 나오니 언제 몬스터의 습격이 있었냐는 듯 활기가 감돌고 있었다.

하기야, 습격이 있었다 해도 민간인의 피해가 나오기는커녕 성의 수비대가 거뜬히 방어해 물리쳤다고 알려졌으니 그들이 공포에 떨며 움츠리고 있을 이유는 없었다.

'과연, 흑마법사에 대한 이야기는 함구하는 게 옳았던 것

같네.'

사람들은 기사들과 병사들의 호위를 받으며 시장을 나온 홉고블린들을 힐끔힐끔 바라봤지만, 그들이 망토에 달린 후드를 푹 눌러써서 얼굴을 가리고 있는 탓에 어디 귀족 자제들이 단체로 서민들 시장을 구경 나온 것으로 생각한 모양인지 감히 다가오려 하지 않았다.

솔직히, 일부러 그렇게 보이게끔 차려입힌 거긴 했다.

홉고블린들이 입고 있는 망토는 척 보기에도 고급이라는 걸 잘 알 수 있을 만큼 윤기가 자르르~ 흐르고 형형한 색감에 화려한 자수까지 놓여 있었다.

거기다 감촉도 좋고 얇고 가벼워서 처음에는 망토를 입는 것에 난색을 표하던 홉고블린들이 한번 입어보더니 슬쩍 나에게 다가와 이거 가지면 안 되냐고까지 묻는 것이었다.

아무래도 이거 구하느라 바이넌 남작이 꽤나 무리했을 거 같다.

그 덕에 귀족이라고 철석같이 믿은 사람들이 알아서 길을 비켜줘 우리는 복잡한 시장을 편하게 돌아다닐 수 있었지만, 홉고블린들은 그래도 복잡한 모양이었다.

"우와, 인간들이 바글바글해."

"정말 복잡하군. 인간들은 어떻게 이런 데서 사는 거냐?"

홉고블린들이 후드가 달린 망토를 둘러 외모를 가린 데 반해, 나는 간단하게 마법 아이템을 사용해 외모를 바꿨다.

머리와 눈색은 평범한 갈색으로, 그리고 날개는 인식 장애 마법을 걸었다.

인식 장애 마법이란 간단한 정신계 마법으로, 이 마법에 걸리면 눈앞에 있어도 사람들이 인식을 못 한다고 들었다.

그러니 내가 날개를 드러낸 채 시장 안을 돌아다녀도 사람들은 내 날개를 못 본다는 것이다.

덕분에 편하게 돌아다닐 수 있었다.

"오옷 이거 봐, 이거 봐. 이게 뭐냐?"

"우와~ 이게 다 과일이란 것이냐?"

나도 이 세계에 태어나서 시장에 와본 건 처음이었기에 홉고블린들과 다를 바 없이 여기저기 구경하느라 바빴다.

안내를 맡은 사람이 처음 데리고 간 곳은 과일 상회였는데, 이곳에서 가장 큰 상회답게 팔고 있는 과일의 종류가 제법 많았다.

여러 가지 견과류에 말린 과일, 채소의 모습에 홉고블린들은 신이 나서 달려들었다.

상회 주인이 직접 나와서 모든 품목을 시식까지 시켜주는 등 완전 VVIP 대접을 해줬기에 홉고블린들은 마냥 즐거워했다.

나도 꽤나 재미있었다.

말린 과일은 나도 제법 즐기는 간식이라 웬만한 건 다 먹어봤다고 생각했는데 여기에는 내가 본 적 없는 것들도 판매되고 있어서 나를 놀라게 했다.

'우와… 방울토마토랑 참외도 말려서 먹어? 와와, 잠깐만… 이거 깍지콩 아냐? 거기다… 에엥? 이건?'

굵게 채 썰어 말린 당근의 모습에 나는 하나를 집어 들고 자연스럽게 뒤를 돌아봤다.

"우와~ 이것 좀 봐요……."

하지만 거기에는 항상 자리하고 있던 유모 대신 자넷이 어색한 표정으로 서 있었다.

"당근 말린 거 처음 보세요?"

"아, 응……."

"제법 먹을 만해요. 한번 드셔보세요."

괜히 명랑한 어조로 권하는 자넷의 말에 하나를 입에 집어넣었지만, 뭔 맛인지도 모르겠다.

"그게 별로이시면 이걸 드셔보실래요? 제 개인적인 의견으로는 이게 더 맛있는데……."

자넷이 재차 말린 아스파라거스를 건네자 난 반사적으로 받아 들고 내려다봤다.

'유모라면 아무거나 먹지 말라고 한마디 했을 텐데…….'

유모에 대한 건 잠시 잊고, 쌓인 감정도 다 풀어내려고 브라우니의 뒤를 따라 나온 거였는데, 뜻밖의 일로 다시 유모를 떠올리게 될 줄은 몰랐다.

'그러고 보니, 언제나 뒤를 돌아보면 항상 그 자리에 있었더랬지…….'

앞으로 어찌해야 할지 모르겠다.

유모가 옆에서 사라지는 건 싫다.

솔직히 엄마한테는 정말, 저엉~ 말 미안하지만, 무슨 일이 발생하면 엄마보다도 유모가 먼저 떠올랐다.

그런 사람과 다시 함께할 수 없다는 걸 생각만 해도 이렇게 우울해지는데 어떻게 보낸단 말인가.

하지만 유모를 옆에 계속 남아 있게 한다고 해도, 전과 같은 감정으로 대하지 않는다면 그건 유모나 나한테도 다 상처가 될 터.

"후우, 짜증 나네……."

나도 모르게 답답한 속마음이 흘러나오는 그 순간.

"먹기 싫으면 먹지 마라. 그런 걸 뭘 고민하고 그러냐?"

옆에서 불쑥 튀어나온 손이 내 손에 들린 말린 아스파라거스를 냉큼 가져갔다.

아스파라거스를 가져가는 손을 따라 고개를 돌리니 거기에는 료우가 서 있는 것이었다.

"네가 먹기 싫으면 내가 먹어줄게."

그러면서 아스파라거스를 입에 쏙 넣은 료우는 인상을 슬쩍 찌푸렸다.

"어쩐지 안 먹더라니… 별로 맛이 없네."

"풋……."

평소 무뚝뚝한 녀석이 마치 어린애처럼 인상을 찡그리며 투덜거리자 나도 모르게 웃음이 새어 나왔다.

"하하, 뭐냐 그게? 너 솔직히 말해봐. 야채 별로 안 좋아하지?"

"있으면 먹긴 하지만 일부러 찾아 먹지는 않는다. 식사는 역시 고기가 최고지."

그러면서 아까 내가 먼저 먹었던 당근도 입에 넣는 료우였다.

"아… 이것도 맛없구나. 이걸 무슨 맛으로 먹는 거지?"

옆에 상회 직원이 샐쭉한 눈으로 보고 있다는 것도 모르는지 투덜거리는 료우의 모습에 나는 그만 웃어버렸다.

"아하하~ 그치? 나도 별로긴 했어."

"그럼 우린 딴 데 가자. 뭐하러 여기 있냐? 맛있는 것도 없는데."

"어? 어어……?"

료우가 슬쩍 내 팔을 잡아채 상회 건물 밖으로 나온 건 순식간이었다.

한데 뒤에서 자넷이 급히 따라오자 갑자기 료우는 나를 덥석 공주님 안기로 안아 들더니 냅다 뛰기 시작했다.

"저, 저기!! 이게 무슨……."

자넷도 꽤 뛰어난 실력자라 곧 따라붙는 것 같았지만, 골목으로 들어가서 돌고, 담 위로 올라가 달리다 남의 집 뒤뜰에 뛰어내려 뒷문으로 나오고, 담장을 넘는 료우의 따돌림은 쫓아오기 힘들었던 모양이다.

결국 어느 순간 자넷의 모습이 더 이상 보이지 않자 그제야 료우는 달리는 속도를 줄였다.

"그 두 녀석도 상당하지만 저 여자도 대단하군. 네 옆에 붙어 있는 사람들 중에 평범한 사람은 없구나."

"그런 자넷을 따돌려 놓고서는 말은 잘한다. 이제 내려줘."

자넷에게 미안했지만, 처음 해보는 일탈 행동이 재미있었던지라 잠자코 있었던 내가 말하자 료우는 순순히 걸음을 멈추고 날 내려줬다.

만약 제이와 케이도 있었다면 턱도 없는 일이었을지도 모르지만, 유모의 일로 마음이 크게 상한 내가 주변에 따라붙는 이들을 모두 물리치고 나오는 바람에 그 둘은 성에 남아 있었다.

아무도 안 데리고 가면 사이먼을 붙인다고 해서 자넷만 데려온 거였는데, 왠지 이러려고 선택한 모양새가 되어버렸다.

'돌아가면 사과해야지.'

홉고블린들이야 남작이 붙여준 사람들은 물론, 릴리도 함께 붙여놨으니 구경 잘하다 알아서 성으로 돌아갈 터였다.

"근데 갑자기 뭔 짓이냐? 깜짝 놀랐잖아."

"너답지 않아 보여서."

"엥?"

"이쪽이야."

"어어?"

처음부터 목적지를 정해놨었는지 료우는 지체 없이 나를 다시 잡아끌었다.

너무 당당한 태도에 뭔가 특별한 곳에라도 데려가는 건가 기대를 했건만, 황당하게도 료우가 날 데리고 간 곳은 바로 영주의 성이었다.

"여기로 돌아올 거였으면 자넷은 뭐하러 따돌려? 그냥 돌아가겠다고 하면 되지."

"여기로 돌아온다는 걸 알면 득달같이 따라붙을 녀석들이 있잖아. 그건 귀찮으니까……."

"에?"

"너랑만 가려고."

왠지 심쿵할 만한 대사였지만, 료우의 표정이 절친을 독차지하고 싶어 하는 꼬맹이 같은 표정이었던 터라 나는 심쿵하는 대신 푸핫~ 하고 웃음을 터뜨렸다.

"그랬냐? 그래그래. 그래서 어디를 가려고?"

"따라와 보면 알아."

그러면서 료우가 안내한 곳은 영주 성의 탑 꼭대기였다.

벌써 한 번은 와봤었는지 료우의 발걸음에는 거침이 없었다.

그 탑은 성의 기를 달았다가 내릴 때만 사용하는 곳이라 올라가는 통로는 한 사람만 겨우 통과할 수 있을 만큼 굉장히 비좁고 계단이 끝도 없이 이어져 있어 두 번 다시 오고 싶지 않을 곳이었지만, 그곳을 통과해 밖으로 나오자 보이는 광경은 방금 전의 불만을 단번에 날려줄 만했다.

"호오~ 용케 이런 곳을 찾았네?"

영주 성은 도시가 내려다보이는 높은 지대에 위치해 있었는데, 그 성에서도 가장 높은 곳에 올라오니 마치 하늘 높이 떠올랐을 때처럼 사방이 훤히 내려다보였다.

그렇게 시야가 확 트이니 왠지 기분까지 상쾌해지는 느낌이었다.

"이야~ 전망 좋은데?"

운 좋게도 날씨마저 화창했기에 저~ 멀리 구름을 머리에 이고 있는 모클러 산맥까지 보였다.

내 옆에 서서 같은 쪽을 바라보던 료우는 중얼거리는 목소리로 말을 꺼냈다.

"답답한 게 좀 풀리지?"

"엣? 그렇게 티가 났어?"

"뭐야, 그게 티를 안 내려고 애쓴 거였냐? 얼굴에 다 드러나던데?"

"아니 뭐… 숨기려고 애썼다기보다는 잠시 잊으려고 애를 썼지. 기분도 풀 겸. 아~ 근데 확실히 여기 오니 아까보다는 기분이 좀 풀리는 것 같긴 하다."

아무래도 료우의 돌발 행동 덕에 더 그랬던 것 같기는 하지만 말이다.

나는 온몸을 감싸오는 상쾌한 바람에 두 팔을 벌리고 길게 호흡을 들이마셨다 내뱉었다.

"근데 용케 이런 델 알고 있었네?"

"아아, 예전에 날 길러준 사람 집에서 살았을 때… 가끔 어떻게 할 수 없이 답답할 때가 있었거든. 그럴 때 이렇게 높은 곳에 올라와 먼 곳을 바라보고 있다 보면 어느새 풀리더라고. 밤에는 별도 잘 보여서 좋더라."

료우는 가끔 '길러준 사람'이라는 단어를 사용하곤 했는데, 그게 부모님이 안 계시다는 뜻인지 헷갈렸다.

'설마, 부모님을 그렇게 부르는 건 아닐 테고, 부모님이 돌아가셔서 대신 애를 길러준 사람이라는 뜻인가?'

물어보고 싶었지만, 왠지 남의 상처를 들쑤시는 것 같아 차마 물어보기가 어려웠다.

아무래도 나름 파란만장한 어린 시절을 보낸 것 같은 눈치라 입이 떨어지질 않았던 것이다.

그렇다고 친구 뒷조사를 하기도 뭣하고.

'어렵네. 역시 나중에 천천히 기회를 봐서 물어보는 게 낫겠지?'

속으로 그런 생각을 하며 슬쩍 료우의 눈치를 살피는데, 하필이면 그때 녀석이 휙~ 하고 내 쪽으로 시선을 돌리는 바람에 나도 모르게 깜짝 놀라고 말았다.

"그래서 뭐가 문제인데?"

"에? 문제?"

"그래. 뭣 때문에 그렇게 가라앉아 있냐고."

"아아, 그 문제⋯⋯."

나름 아무렇지도 않은 척 웃어 보였는데, 아무래도 2% 부족했는지 외려 료우가 이상하게 바라보는 바람에 얼른 헛기침을 하며 슬쩍 시선을 피했다.

"그게 뭐냐면⋯ 내가 정말 신뢰하고 좋아하는 사람이 있는데, 나를 위한답시고 내 일을 자기 맘대로 바꿔 버렸지 뭐야. 나한테 아무 말도 없이. 그래놓고는 이제 와서 죄를 청한답시고 날 떠나겠다잖아. 얼마나 어처구니가 없던지⋯⋯."

"흐음, 좋아하는 사람이라⋯ 그 사람이 떠나는 게 그렇게 싫어?"

"당연히 싫지. 그동안 항상 곁에 있어줬고, 의지도 되는 사람이니까."

"그럼 가지 말라고 해."

"근데, 가지 말라고 하고 옆에 붙들어 둬봤자 예전과 같은 마음으로 대할 수 없을 것 같거든. 그럼 그 사람이나 나나 불편할 거 아니냐."

팔짱을 낀 포즈로 내 말을 듣고 있던 료우가 고개를 갸웃거렸다.

"넌 뭐가 더 싫은 건데? 그 사람과 함께하지 못하는 것과 마음이 불편한 것 중에서?"

"모르겠어."

그 질문에 나도 모르게 시무룩해졌다.

"그걸 모르니 이렇게 고민하는 거지. 그 사람이 나에게는 정말 소중한 사람이거든. 그러니까 항상 함께 있었으면 좋겠어. 하지만 나와 함께 있으면서 힘들어하는 것도 보기 싫어."

거기서 잠깐 말을 끊고 심호흡을 한 나는 다시 말을 이었다.

"게다가 자신이 벌인 일로 내가 크게 화를 낼 걸 예상하고 벌써 떠날 준비까지 다 해놨더라고. 그게 가장 쇼크… 야……."

말하다 점점 흥분했던 난 문득 떠오른 깨달음에 멈칫했다.

"아아… 알 거 같다."

"뭘?"

"난 말이지, 그녀가 좋아서……."

"그녀? 뭐야, 네가 좋아하는 사람이 여자였어?"

내 말을 자르기까지 하며 끼어든 료우의 눈이 놀라움으로 커져 있었다.

'얘가 뭔 생각을 한 거야?'

"거참, 어째 말이 좀 거시기해지는 느낌인데, 너도 알잖아. 유모 말이야, 우리 유모."

"아아, 그 뭐냐, 그럼 지금까지 네 유모를 이야기한 거였냐?"

"우리 유모가 어때서?"

"아니다. 그래서?"

뭔가가 좀 찜찜했지만, 다시 평소의 표정으로 돌아온 료우에게 물고 늘어지는 것도 뭣해서 나도 본론으로 돌아갔다.

"생각해 보니까, 이번 일로 화가 나서 유모를 곁에 두니 마니 했지만 가장 큰 충격은 유모가 날 떠날 준비를 미리 다 해 놨다는 거였어."

"헤에……."

감흥 없는 호응이 돌아왔지만, 난 막 떠오르기 시작한 깨달음을 정리하느라 바빠 무시해 버렸다.

"그랬구나… 아하하… 나 원 참, 어이없기도 하고 내가 바보 같기도 하고."

"뭐가?"

"아니, 난 쓸데없는 데 자존심이 있어서 가겠다는 사람 안 붙잡는 성격이라고 생각했거든. 간다고 하면 그냥 잘 가라고 보내주는 사람인 줄 알았지. 그런데 지금 보니 유모가 날 떠날 준비를 다 해놨다는 거에 가장 크게 충격받고 화가 난 거였어. 떠난다는 사람 안 잡는 성격이라면 이렇게까지 크게 충격을 받거나 화를 내지 않았겠지."

왠지 머쓱한 기분에 괜히 흘러내린 머리카락을 배배 꼬며 말을 이었다.

"게다가 그것과는 별개로 이렇게 고민까지 하고 있었다니… 난 어떻게 해서든 유모를 곁에 두고 싶었나 봐. 그것도 그냥 무작정 붙들면 불편해할 테니 당당히 곁에 있게 할 수 있는 명분을 찾아가면서 말이지."

말을 하다 보니 스스로가 '그랬군' 하며 고개를 주억거리게 되었다.

'만약 적당한 명분이 있다면?' 이라고 생각하니 그동안 머리를 복잡하게 만들던 것들이 싹 사라졌다.

아무리 유모가 떠날 준비까지 끝내놓았다 해도 명분만 있으면 얼마든지 다시 짐을 풀게 할 수 있지 않겠는가.

'문제는 그 명분인데…….'

"그럼, 네 일을 마음대로 바꾼 건?"

"아, 그것도 그렇네. 그러지 말라고 해도 유모는 그런 상황이 온다면 또 그럴 텐데… 이번에도 자기가 아무리 말려도 내가 위험한 곳에 뛰어들 거라고 생각해서 벌인 거거든."

"방법은 하나네."

"응?"

"다시는 그런 생각을 떠올릴 수도 없게 협박을 하는 거지. 네가 좋아하는 사람이라니 두들겨 패거나 고문을 할 수는 없을 테고."

"야!!"

"그러니까 협박으로 끝내라는 거잖아."

"협박이라……. 흐음, 협박……."

"도와줄까? 국경 지대에 있을 때 몇 번 해봤거든."

료우의 말에 나는 회심의 미소를 지으며 고개를 끄덕였다.

마침 유모를 협박할 아주 아~ 주 좋은 방법이 떠올랐던 것이다.

비록 엄청 유치하지만, 아니, 어쩌면 되게 나쁜 짓일 수도 있지만 이건 전적으로 유모가 시작한 거고 지금까지 내가 한 마음고생을 생각한다면 그 정도의 협박은 당해도 싸다고 여겼다.

그리고 대략 한 시간쯤 후, 나는 완전히 개운해진 얼굴로 새파랗게 질린 유모와 황당한 표정의 료우를 대동해 내 방으로 돌아왔다.

한데 어쩐 일로 내 방에 자넷과 제이, 케이는 물론이거니와 엄마와 란데에 브라우니까지 와 있는 것이었다.

"어라라? 여기서 다들 뭐 해?"

"그러는 너야말로 뭘 한 거냐? 저 애송이를 시켜서 그 여자만 슬쩍 불러내더니?"

료우한테 부탁해서 유모만 살짝 불러냈건만, 그걸 란데가 또 어떻게 알아챈 건지 모르겠다.

"전하의 기분이 좋아 보이셔서 다행입니다. 한데, 시녀장님의 표정이……."

자넷이 나와 유모의 얼굴을 번갈아 보며 묻자 나는 배시시 웃어 보였다.

"내가 이번 일로 엄청 화가 나서 유모를 협박 좀 했지."

"협… 박요?"

"응. 이번 일을 벌이기 전부터 떠날 준비를 하고 있었다잖아. 나한테 말하기도 전에 자넷에게 인수인계까지 마치고. 그러니 내가 가만히 있을 수 있어?"

"아.하.하.하… 그, 그런……."

"뭐, 유모가 다시는 이런 일이 없을 거라고 맹세까지 했으니 나도 이번엔 이쯤에서 끝내기로 했지."

"아니, 뭘 어떻게 하셨기에……."

되게 조심조심 물어오는 자넷에게 료우가 기가 막히다는 표정으로 간단히 대답해 줬다.

"떨어지겠다고 하더군."

"예?"

"높은 곳으로 저 여인을 데려가서는 그곳에서 뛰어내리겠다고 했다."

"헉."

료우의 대답에 자넷은 헛숨을 삼켰고, 제이와 케이의 얼굴은 허옇게 질려서는 유모에게 동정의 시선을 보냈다.

그제야 유모의 표정이 왜 저렇게 되었는지 깨달았나 보다.

뭐, 이해를 못 한 존재도 있었지만······.

"높은 곳에서 뛰어내리겠다고 했다고?"

어이없어하는 란데의 뒤를 이어 브라우니도 얼떨떨한 표정으로 물었다.

"자, 잠깐만··· 지금 저 여인을 떨어뜨리겠다고 한 게 아니라, 저 이상한 조인족이 스스로 뛰어내리겠다고 한 거 맞지?"

그에 나는 씨익 웃으며 브이 자를 해 보였다.

"멋진 협박이었지요. 그러니까 당장에 유모가 항복하더라고요."

"지금 장난해?"

브라우니가 버럭 성을 내자 료우가 '너도 이해가 안 되지?'라는 시선을 보내며 입을 열었다.

"탑 꼭대기에 올라가서 그렇게 이야기하니까 단박에 먹히더군."

"팔찌도 뺐거든."

그 뒤를 이어 나도 한마디 덧붙이자 엄마가 끌끌~ 혀를 차며 유모를 바라봤다.

"그대는 마음이 약해서 탈이다. 애가 높은 데서 좀 떨어지면 어떻다고……."

"그때보다 더 높은 곳이었습니다."

유모가 말한 그때란 내가 내 전용 이착륙장에서 날려고 하다 추락했던 그 사건을 말하는 것이었다.

내가 추락하는 모습을 바로 눈앞에서 봤으니 유모에게 트라우마가 생길 법도 했다.

"다음에는 떨어지겠다고 하면 그냥 내버려 둬라."

"절대 그럴 수 없습니다. 만에 하나라는 게 있지 않습니까?"

"괜찮아. 목숨만 붙어 있으면 돼."

저 목숨만 붙어 있으면 된다고 한 존재가 내 친엄마였다.

제37화

쯧쯧, 안됐어라……

샤멧 성의 전투가 끝나고 바로 두 시간 후, 필립은 자신의 집무실에서 그에 대한 보고를 받고 있었다.

"흑마법사라… 오랫동안 숨죽이고 살던 것들이 갑자기 튀어나왔군."

피식 웃으며 중얼거리는 필립의 말을 나이젤이 받았다.

"뜬금없이 튀어나왔을 리가 없지요. 분명 도망친 전 반란군의 수괴 차이슨과 관련이 있는 겁니다. 드디어 차이슨이 움직이기 시작한 거지요."

"둘이 연관되어 있다는 확실한 증거라도? 증거도 없는데 단정적으로 말하는 건 너무 비약이 심하지. 흑마법사들이 숨어 사는데 지쳐서 막나가는 건지도 모르잖아?"

여전히 웃음기 어린 목소리로 반박하는 필립에게 나이젤이 어이없다는 표정을 지어 보였다.

"지금 농담하시는 거지요, 폐하? 그들이 막나가자고 해도 처음부터 이처럼 엄청난 물량 공세를 펼치며 성을 공격하겠습니까? 그것도 제국 안에서요?"

한창 황제의 권한이 막강해져 제국의 힘 또한 덩달아 상승하고 있는 지금 이 시점에 저런 소동을 대놓고 일으키는 건, 등장하자마자 소탕당하고 싶다고 외치는 꼴이다.

그만큼 제국의 힘은 무서웠던 것이다.

"이건 분명 막강한 자금력과 정보를 가졌으면서 제국에 대한 원한이 큰 누군가가 그들과 손을 잡았다는 이야기입니다. 그게 누군지는 뻔한 거 아닙니까? 이번 공격을 위해서 최소 대저택 한 채 값은 들어갔을 걸요? 마법이라는 게 돈 먹는 하마라는 걸 잘 아시면서 그러십니다. 이런 아이템에도 제법 공을 들인 거 보면 숨겨둔 돈이 꽤 많은가 봅니다."

그렇게 말하며 나이젤이 필립 앞으로 들이민 건 샤멧 성에서 발견된 흑마법사의 아이템으로, 비록 하급이지만 마법석까지 들어가 있었다.

만들어진 형태나 그려진 마법진으로 볼 때 최소한 4, 5서클 마법사의 실력이었다.

"예전에 그 인간이 어떻게 도망쳤나 했더니, 이제야 이해가 되는군요. 차이슨은 반란을 일으킨 시점에 이미 흑마법사와 손을 잡고 있었던 겁니다. 만약을 대비해 비장의 카드로 써먹을 예정이었겠지요."

나이젤의 설명에 필립은 반박을 하는 대신 고개를 끄덕였다.

"그래, 그리고 모습을 드러내려고 한 걸 보니 복수를 할 준비를 끝낸 모양이지."

"공격 규모로 보아 최소 점령, 최대 몰살을 목표로 했던 것 같습니다. 스승님께선 어쩌면 샤멧 성을 점령한 후, 그곳 사람들을 제물로 삼아 뭔가 강력한 존재를 소환하려 했을지도 모른다고 하시더군요. 하지만 실패했으니 다음 기회를 잡을 때까지 다시 웅크리고 있을 겁니다."

"놈들에 대한 추적은?"

"흔적을 발견해서 뒤를 쫓고 있다 합니다. 비록 놈들이 먼저 몸을 피하긴 했지만, 애들이 기습적으로 들이닥친 덕에 흔적을 완벽하게 지우지는 못했던 모양입니다."

"하지만 놈들 또한 오랜 세월을 숨어 산 놈들이야. 방심하지 말라고 해. 그리고 필요하다는 것은 다 지원해 주도록."

"알겠습니다. 그리고 샤멧 성 쪽에는 흑마법사에 대한 일을 철저하게 함구하라고 명을 내렸습니다. 놈들의 공세를 수월하게 막아낸 덕에 충분히 가능하다고 하더군요."

흑마법사는 세계의 공적이었기에 어디서 출현하든 신전과 각 나라에 알리도록 되어 있었다.

그러나 소국이라면 몰라도 제국 입장에서는 나라 관리를 제대로 못 해 흑마법사가 살고 있었다고 고백하는 꼴이라 쉽게 알릴 수가 없었다.

특히나 그렇게 되면 신전 사람들이 와서 여기저기 들쑤시고 다니는 걸 지켜봐야 하는 건 물론이거니와, 전에 도망쳤던 반란군의 수괴가 여기에 연관되어 있음까지 알려질 수 있다. 그렇게 되면 제국의 명예는 땅속까지 실추되고 말 것이다.

그랬기에 필립과 나이젤은 자기들의 선에서 모든 일을 해결하길 원했다.

"샤멧 성의 일은 정말 운이 좋았습니다. 만약 조인족과 홉고블린들이 그곳에 없었더라면 저들의 뜻대로 되었을 테니까요. 아라르 요새군만으로는 그들을 막기 힘들었을 겁니다."

100명도 안 되는 인원이 전투의 승세를 뒤바꿔 버린 것이었다.

하기야, 인원이 적다 해도 무시할 수 없는 전력이긴 했다.

조인족만 해도 인간으로 치자면 소드 마스터가 한 명 있었고, 십여 명이 소드 익스퍼트 상급의 실력자였다.

나머지도 다들 소드 익스퍼트 중급 정도이니, 그들만으로도 웬만한 성은 쉽게 점령해 버릴 수 있을 거다.

거기다 홉고블린들이 좀비들과 상극이었을 줄이야.

이건 나이젤도 몰랐던 사실이었다.

그 대단한 전력이 놈들이 샤멧 성을 노린 바로 그날에 그곳에서 만찬을 벌일 줄 누가 알았겠는가.

'샤멧 성에서의 전투 전에 이미 한차례 조인족과 부딪혔다고 하… 자, 잠깐.'

문득 떠오른 생각에 나이젤은 허옇게 질린 얼굴로 필립을 바라봤다.

"폐, 폐하. 제가 지금 문득 어떤 생각이 떠올랐는데 말입니다."

"말해봐."

"샤멧 성에서의 전투 전에 이미 놈들이 조인족과 한차례 부딪혔다는 보고를 들었었습니다. 우연이었던 듯하지만, 혹시 그때 차이슨이 전하의 모습을 보고 샤멧 성 전투 때 일부러 전하를 노린 건 아닐까요?"

물론 차이슨은 아사를 본 적이 없었다.

그러나 기사들과 병사들에게 보호를 받고 있는 조인족 소녀라고 하면 떠오르는 이가 딱 한 명밖에 없지 않겠는가.

특히나 그 소녀가 황제와 똑같은 머리색과 눈동자를 가지고 있다면 말이다.

"차이슨의 성격상 분명 공격의 시작점이라 할 수 있는 샤멧 성 전투를 지켜봤을 테니까요."

"하고 싶은 말이 뭐야?"

"이건 정말 만약입니다만, 놈이 이번 일을 계기로 앞으로 전하를 노리게 되지는 않을지……."

나이젤이 조심스레 말한 것에 반해 필립의 대답은 산뜻했다.

"그렇지 않아도 마침 황녀의 호위를 교체할 예정이었지. 좀 더 신경 써서 호위를 붙여야겠어. 그리고."

필립은 탁자 위에 있던 흑마법 아이템을 나이젤을 향해 쓰윽 밀었다.

"이걸 가지고 이름 없는 마탑에 의뢰를 넣어놔. 같은 흑마법사 계통이니 우리보다 놈들을 더 쉽게 찾을지도 모르지."

"알겠습니다."

"또 차이슨이 얼마나 많은 자금을 가지고 있을지는 모르겠지만, 다음 기회를 노리려면 더 많은 돈이 필요할 거야. 그럼 당연히 귀족파 녀석들의 자금을 끌어모으려고 할 테고."

그쯤 이야기하자 무슨 말을 하려는지 알아챈 듯 나이젤이 고개를 숙여 보였다.

"귀족파 놈들의 자금을 철저하게 주시하라고 하겠습니다. 특히 우리스 후작 쪽을 세세히 살피라고 하지요."

"이건 우리 쪽에서도 좋은 기회이니 절대로 실패하면 안 돼."

"명심하겠습니다."

"좋아."

그 말을 끝으로 필립이 소파에 편안히 등을 기대자 나이젤이 슬쩍 고개를 들었다.

이제 공적인 시간이 끝나고 사적인 시간이 돌아온 것이었다.

"근데, 아사는 이대로 정말 괜찮겠냐? 호위야 당연한 거고, 지금 당장에라도 돌아오라고 해야 하는 거 아니야?"

자신도 걱정이 될 정도인데, 딸의 일이라고 하면 만사 제쳐 놓고 나서는 필립이 얌전히 있다니 이상했다.

거기다 말은 안 했지만, 아사가 위험하다면 예쉬도 위험할 거다.

'나가서 크레스포 백작 쪽에 슬쩍 언질을 넣어야겠군.'

그것도 그거지만, 아사가 앞으로도 상회 일을 한다고 계속 밖으로 돌아다니는 것도 위험했다.

차이슨이 노리고 있으니 당분간이라도 경계를 더욱 강화한 북궁에 얌전히 있게 해야 한다고 나이젤이 생각하고 있는 그 때, 필립이 길게 한숨을 내쉬며 투덜거렸다.

그도 생각을 안 해본 건 아니었던 모양이다.

"내가 지금 돌아오라고 했다간 하레츠가 화내."

"아……."

"조인족의 교육 방식 잘 알잖냐. 위험하다고 애를 끼고돌지는 않는 거. 후우, 란데가 곁에 붙어 있는 게 천만다행이지. 족장이 웬일로 도움이 다 되는군."

란데는 족장의 권유로 아사의 옆에 붙어 있게 되었다.

처음에는 '그 정도의 실력자가 함께 있으니 나쁠 건 없겠지……'라고 가볍게 생각하고 허락한 거였는데, 그가 아사를 살릴 줄이야.

"그러면 앞으로도 아사가 상회 일을 계속하게 놔둘 거야? 상회 일을 하려면 올코트 산에 자주 왕래할 텐데?"

"그러니까 머리 좀 굴려봐."

"엥?"

뜬금없는 필립의 말에 나이젤이 황당함을 금치 못했지만, 필립은 막무가내였다.

"넌 네가 항상 아사의 대부라고 주장해 왔잖아. 대부가 뭐하냐? 이럴 때 나서지 않고. 네 모든 지혜를 짜내서 이번 일을 해결해 보도록 해."

"에엥? 야, 야, 내가 무슨 수로……."

"너 머리 좋잖아? 마법사만큼 머리 좋은 사람 없다며? 이럴 때야말로 네 좋은 머리로 무슨 수든 내야지. 안 그래?"

"아, 아무리 그래도 그렇지……."

"하레츠나 아사가 알아채지 못하게 해야 하는 거 알지?"

"으윽……."

그날 하루 종일 머리를 쥐어짜던 나이젤은 날이 저물자 은

밀히 샤멧 성으로 연락을 취했다.

아빠와 나이젤 아저씨가 뒤에서 사바사바한 걸 전혀 모른 나는 어찌 되었든 유모가 곁에 남았다는 것에 만족하며 북궁으로 돌아왔다.

대신 내 곁에 항상 붙어 있던 제이가 릴리와 함께 샤멧 성에 남았다.

시장 구경이 재미있었던지 홉고블린들이 당장 거래를 재개하자고 해서 곧바로 상회를 만들어야 했던 것이다.

비록 릴리가 경력자이긴 하지만 혼자 그 모든 일을 도맡아 하기는 어려울 테고, 어차피 제이에게도 상회 일을 맡기려고 했었으니 겸사겸사 둘이 잘해보라고 놔두고 왔다.

내키지는 않지만, 바이넌 남작도 한 팔 거들어준다고 하니 한동안 크게 어려운 일은 없을 거다.

예상치 못한 사건 사고로 계획보다 귀환이 많이 늦어진 것에 대해 1황비나 3황비, 마리엔 황녀에게 뭐라고 설명할지 조금 걱정했는데, 오히려 그들은 날 보자마자 위로의 말을 건네왔다.

"아사, 괜찮아? 많이 놀랐지?"

"네?"

안타까움이 가득한 마리엔 황녀의 말에 나는 영문도 모른 채 속으로 화들짝 놀랐다.

'헛! 혹시 샤멧 성에서의 전투에 대해 들은 거야? 그거 나보고는 말하지 말라고 했는데?'

내가 말하기도 전에 이미 상대방이 알고 있는 것 같으니 이

보다 더 당혹스러울 수가 없었다.

한데, 천만다행히도 1황비가 먼저 말을 꺼내준 바람에 나는 자칫 실수할 뻔한 상황을 모면할 수 있었다.

"이번에 이종족들과의 거래에서 뭔가 어그러졌다고요? 그 일을 수습하느라 늦게 돌아온다고 연락받았답니다."

"익숙한 일이 아니니 실수할 수도 있는 거지요. 황녀라면 다음번에는 꼭 잘할 수 있을 거예요."

"그래, 그래. 나도 도와줄게."

"아.하.하.하… 가, 감사합니다아……."

'아따, 진짜 놀랐네.'

상황을 파악하고 보니, 그녀들은 샤멧 성의 전투에 대해 들은 게 아니고 단순히 예상치 못한 변수로 인하여 홉고블린과의 거래가 어그러진 걸로 알고 있는 거였다.

그리고 마음씨 고운 세 여성분은 내가 성년이 되어 처음으로 시도해 본 일이 잘못되어 의기소침해할까 봐 그리 안타까워한 것이었고.

'나 원, 도둑질도 손발이 맞아야 한다고, 이렇게 뒷수습을 할 거였으면 나한테도 말해줘야 하는 거 아냐? 괜히 내 심장만 떨어질 뻔했잖아?'

그나마 샤멧 성에서 몬스터와의 전투가 있었다는 소식을 예쉬를 통해 들었는데, 그것도 그냥 가끔 있는, 모클러 산맥에서 내려온 오크 무리와 접전이 일어난 정도로만 알고 있었다.

'히야~ 그것참, 아빠네 부하들 실력은 정말 대단하네.'

예쉬도 그렇게만 알고 있다는 건 샤멧 성 쪽 사람들이 그만큼 정보를 잘 차단했다는 소리였으니 말이다.

그런데 이게 한편으로는 감탄스럽기도 했지만 다른 한편으로는 쪼까 거시기한 기분도 들었다.

나는 나름 큰 사건을 겪고 왔는데 남들은 뭔 일이 있었는지도 모르고 있으니 왠지 좀 억울하달까?

그렇다고 내가 나서서 이러이러한 일이 있었다고 떠벌릴 수도 없는 일이었고.

하지만 그런 기분도 잠시, 나는 곧바로 아주 중대한 문제를 깨닫고 말았다.

바로, 얼마 남지 않은 마리엔 황녀의 결혼 선물을 준비하지 않았다는 것!

"으아아~ 정신이 없어서 깜빡하고 있었어!!"

상회가 만들어질 때만 해도 뭔가 괜찮은 게 없는지 찾고 있었는데, 사이먼과 콜린스의 사건 이후 까맣게 잊고 있었다.

마치 뭉크의 절규에 나오는 사람처럼 두 뺨을 양손으로 감싸며 외치자 예쉬가 놀랐다.

"그러게 기껏 거래를 하러 갔으면서 빈손으로 돌아왔을 때 알아봤다."

"헉!! 맞아~! 아우~ 그것도 깜빡했네."

다른 때라면 내가 잊어버리고 있어도 유모가 다 알아서 챙겼을 텐데, 이번에는 유모도 정신이 없어서 미처 준비하지 못했던 것 같다.

"아우우~"

괴상한 신음을 흘리며 옆으로 쓰러지자 예쉬가 키득거렸다.

"걱정 마. 농담이었어."

"그래도… 잊은 건 사실이지."

"괜찮아. 거래가 순탄치 못했다며? 황비님도, 마리엔 누나도 다들 알고 있으니 이해할 거야. 그런데도 선물을 챙겨왔으면 오히려 받기 미안하지."

"그건 그렇지만, 아무리 그래도 챙길 건 챙겼어야지."

엄밀히 따지자면, 내가 의도한 일이라서 누군가의 안타까움을 받을 입장도 아니긴 했다.

게다가 내 정신을 쏙 빼놓은 원인도 그 일이 아니라 예상치 못한 다른 일 때문이었으니 말이다.

"에휴, 너무 정신이 없어서 아무 생각도 못 했어."

"나야말로 이제와 묻는 건데, 넌 괜찮은 거야?"

"뭐가?"

"홉고블린들과 거래하는 거. 앞으로 계속할 수 있는 거야?"

"아아… 홉고블린들과 관계는 여전히 좋아. 단지 내가 상회 일이란 걸 너무 얕보다가 혼난 거지. 거래는 다시 시작할 거야."

"그래? 잘됐네."

"지금 문제는 마리엔의 결혼 선물인데… 예쉬, 넌 뭘 준비했나?"

"아아, 난 외조부님의 도움을 받아서 식기 세트를 주문해 놨어."

이미 완벽하게 준비한 예쉬는 여유로운 미소를 보이며 대답했다.

'끄응… 난 뭘 하지? 아우~ 의논할 사람도 없는데, 유모가

없으니 자넷한테 물어봐야 하나?'

울 엄마는… 당연히 이런 걸 의논할 상대가 아니었고, 그나마 제일 의지가 되던 유모도 돌아오자마자 사이먼과 함께 근신에 처해져서 잠시 자리를 비웠다.

아무래도 나한테 협박받는 정도로 처벌을 끝내기엔 아빠 성에 차지 않았던 모양이다.

'아, 3황비에게 물어볼까?'

마리엔 황녀의 친모인 1황비보다는 좀 편하게 의논할 수 있을 것 같다고 생각하던 중 나는 가볍게 한숨을 포옥 내쉬었다.

이렇게 보니 내 인간관계가 참 좁았던 것이다.

그동안이야 별 필요성을 느끼지 못해 마리엔 황녀가 애써 귀족 영애나 부인들을 소개해 줄 때도 건성으로 인사만 했었는데, 아무래도 그때 한두 명이라도 친분을 다져놓을 걸 그랬나 보다.

'나중에 릴리한테도 한번 물어나 봐야겠다. 릴리도 일단은 귀족 영애니까.'

다행히 3황비가 기꺼이 도와주겠다고 나선 덕분에 한시름 놓을 수 있었는데, 이게 웬걸?

결혼 선물을 준비했으니 이제 할 도리는 다했다고 생각했건만, 결혼 선물은 끝이 아니라 시작이었던 것이다.

그동안 황궁에는 황후 자리가 비어 있었던 터라 필수적인 일을 제외하고는 특별히 큰 행사가 없었는데, 오랜만에 황실에 큰 경사가 생기자 이번 기회에 황실의 위엄을 보일 겸 해서 대대적인 규모로 진행하게 된 듯하다.

1황비가 따님의 결혼식이라고 힘 좀 쓴 모양이다.

물론, 나도 마리엔 황녀의 결혼식을 멋지게 치르는 건 찬성이었지만, 그렇게 해서 계획된 어마어마한 행사 일정이 날 질리게 만들었다.

데면데면한 사이라면 웬만한 자리에는 핑계를 대고 불참했을 텐데, 마리엔 황녀의 결혼식이다 보니 불참할 수가 없었던 것이다.

게다가 신랑 측은 료우네 가문 사람이 아니던가.

결국 대부분의 행사에 참석하기로 한 나는 그 준비로 바빠지게 되었다.

본래 이런 건 1황비가 도와줬지만, 지금 그녀는 결혼식을 준비하는 것만으로도 정신이 없었기에 도와준다고 해도 오히려 내가 사양해야 할 판이었다.

그래서 결혼식 행사의 모든 일정에 관해 3황비의 도움을 받기로 했다.

"다 좋은데, 결혼식이랑 사냥이랑 무슨 상관이람? 결혼 기념으로 사냥 대회를 열다니 너무 어이없지 않아? 그렇게 할 게 없나?"

사냥 대회에 입고 갈 옷을 가봉하고 돌아온 내가 지친 몸을 소파에 누이며 푸념하자, 자리를 비운 유모 대신 내 곁에 붙어 다니던 자넷이 눈을 동그랗게 떴다.

"어머, 어머, 무슨 소리세요. 결혼식 때에는 당연히 사냥이 빠질 수 없지요. 원래 옛날에는 신랑이 결혼 전에 친구들과 함께 커다란 짐승을 잡아 와서 신부 부모님께 가져다줬대요. 나는 이걸 잡을 수 있을 정도로 능력 있는 사람입니다~' 라는 걸 보여줬던 거죠."

"그래?"

"네에~ 그럼 신부 부모님은 그 짐승의 가죽을 벗겨 새 부부를 위한 외투를 만들고, 그 고기는 결혼식 이후 피로연 때 요리해서 하객들을 대접했다고 해요. 그 외투가 어떤 가죽으로 만들어졌느냐에 따라 부러움의 대상이 될 수도 있고 동정의 대상이 될 수도 있기 때문에 신랑은 최고의 가죽을 얻기 위해 엄청 노력한답니다. 그 외투가 창피하다고 신부 측에서 결혼을 취소했다는 이야기도 가끔 있으니까요."

그놈의 예단 문제는 한국에만 있는 게 아니었나 보다.

뭐, 여기서는 그 예단을 책임지는 쪽이 신랑이었지만 말이다.

"하지만 그게 점차 바뀌어서 이제는 외투는 신랑 측에서 따로 마련하고, 대신 신부 측에서 사냥 대회를 열게 되었지요. 참참, 그 외투는 새신랑, 신부가 피로연 때 입고 나와 사람들에게 선을 보인답니다. 그 전까지는 어떤 외투인지 사람들에게 절대 공개를 안 해요. 그 전에 들키게 되면 그 부부에게 올 행운이 달아난다는 미신이 있거든요. 그래서 외투를 만들 때도 최대한 극비리에 제작하는 게 관례예요. 선을 보이기 전까지는 어떤 재료로 만드는지, 누가 어디서 만드는지도 다 비밀에 붙이지요. 과연 황녀님의 외투는 어떤 외투일지 벌써부터 기대가 된다니까요."

자넷은 상상의 나래를 펼치는지 발갛게 상기된 얼굴로 눈을 빛냈다.

"헤에……."

"아, 그리고 이런 사냥 때는 신랑보다 활약을 하지 않는 게 예의랍니다. 신랑이 가장 돋보여야 하거든요. 하지만 뭐, 이번 사냥 때는 그럴 필요가 없겠네요. 신랑 되시는 분이 류니드 공작가분이니까요."

"이런 말하기는 뭣하지만, 이번에 하는 게 사냥이라고 할 수 있어? 그런데 멋진 모습은 무슨……."

자넷의 설명에 나는 입술을 삐죽였다.

말이야 바른 말이지, 미리 위험한 몬스터는 다 처리한 안전한 황실의 숲에다 동물들을 풀어놓고 누가 누가 더 많이 잡나~ 하는 건 사냥이라기보다는 그냥 게임이 아니던가.

동물들을 더 쉽게 잡을 수 있도록 몰이꾼까지 동원되는 데다 혹시 모를 위험을 대비하여 기사들과 병사들이 경계까지 선다고 했다.

그럴 거면 차라리 과녁을 세워놓고 활쏘기 대회를 여는 게 더 낫지 않을까 싶다.

아니면 다른 스포츠 경기라도.

'축구나 야구를 하든지, 아니면 폴로를 하든가. 말 타고 달리면서 공치는 게 딱이네.'

"아무래도 사냥에 참여하는 분들이 다들 귀한 분들이라 그렇지요. 게다가 황비님들께서도 참석하실 예정이잖아요."

"그야 그렇지만……."

"좋게 생각하세요. 이번 사냥 대회 1황비 마마가 처음으로 계획해서 진행하는 행사인 거 아시지요?"

"알았어, 알았어."

'료우도 이번에 오겠지?'

아무래도 신랑이 료우네 가문 사람이라서 그런지 걔도 덩달아 바쁜 모양이었다.

황궁으로 돌아온 후 얼굴을 안 보이기에 기사단에 알아봤더니 타렉 경이랑 같이 장기간 휴가를 냈다는 거였다.

결혼 당사자도 아니고 무슨 동생까지 휴가를 내서 도와야 할 정도인가 싶어 의아했지만, 아무래도 황실과 사돈을 맺는 것이다 보니 '그런갑다~'라고 여기고 있었다.

기실 나 또한 직접적으로 결혼식 행사를 도와주는 게 아니면서도 바빠서 우왕좌왕하고 있질 않은가.

'나중에 보면 힘내라고 한마디 해줘야겠다. 뭐, 나보다 체력 하나는 좋으니까 잘 버티고 있겠지만.'

사냥 대회가 열린 날은 슬슬 가을에 접어드는 때라 그런지 햇볕이 좀 따가운 걸 제외하면 기온도 적당히 선선하고 공기도 상쾌한 좋은 날씨였다.

하지만 규모가 어마어마한 숲 안으로 들어가면 그 따가운 햇볕도 별문제가 되지 않을 거 같다.

"이야~ 날씨 좋~다! 하늘도 정말 예쁜데?"

내가 새하얀 새털구름만 살짝 끼어 있는 새파란 하늘을 바라보며 감탄하자 옆에 있던 예쉬가 기지개를 켜며 말을 받았다.

"그러게. 실내에만 있기에는 아까운 날씨야."

"우리 오늘 사냥하지 말고 승마만 하는 게 어때?"

"아무리 그래도 황자 체면이 있지, 딱 토끼 한 마리만 잡을 거야. 네 것도 하나 잡아줄까?"

"난 황녀니까 빈손이라도 괜찮지 않을까?"

오늘 사냥 대회에는 아빠가 참여하지 않았기에 1황비가 황실 대표를 맡고 있었다.

수도 밖에 있는 황실 전용 숲에서 벌어지는 행사이다 보니 모든 황족이 참여할 수 없어서―황궁에는 계승권을 가진 황족 한 명 이상이 항상 머물고 있어야 한다는 국법이 있다―아빠와 2황비, 4황비가 황궁에 남았다.

1황자는 지금 개인적인 일로 잠시 궁을 비운 상태라 사냥 대회에 참여한 황족은 1황비와 3황비, 그리고 새 신부인 마리엔 황녀와 3황자, 그리고 나와 예쉬가 전부였다.

덕분에 나는 예쉬와 함께 선 채 편하게 속닥거릴 수 있었다.

예전에 결혼 기념 사냥 대회에는 남성들만 참여했다고 하지만, 최근에는 남녀 할 것 없이 다 같이 참여하는 추세라고 한다.

하기야, 여기사나 여마법사들도 많아지고 귀족 영애들 사이에서도 간단한 검술이나 마법을 익히는 일이 늘어나고 있으니 여자라서 못 하게 할 수는 없을 거다.

그런 방식에 힘입어 오늘 나도 편히 움직일 수 있는 간편한 재킷과 살짝 달라붙는 승마 바지에 가죽 부츠 차림이었다.

뭐, 멋을 아예 안 낼 수는 없어서 화려한 레이스가 달린 실크 블라우스를 받쳐 입고 커다란 에메랄드 브로치까지 달았지만, 움직이는 데 큰 지장을 줄 정도는 아니었다.

사냥에 참여할 여성들은 모두 나와 비슷한 차림이었다.

황실의 숲 입구에는 사냥에 참여하지 않을 이들을 위해 야외 티 파티가 마련되었다.

1황비가 신경 써서 준비한 만큼 멋진 케익과 파이가 잔뜩 있었기에 나는 예쉬와 적당히 주변에서 놀다가 돌아와서 티 파티에 참여할 생각이었다.

그러면서 겸사겸사 귀족 영애들과 친분도 다지고 말이다.

'친분 하니 생각났는데, 오늘 료우가 안 보이네?

타렉 경과 함께 올 줄 알았는데 어디에도 료우의 모습이 보이지 않았다.

하긴 쉬퍼스 후작도 불참했다.

중앙 정계에 진출한 류니드 공작가의 대표라고 할 수 있는 사람인데, 아무래도 황실기사단장이라 자리를 비울 수 없었던 모양이다.

"신랑네 가문 사람들이 이렇게 불참해도 되는 거야?"

목소리를 낮춘 내 질문에 예쉬도 작은 소리로 대답해 줬다.

"어쩔 수 없지. 류니드 공작가 사람들이 많이 참여하면 즉각 류니드 공작가와 황제파가 손을 잡았다고 여겨질걸?"

류니드 공작가가 가지고 있는 힘과 상징성이 너무 크다 보니 류니드 공작가와 황제가 힘을 합치는 걸 귀족파에서 극히 경계하고 있다고 들었다.

타렉 경이 결혼하자마자 류니드 공작가 성을 버리고 출신 가문으로 되돌아가는 것도 류니드 공작가가 황제파로 전향하는 게 아니라는 걸 보여주기 위해서라고 들었다.

"설마 류니드 공작가 사람들이 결혼식에도 불참하는 건 아니겠지?"

"그건 아닐 거야. 결혼식은 황실의 큰 행사니까. 단지 신랑 측 가족 자리에는 타렉 경의 본가 사람들이 앉아 있겠지."

마리엔 황녀와 타렉 경은 순수하게 사랑하는 사이였건만, 그들 사이에 정치가 얽히니 이야기가 참 복잡해지는 느낌이었다.

그래도 뭐, 곧 있으면 무사히 결혼식까지 끝낼 테니 '좋은 게 좋은 거다~'라고 여기는 게 낫겠지?

잠시 후 사냥의 시작을 알리는 뿔피리 소리가 크게 울려 퍼지자, 기다리고 있던 사람들이 일제히 숲속으로 질주해 들어가기 시작했다.

그 모습에 나도 얼른 복잡한 생각은 떨쳐 버리고 말고삐를 잡았다.

어차피 우리는 사냥이 주목적이 아니었기에 서두를 필요가 없어 사람들이 얼추 다 들어갈 즈음에야 천천히 말을 몰아 숲속으로 향했다.

"오~ 이제는 제법 말을 잘 타는데? 배운 지 얼마 안 됐잖아?"

제법 안정감 있는 포즈로 말을 몰아가자 예쉬가 웃으면서 말을 걸어왔다.

"훗, 이 몸이 워낙 잘났잖아. 그런데 솔직히 걷는 게 고작이야. 달리거나 장애물 뛰어넘기는 아직 못 해."

이번 사냥 대회 때 말을 타고 나오기 위해 급히 승마를 배웠던 터라 아직 미숙하기만 했다.

그나마 운동신경이 나쁘지 않아 오늘 말을 끌고 나올 수는 있었지만, 대신 걷기만 하겠다고 약속을 해야 했다.

"어라? 그래도 토끼는 쫓아가야 하는데."

"그냥 멀리서 활을 쏴."

실실 웃으며 놀리기에 나는 예쉬의 말 옆에 매어져 있는 활을 가리켰다.

숲의 저~ 안쪽에서는 요란한 북소리와 사람들의 함성 소리가 뒤섞여 들려오기 시작했다.

몰이꾼들이 짐승들을 몰아대는 소리였다.

"그것참… 내가 저런 걸 어이없게 여기면 실례이려나?"

"그냥 인간은 그러려니~ 해."

"하긴 뭐, 나도 저렇게 잡은 고기를 나중에 먹을 테니 뭐라고 할 자격은 없겠지?"

여기서 잡은 동물들은 이후 벌어질 연회에서 요리 재료로 쓰인다고 했으니 말이다.

조금 꺼림칙한 표정으로 말하자 예쉬가 요란한 소리가 나는 곳 반대편으로 날 슬쩍 밀었다.

"저쪽은 복잡할 테니 우리는 이쪽으로 가자."

숲이 워낙 넓었던 터라 한동안 이동하다 보니 어느새 요란 빽적지근한 소리가 희미해지면서 인적이 점점 사라져 갔다.

인적이 드문 숲길을 느긋하게 말을 타고 가는 맛은 천천히 산책하는 것과는 또 다른 재미가 있었다.

"아~ 왠지 점심 먹으러 돌아가는 게 귀찮을 거 같은데? 점심을 간단하게 챙겨올걸 그랬나 봐."

승마에 점점 재미가 붙어가는 내가 문득 입을 열자 예쉬가 웃으면서 말렸다.

"안 돼. 우리가 안 나오면 무슨 일이 있는 건 아닌지 다들 걱정하실 거야."

"하긴……."

"참, 그래도 결혼식 선물은 무사히 구할 수 있었다며? 다행이네."

"어후~ 제때 못 구하는 줄 알고 걱정했어."

그때까지 초조해한 걸 떠올리며 나는 설레설레 고개를 저었다.

"다음부터 이런 일은 문에다 커다랗게 써놓기라도 해야지. 깜빡했다가 큰일 날 뻔했으니……."

"에이, 일부러 그런 것도 아니잖아."

"얼씨구? 그럼 넌 피치 못할 사정으로 깜빡했다고 그냥 넘어갈 거냐?"

"핫핫핫… 물로온~ 어떻게 해서든 마련하려고 했겠지."

여기는 '앗! 깜빡했다!'라는 변명이 통하질 않는 동네라서 그렇게 말하는 건 '나 무능하다'라고 시인하는 꼴밖에는 안 된다.

다들 주위에 보좌하는 사람들을 두고 있는 입장이다 보니 어쩌면 그게 당연한 건지도 모르겠지만, 하여간 그로 인해 이번에 나도 진땀 꽤나 흘렸다.

3황비도 3황비였지만, 마지막에 아빠가 슬쩍 도와주지 않았다면 어려웠을 거다.

"하여간 고생했어. 네 주변 일로도 정신없었을 텐데."

어려서부터 북궁을 드나들던 예쉬였기에 내 곁에 유모와 제이의 모습이 보이지 않는다는 걸 알아챘을 거다.

거기다 항상 내 주변에 있던 호위무사들도 싸그리 물갈이가 되었으니 무슨 일이 있었다는 걸 짐작했을 텐데도 묻지 않는 게 고마웠다.

"응, 응, 아무래도 마리엔의 결혼식이 끝나야 푹 쉴 수 있겠지만, 어쨌든 결혼식에는 별일 없이 참석할 수 있을 거야."

그렇게 예쉬와 이런저런 이야기를 나누며 숲길을 따라가고 있는데 숲길에서 약간 벗어난 곳에 있는 덤불이 부스럭부스럭하며 흔들리는 모습이 눈에 들어왔다.

"어라? 저기?"

누군가 숨어 있는 거라면 저렇게 티를 낼 리가 없기에 일행은 반사적으로 작은 동물을 떠올렸다.

"제가 한번 살펴보고 오겠습니다."

예쉬의 호위기사 중 한 명이 앞으로 나서서 조심스레 덤불로 다가가 그 너머를 살펴보더니 잠시 후 허리를 펴며 우리를 향해 손짓했다.

"사슴입니다. 올무에 걸려 몸부림을 치고 있어서 덤불이 흔들렸던 겁니다. 그 외에 위험한 건 보이지 않습니다."

"사슴?"

"올무? 올무도 놔?"

어차피 사냥터에 있는 동물 대부분은 따로 마련해서 사냥이 시작될 즈음에 풀어놓는다던데, 그걸 잡기 위해 덫까지 놨나~ 싶어 의아했다.

"운이 없어서 사냥감을 못 잡으신 분들을 위한 겁니다."

"헤에, 그렇구나."

한 호위기사의 설명에 납득하며 천천히 덤불로 다가가니 제일 먼저 가서 살펴본 호위기사와 두 병사가 사슴을 제압해 올무에서 빼내려고 하는 모습이 보였다.

한데 사슴이 제법 덩치가 있는 녀석이라 그런지 놈의 필사적인 몸부림을 기사 한 명에 병사 둘이 달라붙어도 제압을 못해 올무를 풀어주지 못하고 있었다.

"저거 어차피 우리가 잡을 건데 그냥 죽이면 안 돼?"

"아하하… 아무래도 전하께서 직접 잡으셔야 하니까……."

그래서 상처 없이 풀어주려고 저리 고생하나 보다.

'올무에 잡힌 걸 쏴서 맞추나, 잡힌 걸 풀어놓고 쏴서 맞추나 잡는 건 마찬가지구만 꼭 풀어놓고 맞춰야 해?'

어차피 사슴이 하도 몸부림을 쳐서 올무에 잡혀 있었던 건 다 티가 날 텐데도 저러고 있으니, 애쓰는 병사와 기사가 안타까워 내가 나설까… 생각하고 있는 그때였다.

한 병사가 안 되겠다 싶었던지 올무 한쪽을 고정하고 있던 땅에 박힌 말뚝을 뽑으려고 했다.

올무가 한쪽은 옆에 선 나무에, 한쪽은 땅에 박힌 말뚝에 고정되어 있었던 것이다.

그런데 그 병사가 말뚝을 뽑는 순간.

콰과과광~!!

땅에서 폭발이 일어났다.

누구도 예상하지 못한 폭발이라 속수무책이었다.

그냥 귀가 멍할 정도로 큰 소리가 났다 싶은 순간 몸이 뒤로 나가떨어지고 있었다.

한데, 그동안 란데에게 얻어맞으면서 훈련한 게 이 순간 빛을 발했다.

등이 땅에 닿자마자 반사적으로 뒤로 한 바퀴 굴러 벌떡 일어나 공격 태세를 취한 것이었다.

이히히힝~!! 이히히히힝~~!!!

덕분에 곧바로 날아온 시커먼 그림자를 어렵지 않게 피할 수 있었다.

콰과곽!!

피하면서 고개를 돌리니, 내가 있던 자리에 내려찍히는 말의 앞다리를 볼 수 있었다.

'헉!!'

제때 피하지 못하고 저기에 찍혔으면 최소 뼈에 금이 가는 부상을 당했을 거다.

이~히히힝~!! 푸릉~ 푸릉~!

그렇게 안전거리를 확보하고 나서야 겨우 주변 상황을 볼 수 있었는데, 내가 타고 있던 말은 부상을 당해 쓰러졌고 예쉬의 말은 피투성이가 된 몸으로 날뛰고 있었다.

상처가 꽤 심해 보였는데 많이 놀라서 그런지 아픈 것도 모르는 모양이었다.

"아사 님!!"

다급히 달려와 날 부축하는 케이도 얼굴에서 피를 흘리고 있었다.

"난 괜찮아."

손을 저어 보이며 케이의 상처를 보니 마치 날카로운 칼에 베인 것 같다.

'자동 실드 아이템 팔찌를 끼고 나오길 잘했구나.'

사냥터이다 보니 혹시나 싶어서 강도는 낮지만 위험을 자동으로 감지해 주는 것으로 선택했는데, 그게 정말 도움이 될 줄은 몰랐다.

"그런데 무슨 상처가……."

"아무래도 폭파 장치 안에 날카로운 금속도 같이 들어 있었던 것 같습니다. 폭발할 때의 힘으로 사방으로 날아가게 말이지요. 저는 아사 님 뒤에 있었던 덕에 무사할 수 있었습니다만……."

케이가 말끝을 흐렸지만, 뒷말은 듣지 않아도 알 수 있었다.

나와 예쉬의 앞에 있던 이들은 모조리 쓰러져서 일어나지 못하고 있었으니 말이다.

아무래도 기사나 병사들이 풀 아머 대신 가슴과 어깨 보호대 정도만 간단히 착용한 상태라 피해가 더 컸던 것 같다.

이히히히힝~~! 푸르르르~~

말의 울음소리에 나는 아차 싶어 고개를 돌렸다.

그들에게는 미안하지만 지금은 예쉬가 더 급했던 것이다.

이미 케이처럼 뒤쪽에 있었던 덕에 크게 다치지 않은 기사들과 병사들이 예쉬의 말을 진정시키려 애쓰고 있었지만, 말을 들어먹질 않았다.

예쉬는 나처럼 폭발에 휘말려 나가떨어지지는 않았지만 그 때문에 지금 날뛰는 말 위에 겨우겨우 매달려 있는 상황이었다.

"자아, 진정, 진정!!"

푸르릉~ 푸르르릉~!!

말이 날뛰지 않으면 온몸을 마구 흔들어대서 아무도 쉽게 다가가질 못했다.

"예쉬! 내 말 들려? 차라리 고삐를 놓고 떨어져! 내가 받아 줄게!!"

예쉬가 말에게서 떨어지기만 하면 바람을 불러 낚아챌 수 있었기에 외쳤지만, 내 말이 안 들리는 모양이다.

하기야 저렇게 날뛰는 말 위에 붙어 있으니 어디 제정신이겠는가?

"미치겠네! 차라리 말을 죽이는 게 어때?"

다급하니 말의 생명이고 뭐고 눈에 뵐질 않았다.

"자칫 전하께서 다치실 수도 있습니다."

말의 다리를 부러뜨리거나 죽이는 건 어렵지 않은데, 그 위에 예쉬가 있다는 게 문제였다.

말이 쓰러지는 와중에 예쉬가 떨어지거나 깔리기라도 하면 더 큰일이었으니 말이다.

한데 그때였다.

"아사 님!!"

옆에 있던 케이가 갑자기 날 껴안고 몸을 돌림과 동시에 핑 핑~ 하는 소리가 들려왔다.

"컥!!"

"화, 화살!!"

푸히히히힝~~!!

더 크게 울부짖는 말 울음소리에 다급해진 나는 케이의 품에서 벗어나 바람을 불렀다.

하지만 한발 늦어서 벌써 두 병사와 기사 한 명이 화살을 맞고 쓰러져 있었다.

내가 바람을 불러 우리를 감싸고 있는 와중에도 화살은 계속 날아왔다.

약간 짧은 화살.

분명 단궁인지 석궁인지 하는, 사거리는 짧으나 대신 관통력이 강한 활이라고 배웠었다.

기실 처음에는 내가 부른 바람을 뚫고 들어와 난 황급히 바람의 세기를 강화시켜야만 했다.

"케이, 화살 쏘는 녀석들을 처리할 수 있어?"

"하, 하지만……."

내가 무슨 말을 하려는지 예상한 케이가 대답을 못 하고 머뭇거렸다.

분명 화살 쏘는 놈들을 처리하러 가면 나 혼자 남는 걸 걱정하는 거였다.

"저놈들을 처리 못 하면 계속 공격해 댈 거 아냐. 게다가 나도 내 몸 하나는 지킬 실력이 있거든? 여기는 내가 알아서 할 테니 넌 우릴 공격하는 놈들을 맡아. 너라면 얼마든지 다 처리할 수 있겠지?"

솔직히 화살을 날리는 놈들을 처리하라고 보내는 게 더 위험할지도 몰랐다.

하지만 일단 누군가는 저놈들을 처리하든 방해하든 해야 했고 케이는 실력이 뛰어났으니까 나는 선뜻 케이를 보내기로 했다.

믿는다는 시선을 보내며 단호하게 말하자 케이가 허리를 숙여 보였다.

"명 받듭니다."

그리고 지체 없이 활이 날아온 쪽으로 달려가자 나는 다시 말 쪽으로 시선을 돌렸다.

여차하면 예쉬가 더 다치는 걸 각오하고 말을 제압할 생각이었는데, 이미 폭발로 인해 크게 다쳤던 녀석은 화살까지 맞자 더 이상 버티기 힘들었는지 털썩 무릎을 꿇었다.

아까 화살 맞았을 때 더 크게 날뛴 건 마지막 몸부림이었던 모양이다.

"예쉬!"

"전하, 제 말이 들리십니까? 전하, 정신 차리십시오!"

나보다도 한발 먼저 예쉬에게 다가간 기사가 예쉬가 기절한 걸 발견하고 얼른 몸을 감싸 안으며 가볍게 흔들어봤지만, 예쉬는 쉽게 정신을 차리지 못했다.

그 와중에도 떨어지지 않으려고 말의 목을 꽉 부여잡고 있었는데, 그 상태로 손이 굳어져서 펴지질 않았다.

거기다가 안장에 연결되어 있는 등자의 줄이 꼬여서 발을 빼내기가 어려울 정도였다.

'이래서 말에서 떨어지지 않을 수 있었던 건가?'

그걸 본 나는 지체 않고 옆에 있던 병사에게 손을 내밀었다.

"혹시 물을 가지고 있는가?"

"아, 넵!"

그 병사가 얼른 허리에 찬 물통을 꺼내서 나에게 건네주자 나는 망설이지 않고 냅다 예쉬의 얼굴에 부어버렸다.

"헙!"

옆에서 헛숨을 삼키는 소리가 들렸지만, 누구도 말리려 하지는 않았다.

물통에 가득 든 물을 다 부어버리자 예쉬가 어푸푸~ 하며 황급히 눈을 떴다.

'아, 다행이다. 이렇게 해도 눈을 안 떴으면 따귀를 날렸을 거야.'

"푸헛, 콜록, 콜록~ 아, 아사?"

코로 물이 들어갔는지 예쉬가 격하게 기침을 해대자 기사가 얼른 예쉬의 등을 쓸어주며 진정시켰다.

"그래, 정신 차렸어?"

"그냥 곱게 깨워도 깼을… 어헛……."

투덜투덜대며 몸을 일으키려고 하던 예쉬가 순간 중심을 잃고 비틀거렸다.

그를 부축하고 있던 기사가 아니었으면 아마 앞으로 고꾸라졌을 거다.

하지만 나는 그걸 배려해 줄 여유가 없었다.

지금도 케이는 혼자 놈들을 상대하고 있을 테니 말이다.

빨리 예쉬를 안전한 곳으로 치우고(?) 케이를 도우러 가야 한다는 생각에 인정사정없이 예쉬를 재촉했다.

"빨랑빨랑 일어나. 시간이 없다고!"

"아우~ 나도 급한 건 아는데… 으아악! 아파, 아파!"

예쉬가 당혹한 표정으로 말을 이으려 했지만, 나는 듣지도 않고 거의 반강제적으로 예쉬의 굳은 손가락을 펴기 시작했다.

"참아!"

"저, 전하… 부디 살살 좀…….'

옆에서 기사와 병사가 만류하려 했지만 들은 척도 안 하고 힘을 팍팍 줘 예쉬의 손을 말의 목에서 떼어낼 즈음, 다른 기사가 등자의 꼬인 줄을 잘라내 예쉬를 말 위에서 끌어 내릴 수 있었다.

"다친 데 없지? 걸을 수 있어?"

처음에는 좀 휘청거리긴 했지만 곧 제대로 서는 예쉬에게 묻자 그가 머쓱하게 웃으며 고개를 끄덕였다.

"아아…….'

하기야, 혼자서도 곧잘 이리저리 움직이는 걸 보니 멀쩡해 보이긴 했다.

얼굴에 난 자잘한 스크래치 정도야 상처라고하기도 뭣했고 말이다.

"그래도 말에서 낙마하지 않으셔서 다행이지요. 낙마하셨더라면 얼마나 더 다치셨을지…….'

호위기사의 말에 나는 대충 고개를 끄덕이고 본론을 꺼냈다.

"안 다쳤고 걸을 수 있다니 잘됐네. 그럼 알아서 잘 피할 수 있지? 난 이만…….'

대충 손을 흔들어주고 서둘러 자리를 뜨려고 하자 예쉬 녀석이 내 팔을 잡았다.

"어딜 가려고?"

얼마나 꽉 붙들었는지 가볍게 흔드는 걸로는 떨쳐지지 않아 절로 인상이 그어졌다.

'아따, 남은 다급하건만……'

"케이를 혼자 보내놨단 말이야. 어서 가서 도와야 해."

"너 혼자 가서 뭘 하려고. 같이 가!"

"여기 뒤처리도 누군가 해야 하잖아. 그건 네가 잘할 테니 네가 좀 해."

그렇게 말하면서 고개를 돌리는데, 갑자기 엄습해 온 기묘한 느낌에 나도 모르게 휘청거렸다.

"어헛……"

"아사!! 왜 그래? 응?"

"아니 그……"

처음 겪어보는 일이라 스스로도 얼떨떨해 뭐라 말을 못 했다.

그러니까 어떤 기운이 퍼져 나와 내 주변의 모든 기운을 엉클어뜨렸는데, 그 영향으로 나와 바람의 연결마저 끊어졌던 것이다.

아픈 데는 없었고, 바람도 다시 불러오면 되지만, 마치 누군가에 의해 잘 잡고 있던 친구의 손을 강제로 놓쳐 버린 기분이라 꽤나 불쾌했다.

물론, 내가 불러온 바람도 멈춰 버렸고 말이다.

그와 함께.

"헛!"

호위기사가 얼른 우리 앞을 가로막으며 검을 뽑아 들었다.

어느새 나타난 웬 시커먼스들이 주변을 둘러싸고 있었던 것이다.

눈만 빼꼼 내놓은 채 머리끝부터 발끝까지 시커먼 옷으로 감싼 이들은 10명이나 되었는데, 좋은 의도로 온 건 아니었는지 저마다 무기를 꺼내 들고 있었다.

"전하, 여기는 저희가 맡겠습니다."

"어서 두 분은 피하십시오."

단둘만 남은 호위기사들은 상대가 안 된다고 생각했던지 결연한 표정으로 속삭였다.

한데, 거기다 더해 예쉬마저 날 자신의 뒤로 밀어내는 것이었다.

"아사, 넌 어서 피해! 저들은 날 노리고 있는 거니까 나와 떨어지면 널 쫓지는 않을 거야."

물론 난 예쉬의 말을 타박으로 되돌려줬다.

"멍청한 소리도 상황 봐가면서 해야지. 됐고, 네 몸 정도는 네가 알아서 지킬 수 있지? 난 아직 널 지켜가며 싸울 수 있는 수준이 아니거든."

그리 말하며 내가 예쉬의 옆구리를 쿡 찔러 밀어낸 뒤 옆에 나란히 서자, 이 녀석이 고마워하기는커녕 목소리를 높이는 것이었다.

"아사!"

"나 귀 안 먹었다. 그리고 내가 혹시나 싶어 말해두는데, 널 생각해서 남으려는 게 아니야. 내가 혼자 떨어져 나가면 저놈들 중 절반이 여기 사람들 발목을 잡고 나머지 놈들이 날 잡아서 인질로 삼으면 어쩔래? 그러면 너나 저 기사들이 제대로 된

대응이나 할 수 있겠어?"

뭐, 저 기사들은 그럴 수 있을 지도 모르겠다.

그들은 다 예쉬의 호위기사였던 것이다.

안타깝게도 내 호위기사들은 폭발과 화살에 맞아 쓰러졌고, 한 명 남아 있던 케이도 화살을 날린 놈들 처리하러 보냈으니…….

'아우~ 다음부턴 호위기사가 최소 10명씩 꼭꼭 들러붙는 거 아니야?'

평소 호위라고 대여섯 명이 따라다니는 것도 여전히 불편한데 말이다.

긴장감을 풀기 위해 쓸데없이 투덜거리는데 문득 뭔가가 거슬렸다.

'음? 뭐지?'

왜, 그런 거슬림이 있지 않은가.

분명 아는 단어인데 막상 머리에서 떠오르지 않는 그런 느낌.

내가 지금 바로 그런 느낌이었다.

뭔가 시원 명쾌하게 떠오를 게 있는데, 떠오를 듯 말 듯 해서 사람을 감질나게 만들었다.

'아~ 뭐지?'

하지만 때가 때이다 보니 고개를 갸웃갸웃거리던 나는 예쉬의 외침에 퍼뜩 정신을 차리고 눈앞의 상황에 집중했다.

"온다!"

눈앞의 시커먼스들이 친절하게 기다려 줄 리가 없었던 것이다.

우리를 둘러싼 놈들이 동시에 무기를 꼬나쥐고 덤벼들자 나는 잽싸게 뒤를 돌며 외쳤다.

"윈디 피스트!!"

내 앞에는 호위기사 둘이 있어 정면을 향해 쓸 수는 없으니 뒤에서 덤벼드는 놈들을 노린 거였다.

놈들이 나를 향해 달려들 때에 맞춰서 시동어를 외친 덕분에 놈들은 막 형성된 바람의 주먹에 스스로 몸을 던지는 꼴이 되고 말았다.

"큭!"

"윽!"

"웃!"

하지만 아쉽게도 바람의 주먹에 맞은 건 단 세 녀석뿐.

나머지는 자신들의 동료가 뒤로 날아갔는데도 눈 하나 깜짝 안 하고 달려들었다.

"조심!!"

그러자 예쉬가 이번에는 자신의 차례라는 듯 검을 빼 들고 마주 달려갔는데, 아쉽게도(?) 한 녀석을 막아서는 게 고작이었다.

'헉!'

예쉬가 미처 막지 못한 놈이 옆에서 단검을 들고 달려들자 나도 급히 손목에서 검을 풀어 들고 그놈의 앞을 막아섰다.

오른쪽 손목에 찬 팔찌는 마법 아이템이었고, 왼쪽 손목에 찬 건 팔찌로 위장하고 있던 검이었던 것이다.

치링~

내가 먼저 검을 휘두르며 공세를 펼치자 녀석 또한 단검을 들어 올리며 막아섰다.

씨익~

내 검과 녀석의 단검이 부딪히는 순간 절로 흘러나온 의미심장한 내 웃음에 놈이 흠칫하며 뒤로 물러나려 했지만, 살짝 늦었다.

쉬익~

단검에 막힌 검은 낭창하게 휘어지며 그대로 놈의 손목과 팔뚝까지 휘릭 감아버렸던 것이다.

놀라움으로 커진 놈의 눈을 바라보며 나는 인정사정없이 그 검을 그대로 잡아당겨 버렸다.

쓰악~

투두둑.

그다지 힘을 줘 잡아당긴 게 아니었음에도 팔의 절반이 잘려 나가며 대량의 피가 쏟아졌다.

'이래 봬도 마법 검이라고!'

나이젤 아저씨가 엄청 신경 써서 만들었다며 선물로 줬더랬다.

놈의 한쪽 팔을 날려 버린 나는 다른 쪽 손으로 블라우스에 달아놓은 커다란 에메랄드 브로치를 잡으며 외쳤다.

"라이트닝 볼트!"

"크악!"

팔이 잘릴 때는 신음 하나 내지 않던 놈이 새파란 전기 덩어리에 적중되는 건 아팠는지 비명을 지르며 그 자리에서 쓰러졌다.

그때 내 반대쪽에서 다른 녀석이 예쉬에게 단검을 날리는 모습이 보여 식겁했는데, 놀랍게도 예쉬의 망토에 명중된 단검이 그대로 튕겨 나갔다.

'그래서 예쉬가 멀쩡할 수 있었던 거였구만?'

타고 있던 말은 폭탄 파편도 맞고 화살도 맞았건만 예쉬는 하나도 안 맞고 멀쩡한 게 신기했었는데 그게 다 이유가 있었던 거였다.

지금도 시커먼스보다는 예쉬의 실력이 한 수 낮았지만, 예쉬가 걸치고 있는 망토가 웬만한 공격은 감당해 줘서 예쉬가 버틸 수 있었다.

'뭐가 어찌 됐든 막아내면 장땡이지!'

그리 생각하며 나는 반대편에서 예쉬에게 단검을 날린 놈에게 달려들었다.

반대편에 있었던 놈은 방금 전에 상대하던 놈과는 확연히 달랐다.

그는 방금 전 자신의 동료가 나에게 당한 걸 봐서 그런지 함부로 덤비는 대신 나와 거리를 벌린 채 천천히 주변을 맴돌기만 했다.

'뭐지?'

덕분에 나는 속으로 좀 당황했다.

항상 나에게 먼저 덤벼드는 놈들만 상대해 봤던 터라, 이런 경험은 또 처음이었던 것이다.

하다못해 란데마저도 언제나 먼저 발을 날려 나는 맞공격하거나 방어하거나 둘 중 하나를 고르는 게 버릇이 되어 있었는데, 저 시커먼스는 아예 덤벼들 생각을 안 하니 나도 모르게 순간적으로 머뭇거리고 말았다.

그런데 그때!

"황녀 전하, 조심하십시오!"

한 기사의 외침에 나는 살피고 자시고 할 것도 없이 반사적으로 몸을 옆으로 날렸다.

쉬익~

그와 함께 내가 있던 자리를 가르고 날아가는 단검 두 개.

단검이 날아온 곳으로 시선을 돌리니, 아까 내가 바람의 주먹으로 날려 버렸던 놈들이 달려오는 게 보였다.

즉, 놈은 함부로 덤비는 대신 자신의 동료를 기다리고 있었던 것이었다.

'아으씨~ 이럴 줄 알았으면 내가 먼저 공격할걸.'

윈드 피스트가 살상력이 높은 공격 마법이 아니라는 걸 염두에 두고 있어야 했는데 말이다.

후회는 되었지만 두렵지는 않았다.

이런 녀석들 따윈 란데에 비하면 보름달 앞의 반딧불이었던 것이다.

'란데 덕분에 맷집과 간덩이만 좋아진 거 같다니까.'

게다가 더 다행스럽게도 아까 나에게 소리쳐서 경고해 준 기사가 자신의 발목을 잡고 있던 두 녀석을 처리하고 달려오고 있는 덕에 한시름 덜 수 있었다.

그렇게 상황이 순조롭게 풀려 나갈 것 같아도 마지막의 마지막까지 조심했어야 했는데, 내가 너무 미숙했다.

"전하, 저도 가고 있습니다!"

잠시 후 또 다른 기사가 외치는 소리가 들려오자 순간 나도 모르게 틈을 보였던 것이다.

이제 곧 끝낼 수 있다는 안도감에 나도 모르게 몸의 긴장이 슬쩍 풀렸는데, 놈들이 그걸 놓치지 않았다.

한 녀석을 뒤로 물러나게 하려고 위협용으로 검을 내질렀는데, 오히려 녀석이 옆구리가 베이는 걸 감수하며 거리를 좁히고 들어와 역수로 쥔 검을 휘둘렀다.

'아차!'

어정쩡한 마음으로 검을 내지른 게 실수였다.

목이 날아가게 된 상황에 헛바람을 토해내며 황급히 몸을 비틀었지만, 녀석이 내 팔을 자신의 겨드랑이로 꽉 잡고 있어 여의치가 않았다.

게다가 그 틈을 놓치지 않은 다른 녀석도 달려들어 결국 내 피를 보게 될 것 같은 그때.

촤악~!

옆에서 달려들던 녀석이 갑자기 쓰러지며 그 뒤에서 반가운 얼굴이 나타났다.

"괜찮아?"

"료우~!"

놀라움 반, 반가움 반이 뒤섞인 목소리로 그를 부르자 료우가 희미하게 웃어 보였다.

"제때 왔지?"

"당연히 굿 타이밍이겠지요. 근처에서 계속 지켜보고 있었으니까요."

뒤이어 내 목을 노리고 검을 날린 녀석을 처리하며 나타난 케이가 못마땅한 기색을 숨기지 않으며 투덜거렸다.

"케이!"

"지금 돌아왔습니다, 아사 님. 좀 더 일찍 돌아오지 못해 죄송합니다."

케이가 침통한 표정으로 한쪽 무릎을 꿇으며 고개를 숙이기에, 나는 얼른 손을 내저었다.

"아냐, 아냐. 무사히 돌아와서 정말 다행이야. 괜히 혼자 보냈나 싶어 얼마나 걱정했다고."

별 탈 없어 보이는 케이의 모습에 안도하며 나는 그의 손을 잡고 일으켰다.

"혼자서 놈들을 처리하느라 수고했어."

그와 함께 어깨를 툭툭 두드리며 노고를 치하했더니, 어째 케이의 표정이 더 어두워지는 것이었다.

"응? 혹시 무슨 일이 있었어?"

확연하게 보일 정도로 어두워지는 케이의 분위기 때문에라도 안 물어볼 수가 없었다.

한데, 케이가 채 입을 열기도 전에 숲속에서 어슬렁거리며 나타난 한 존재 덕에 나는 대답을 듣지 않아도 어떻게 돌아가는 상황인지 짐작할 수 있었다.

"다시 뵙습니다, 황녀 전하. 그동안 강녕하신 것 같아 다행입니다."

"헐······."

사이먼의 뒤로 황궁기사들과 병사들이 우르르~ 몰려 나와 주변을 정리하는 모습에 나는 헛웃음을 흘렸다.

그와 함께 아까 꽤나 신경 쓰이던 거슬림의 정체를 깨달을 수 있었다.

'참 내, 울 아빠가 날 그렇게 보낼 분이 아니라는 걸 뻔히 알면서 왜 진즉 뭔가 더 있을 거라고 눈치채지 못했을까나.'

평소, 그러니까 1황비 궁에 갈 때도 최소 익스퍼트 중급의 실력자를 5명이나 붙여놓는 아빠가 오늘 내가 단 세 명의 기사와 가겠다고 하는 걸 선선히 허락해 줄 때부터 이상하게 여겼어야 했는데 말이다.

그 셋의 실력이 호위기사들 중 상위를 다투는 것도 아니었다.

케이와 친해지라고 비슷한 나이대로 찾다 보니 케이만 익스퍼트 중급이었고, 나머지 둘은 익스퍼트 초급이었던 것이다. 물론 그 실력들도 대단한 거지만, 내 주위에는 워낙 대단하신 분들이 많아서······.

'그 정도면 진즉에 눈치챘어야 했는데, 정말 아무 생각 없었구나, 나.'

만약 진즉에 이상함을 깨달았다면 이어서 아빠가 다른 조취를 취했다는 것도 눈치챌 수 있었을 텐데, 아쉽다.

그랬다면 아까 시커먼스들에게 습격당했을 때 케이 홀로 숲으로 보내지 않았을 테고, 상황도 좀 더 일찍, 쉽게 정리할 수 있었을 거다.

난 그때 예쉬와 나, 그리고 예쉬의 호위 둘과 케이, 이렇게 단 다섯이 모든 걸 해결해야 하는 줄 알고 좀 초조해서 조급하게 굴었다.

나는 괜찮은데 혹여나 예쉬가 다칠 수도 있었으니 말이다.

이미 지뢰 같은 장치로 인해 기사들과 병사들 절반 이상이 쓰러진 이후라서 더 여유를 잃어버렸다.

"참, 쓰러진 사람들은?"

들것에 실려 이동되는 호위기사들과 병사들을 바라보며 묻자 사이먼이 고개를 끄덕였다.

"다행히 호위기사들은 괜찮습니다. 부상이 크기는 하지만 충분히 회복 가능할 테니까요. 하지만 병사들은… 일단 몇 명의 목숨은 건졌는데, 회복할 수 있을지는 의원이 판단해 주겠지요."

"그렇군요."

슬쩍 옆으로 다가와 사이먼의 보고를 듣던 예쉬가 씁쓸한 얼굴로 고개를 끄덕였다.

그 표정이 맘에 안 들어 한마디 하려고 했는데, 사이먼이 한발 빨랐다.

짝!!

강한 박수 소리로 이목을 집중시킨 사이먼이 입을 열었다.

"자! 두 분, 자세한 이야기는 나중에 하시고 서두르시지요. 점심때가 다 되었거든요. 두 분이 제시간에 나타나지 않으면 황비님께서 즉시 수색대를 조직할지도 모릅니다. 뒷정리는 저희가 알아서 하도록 하겠습니다."

점심은 아까 우리가 모였던 그 숲 입구에서 다 같이 하기로 되어 있었다.

그의 말대로 예쉬와 내가 제시간에 나타나지 않으면 다들 이상하게 여길 게 분명했다.

사이먼이 뒤쪽을 향해 손짓을 하자 한 무리의 기사들과 병사들이 아까 우리가 타고 온 말과 비슷하게 생긴 말 두 마리를 끌고 왔다.

"지금부터는 저들이 두 분을 모실 겁니다. 그리고 두 분은 여기까지 왔으나 사냥감을 발견하지 못해서 그냥 가볍게 승마만 즐기다가 돌아가시는 겁니다. 참, 료우 경은 숲속에서 우연히 만나 함께 돌아가시는 걸로 하면 되겠지요?"

반론은 허락하지 않겠다는 기세에 우리는 얌전히 고개를 끄덕이고 그가 챙겨주는 대로 받아 들고는 그곳을 빠져나와야 했다.

사이먼이 너무나 빠르게 휘몰아쳐 대는 바람에 제대로 머리가 굴러가기 시작한 건 사건 현장을 떠난 지 한 10분 정도 지나서였다.

"나 원… 정신이 하나도 없네."

사이먼의 준비는 완벽해서 어느 누구도 우리가 습격당했다는 걸 알아차리지 못할 것 같았다.

그래도 혹시나 싶어 하나하나 점검해 보는데, 옆에서 말을 몰아가던 예쉬 녀석이 이때다 싶었는지 불쑥 입을 열었다.

"미안. 나 때문에 곤란한 일을 겪게 해서."

힐끔 시선을 돌리니 예쉬가 난처한 표정으로 쓴웃음을 머금고 있었다.

아직 팔팔한 녀석이 또 애늙은이 같은 표정을 짓고 있다고 혀를 끌끌 차는데 예쉬의 말이 이어졌다.

"아까 그자들, 분명 날 노린 거였을 거야."

"뭘 새삼스레. 여기서 누군가에 노려질 만한 사람이 너 외에는 없잖아."

지금 황궁은 황제파와 귀족파, 중립파로 나뉘어 있는데, 귀족파의 대표자는 1황자와 3황자의 외조부인 타우젠드 후작이라고 했다.

예쉬네 외조부는 황제파에 속한 귀족 중 한 사람이었고 말이다.

그것만으로도 사이가 안 좋을 만한데, 황태자 자리까지 걸려 있다면 다툼은 더 심해질 수밖에 없을 거다.

'한데 벌써 이렇게 대놓고 일을 벌일 줄은 몰랐는걸. 아빠가 멀쩡하게 버티고 계시니 싸우더라도 물밑에서 할 거라고 생각했는데.'

내가 너무 안일했던 건 아닌지 조금 반성하고 있던 나는 예쉬를 돌아봤다.

"혹시 이렇게 습격당한 적이 전에도 있었어?"

"아니, 오늘이 처음이야."

"암살자는?"

"하하하… 없었어. 아니, 솔직히 지금은 잘 모르겠다. 그동안 내가 모르는 사이에 처리되고 있었던 건지도. 하지만, 내가 알기로는 없었어."

기운 없는 어조로 약간 횡설수설하는 걸 보니 아무래도 충격이 컸나 보다.

'그게 당연하지. 별 느낌 없는 내가 이상한 걸 텐데. 이것도 엄마 교육 덕인가?

그러고 보면, 나도 살기를 가지고 덤벼든 사람을 상대한 건 처음이었건만 별 느낌이 없었다.

오히려 생각지 못한 폭발과 화살 공격 때문에 쓰러진 기사들과 병사들을 돕지 못한 것이 안타까웠을 뿐.

노려지는 게 내가 아니라서 태평할 수 있었던 걸까?

'어쩌면 아까 료우와 케이가 나타나지 않았더라면 그 시커먼스들 정말 내가 처리했을지도……. 옴마, 내가 점점 조인족화되고 있나 봐.'

직접 처리하게 된다면 다를지 모르겠지만, 지금 생각으로는 충분히 할 수 있을 거 같다.

"만약 오늘 아사, 네가 조금이라도 다쳤다면 난 나 자신을 용서할 수 없었을지도 몰라. 네 어머니께도 정말 죄스러울 거고."

그 와중에 이어지는 예쉬의 말에 나는 푸핫~ 하고 웃음을 터뜨렸다.

"야, 야, 걱정 마. 내가 다쳐서 피를 철철 흘리거나 뼈가 부러졌어도 우리 엄마는 코웃음을 치며 이렇게 말할 거야, '살아 있으니 됐다'."

엄마 특유의 표정과 덤덤한 목소리를 흉내 내며 말했지만, 예쉬는 내가 자신을 위로하려는 줄 알았는지 힘없이 미소 지을 뿐이었다.

"어라? 안 믿냐? 아, 하긴. 넌 울 엄마를 본 적 없지? 우리 엄만 예전에 내가 비행 연습하다 추락했는데도 눈 하나 깜짝 안 했어. '뼈 좀 부러진다고 안 죽는다. 원래 애들은 크면서 다들 뼈 한두 번씩은 부러져 보는 거야'라는 게 울 엄마의 지론이었다니까. 거기다 다쳐도 포션은 못 쓰게 했어. 이건 너도 알 텐데? 내가 매일 다친 채로 1황비 궁에 갔던 거 너도 봤잖아."

그제야 긴가민가하는 표정으로 돌아보는 예쉬에게 나는 확실히 말해줬다.

"지금에야 하는 말이지만, 난 예전에 우리 엄마가 진짜 친엄마인지 진지하게 고민한 적까지 있었다니까. 오늘도 내가 만약 다쳤다면 우리 엄마는 분명 칠칠치 못하게 그깟 놈들에게 당했냐고 그러면서 더 빡세게 훈련받게 했을 걸?"

생각만 해도 끔찍했기에 온몸을 부르르~ 떨다가 예쉬를 째려보며 엄하게 말했다.

"그러니까 너도 쓸데없는 생각 말고 앞으로 검술 훈련이나 좀 더 빡세게 받아! 아까 네가 다칠까 봐 내가 얼마나 조마조마했는데!! 진짜 네 그 망토 때문에 살았다."

그러면서 예쉬가 걸치고 있는 망토를 바라보자 그제야 예쉬가 표정을 풀고 평소의 모습으로 돌아왔다.

"풋~ 그래, 그래야겠어. 그리고 이 망토도 항상 챙겨야지. 외조부님이 이번 생일 선물로 주신 거라 오늘 특별히 입고 나온 거였는데, 이런 능력이 있는 줄은 몰랐네. 그냥 간단한 마법이 걸려 있는 거라고만 하셨는데."

"네 외조부님? 그거 혹시 더 구할 수 없냐? 많이 비싸지 않으면 몇 벌 구하고 싶은데."

"네가 입게?"

"아니, 선물용."

망토의 뛰어난 능력을 보고 딱 찍어뒀었다.

내가 입는 건 어려울 거고—엄마가 허락할 리가 없으니—가능하면 나중에 제이와 케이에게 선물로 줄 생각이다.

'아, 료우도! 오늘 도움도 받았는데…….'

그제야 료우에게까지 생각이 미친 나는 그때까지 그와 제대로 인사도 못 했다는 걸 깨닫고 황급히 그에게로 시선을 돌렸다.

"료… 우?"

료우가 나를 바라보고 있던 탓에 곧바로 시선이 마주쳤는데, 어째 료우가 나를 바라보는 시선이 묘~ 했다.

애틋한 것 같기도 하고 동류를 보는 듯 친근감이 느껴지기도 하고…….

오랜만에 만난 친구라서 그런가 싶어 고개를 갸웃하는데 료우가 슬쩍 다가와 팔뚝을 툭툭 두드렸다.

"그래, 너도 고생했다."

'너도?'

얘도 나처럼 어렸을 때 집에서 특훈받고 그랬었나 보다.

'흐미, 가슴 찡한디~ 그래그래, 너도 나중에 그 망토 꼭 선물해 줄게. 구할 수 있으면.'

그건 그거고, 인사는 인사였기에 나는 입을 열었다.

"참, 이미 한참 늦었지만 오랜만이야 료우. 아까 도와줘서 정말 고마웠어."

"별로, 사실은 일찍 나가서 도와주고 싶었는데 펄시윅 경이 막아서는 바람에……."

"아냐, 아냐, 그 인간 성격이라면 그러고도 남아."

사이먼을 떠올리는지 못마땅한 표정을 지어 보이는 료우에게 나는 손을 내저으며 말했다.

아마 내가 실수로 위험에 처하지 않았더라면 사이먼은 끝까지 료우를 잡고 있었을 게 뻔했다.

케이도 마찬가지였을 거다.

활을 쏘는 녀석들을 처리하러 숲에 들어갔다가 그대로 붙잡혔겠지.

사이먼이 사람들을 데리고 있었으니 활 쏜 녀석들을 처리하는 건 어렵지 않은 일이었을 테고.

"어, 근데 료우 넌 어떻게 펄시윅 경이랑 같이 있는 거야? 아까 아침에 안 보이기에 안 오는 줄 알았는데."

"일이 있어서 좀 늦게 도착한 거야. 도착하자마자 널 찾으러 가는 중에 그를 만나 붙들린 거였고."

"그랬군. 역시, 타렉 경의 결혼 행사인데 네가 빠질 리가 없겠지."

"미안. 서두르려고 했는데 여의치가 않아서……."

"아니, 뭐, 나한테 미안해할 건 없지."

그렇게 셋이 이것저것 이야기를 하고 있으려니 어느새 아까의 우울했던 분위기도 많이 사라져 있었다.

마침 숲을 거의 다 빠져나온 차라 이대로라면 즐겁게 점심 식사를 할 수 있겠다고 생각했건만, 어째 숲 밖의 분위기가 이상했다.

이미 숲 안으로 들어갔던 많은 이가 돌아와 있었는데, 삼삼오오 모여 웅성웅성거리는 모습 어디에서도 사냥으로 인한 흥분이나 즐거운 점심을 기대하는 기색은 보이질 않았다.

"뭐야, 왜들 이런대?"

당혹스러운 기분에 급히 1황비를 찾았더니 거기에는 타렉경과 3황비의 아들인 브렌트까지 와 있었다.

"여, 이제 와?"

"형님, 오셨어요? 한데 분위기가 왜 이런 겁니까?"

분위기가 안 좋다 보니 편히 인사를 나누기도 어려웠다.

"아아, 3황자가 괴한들에게 습격을 당했다며 당장 추격해야 한다고 난리를 쳐서."

"습격이요? 3황자가요?"

"숲에서 사냥을 하는데 괴한이 나타나서 덤벼들었다더군. 다행히 호위기사들이 잘 막아줘서 무사히 몸을 피할 수 있었대."

브렌트의 설명에 나와 예쉬는 자연스레 시선을 주고받았다.

'예쉬만 습격을 당한 게 아니라 쟤도 당했다고? 근데, 쟤는 왜 난리래? 사이먼은 우리한테 아무 일도 없었던 척하라고 하던데…….'

앞을 둘러싼 사람들 사이로 슬쩍 보이는 3황자의 몰골은 정말 고생을 했는지 엉망이었다.

"왜 막으시는 겁니까!! 황비 전하께서는 제 말을 믿지 않으시는 겁니까? 아니면, 제가 습격당한 게 별일 아니라고 생각하시는 겁니까?"

"당장 사냥 대회를 중지하고 놈들을 추적해야 합니다."

"황제 폐하께도 알려야지요."

3황자뿐만이 아니라 그의 곁에 있는 두 젊은 귀족도 중구난

방으로 떠들고 있었다.

"숲에서 나오자마자 사람들 앞에서 습격을 당했다고 소리를 치는 바람에 사람들에게 다 알려졌을 거야. 저기 같이 있는 귀족이 그 모습을 봤다고 하는군. 그러니 황비님도 난감하신 거지. 3황자의 말이 사실이라면 당장 사냥 대회를 중지하고 추격하는 게 마땅하지만, 그러다간 결혼식 행사 전체가 엉망이 될 수도 있는 일이니……."

"헛."

브랜트의 설명에 덩달아 나도 심각해졌다.

마리엔 황녀의 결혼식이 망쳐지다니, 생각도 못 해봤다.

"그것만이 아닐 거야. 황비님께서 직접 준비하신 행사인데 이런 일이 벌어졌으니, 잘못하면 황비님의 명예는 물론 황실의 명예에 먹칠을 하게 되는 거라고. 우리에게 아무 말도 하지 말라고 한 이유가 그것 때문이거든."

그 뒤를 이어 예쉬가 작게 속삭이며 설명해 주자 나는 3황자에게 날카로운 시선을 돌렸다.

'저 녀석, 혹시 결혼식을 망치려고?'

만약 그런 거라면 난 가만있지 않을 생각이었다.

정략이 아니라 정말 서로가 좋아해서 맺어지려고 하는 인연인데, 축하하고 돕지는 못할망정 훼방을 놓으려고 하는 건 용납할 수가 없었다.

특히나 이 일이 아까 예쉬가 습격당한 일과 연관되어 있다면—나중에 찬찬히 알아보겠지만, 분명 그럴 것 같다—더더욱 가만있을 수 없었다.

'한데, 저 3황자 녀석이 얼마나 대단한 주장을 들고 나섰기에 1황비나 브랜트 황자가 처리 못 하고 있었던 거지?'

3황비는 몰라도 1황비는 벌써 몇 년 동안 황후 대리 역을 맡아 큰 잡음 없이 황실 내정을 관리해 온 만큼 온화한 인상과는 달리 절대 만만한 사람이 아니었다.

브랜트 황자는 몇 번, 그것도 잠깐 만난 게 다라서 확실하지는 않지만, 몇 년 전 아빠한테 하사받은 영지가 거의 다 정비되어 곧 수도로 올라와 아빠 일을 돕게 될 거라고 하는 거 보면 제법 실력이 있는 게 분명했다.

아빠가 무능한 사람을 불러서 일을 맡길 리는 없을 테니 말이다.

과연, 나는 얼마 지나지 않아 그 두 사람이 별 뾰족한 수를 내지 못하고 난감해하는 이유를 알 수 있었다.

3황자 녀석은 딱 한 가지, '황족인 내가 습격을 당했으니 범인을 찾아야 한다!' 라는 주장만 끈질기게 되풀이하고 있었던 것이다.

"황자, 정말 불온한 무리들이 황자에게 살수를 휘둘렀단 말이오?"

1황비의 말에 3황자가 펄펄 뛰었다.

"지금 제가 거짓을 고한다고 생각하시는 겁니까? 그렇다면 제가 뭐하러 범인을 찾아달라 청하겠습니까? 어차피 기사와 병사들이 수색하면 다 드러날 터인데! 게다가 제가 습격당하는 것을 본 자도 있지 않습니까?"

"맞습니다, 황비마마. 제가 두 눈으로 똑똑히 봤습니다. 일단의 무리들이 황자님께 덤벼드는 모습을요. 그 불온한 무리들은 제가 황자님을 돕기 위해 가까이 가자 황급히 도망쳐 버렸습니다."

황자의 옆에 있던 귀족이 거들고 나서는 말에 나는 나도 모르게 '허~' 하고 콧방귀를 뀌었다.

웬만하면 '그런가 보다~'라고 해주고 싶은데, 그것도 어느 정도지.

너무 황당하다 보니 외려 어떻게 입에 침도 안 바르고 저리 술술 말을 내뱉나~ 하는 생각까지 들었다.

'그래 뭐, 예쉬도 습격을 당했으니 저 3황자 녀석도 습격을 당했다 쳐. 그럴 수도 있지. 한데, 황자에게는 겁 없이 덤벼드는 놈들이 귀족 몇 명 나타났다고 도망을 가나? 그놈들은 황자의 호위기사들이 겨우겨우 막을 정도의 실력자라며?'

3황자의 호위기사들과 불온한 무리들이 일진일퇴의 접전을 벌이고 있는 상황이었다면 원군이 더해지는 걸 보고 물러날 수도 있다.

하지만 들어보니 황자의 호위기사들이 불온한 무리를 간신히 막아내고 있었단다.

웃긴 건, 겨우겨우 막아낼 수 있었던 실력자들과 오랫동안 싸웠는데 3황자나 그의 호위기사들 몸에는 겨우 여기저기 긁힌 정도의 부상만 보인다는 거였다.

엉망인 몰골에 비한다면, 참 얕은 부상이었다.

'야, 야, 초등학교 학예회 분장도 그보다는 낫겠다. 치열한 전투를 한 뒤라면 피 좀 묻히고 있어야 하는 게 아니니? 차라

리 산짐승에게 쫓겨서 산속을 헤매고 다니다 왔다고 해라.'

참 허접하기 그지없는 이야기건만, 3황자나 귀족들은 당당하게 사실이라고 주장하고 있었고 우리는 그걸 반박할 증거가 없었다.

"그들의 얼굴을 봤어?"

"검은색 복장에 복면까지 하고 있었습니다."

"예. 맞습니다."

브랜트의 말에 3황자와 귀족이 즉각 대답했다.

"그러니 당장 놈들을 쫓아야 합니다."

"맞습니다. 황족을 습격한 놈들을 그냥 두어서는 안 됩니다."

저들의 허접한 말을 거짓이라고 단정할 수 없다는 상황을 이용해 그 둘은 1황비와 브랜트가 무슨 말을 해도 마치 앵무새인 양 범인들을 잡아야 한다는 소리만 되풀이해 댔다.

한데 하필이면 그 고집스러운 말이 정론이라는 것이었다.

황족이 습격을 당했고, 그걸 본 목격자까지 있으니 수색을 해야 하는 것이 맞았다.

문제는 여기서부터다.

지금 1황비는 수색을 하느냐 마느냐 둘 중 하나를 선택해야 하는데, 둘 중 어떤 것도 선택하기 곤란했으니 말이다.

수색을 하게 되면 오늘 사냥 대회는 당연히 중지가 될 것이고, 이후 수색에 대한 결론이 나올 때까지 모든 행사는 미뤄지게 될 테니 마리엔 황녀의 결혼식은 망쳐질 거다.

문제는 그뿐이 아니다.

수색을 벌이려면 그 이유를 다 밝혀야 하는데, 이런 허접한 이유를 들이댄다면 '난 모든 이들에게 비웃음을 당하고 싶소~' 하고 말하는 꼴이 될 터.

1황비의 명예를 비롯해 황실의 명예까지 추락하게 될 거다.

하지만 1황비가 수색을 하지 않으면 이후 '황족이 습격을 당했는데 왜 수색을 못 하게 막는 거냐!'라는 꼬투리를 제공하게 된다.

그 꼬투리를 잡고 싶어 안달인 사람들도 주르르~ 대기하고 있을 테니 그 후로 1황비의 입장은 상당히 난감해질 게 뻔했다.

여기 있는 모든 이들에게 입막음을 해버릴 수 있다면 간단하겠지만, 밖에 있는 사람들은 몰라도 저 3황자 녀석의 입을 막을 방법이 없었다고 뒤로 슬쩍 물러난 예쉬가 설명해 줬다.

이런 쪽 일은 관심을 끊고 살았던 나보단 예쉬가 빠삭했던 것이다.

"차라리 우리가 습격당했다는 걸 말하는 건 어때? 그럼 허접한 이유로 수색한다는 비웃음은 안 당할 거 아냐?"

"안 돼. 보아하니 누나의 결혼식을 어떻게 해서든 방해하려는 거 같아. 수색을 하게 되는 것 자체가 그 의도에 넘어가는 거야."

"난감하네……."

길게 한숨을 내쉰 나는 다시 예쉬를 바라봤다.

"마리엔 황녀의 결혼식이 그렇게 큰 의미가 있는 거야? 이렇게 거창하게 일을 벌여서라도 꼭 방해를 할 만큼?"

난, 솔직히 이유를 잘 모르겠다.

마리엔 황녀는 황실 내에서 거의 영향력이 없는 황족이라 그녀가 결혼을 하든 말든 큰 파장을 일으키지 않을 터였다.

그녀의 남편이나 친모인 1황비도 황궁에서 절대적인 위치를 가지고 있는 것도 아니었으니까.

1황비가 '황후 대리'라는 직함을 가지고 있긴 했으나 황후가 될 확률은 제로에 가까웠고, 타렉 경도 류니드 공작가 사람이라고 하나 여러 양자들 중 한 명일뿐이었다.

황궁기사단의 부단장 자리가 평범하지 않은 자리이긴 하지만, 황실기사단과 황금 그리폰 기사단이 버티고 있는 황궁 내에서 '대단하다'라는 수식을 붙이기는 어려웠다.

"음, 뭐라고 해야 할까? 정치의 세계에서는 나에게 좋은 일이 남에게는 나쁜 일이 될 수 있고, 나에게는 별 의미 없는 일이 남에게는 큰 의미로 다가올 수 있는 법이거든. 지금 그런 상황이 된 셈이지. 마리엔 황녀에게는 그냥 기쁜 결혼식이지만, 어떤 사람에게는 큰 위협으로 다가온 거랄까? 뭐, 자세한 이야기는 나중에 하자. 그거까지 설명하려면 이야기가 너무 길어져."

"그래그래. 하여간에 지금 상황을 무난히 해결하려면 저 녀석의 입을 다물게 해야 한다는 거지?"

3황자를 가리키며 하는 말에 예쉬가 고개를 끄덕였다.

"맞아."

"좋아. 그럼 내가 나서지 뭐."

때마침 저 녀석의 입을 막을 방법도 딱 떠올랐던 터라 내가 씨익 웃으며 몸을 돌리자 당황한 예쉬가 나를 만류했다.

"야, 야, 뭘 어쩌려고?"

"걱정 마. 게다가 나 이런 거 한번은 해보고 싶었거든."

"뭐?"

'냐하하~' 하고 웃자 예쉬의 얼굴이 황당함으로 물들었지만, 난 아랑곳 않고 목적지를 향해 걸음을 옮겼다.

한국에도 그런 일들이 있었다.

분명 법과 사법 기관들은 정의를 실현하고 억울한 이를 도와주기 위하여 존재하는 것일 텐데, 오히려 반대로 악용당하는 일들 말이다.

악용하는 이들이 법을 근거로 들고 나오니 어떻게 손을 써보지 못하고 속수무책으로 당하는 걸 보면 내 일이 아니라 해도 그렇게 분하고 안타까울 수가 없었다.

'그럴 때 꼭 이렇게 해주고 싶었어.'

여전히 1황비와 브랜트 황자를 앞에 두고 정론을 거머쥔 채 똥고집을 피우는 3황자 녀석에게 척척 걸어간 나는 다짜고짜 주먹을 날렸다.

퍼억~!

내가 다가오는 건 다들 보고 있었지만, 설마 주먹을 휘두를 줄은 몰랐던 터라 어느 누구도 날 막지 못했다.

덕분에 제대로 들어간 주먹은 시원한 소리와 함께 뷰케넌 3황자를 날려 버렸다.

쿠당탕~!!

내 돌발 행동에 일순 할 말을 잃고 굳어버렸던 사람들이 3황자가 나뒹구는 소리에 정신을 차렸다.

"전하!"

"이, 이게 무슨 짓입니까?"

"아사!"

"황녀님!!"

바닥에 나뒹구는 3황자를 부축하는 호위기사에, 나를 향해 감히 큰 소리를 내는 귀족들을 지그시 바라본 나는 당혹감을 감추지 못한 채 나를 부르는 1황비와 브랜트 황자를 돌아보고 히죽 웃어 보였다.

"너, 너! 이게 무슨 짓이야?"

제일 먼저 호위기사에 부축을 받으며 몸을 일으킨 뷰케넌 3황자가 나에게 맞은 턱을 감싸 쥐며 외치자 나는 당당하게 대꾸했다.

"습격."

"뭣?"

일순 이해를 못 하고 벙찐 그에게 나는 친절하게 다시 설명해 줬다.

"내가 너를 방금 습격했다고."

"뭐, 뭣?"

그래도 이해를 못해 되묻는 녀석에게 나는 한 번 더 친절을 베풀었다.

"습격 몰라? '습격'이란 갑자기 상대방에게 달려들어서 치는 거잖아. 방금 내가 한 행동이지."

당당하게 '너를 습격했다'라고 말하는 내 태도에 황당해하던 3황자가 곧 내 의도를 깨달았는지 이를 드러냈다.

이제 3황자 녀석이 '황족이 습격을 당했으니 범인을 찾아야 한다!'라고 주장한다면 그 일 차 수사 대상이 내가 되기 때문이었다.

아까 숲에서 3황자를 습격했던 무리가 나와 관련이 있든 없든 말이다.

말장난 같은 얕은수였지만, 3황자 녀석도 허접한 상황을 가지고 정론을 펼치고 있는데 나는 그렇게 못 하겠는가.

몸 여기저기를 살짝 긁힌 모습으로 '습격당했다!'라고 주장하고 나왔으니, 턱을 한 대 때린 거로 '습격했다'라고 할 수 있는 거였다.

"너, 너, 네가 이런 짓을 하고도 무사할 줄 알아?"

"응."

아주 쌈빡하게 나온 내 대답에 뷰케넌 녀석이 순간적으로 할 말을 잃고 날 바라봤다.

그런 그에게 나는 비죽~ 웃으며 입을 열었다.

"왜? 안 믿겨? 그럼 뭘 어떻게 해보든지. 아, 당장 황궁으로 달려가서 아바마마께 내가 널 습격했다고 일러볼래? 아니면 내가 직접 아뢰어도 되고."

현재 황궁 내에서 나에 대한 아빠의 큰 사랑을 모르는 이가 없었다.

즉, 지금 난 뷰케넌에게 '네가 지금 이 자리에서 얌전히 물러나지 않으면 내가 아빠한테 일러서 직접 손을 쓰게 만들겠다!'라고 협박하고 있는 거였다.

그걸 최대한 얄미운 어조로 말하자 뷰케넌의 얼굴이 분노로 인해 점차 붉어지기 시작했다.

"너, 이, 너, 너어~"

"시끄러. 내가 보자보자 하니까 얼마나 어이가 없던지. 너 말이야, 어디 가서 나랑 한 핏줄이라고 하지 말아줄래? 평소에 얼마나 사방에 원한을 많이 샀으면 이런 한심한 일을 당하냐? 그런데 그걸 또 자랑이라고 떠들어대다니, 내가 다 창피하다. 넌 얼굴이 얼마나 두꺼운 거야?"

팔짱까지 떠억 낀 채 눈을 내리깔며 말하자 녀석이 이제는 이를 빠득빠득 갈기 시작했다.

"뭐? 왜? 할 말 있음 그렇게 이만 갈아대지 말고 해봐."

그렇게 말하면 정말 할 말이 있어도 못 하는 사람이 많다.

뷰케넌도 그런 사람 중 한 명인지 아무 말도 못 하고 있자 나는 눈을 돌려 아까 그 목격자라는 귀족을 바라봤다.

"당신."

"네넷?"

"이름이 뭐지?"

"네?"

"이름이 뭐냐고? 감히 내가 말을 걸기도 전에 먼저 말을 한, 그것도 큰 소리를 내는 사람 이름이 갑자기 궁금해져서 말이지."

"헉, 그, 그런……."

황실 예법에 의하면 황족이 먼저 말을 걸지 않는 한 귀족이 황족에게 말을 걸지 못했다.

즉, 아까 내가 말을 건네지도 않았는데 먼저 버럭 외친 이 귀족에게 난 황족 불경죄라고 몰아붙일 수도 있었다.

이를 깨달은 그는 새파랗게 질려 얼른 내 앞에 무릎을 꿇었다.

"주, 죽을죄를 지었습니다. 부디 용서를……."

"내가 지금 당장 불경죄를 묻겠다고 하면 댁은 증언도 못 하겠다, 그치?"

녀석이 황자 습격 사건의 증인이 되겠다고 나선다면, 그 전에 내가 황족 불경죄로 처벌하겠다고 협박하고 있는 거였다.

그러면서 슬쩍 3황자의 주변에 있던 다른 이들을 하나하나 바라보자 그들이 움찔거리며 뒤로 물러섰다.

"혁, 그, 그게… 그, 그러니까……."

노골적으로 의도를 드러낸 내 말에 덜덜 떨며 시선으로 도움을 청하는 귀족의 모습에 3황자가 참지 못하고 다시 외쳤다.

"너, 너, 넌 내가 절대로 가만두지 않을 거야!!"

하지만 나는 귀를 후비면서 녀석을 노골적으로 무시해 버렸다.

"얼마든지. 뭣하면 내가 아바마마께 직접 말씀드릴 수도 있다니까."

"이 계집이!!"

결국 뷰케넌의 이성이 맞이 가버렸다.

예쉬나 뷰케넌은 황자지만 아빠한테 '아바마마'라고 부를 수 없었다.

나는 예전에 예쉬가 아빠보고 황제 폐하, 황제 폐하, 부르기에 아빠랑 사이가 안 좋아서 일부러 공적인 호칭만 사용하는 건가 했는데 그게 아니었다.

황제가 허락하지 않으면 아무리 친자식이라고 해도 아버지라고 부를 수 없었던 것이다.

아카제브 제국식 홍길동 법이라고나 할까?

아빠는 그걸 이유로 아무에게도 '아바마마'라는 호칭을 허락하지 않았다.

나만 빼고 말이다.

그렇다 해도 예쉬한테 좀 미안한 감이 있어서 공식적인 자리에서는 웬만하면 사용하질 않는 호칭이었는데 지금은 일부러 사용하고 있었다.

'난 너와는 달리 이렇게나 총애받고 있다. 그러니 네놈이 날 뛰어봤자 어찌할 수 없을 거다!' 란 어필을 계속한 것이다.

결국 그로 인해 폭발한 뷰케넌이 막말을 내뱉으며 덤벼들었지만, 소드 유저도 못 된 녀석에게 내가 당할 리가 없었다.

외려 나에게 팔이 꺾이고 목덜미가 틀어 잡혀 버렸다.

"이, 이거 안 놔? 놔! 놓으라고!!"

녀석은 내게서 벗어나려고 몸부림을 쳤지만 소용없었다.

"시끄러. 그냥 이대로 확 목을 부러뜨릴까 보다!"

하지만 녀석의 말투가 너무 얄미워 협박을 했더니 뷰케넌의 호위기사들이 다급히 나섰다.

"저, 전하!!"

"안 됩니다!"

나 또한 황녀다 보니 함부로 나서지 못하고 발만 구르고 있다가 직접적인 협박에 안 되겠다 싶었던 모양이다.

"제발 놔주십시오."

"마마, 그분은 마마의 오라버니이십니다."

"흥."

뭐, 나도 일을 더 크게 만들고 싶은 생각은 없었기에 순순히 손에 힘을 풀며 뷰케넌을 슬쩍 호위기사들 쪽으로 밀어버렸다.

"너! 이!"

한데, 황급히 호위기사들 뒤로 몸을 피하면서도 정신을 차리지 못하고 나를 죽일 듯이 노려보며 이를 갈기에 피식 웃으며 입을 열었다.

"2차전 할까? 나도 뭔가 화끈하게 하지 않고 끝내려니 좀 허탈한데. 너도 하고 싶은 거 아냐?"

"아, 아닙니다. 전하께선 지금 많이 피로하셔서……."

"저희는 이만 전하를 모시고 돌아가도록 하겠습니다."

내 말에 뷰케넌 보다는 호위기사들이 움찔하더니 1황비에게 인사를 하는 둥 마는 둥 급히 그를 데리고 자리를 뜨자 3황자와 함께 있던 다른 이들도 허둥지둥 그 뒤를 쫓았다.

폼을 보니 아예 궁으로 돌아갈 것 같았다.

3황자 일행의 모습이 완전히 눈앞에서 사라지자 나는 마지막 마무리를 떠올렸다.

"깜빡했네."

그러면서 시선을 돌리자 그때까지 납죽 엎드려 있던 귀족이 움찔거렸다.

"그대도 그만 가봐. 하지만 명심해. 댁 이름을 알아내는 건 그다지 어렵지 않은 일이라는 걸."

"마마의 은혜에 감사드립니다."

목격자였던 귀족까지 급히 사라지자 지켜보고 있던 1황비가 길게 한숨을 내쉬더니 나에게 다가왔다.

"고마워요, 아샤. 덕분에 위험한 고비를 넘겼어요. 악역을 맡아주다니, 이 은혜를 어찌 갚아야 할지……."

"저도 결혼식이 무사히 잘 치러지길 바라니까요. 마리엔이 꼭 행복한 결혼식을 올렸으면 좋겠거든요."

내 말에 1황비가 감동한 표정으로 내 손을 잡았다.

"그래요, 아사의 도움까지 받았으니 이번 결혼식은 꼭 무사히 치를 거예요."

"기대할게요."

그러자 뒤에 물러나 있던 3황비가 다가왔다.

"자, 이러지 마시고 이제 맘 편히 식사하러 가시지요. 다들 배가 고플 거예요."

"어머, 내가 깜빡했네요. 호호호~ 그래요, 어서 식사하러 가지요. 오늘 점심은 마리엔 황녀가 신경을 많이 썼답니다."

1황비와 3황비가 사람들을 이끌고 밖으로 향하자 나도 천천히 그 뒤를 따랐다.

한데, 얼마 못 가 내 팔을 잡는 사람이 있었다.

예쉬였다.

"어쩌려고 그랬어! 요 근래 3황자가 조용히 있긴 하지만, 한 번 앙심을 품으면 오래 간단 말이야. 무슨 짓을 할지 몰라."

"그래도 내가 나서는 게 낫잖아."

"아무리 그래도 그렇지. 폐하께선 당연히 널 보호하시겠지만, 그래도 당분간은 조심하도록 해."

"알았어, 알았어. 너무 걱정 마."

뭐, 나도 아무 생각 없이 감정만 앞세워서 나선 건 아니었다.

아무래도 아빠가 어떤 생각을 따로 가지고 있는 것 같았기 때문이었다.

사이먼의 등장을 보고 혹시나~ 하는 생각을 가지고 있긴 했는데, 와서 3황자가 사건을 일으킨 걸 보니 그 생각이 맞는 것 같았다. 날 보호하기 위해서라고 하지만 나 모르게 주변에 사람들을 깔아두는 건 대단히 수고스러운 일이 아니던가.

그냥 평소처럼 든든한 호위기사를 넉넉히 붙여도 될 텐데 일부러 이렇게 몇 배로 수고스러운 일을 벌인 건 혹 오늘 사건이 일어날 줄 알고 그걸 사전에 미리 처리한다던가, 아니면 역이용하기 위함이 아닐까 추측해 봤다.

'아니면 말고. 그게 아니라 해도 이 정도면 아빠가 알아서 처리해 주겠지.'

그런 무책임한 생각으로 마무리를 하며 다시 움직이려고 하는데 또 팔이 붙잡혔다.

이번에는 료우였다.

"넌 또 왜?"

"걱정 마. 무슨 일이 생기면 내가 언제든 도와줄게."

"그 전에 제가 지켜 드릴 것이니 료우 경이 나설 일은 없을 겁니다."

케이가 내 팔을 잡은 료우의 손을 떼어내며 끼어들자 료우가 케이의 손을 떨쳐냈다.

"너보다는 내가 더 도움이 될 거 같은데? 내 실력이 더 뛰어나니."

"곧 따라잡을 겁니다."

"과연?"

두 녀석이 투닥거리자 그걸 보고 있던 예쉬가 내 옆구리를 쿡쿡 찌르며 웃었다.

"이야~ 아사, 든든하겠는데? 부럽다~"

"부러우면 너도 료우와 친해지든가."

그렇게 말하며 나는 흐뭇하게 미소를 지었다.

어려서부터 거의 같이 지내던 제이를 멀리 보내놔서 혼자가 된 케이가 조금 걱정됐던 것이다.

제이는 시녀들과 그럭저럭 잘 지내는 편이었고 최근에는 릴리와 거의 친구가 된 느낌이라 안심인데 반해 케이 녀석은 기껏 기사단에 넣어놨음에도 가까워진 사람조차 없는 눈치였다.

그나마 제이와는 경쟁자 겸 동료로 나름 친하게 지내는 편이었는데, 그런 제이를 내가 멀리 보낸 터라 외톨이로 만든 건 아닌지 계속 신경 쓰였던 것이다.

한데 생각지도 않게 료우와는 투닥투닥하는 것이 료우와도 경쟁자 겸 동료 비스무리한 사이가 된 것 같았다.

'역시, 애들은 싸우면서 친해지는 건가 봐.'

3황자 녀석 때문에 점심 식사 분위기가 조금 어색해졌지만, 이후 사냥 대회는 순조로이 치러졌다. 게다가 황성에서 열린 만찬 때는 아빠가 2황비와 4황비를 데리고 참석해 자리를 빛내준 덕에 더할 나위 없이 성황을 이루었다.

그 자리에서 1황비와 2황비가 생긋 웃으며 서로에게 고갯짓을 하는 걸로 낮에 뷰케넌이 난리쳤던 건 그냥 우아하게 '없었던 일'이 되고 말았다.

좋은 일을 축하하는 자리에서 그런 일을 들춰내 봤자, 행사 주최자인 1황비나 뷰케넌의 모친인 2황비 둘 다에게 좋은 일은 아니었으니 말이다.

'하여간 둘 다 만만치 않은 여인들이야.'

예전에 2황비에게 받은 인상이 너무 강렬했던 탓인지, 1황비가 만만치 않은 사람이라 해도 2황비에게는 좀 밀리지 않을까 생각했는데 지금 보니 막상막하의 느낌이다.

그 둘이 서로를 향해 방긋방긋 웃고 있으니, 다들 속이야 어쨌든 겉으로는 화기애애하게 만찬을 즐기며 곧 맺어질 연인에게 축하를 보냈다.

'혹시 마리엔이랑 타렉 씨도 속은 안 좋은데 겉으론 웃고 있는 건 아니겠지?'

아까 뷰케넌 녀석이 난리 칠 때 마리엔과 타렉 경은 빼놓고 일을 처리했지만, 그들이 모를 것 같지 않았다.

그것만으로도 속상했을 텐데, 행사가 시작되자마자 이런 일이 생겼다는 것도 불안하지 않을까나?

행사를 방해하는 사건이 또 일어나면 어쩌나, 이번엔 잘 해결됐지만 다음에는 해결되지 않으면 어쩌나 등등… 걱정이 끝없을 것 같은데 웃고 있으니 긴가민가했던 것이다.

한데, 다행히도 마리엔과 타렉은 진심으로 웃고 있는 거였다.

"다행이야. 이대로라면 마리엔 누나 결혼식은 무사히 치러질 수 있겠어."

복잡한 심정으로 두 연인을 바라보고 있던 나는 슬쩍 다가와 건네는 예쉬의 말에 얼떨떨한 표정으로 돌아봤다.

"엥? 그걸 어떻게 장담해?"

근데, 내 반응에 오히려 예쉬가 황당하다는 시선으로 마주

봤다.

"무슨 소리야? 폐하께서 나타나셨잖아?"

'아빠하고 평화로운 행사 진행하고 무슨 상관이라고?'

이런 내 기색에 예쉬가 '왜 이해를 못 해?' 란 눈빛으로 바라보다 곧 무슨 생각을 떠올렸는지 고개를 주억거렸다.

"아~ 맞다. 넌 아직 8살이었지?"

내 나이가 어때서?

저도 이제 겨우 15살인 주제에 웃기고 있다.

하지만 그 15살짜리에게 설명을 바라고 있는 입장이라 나는 얌전히 입을 다물고 있을 수밖에 없었다.

"폐하께서 이 자리에 모습을 보이셨잖아. 그러니 이 결혼식을 방해한다는 건 폐하께서 관심 보이시는 일에 방해를 놓는 셈인데 감히 누가 그럴 수 있겠어?"

'헐… 이 무슨……'

이 무슨 황당하고 어이없는 설명이란 말인가.

아빠가 어떤 행사에 참석했다고 그 행사에 관심이 있는 거라 어찌 장담한단 말인가?

'관심이 있을 수도 있지만, 예의상 참석할 수도 있는 거고, 때마침 시간이 있어서 참석했을 수도 있지!'

표정 관리에 신경을 쓰고 있지 않았기에 내가 입을 열지 않아도 내 심정을 알아챈 예쉬가 이해한다는 표정으로 웃었다.

"아사, 황제의 자리란 그런 거야. 폐하의 손짓 하나, 눈짓 하나에 사람들은 그게 무슨 의미가 있을지도 모른다고 생각하고 그 의미에 맞춰 '알아서' 움직이려고 하지. 말하기 전에 주군의 의도를 읽고 그 길을 준비하는 것이 진정한 수하라고 여겨지니까. 괜히 '지존의 행보에 천하가 흔들린다!' 라는 말이 있겠어?"

예쉬는 주변에 다른 사람이 없어서 그런지—료우는 사람 많은 곳은 싫다고 돌아갔고, 케이도 다른 호위기사와 교대한 상황이라 나 혼자 있었다—상세하게 설명을 해줬다.

"그런 말이 있어?"

"응? 아니, 왜 제왕… 아, 맞다. 넌 아직 제왕학은 안 배우지? 하여간 그래. 이건 다른 나라 이야기지만, 어떤 나라의 왕이 연극을 보러 갔는데 한 배우가 연기를 하는 장면에서 그 왕이 눈살을 찌푸렸다는 거야. 그 이후 그 연극은 다시는 무대에 올리지 못했고, 연극배우 또한 은퇴를 했지."

"에엣? 아니, 그 왕은 왜 눈살을 찌푸렸는데? 연극이 재미없었던 거야, 배우가 연기를 못했던 거야?"

"몰라. 그것까지는 기록에 안 나왔어. 연극 때문일 수도 있고, 다른 이유 때문일 수도 있는 거지. 하지만 그 자리, 그 장면에서 그런 일이 있었다는 이유로 생긴 결과가 상당하지?"

할 말이 없었다. 예쉬의 말을 듣고 있다 보니 문득 예전에 한국에 있었을 때 들었던 이야기가 떠올랐다.

몇 대 대통령인진 모르겠지만, 하여간 전대의 어떤 대통령이 TV에 나오는 한 스타를 보고 '쟤 괜찮네' 라고 중얼거리자 그 직후 그 스타는 많은 CF와 드라마에서 모습을 보이게 되었다던데.

'믿거나 말거나' 하는 이야기로 들었지만, 예쉬의 설명을 듣고 보니 그 일이 진짜일지도 모르겠다는 생각이 들었다.

'애들 앞에서는 찬물도 못 마신다더만, 아빠는 사람들 앞에서 숨도 제대로 못 쉬겠네.'

아빠가 어떤 사람 앞에서 콧방귀 하나라도 잘못 뀌었다간 그 사람은 관직에서 쫓겨날지도 모르는 일 아닌가.

"아, 그럼 혹시……."

문득 떠오른 생각에 입을 열자 예쉬가 돌아봤다.

"응?"

"아까 뷰케넌 녀석의 일이 있었는데도 1황비님이 느긋해 보이셔서 대단하다고 생각했는데, 아바마마가 참여해 주셔서 그런 건가?"

"그 영향이 클 거야."

'오올~ 우리 아빠 대단하구나.'

아까 뷰케넌 녀석을 상대할 때도 아빠를 믿고 있긴 했지만 그저 공식화되는 걸 막아주는 게 다일 거라고 생각했기에 나름 녀석과의 2차전을 각오하고 있었다.

한데 아빠의 영향력이 이 정도로 대단하다면 결혼식이 끝날 때까지는 편히 있어도 될 거 같다.

이후 편해진 마음으로 만찬을 즐기다 북궁으로 돌아오니, 놀랍게도 궁 입구에 유모가 반듯한 자세로 선 채 날 맞이했다.

"어서 오십시오, 마마. 만찬은 즐거우셨습니까?"

"오오~ 유모. 드디어 돌아온 거야?"

"제 부족함으로 인해 자리를 비워 송구합니다."

"그래, 그래, 많이 미안해해. 물론, 자넷이 잘해줬지만 유모는 아니잖아. 부디 유모의 자리를 끝까지 지키도록 해."

"명심하겠습니다."

"정말 잘 왔어, 유모. 반가운 김에 물어보는데……."

"네?"

"마리엔 황녀의 결혼식이 잘못되면 이득 보는 이가 누구야?"

"아……."

뷰케넌이 총대를 메고 나선 거 보니 2황비가 시킨 거 같은데, 열심히 고민해 봐도 마리엔 황녀의 결혼과 2황비의 관련성을 못 찾겠다.

평소 둘은 거의 소 닭 보듯 지내니 원한보다는 이해득실 때문에 일어난 일일 확률이 높았는데, 그쪽 사정은 내가 잘 몰라서 말이다.

내 직설적인 질문에 유모는 그녀 특유의 부드러운 미소를 지으며 입을 열었다.

"우선 하레츠 님께 다녀왔다고 인사를 드리고 씻으세요. 이야기는 그 후에 들으셔도 늦지 않는답니다."

"체엣~ 오자마자 잔소리하기야?"

"그게 제 일인걸요."

호호~ 웃는 유모에게 입을 삐죽여 보였지만, 난 얌전히 엄마가 있는 방으로 향했다.

아빠한테 물어도 되지만, 아빠는 여전히 날 어리게만 생각해 좋은 것만 보여주고 들려주길 원하는 경향이 있어서 말이다.

속 시원히 대답을 듣고 싶을 땐 나이젤 아저씨나 유모를 찾는 게 편했다.

그래서 적당한 때에 시간을 내서 나이젤 아저씨를 찾아가려

했었는데 때마침 유모가 돌아온 것이었다.

엄마와 란데에게 얼굴을 보이고 내 방으로 가서 씻고 나오니 유모가 향이 좋은 허브 차를 준비해 놓고 있었다.

욕실에서 내 시중을 들어주던 시녀가 따라 나오며 머리의 물기를 완전히 말려주려 했지만 손을 저어 물린 뒤 나는 유모에게도 자리를 권하며 내 전용 의자에 엉덩이를 내렸다.

"자, 이야기해 봐."

그녀가 따라주는 향기 좋은 차의 따끈한 온도를 만끽하며 묻자 유모가 차분한 목소리로 이야기를 시작했다.

"마리엔 황녀님의 결혼이 중단될 경우 반사이익을 보실 분이 바로 1황자님이시지요."

"어째서? 둘이 무슨 상관이라고?"

전~ 혀 모르겠다는 시선으로 말똥말똥 바라보니 유모가 난처하게 웃었다.

"음, 아무래도 설명이 길어질 것 같은데요……."

"괜찮아, 괜찮아. 시간은 많고, 난 돌아가는 상황을 상세히 알고 싶어."

"알겠습니다. 그렇다면 우선 1황자님이 올해로 26세이시고 약혼녀가 있으시다는 건 알고 계시지요?"

"응. 내가 조인족 마을에 가 있을 때 했다고 하지 않았던가?"

그 덕에 나는 나중에야 그에게 약혼자가 생겼다는 사실을 알았다. 뭐, 예쉬의 형제라고는 하지만 관심 없는 사람의 일이라 어쩌다 우연히 듣고는 '그랬나 보다~' 하고 넘어갔더랬다.

'예쉬가 말해줬던가, 마리엔이 말해줬던가?'

"그런 상황에 동생이신 마리엔 황녀님이 결혼하면 자연스레 약혼자도 있으면서 혼기를 넘긴 1황자님께 시선이 쏠리게 될 겁니다."

"거야 '왜 결혼 안 할까?' 라고 생각은 하겠지만, 1황자랑 2황비가 알아서 할 일이잖아? 남이 뭐라고 해도 그냥 입으로 떠드는 수준일 텐데."

한데 내 말에 유모는 고개를 저었다.

"아닙니다."

"엥? 왜?"

"1황자께서는 다음 대의 황좌를 바라보고 계시니까요."

"하아? 황좌하고 결혼하고 무슨 상관이람?"

"자손을 볼 수 없는 자는 황좌에 앉을 수 없거든요. 황좌에 앉으신 분의 중요한 임무 중 하나가 바로 자손을 봐서 황위를 계승하는 거니까요. 그러니 황좌를 원하면 그 전에 자손을 봐서 자신의 능력(?)을 증명해야 한답니다."

마법이라는 게 있으니 아이를 낳을 수 있고 없고를 판별할 수 있지 않나… 하는 생각이 순간 들었지만, 뭐, 여기 관습이 그렇다는데 내가 뭐라 할 수는 없는 거였다.

"그것참, 말이 되는 것 같기도 하고 어이없기도 하고… 하지만 아빠가 앞으로도 최소 십 년은 떠억~ 버티고 있을 텐데 뭐가 급해? 천천히 해도 될걸."

"그렇기 때문에 1황자께서도 지금껏 편히 계실 수 있었던 겁니다만 동생분들이 결혼하면 이야기가 달라지지요."

"동생분들? 마리엔 황녀만 결혼하는 거잖아?"

"마리엔 황녀님의 결혼식이 끝나면 2황자님께 본격적으로 결혼 이야기가 나올 거 같아요. 황자님의 모친이신 3황비님이 이번 결혼식 행사를 통해서 활발하게 움직이고 계시거든요."

"그래?"

"예. 그렇게 되면 1황자님에 대한 여론은 '왜 안 하실까?' 에서 '황자의 신변에 뭔가 문제가 있는 거 아닐까?' 라는 의심으로 바뀌게 되겠지요. 차라리 여러 여성을 만나고 다닌다는 스캔들이 낫지, 무언가 문제가 있을 거라는 소문은 황좌를 바라보는 입장에서 치명적입니다."

유모의 말에 나는 천천히 고개를 끄덕였다. 내 보기에 황좌를 두고 다투는 이들은 선거를 앞둔 국회의원 후보들 같았다.

여론에 좌우되지 않을 정도로 강한 힘을 가지고 있으면 몰라도, 지금처럼 양쪽 황태자 후보 진영이 비슷비슷할 경우에는 백성들과 귀족들에게 인식되어 있는 이미지가 상당히 큰 영향을 끼쳤다. 그걸 잘 알고 있을 텐데도 1황자가 계속 결혼을 미루고 있었다는 건……?

"1황자한테 지금 결혼하면 안 되는 이유가 있다는 거네?"

"네. 그분은 현재 황태자로 임명되지도 못하셨고, 아무런 공직도 가지고 있지 않으시니 만약 결혼을 하신다면 황성을 나가 독립하셔야 합니다."

"아, 알 거 같아. 황성을 나가게 되면 자연히 황좌에서 멀어지게 되니까 그런 거지?"

공직을 가지고 있거나 궁을 하사받지 못한 황족은 독립해서 황궁을 떠나면 특별한 일이 없는 한 황궁은 물론 수도에 입성

할 때에도, 황제에게 미리 알리고 허락을 구해야 했다.

황위 다툼을 최소한으로 줄여보고자 만든 법칙인데, 1황자가 여기 해당되는 것이었다. 수도와 황성을 마음대로 드나들지 못하는 황족은 황위로부터 그만큼 멀어질 터, 그러니 현재 1황자가 결혼을 해서 독립을 하게 된다면 다른 귀족들과 백성들은 그가 황위를 물려받는 건 어렵다고 여길 거다.

"이전까지는 다들 미혼이셨으니 그럭저럭 괜찮았지만, 이제 마리엔 황녀님이 결혼하시고 이어 2황자님까지 하시면 1황자님이 난처해지시는 거죠. 그래도 안 하고 버틸 수는 있겠지만, 그것도 1, 2년이 한계일 겁니다. 그 전에 공직에라도 나서면 모르겠지만……."

그리 말하는 유모의 표정은 회의적이었다.

하기야 이 나라에서는 16살이 되면 성년식을 치른다.

그때부터 벌써 10년이나 지났으니, 뭔가 한자리 차지할 거였으면 벌써 하지 않았을까나?

"혹시 1황자가 능력 없는 자였나? 자기 동생이랑 막상막하로?"

그 동생 뷰케넌은 진작부터 능력 없는 애로 찍혀 있었다.

공부도 못하고, 성격 더럽고, 생긴 것도 별로이면서 고집은 세고 등등 현 황실 가족 중에서 안 좋은 소문이란 소문은 다 그 애가 가지고 있었다.

뷰케넌에 대한 인식이 얼마나 안 좋은지 아까 사냥 대회가 열리던 숲에서 그 난리를 쳤을 때 대부분의 사람들이 '이 난리를 친 게 역시 저 황자였군' 이란 반응을 보일 정도였다.

하기야, 전적이 있었으니 말이다.

그 녀석은 예쉬만 괴롭힌 게 아니라, 예전에 마리엔 황녀도 꽤나 많이 괴롭혔다고 했다. 지금은 황실 족보에서 삭제가 되었지만 마리엔한테는 어머니가 다른 언니가 한 명 있었다.

마리엔은 그저 '그녀와는 사이가 안 좋았다'라고 말했지만, 예쉬가 슬쩍 말해주길 전 황태자와 그 지워진 황녀의 친동생, 그리고 뷰케넌이 그녀와 한패가 되어 마리엔 황녀를 무척 괴롭혔다고 한다.

그 당시 함께 살던 브랜트, 그러니까 2황자가 최대한 막아줘서 대형 사고는 없었지만 자잘하게는 많이 당했던 모양이다.

그녀가 시집을 가버린 후엔 전 황태자 녀석이 예쉬한테로 눈을 돌린 거였고.

'아까 발차기도 먹여줄 걸 그랬어.'

다시 생각하니 그러지 못한 게 무척 아쉽다.

내 질문에 유모는 고개를 저었다.

"아닙니다. 동생분과는 달리 1황자님은 뛰어나다는 이야기를 들으셨답니다. 2황자님과 여러 방면에서 우위를 다투실 정도였으니까요."

"그런데 왜 아무런 직함도 못 가졌대?"

"예전에 반란이 일어났던 것 아시지요?"

"응. 그때 2황자가 총 사령관으로 나가서 공을 세웠다고 했지?"

"맞습니다. 동생인 2황자님은 직접 군대를 이끌고 나가서 전공을 세우고 돌아오셨건만, 1황자님은 침묵하고 계셨거든요. 1황자님의 외가 가문 또한 마찬가지였지요. 그러니 그 후에도 한동안은 앞으로 나설 수가 없었지요. 나서면 분명 2황자님과 노골적으로 비교가 될 테고 좋은 소리도 듣지 못할 테니까요. 그렇게 한 몇 년 얌전히 계시다 보니 공직에는 점점 더 나서기 어려워졌답니다."

"그럴 만하네. 게다가 낯짝이 있지, 반란 때는 뒤로 쏙 빠진 주제에 끝나자마자 어떻게 뭔가 해보겠다고 나설 수 있겠어?"

"그렇지요. 그러고 보니 2황자님은 곧 황성으로 와서 공직에 오르신다고 하더라고요."

"저런, 1황자 난감하겠네~"

"지금 완전히 코너로 몰린 기분이실 겁니다."

"그래서 손을 썼다는 건 알겠는데, 그렇다고 이렇게 대놓고 뷰케넌을 앞세워도 돼? 2황비랑 1황자의 짓이라는 거 다 알 텐데?"

내 말에 유모가 어깨를 으쓱해 보였다.

"뷰케넌 황자님에 대한 인식이 워낙 안 좋다 보니 대부분 그럴 만하다고 여길 겁니다. 물론, 2황비님을 의심하기야 하겠지만, 어떤 사람이 무슨 일을 일으킨다 해도 그 두 분은 의심받으실 걸요? 하지만 그건 심증뿐이고, 습격당한 뷰케넌 황자님을 취조할 수도 없는 일이니 다른 증거가 없는 한 이대로 넘어갈 수밖에요. 아마 2황비님이 사용할 수 있는 방법 중 가장 괜찮은 방법일 겁니다."

유모의 말을 듣던 나는 문득 떠오르는 일이 있었다.

"유모, 황실의 숲에서 나랑 예쉬가 습격당한 거 알고 있지?"

내 말에 그 동안 내내 미소를 잃지 않던 유모의 얼굴이 순간 굳어졌다.

"예. 무사하셔서 정말 다행입니다. 물론, 펄시윅 경이 지켜보고 있었으니 큰일은 없었을 테지만요."

그 말을 하는 유모가 이를 사리물고 있는 모습에 나는 질문하려던 걸 잊어버렸다.

"왜 그래? 혹시 둘이 싸운 거야?"

"아닙니다. 어찌 감히 상관과 싸울 수 있겠습니까? 단지, 이번 작전에 대해 어떤 언질도 없었던 게 좀 서운할 뿐입니다. 제임무를 알고 있으니 좀 배려해 줘도 좋았을 텐데 말이지요."

말은 그리 곱게 했지만, 유모의 기색을 보아하니 한 번만 더 그랬다간 하극상이라도 일으킬 태세였다.

'에에, 유모한테는 미안한 말이지만, 하극상을 일으켜 봤자 그 인간은 눈 하나 깜짝 안 할 거 같은데?'

속으로 한번 피식 웃은 나는 겉으로는 정색을 한 채 입을 열었다.

그거 말고도 유모 말에서 무시 못 할 단어를 들었기 때문이었다.

"작전이라… 그럼 사이먼이 그 숲에 있었던 건 나를 보호하는 거 말고 다른 작전이 더 있었던 거군?"

'내 그럴 줄 알았다니까.'

날 보호하는 것 치고 너무 과하게 일을 벌여놓은 것도 그랬고, 나랑 예쉬에게 아무 일도 없었던 것처럼 보이기 위한 준비가 되게 철저했다. 꼭 예쉬에게 습격이 있을 거라는 걸 미리 알고 준비하고 있었던 것처럼 말이다.

"설마 예쉬를 습격한 정보를 사전에 입수하고 준비하고 있었던 거였대? 그렇게 준비해서 진행한 작전이 뭔데? 혹시 예쉬 습격 사건에 대한 증거를 찾는 거? 그래서 찾았대? 역시 예쉬를 노린 건 2황비? 예쉬는 예전부터 이런 암습을 받아왔던 거야?"

연속으로 흘러나오는 내 질문에 유모가 진정하라는 듯 손을 들어 올렸다.

"전하 저는 머리가 그렇게 좋지 못해서 이렇게 한꺼번에 물어보시면 다 대답해 드리지 못할 수 있어요."

"뭐, 일단 궁금한 건 이게 다야."

내 말에 유모가 미안하다는 표정을 지으며 입을 열었다.

"전하, 죄송하지만 저도 전하께서 습격당하셨으나 무사하시다는 소식만 들은 상황이랍니다. 펄시웍 경이 상관이긴 하지만 제 직속은 아니거든요. 지난번 전하의 경호를 위해 잠시 같이 행동하기는 했지만, 그 전에는 거의 얼굴 보기도 힘든 사이였어요. 활동하는 분야가 완전히 다르기 때문에 저는 펄시웍 경의 일에 대해 정보를 요구할 권리가 없습니다."

"그래? 그래도 이번에는 나도 꼽사리 끼어 있는데……."

"그러게 말입니다."

분해하는 표정을 보니 그냥 내가 얽혔다는 것만 들었을 뿐, 자세한 이야기는 알지 못하나 보다.

"흠, 나이젤 아저씨한테 물어보면 될까?"

"그분은 알고 계실 겁니다. 하지만 저에게도 허락되지 않은 정보이니 전하께 말씀해 주실지는……."

'그냥(?) 예쉬가 습격당하는 일이 전부인 줄 알았는데, 뭔가 뒤에 더 큰일이 있는 건가?'

아빠에게 물어볼까 잠시 고민했던 나는 곧 고개를 저었다.

어차피 도와줄 것도 아닌데 내 궁금증을 해소하자고 일급 기밀을 캐묻고 다니기는 뭣했던 것이다.

게다가 분명 나랑 별 상관이 없으니 알려주지 않는 거였지, 나와 연관이 있었으면 나중에라도 알려줄 거였다.

"그럼 이번에 예쉬를 습격한 사람이 누구인지도 아직 확실히 모르겠네?"

"예, 죄송합니다. 아마 전하와 예쉬 황자님께 관련된 이야기라면 곧 정보를 제공받을 수 있겠지만, 아직은 모릅니다."

유모는 지금 자신의 말투가 군인 같다는 걸 아는지 모르겠다.

단순히 날 보호하기 위해 검을 배운 여성을 유모로 선택한 건가 했는데, 지금 말하는 걸 미루어 짐작해 보건데 애초부터 어느 군대나 기사단 소속이었던 것 같다.

'얼~ 유모, 대단한데? 북궁의 시녀장에, 내 유모에 거기다 조직원까지. 이게 바로 쓰리 잡인가?'

하지만 그에 대한 언급은 않고 나는 다른 질문으로 넘어갔다.

"그럼, 혹시 예쉬에게 이런 습격이나 암습 같은 게 전에도 있었어?"

"없었습니다. 반란이 있기 전에는 아무래도 전 황태자가 있었으니 예쉬 황자님을 건드릴 이유가 없었지요. 게다가 반란 이후에는 1황자님 측 입장이 안 좋았던 데다, 반란이 일어난 지 얼마 되지 않았는데 또 황족에 대한 습격이 일어났다간 철저하게 조사가 진행될 테니 생각이 있었더라도 함부로 움직일 수 없었을 겁니다."

유모의 말에 나는 그녀를 바라보며 피식 웃었다.

"역시 유모도 예쉬를 노리는 건 1황자 측일 거라 생각하는구나?"

내 말에 유모도 배시시 웃어 보였다.

"한데 몸을 사리던 1황자 측에서 이렇게 나서는 건, 역시 코너에 몰려서 그런 건가?"

"그럴 가능성도 큽니다. 예쉬 황자님만 안 계신다면 1황자님이 독립하신다 해도 황위를 물려받을 가능성이 크니까요."

"그렇군."

"그렇지 않아도 예쉬 황자님의 세력이 점점 커져 슬슬 위협적으로 느껴졌을 겁니다. 반란 전에는 두 황자님의 외가의 격차가 굉장히 컸습니다만. 이후에는 조금씩 격차가 줄어들고 있거든요."

"후작가와 백작가잖아? 둘 사이의 격차는 하늘과 땅 차라고 하던데 격차가 줄어들어 봤자 한계가 있지 않아?"

"물론 보통은 그렇습니다만, 크레스포 백작 가문은 좀 다른 경우랍니다. 본디 상업으로 세력을 일군 가문이라 영지가 작은데도 불구하고 자산은 후작 가문 못지않다는 소리를 들었으니까요. 그런데 반란 진압 때의 공으로 드넓은 영지까지 하사받아 최근 세력이 하루가 다르게 커지고 있답니다."

"오호라~"

"거기다가."

"왜? 또 뭐가 있어?"

"황자의 외척이면서 공직에 나서지 않은 분은 크레스포 백작님뿐이셨지요. 그래서 다음 내각 개편 때 2황자님과 함께 공직에 나오신다는 이야기도 있습니다. 그러니 1황자님 측에서 위협을 느낄 만도 하지요."

"과연~"

그랬기에 예쉬네 외할아버지도 그걸 눈치채고 잽싸게 그 마법 망토를 선물해 줬던 모양이다.

"앞으로 예쉬가 위험해지겠네."

"오늘 일을 보니 앞으로 본격적으로 시작될 것 같습니다."

거기서 잠시 날 물끄러미 바라보던 유모가 부드러운 어조로 물었다.

"오늘 많이 놀라시진 않으셨어요? 마법 아이템까지 동원된 공격이라고 들었습니다."

"나야 뒤쪽에 있었던 데다 팔찌까지 차고 있어서……."

심드렁하게 말하던 나는 문득 내 자신이 어처구니가 없어졌다. 분명 나는 별 탈 없이 무사히 돌아오기는 했지만, 눈앞에서 폭발이 일어나 사람들이 죽고 다쳤다.

내가 타고 있던 말도 그랬고 말이다.

그랬는데도 숲을 나온 이후 그들에 대해 까맣게 잊고 있었다.

물론, 그들이 다쳤을 때는 안타깝고 안됐다고 여기긴 했지만 그때뿐이었다. 생각해 보니, 난 내가 얼결에 습격을 당한 일로 조금 놀라기는 했지만 크게 두려워하지 않았던 것 같다.

게다가 눈앞에서 사람들이 피를 흘리고 있었는데도 충격은 커녕 잠깐 안타까워하고 말다니, 이러다간 나중에는 사람이 다쳐도 아무렇지도 않게 여기는 거 아닌가 모르겠다.

'와, 나 이러면 안 되는데? 뉴스에서 교통사고 소식을 들은 것도 아니고 눈앞에서 직접 봤는데도 이러다니……'

이게 점점 조인족화가 되어가는 건지, 아니면 내가 너무 떠받들어져서 지내다 보니 이기적이 되어가는 건지 헷갈렸다.

"유모, 너무 늦긴 했지만 아까 내 호위로 나섰다가 다친 이들은 어떻게 됐대? 펄시워 경이 다들 데려가긴 했는데, 혹시 그들에 대한 소식도 기밀이야?"

사이먼이 기사들은 다 회복될 거라고 하긴 했지만, 그래도 의사가 확실히 진단하는 것하고 어디 같겠는가.

게다가 병사들도 어떤지 궁금해져 생각난 김에 물었더니, 유모가 당황하는 기색을 보였다.

"아, 저도 미처 그들에 대해서는 신경을 쓰지 못했네요. 하지만 크게 걱정은 안 하셔도 될 겁니다. 목숨만 붙어 있다면 포션을 써서라도 완전히 회복시켜 줄 테니까요. 안타깝게도 사망했다면 유가족에게 넉넉한 위로금을 전달할 거고요."

"그래? 그래도 나 보호하다가 다쳤는데 고맙다는 이야기도 못 했네. 그 기사들은 회복하면 다시 돌아오나?"

"음, 사실 그들은 보름 정도만 호위를 맡았다가 교체될 예정이었어요. 하지만 부상을 당했으니 이대로 병동에서 치료받다가 다른 보직을 받게 되겠지요."

"그런 거야? 그러면 오늘 부상당한 이들한테 고맙다고 인사 좀 전해줘. 위문품도 좀 전달해 주고."

"어머나~ 이렇게 전하께서 신경 써주시니 엄청 황송해할 겁니다. 제가 적당한 선물을 마련해서 같이 보내도록 하겠습니다."

'이렇게 마음씨가 고우시다니~' 라고 말하는 유모의 눈빛에 내심 찔려서 나는 슬그머니 시선을 피했다.

그들을 까맣게 잊고 있었던 게 미안해서 위문품을 보내려고 한 건데 말이다.

'아… 찔려라.'

"어쨌든 전하도, 황자님도 무사히 돌아오셨고, 폐하께서 만찬에 직접 참여해 주시기까지 하셨으니 마리엔 황녀님의 결혼식은 무사히 치러지게 되겠네요."

"아……."

알겠다는 듯 고개를 끄덕이자 유모가 놀라워했다.

"어라? 이건 이해하셨어요?"

"예쉬가 설명해 줬어."

"그러셨군요."

그제야 유모도 납득했다는 듯 고개를 끄덕였다.

"자아, 그럼 궁금한 건 다 풀리셨나요?"

"뭐어, 대충?"

몇 가지 더 있긴 했지만, 그건 나중에 들어도 될 거 같다.

"다행이네요. 그럼 이제 주무셔야지요? 시간이 많이 늦었습니다."

제38화

정말 죽을 뻔하다

새 신부가 된 마리엔 황녀는 정말 예뻤다.

　수도에서 이름난 디자이너가 최선을 다해 만든 웨딩드레스와 화려한 티아라도 아름다웠지만, 제일 아름다운 건 행복한 얼굴로 웃고 있는 마리엔 황녀의 얼굴 같았다.

　그녀가 모든 치장을 끝내고 뒤로 돌자 여러 가지 감정에 젖어 물끄러미 바라보던 1황비가 다가갔다.

　"어마마마……."

　"그래, 이게 마지막이구나."

　그러면서 1황비가 조심스레 집어 든 것은 새하얀 면사포였다.

　신랑이 준비해서 신부 측에 넘겨주면, 신부의 치장이 다 끝난 후 제일 마지막에 신부의 부모님이 씌워주는 것이 관례라고 했다.

1황비가 마리엔 황녀의 머리 위로 조심스레 면사포를 씌우고 정돈해 주자 옆에서 지켜보던 3황비가 손수건으로 눈가를 누르기 시작했다.

"그 자그마했던 아가씨가 언제 이렇게 컸담……."

"그러게 말이에요. 오늘 정말 아름다워요, 황녀."

"감사합니다. 4황비 마마."

오늘은 예쉬네 어머니까지 함께 자리하고 있었다.

반투명한 레이스로 만들어진 면사포는 마리엔 황녀의 뒤로 길게 흘러내렸다.

면사포의 둘레에는 금실과 은실로 수가 놓아졌고, 그 사이 사이에는 행복을 기원하는 의미로 자그마한 감람석들을 달아놔서 마리엔 황녀가 움직일 때마다 반짝반짝 빛을 발했다.

똑, 똑

"준비는 다 끝나셨습니까? 이제 곧 예식 시간입니다."

노크 소리에 이어 문밖에서 들려온 소리에 1황비가 시녀를 향해 고갯짓을 해 보였다.

문이 열리고 들어온 이들은 여신관들로 예식이 진행되는 동안 그들이 마리엔 황녀를 도와줄 거였다.

"그럼 우리는 나가보마."

"지켜보고 있을게요, 황녀."

"잘할 거예요."

이곳은 수도에 있는 대신전으로 황족이나 귀족들이 결혼식을 올릴 때 많이들 애용하는 곳이란다.

또한, 예식은 전적으로 신전 사람들이 주관했기에 우리도 식이 시작되기 전에 가족석으로 이동해야 했다.

대신전이라서 그런지 식이 진행되는 본당은 황성의 본궁 못지않게 크고 넓고 화려했다.

바닥과 벽, 그리고 천장까지 새하얀 대리석이 깔렸고, 그 벽과 천장에 그려진 장엄한 성화들은 절로 눈길을 사로잡았다.

단상은 금과 보석으로 화려하게 장식되었는데, 그 단상의 정중앙에는 거대한 신상이 세워져 있었다.

과연, 황족과 귀족들이 결혼식장으로 애용할 만하다 생각하며 사방을 구경하는 사이 식이 시작되었다.

수백 명으로 이루어진 성가대의 합창과 함께 본당의 거대한 문이 열리고, 그 사이로 오늘의 주인공인 신랑과 신부가 모습을 드러냈다.

예쁘게 꽃단장한 소년, 소녀들이 앞서 걸으며 꽃잎을 뿌렸고, 그렇게 만들어진 꽃길을 따라 신랑과 신부가 천천히 걸어 들어왔다. 마법을 사용한 건지 그들 주변에 반짝반짝하는 빛이 흩뿌려지고 있었다.

'우와~ 감동적이야.'

아빠는 이 자리에 참석하지 않았다.

1황자는 개인적인 볼일이 끝나지 않았는지 아직 수도로 돌아오지 않았고, 2황자와 예쉬만이 황족석의 맨 앞줄에 자리 잡고 있었다.

뷰케넌 녀석은 황실의 숲에서 난리를 친 걸로 근신 처분을 당해 참석할 수 없었다.

'엄마랑 아빠도 이런 결혼식을 했으면 좋았을 텐데 조인족은 결혼할 때 따로 예식을 안 해서…….'

전생에 인간이었던 기억을 가지고 있어서인지 나도 결혼하면 무조건 예식을 해야 한다고 생각했다.

그래서 조인족이 반려를 맞이할 때 '너 내 반려할래?', '좋아' 이런 식으로 서로 마음이 통하면 그날 곧바로 숙소를 합치는 걸로 끝이란다.

어차피 인간처럼 숙소에 이것저것 늘어놓고 사는 것도 아니라서 숙소를 옮기는 것도 간단했으니, 반려를 맞이하는 순간이 일상과 별로 다를 게 없었다.

이야길 듣고 얼마나 황당했는지 모른다.

하다못해 부모님께 인사하고 친구들한테 소개를 해야 하는 거 아니냐, 그때 다 같이 식사라도 하면서 축하를 받는 게 낫지 않느냐고 물었더니, 엄마는 당사자들끼리 마음이 통해서 맺어졌으면 끝이지 뭘 더 바라는 거냐고 오히려 되물어 왔었다.

그렇게 너무 간단했기 때문에 쉽게 맺어졌다 헤어지고, 또다시 맺어졌다 하는 건지도 모르겠다.

그 이야기를 옆에서 듣고 있던 아빠가 엄청 우울해하는 건 덤이었고.

만약 아빠한테 법적 부인들이 없었다면, 인간에게는 이런 관례가 있다라는 식으로 살살 꼬셔서 로맨틱한 프러프즈와 함께 간략하게라도 결혼식을 올릴 수 있었을 텐데, 참 아쉬운 일이었다.

'그때 아빠가 많이 불쌍했더랬지. 생각해 보면 아쉬운 일이

야. 엄마는 미모도 대단하니 웨딩드레스를 입으면 참 잘 어울릴 거 같은데.'

결혼식은 물 건너갔지만, 나중에 기회를 봐서 엄마랑 아빠랑 결혼 예복을 입고 마법 영상구로 그 장면을 찍어놓는 건 어떠냐고 건의해 봐야겠다.

그래서 그걸 바탕으로 초상화도 그리면 멋질 거 같다.

마리엔 황녀의 결혼식에서 울 부모님 생각을 하고 있는 사이, 주례사가 끝나가고 있었다.

이곳의 결혼식은 다른 것도 다 좋았지만, 제일 좋은 건 주례사가 짧다는 거였다.

성수를 신랑 신부의 머리 위에 뿌리며 신성력을 발휘해 축사를 하는 것으로 주례사가 끝나고 이제 신랑과 신부가 반지를 교환하고 면사포를 걷어 키스를 하는 것만 남았다.

"흐윽… 흑……."

작게 울음을 삼키는 소리에 시선을 돌려보니, 1황비가 울음을 참고 있는 게 보였다.

3황비는 아까부터 손수건을 눈에서 떼지 못하고 있었고 말이다.

어느 세계, 어느 시대든 결혼식을 보며 우는 사람이 있는 건 다 똑같은가 보다.

게다가 1황비는 하나밖에 없는 딸을 시집보내는 거 아닌가?

그나마 타렉 경이 황궁기사단에서 근무하는 덕에 신혼살림을 수도에서 꾸릴 수 있다는 게 정말 다행스러운 일이었다.

눈물을 참지 못하는 두 황비와는 다르게 조용히 결혼식을 지켜보고 있던 4황비는 내 시선을 느꼈는지 눈을 마주하며 살포시 웃어 보였다.

그에 반사적으로 나도 마주 웃어 보이자 그녀가 내 쪽으로 몸을 숙이고는 작게 속삭여 왔다.

"참 감동적인 결혼식이지요?"

'벼, 별로 감동받은 것처럼 보이지 않는데?'

하지만 그리 생각한다고 그렇게 말할 수는 없었다.

게다가 마리엔 황녀의 결혼식이 멋지다고 생각한 건 사실이었기에 나는 천천히 고개를 끄덕였다.

"네, 정말 멋진 결혼식이네요."

"호호, 황녀도 나중에 이처럼 멋진 결혼식을 하게 될 거예요."

그녀의 말에 고맙다는 듯 웃어 보였지만, 아직은 먼일 같았다.

'결혼하고 싶은 사람이 생기는 건 둘째 치고, 일단 아빠가 허락해 주지 않을걸?'

아빠한테 소개하려면 아빠한테 맞아 죽지는 않게끔 최소한 소드 마스터는 되어야 할 거다.

신랑이 신부의 면사포를 걷어 부드럽게 입을 맞추자 사방에서 우레와 같은 박수 소리가 터져 나왔고, 잠시 후 다시금 울려 퍼지는 장엄한 성가를 배경으로 신랑과 신부가 퇴장하기 시작했다.

드디어 대신전에서 진행되는 모든 예식이 끝난 것이었다.

둘은 이후 화려한 마차를 타고 황궁기사단 절반 이상이 출동해서 철통같은 든든한 호위를 받으며 수도를 비잉~ 둘러서 황성으로 향할 것이었다.

오랜만에 열리는 황성의 행사라 수도도 지금 축제가 벌어지고 있었다.

그 축제의 하이라이트가 바로 마리엔 황녀와 타렉 경의 퍼레이드였다.

이제 막 부부가 된 그 둘과 1황비와 3황비, 그리고 반쯤 얼굴마담 역할인 2황자도 참여하기로 했다.

2황자는 몇 년 전 반란을 진압하고 돌아왔을 때 진압군과 함께 승전 퍼레이드를 진행한 적이 있어서 백성들에게 얼굴이 꽤나 알려져 있었던 것이다.

마리엔 황녀의 결혼식 덕에 평소 보기 힘든 황족의 얼굴을 볼 수 있게 되었으니 백성들도 엄청 흥분한 상태라고 했다.

'황족은 거의 반쯤은 연예인이라니까. 그것도 여기나 저기나 똑같네. 하긴, 사람 사는 곳은 어디나 비슷하지.'

전생의 세계에서도 왕족이 등장한다고 하면 그 모습을 보러 사람들이 우르르 몰려들곤 했었다.

그런 걸 생각해 볼 때—3황비의 조언에 따라—마리엔 황녀에게 티아라를 선물한 건 정말 잘한 일이었다.

이런 퍼레이드에 나설 새 신부가 된 황녀에게 아무 티아라나 씌워주면 되겠는가?

나는 마리엔 황녀의 티아라 정중앙에 박힌, 휘황찬란하게 번쩍이는 페리도트를 보며 흐뭇하게 고개를 끄덕였다.

'아빠 보고에 모셔져 있던 녀석이라 확실히 자태가 뛰어나군.'

나와 예쉬는 퍼레이드까지는 끼어들고 싶지 않았기 때문에 대부분의 이들이 대신전을 빠져나가고 나서 4황비와 함께 조용히 황성으로 돌아왔다.

수도에서 벌어지고 있다는 축제에 조금 흥미가 생겼지만, 대신전에서 돌아오면서 본 북적북적거리는 모습을 보니 단번에 고개가 저어졌다.

어디서 이 많은 사람들이 쏟아져 나왔는지, 맨몸으로 나갔다간 축제 구경은커녕 수많은 사람의 물결에 휩쓸리다 돌아올 것 같았기 때문이었다.

'어이구야~ 모든 축제가 이렇게 사람들이 많다면 난 그냥 축제 안 보고 말란다.'

결혼식이 무사히 끝나 헬포드 백작 부인이 된—타렉이 결혼하면서 친부로부터 백작 작위를 물려받았다—마리엔이 황궁을 떠나자 혹 1황비가 우울증에라도 빠질까 걱정했었는데, 3황비가 작정이라도 한 듯 1황비를 데리고 활발히 움직이는 덕에 우울해할 틈이 없어 보였다.

3황비의 목적은 바로 2황자의 결혼.

마리엔 황녀의 결혼 전부터 이것저것 준비는 하고 있었지만, 그때는 2황자가 '여성들과 교제라도 했으면 좋겠다~' 정도의 수준이었는데 마리엔 황녀의 결혼식을 보니 확실하게 며느리가 보고 싶어진 눈치였다.

하기야 2황자도 몇 달 후면 25세가 된다고 하니 이른 건 아니었다.

게다가 2황자는 1황자와 달리 이미 공작이라는 작위를 가지고 있는데다 내년 내각 개편 때 정식으로 공직에 나설 예정이라

현재 황성으로 돌아와 정무를 조금씩 배우고 있는 실정이었다.

그러니 어머니 입장에서는 빨리 그를 든든히 내조해 줄 수 있는 아내가 생기길 원할 만했다.

'이해 못 할 일은 아니지만, 아무리 의도가 좋아도 이렇게 들볶으면 역효과가 날 텐데……'

나는 오늘도 우리 쪽으로 피난 온 2황자를 보며 쯧쯧 혀를 찼다.

하루라도 빨리 며느리를 보고 싶었던 3황비는 요즘 귀족 영애들과 2황자의 미팅에 열을 올리고 있었다.

거기에 1황비까지 3황비를 적극 지원해 주고 있는 덕에 2황자 브랜트만 고생이었다.

물론 두 황비가 고르고 골라서 초대한 아가씨들이니 예쁘고 교양도 있겠지만, 그런 귀족 영애라 해도 수십 명을 거듭 만나야 한다면 고역일 것이다.

그것도 티타임에서 한번 보고 끝낼 수 있었다면 그나마 견딜 수 있었을 텐데 공작 부인 자리를 탐내는 귀족 영애들이 이후에도 계속 들이대는 탓에 브랜트가 진저리를 칠 정도였다.

하나 황비들에게도 나름 사정이 있었다.

공직에 오르면 그가 바쁘다고 하며 피할 수 있으니 지금이 최적기였던 것이다.

그래서 브랜트가 난색을 보이는 걸 알면서도 밀어붙이자 결국 견디다 못한 브랜트가 두 황비를 피해 도망 다니기 시작했다.

바로 나와 예쉬의 공부방으로 말이다.

두 황비의 티타임이 열리는 곳은 당연하겠지만 대부분 1황비 궁이었기에 브랜트가 '여기까지 온 김에 동생들 좀 보러 가겠습니다'라는 핑계를 쉽게 댈 수 있었던 것이다.

게다가 황비들의 초청을 받고 궁에 들어온 귀족 영애들이라고 해도 나와 예쉬의 공부방에는 함부로 올 수가 없으니 브랜트가 피신하기에 마침맞았다.

뭐, 예쉬는 브랜트와 친한 사이라 언제든 환영이었고, 나도 나에게 다정한 오라버니 노릇을 하려는 그가 싫지는 않았기에 기꺼이 환영해 줬다.

한데, 나중에 알게 된 건데 귀족 영애들이 우리 공부방 근처에 얼씬도 하지 않았던 건 감히 허락되지 않은 황족의 사적 공간을 침입할 수 없어서가 아니라 바로 내가 있기 때문이었다.

사실 그녀들이 하고자 했다면 그 근처에서 배회라도 하고 있을 수 있었다.

그런데 그 근처는커녕 근처의 주변에도 얼씬거리지 않았던 건 어쩌다가라도 나와 만나는 걸 피하기 위해서였다.

어처구니없게도. 그 당시 귀족 영애들 사이에서는 내가 수 틀리면 사람을 패버리는 폭력 황녀로 소문이 나서 기피 대상이 되어 있었던 것이다.

뷰케넌 녀석을 한 대 때렸던 게 밖으로 새어 나가 이상하게 부풀려져서는 '조인족 황녀가 3황자가 마음에 안 든다고 두들겨 팼다더라. 그랬는데도 조인족 황녀는 징계 하나 받지 않았고, 오히려 3황자만 근신 처분을 받았다더라. 그만큼 조인족 황녀는 폐하께 총애를 받고 있는 거라더라'라는 이야기가 떠돌고 있었단다.

뷰케넌 녀석이 워낙 악명이 높았던 탓에 그를 동정하는 여론은 없었고, 그 이야기의 대부분이 사실이니 뭐라 할 수는 없지만, 그 때문에 '황녀의 심기를 건드리면 그 자리에서 두들겨 맞는다!' 라는 소문이 사실로 여겨지는 건 좀 억울했다.

내가 아무나 막 때리고 다닌 건 아니었는데 말이다.

어쩐지, 전에는 그래도 말도 걸고 하던 귀족 영애들이 나만 보면 부리나케 도망가더라니.

그리해서 잠깐, 아주 자아암깐~ '귀족 영애들과 좀 친분을 쌓아볼까~' 라고 마음먹었던 건 그냥 포기하고 말았다.

'그랴, 그랴, 내가 언제부터 니들이랑 놀았다고……'

한데, 귀족 영애 하니까 자연스레 내가 정말 신경 써줘야 할 귀족 영애들이 떠올랐다.

샤멧 성에 남아서 나 대신 상회를 운영하고 있는 두 아가씨들 말이다.

매주 마법 통신문으로 전해지는 보고서를 보면 상회는 그럭저럭 순조롭게 운영되고 있는 모양이었다.

전 상회의 일로 크게 데인 내가 바이넌 남작이 도와준다고 해도 거기에 기대지 말고 릴리와 제이가 감당할 수준에서 작게 시작하라고 신신당부를 하고 왔더니, 둘은 그 지시에 충실하게 따르고 있었다.

거래는 일주일에 한 번씩, 코데로가 홉고블린 한 명과 함께 물품을 가지고 오면 상회에서 준비한 물건과 교환하는 방식으로 진행되고 있었다.

아직은 매번 가지고 오는 물량의 품목과 수량이 불규칙해서 그때그때 다른 상회에 넘기고 있지만, 새해에는 소규모라도 정기 거래를 시도해 볼 예정이라는 보고까지 올라왔다.

'이미 두 사람을 더 고용했다지만, 정기 거래를 할 거면 창고도 필요하고 사람도 더 뽑아야 할 테지? 브라우니도 한번 봐야 하니 겸사겸사 추워지기 전에 다녀와야겠다.'

쇠뿔도 단김에 빼랬다고 조금 이따가, 조금 이따가 했다간 또 며칠이 지나가 버릴 게 뻔했기에 나는 생각난 김에 외출 허락을 받으려고 소파에서 엉덩이를 떼었다.

이제는 고속 비행 실력도 꽤나 늘어서 샤멧 성 정도는 아침에 출발하면 저녁 전에 도착할 수 있었다.

그러니 허락만 받으면 내일이라도 후딱 다녀올 생각이었다.

마침 아빠도 오늘 두어 시간 일찍 와 있었던 터라 기다릴 필요도 없었다.

"아빠아!! 아핫핫⋯ 미안, 깜빡했다."

아까 일찍 찾아온 아빠가 오늘 날씨도 좋으니 저녁 전까지 정원에 나가자고 제안했었는데, 나는 둘의 시간을 방해하지 않으려고 숙제를 핑계로 슬쩍 빠졌었다.

그런데 그걸 고새 잊어버리고 발코니로 나가 정원을 내려다보니, 곱게 물든 커다란 단풍나무 아래에 엄마 무릎을 베고 드러누워 있다가 벌떡 일어나는 아빠의 모습이 보였다.

'아~ 그냥 조금 더 기다렸다 저녁 먹으면서 물어볼걸.'

날 바라보는 두 분의 얼굴을 보자니 왜 이렇게 죄책감이 마구마구 치솟는지 모르겠다.

"우리 딸, 숙제는 다 했어?"

"응. 쉬는 거 방해해서 미안. 물어볼 게 있는데."

생각 같아선 다시 방으로 들어가고 싶었지만, 이미 둘만의 분위기는 깨어진 터라 나는 미안한 표정으로 입을 열었다.

"괜찮아, 괜찮아, 우리 아사가 물어볼 게 있다는데 당연히 들어줘야지. 엄마랑 아빠도 마침 네 이야기를 하고 있었어. 자, 우리 아사도 이쪽으로 오련?"

엄마랑 아빠가 나에 대해 이야기하는 거야 하루 이틀이 아니었으니 나는 별로 대수롭지 않게 여기며 발코니 난간을 박차고 떠올라 아빠 옆으로 내려앉았다.

"그래서 물어보고 싶은 게 뭔데?"

"샤멧 성에 다녀와도 돼? 최소 하루는 묵고 올 건데."

"아……."

샤멧 성에 내 상회 사무실을 차렸다는 건 아빠도 알고 있었기에 따로 부연 설명을 덧붙이지 않아도 뭔 일인지 이해한 표정이었다.

한데 아빠가 채 뭐라 하기도 전에 엄마가 끼어들었다.

"마침 잘됐구나. 나도 오랫동안 마을에 들르지 않아서 한번 다녀오려고 했었는데. 가는 김에 같이 마을에도 들렀다 오자꾸나."

"에? 조인족 마을에?"

홉고블린들이라면 몰라도 조인족 중에는 만나고 싶은 사람이 없었던 터라 별로 내켜하질 않자 엄마의 눈살이 슬쩍 찌푸려지더니 작은 한숨이 흘러나왔다.

"조인족이 조인족 마을에 가길 싫어해서 어쩌자는 거냐?"

"아니, 뭐… 친한 사람이 없으니까 가봤자… 라고나 할까?"

엄마가 저리 반응을 드러내다니, 생각지 않게 많이 서운했나 싶어 조금 찔끔했다.

그러다 보니 저도 모르게 작아지는 목소리로 웅얼거리자 엄마가 더 인상을 찌푸리는 것이었다.

"가기 싫으면 그냥 가기 싫다고 말하면 되지. 그런 걸 말하는데 우물거리면서 변명 따위나 해대다니, 정말 약해 빠졌구나!"

"엥? 저, 저기요?"

거기서 그치지 않고 기나긴 한숨과 함께 벌떡 일어나 숲으로 날아가 버리는 엄마의 모습에 나는 당혹감을 감출 수가 없었다.

"어… 으음, 내가 엄청 잘못한 거야?"

숲 저편으로 사라지는 엄마의 뒷모습을 물끄러미 보다가 슬쩍 아빠의 눈치를 보며 묻자 아빠가 피식 웃으며 내 머리를 토닥여 줬다.

"잘못했다기보다는 그냥 엄마는 우리 아사가 항상 자신감 넘치고 당당하게 행동했으면~ 하고 바라는 거지."

"에에에? 이 무슨 황당한… 엄마는 평소에 나 하고 다니는 거 못 보나? 이 궁에서 나만큼 당당하게 활개 치고 다니는 사람이 또 어디 있다고? 물론, 이게 다 아빠 빽 믿고 그러는 거지만, 저번에도 아주 당당하게 3황자 녀석 때려줬잖아. 아빠도 알지?"

"그럼, 그럼. 우리 딸 당당한 거 아빠도 잘 알지. 그래그래. 그때는 참 잘했다. 한 대 더 때려줬어도 됐는데."

"맞아~ 나도 나중에 생각하니까 아깝더라. 그 녀석이 그렇게 한 방에 나가떨어지지만 않았어도 한 방 더 먹여줄 수 있었는데. 아니, 그게 아니라. 어쨌든, 아빠가 나 평소에 당당하게 활개 치고 다닌다고 엄마한테 말 좀 해주지?"

"엄마는 언제든 누구한테든 그러길 원하는 거야. 아빠가 우리 딸 풀 죽어 있는 모습 보기 싫은 것처럼?"

"그… 참 내."

순간 뭐라고 말해야 할지 몰라 나는 괜히 머리만 쓸어 넘겼다.

"아니, 그런데 다른 때는 잔소리만 했으면서 왜 오늘은 자리까지 떠버리나, 그래? 괜히 더 미안하게끔……."

내 말에 아빠가 웃었지만, 어쩐지 그 웃음에 힘이 없어 보여서 나를 어리둥절하게 만들었다.

'뭐지?'

그런데, 날 어리둥절하게 만드는 건 엄마랑 아빠만이 아니었다.

이틀 뒤, 아빠의 허락하에, 엄마랑 조인족 마을에 다녀오는 일정으로 샤멧 성에 갔더니 마침 한발 먼저 도착해 있던 브라우니가 나를 맞이해 줬다.

"오오, 오랜만… 으응?"

한데 말을 하다 말고 나를 보며 고개를 갸웃거리는 거였다.

"뭡니까? 왜 말을 하다 만대요? 오랜만이라 반가운 겁니까, 이상한 겁니까?"

그 모습이 의아해 물었지만, 돌아오는 대답 또한 어리둥절하기는 마찬가지였다.

"둘 다?"

"예?"

당연하게 내가 그 대답을 이해하지 못하자, 브라우니가 고개를 갸웃갸웃하면서도 뭔가 설명을 해주려고 했다.

"아니, 이상하기보다는⋯⋯."

그렇게 브라우니가 막 입을 열려고 하는데, 타이밍 나쁘게도 우리가 있는 응접실 문이 벌컥 열리며 코데로를 비롯해 릴리와 제이, 그리고 남작이 줄줄줄 따라 들어왔다.

"여어, 왔냐⋯ 아아?"

한데 나쁜 타이밍에 들어온 주제에 인사를 하던 코데로 녀석이 말끝을 이상하게 올리는 거였다.

"으음, 너?"

거기다 의아한 표정으로 날 보는 녀석의 표정에 나는 의문과 함께 은근히 불안해지기까지 했다.

"넌 또 왜?"

"그냥⋯ 하나도 안 변했다고."

'남을 불안하게 만들어놓고 하는 말이 이 따위냐!'

그 성의 없는 설명에 불쑥 화가 치밀었지만, 일단 한 번은 참으며 코데로를 똑바로 바라봤다.

이번에도 제대로 설명을 안 해주면 확 릴리와 생이별을 시켜주리라 다짐하면서 말이다.

"진짜 그거 때문이야? 겨우, 하나도 안 변한 것 때문에?"

"겨우? 하여간 뭐⋯ 그렇지."

'뭐지? 이 성의는 없으면서 뭔가 있다는 뉘앙스는 팍팍 풍기는 대답은?'

만약 그 뉘앙스만 없었다면 당장 화를 내며 생이별을 시켜버렸을 텐데, 그놈의 뉘앙스 때문에 한 번 더 참았다.

"너랑 나랑 안 본 지 반년도 안 되었거든? 그사이에 변하면 뭘 얼마나 변하겠냐? 너나 브라우니도 하나도 안 변했구만!"

"난 성년식을 치렀고 넌 성년식을 안 치렀으니까."

"뭐?"

나이 먹고 몸집이 커지면 다들 하는 걸 가지고 당당하게 대답하다니 어이가 없었다.

생각 같아서는 코데로의 멱살이라도 잡으며 지금 장난하냐고, 사실대로 말 못 하냐고 을러대고 싶었지만, 뒤에서 안절부절못하며 우리를 바라보고 있는 세 쌍의 시선 때문에 차마 실천에 옮기지 못했다.

그러고 보니 코데로 녀석 때문에 뒤에 있는 세 사람과는 아직 인사도 나누지 못했던 것이다.

어쩔 수 없이 조인족 마을에 가서 두고 보자~ 라고 나중을 기약했지만, 한 번 가라앉은 기분은 도통 풀릴 생각을 안 했다.

비록 내색하지 않으려 했지만, 사람들의 보고가 귀에 제대로 들어오지 않을 정도였다.

다행히 보고서로 다 읽은 내용을 좀 더 자세히 말해주는 거라서 무슨 이야기인지 못 알아듣는 상황은 발생하지 않았다.

"그동안 많이 힘써주신 것 고맙게 생각합니다."

"아닙니다. 말이야 바른 말이지, 홉고블린들은 저희 성의 은인이신걸요. 마마께서 아니 계셨더라도 당연히 했을 겁니다."

바이넌 남작은 홉고블린들이 올 때마다 항상 신경을 써줘서 홉고블린들이 그에게 크나큰 호감을 가지고 있을 정도였다.

인간들의 시장을 마음껏 구경하게 해주거나, 성의 요리사에게 직접 인간들의 요리를 배울 수 있게 해주거나, 성에서 몇 명 없는 장인들을 불러서 공예품 만드는 모습을 보여주는 등 등 그들이 관심을 보이는 일은 뭐든 다 해주려고 애를 썼다.

게다가 홉고블린들이 갈 때는 그들이 좋아할 만한 간식거리 들을 듬뿍듬뿍 안겨주기까지.

샤멧 성이나 그 주변에서 구할 수 있는 건 릴리와 제이에게 맡겨두고 그는 아예 본가에 부탁해서 전국의 지방 특산물을 구해다가 안겨줬다니, 코데로가 성으로 배달 올 때마다 홉고 블린들이 서로 오려고 안달할 만했다.

그래서 나도 이대로라면 홉고블린들이 조인족을 꼬셔서 택 배원을 더 늘릴 수 있지 않을까, 조금 기대하고 있다.

지금이야 조인족들이 귀찮아하는 바람에 택배원이 코데로 단 한 명밖에 없지만, 택배원이 늘어난다면 여러모로 유익할 테니 홉고블린들에게 잘 꼬셔보라고 해야겠다.

이후, 지금보다 거래 물량이 더 많아지면 상회 사무실을 영 주 성 밖으로 이전하기로 했고, 그때 정식으로 상회 이름을 쓴 간판을 달기로 했다.

그리고 드디어 우리 상회의 정식 이름도 정했다.

상회 이름은 'ALJ 상회.'

뭐, 내 이름이랑 릴리 이름이랑 제이 이름을 딴 거다.

나도 이름 짓는 재주가 없어서 릴리랑 제이에게 미뤄뒀는 데, 이들도 영~ 이름 짓는 재주가 없는 거다.

그렇다고 벌써 몇 달째 운영하고 있는데 계속 이름이 없는 것도 불편해서 그냥 이름 한 자씩 따서 붙였다.

어차피 릴리는 상회가 망하지 않는 한 계속 상회를 맡아서 운영할 거고, 제이는 내 곁에서 떠나지 않을 테니 말이다.

처음에는 이걸로 괜찮을지 걱정이 되었는데, 붙이고 보니 그럴듯해 보여 내심 다행이다 싶었다.

엄청 이상해 보이면 다른 이름을 생각해 내느라 또 머리를 쥐어짜야 할 게 아닌가.

그렇지 않아도 머릿속이 복잡한데.

상회 사무실을 밖으로 이전할 즈음에는 상회 규모도 조금 더 커질 테니 미리 사람도 더 고용하기로 했다.

마침 릴리가 괜찮은 사람을 안다고 해서 흔쾌히 허락했다.

호빙 남작가의 상단에서 일하던 이들인데 얼마 전 그만두고 나왔다고 하는 거 보니 아무래도 릴리와 그녀의 남동생 사이에서 릴리 쪽으로 줄을 섰다가 정리해고 당한 것 같았다.

그들을 추천하는 릴리는 조심스러운 기색을 보였지만, 난 오히려 잘됐다고 생각했다.

"상회 주인은 나지만, 앞으로도 이 상회는 네가 맡아서 운영할 거니까 네가 잘 아는 사람들을 고용하면 좋지. 참, 상회 사무실을 이전하게 되면 경비를 담당할 사람도 필요하지? 내가 거기에 채용하고 싶은 사람이 한 명 있으니까, 자리 하나는 비워둬."

"네, 알겠습니다."

선선히 고개를 끄덕이는 릴리의 뒤를 이어 제이가 물어왔다.

"혹시 케이나 료우 경을 보내시려고요?"

아직 상회의 규모가 작았기에 그들이 오는 건 너무 고급 인력을 낭비하는 게 아닌가 하는 걱정이 담겨 있었다.

뭐, 나도 케이와 료우를 지금 보내는 건 시기상조라 생각하고 있었기에 산뜻하게 웃으며 입을 열었다.

"아냐. 트레버스를 보내려고."

"네에? 그를요?"

내 입에서 나온 인물이 뜻밖이었는지 제이의 눈이 동그래졌다.

"응. 잘할 거야."

내 추천으로 북궁에서 일하게 된 지 벌써 몇 년이 흘렀지만, 트래버스의 상황은 여전히 나아지질 않았다.

아무래도 그의 꼬리표가 있으니 쉽게 받아들여지지 않을 거라 예상은 했었지만, 그렇다고 몇 년이 지났는데도 여전히 주위 사람들에게 꺼려지는 줄은 몰랐다.

거기다 일하는 장소가 북궁이라 성 밖으로의 외출도 쉽지 않다 보니 많이 답답해하는 모습에 내가 너무 가볍게 생각하고 그를 데려온 것 같아 반성하고 있었는데, 마침 상회를 밖으로 이전한다고 하니 좋은 기회로 보였던 것이다.

여기는 제이를 빼면 그의 과거를 아는 사람도 없고, 내가 보낸 사람이니 그의 외모가 험상궂게 생겼다 해도 주변 사람들이 함부로 따돌리는 일은 없을 거다.

게다가 외출도 마음대로 할 수 있을 테고 말이다.

"그러니 제이, 잘 부탁해."

"네."

선선한 대답에 나는 적잖이 안심이 되었다.

물론 제이도 트레버스의 과거를 알지만, 내가 그를 만날 때마다 제이와 케이에게 내가 구출될 때 목숨 걸고 도운 사람이라고 계속 주지시킨 덕에 그를 꺼려하지는 않았다.

게다가 내가 이렇게 부탁까지 해놨으니 트레버스가 오면 신경 좀 써줄 거다.

"그나저나 제이는 어때? 일은 할 만해? 어렵지는 않고?"

"아직은 미숙한 점이 있지만, 잘 배워 나가고 있습니다. 릴리가 많이 도와주고 있습니다."

"그래, 둘이 잘해 나가고 있어서 다행이야. 둘이 있기 때문에 내가 여기 본점을 낼 수 있는 거라고. 앞으로도 잘 부탁해."

마지막으로 제이와 릴리의 어깨를 두들겨 준 걸로 샤멧 성에서의 일을 마무리 지은 나는 기다리고 있던 엄마와 함께 조인족 마을로 향했다.

마을에 도착하자마자 엄마는 곧바로 나를 데리고 족장을 찾아갔다.

"족장."

"오오, 오랜만에 얼굴 보네?"

저녁때가 다가오는 시간이라 공터에 있는 커다란 바위 위에 느긋한 태도로 걸터앉아 있던 족장 씨가 여전히 잘생긴 얼굴로 웃어 보였다.

한데 엄마는 마주 웃어 보이는 대신 그의 앞으로 날 들이밀었다.

"이 애 좀 봐주시겠습니까?"

"에엥? 나?"

다짜고짜 엄마에게 떠밀려 족장 씨 앞으로 나간 나는 당혹스러움을 감출 수 없었다.

브라우니와 코데로가 이상한 반응을 보이더니, 엄마까지 이러는 거 보면 정말 나한테 문제가 있긴 있나보다.

"이야, 꼬마도 오랜만이다. 여전히 쪼끄맣네?"

다행이랄지, 다른 이들과는 달리 족장은 아무렇지도 않은 표정이었다.

"안녕하십니까."

그에 조금 안도하며 꾸벅 고개를 숙여 보이자 족장이 가볍게 바위에서 뛰어내려 내 앞에 섰다.

"그래, 그래. 나야 항상 안녕하지. 어디 손 좀 내밀어볼래?"

순순히 내민 내 손을 족장이 가볍게 맞잡자 그 순간 그의 손으로부터 마치 산들바람 같은 기운이 흘러들어 왔다.

예기치 못한 일이라 조금 놀랐지만, 몸속으로 흘러 들어온 기운이 워낙 부드럽게 움직이며 해할 의사가 없다는 걸 보여줬기에 나는 곧 긴장을 풀 수 있었다.

한데 그것도 잠시.

"이게 뭐지? 아이야, 네 손에다 이상한 걸 집어넣은 놈이 누구냐?"

"예?"

평소 유들유들거리던 느낌이 완전히 가신 어조에 나는 나도 모르게 움찔거렸다.

목소리는 여전히 부드러웠지만, 그 뒤에 엄청난 분노가 도사리고 있었던 것이다.

"네 손에다 이상한 짓을 한 게 누구지?"

다시 한 번 말하면서 내 손등을 톡톡 두드리는 족장의 말에 나는 황급히 입을 열었다.

자칫 조금이라도 머뭇거렸다가는 아빠가 내 손등에 마법 아이템을 박아 넣었다는 오해를 살까 걱정되었던 것이다.

벌써 족장 씨나 엄마의 눈치가 그랬다.

"저요."

"뭐?"

"저라구요. 제가 여기다 마법 아이템을 집어넣어달라고 한 거예요."

뜻밖이라는 듯, 믿지 못하겠다는 얼굴로 되묻는 족장에게 나는 또박또박 입을 열었다.

하기야 그들 눈에 나는 미숙하기만 한 어린애로 보일 터, 애가 스스로 자기 몸속에 마법 아이템을 박아 넣었다고 생각하기는 어려울 거다.

"아~ 이거 제가 마지막의 마지막까지 숨겨두고 있는 비장의 무기였는데, 이렇게 밝혀 버리시다니 너무한 거 아닙니까?"

굳어버린 그의 표정이 왠지 무서워서 너스레를 떨어봤지만, 족장 씨의 표정은 풀리지 않았다.

"왜?"

"예"

"왜 이런 짓을 했느냐고."

단순히 '쓸데없는 짓을 하다니~' 란 정도가 아니라, 완전 한심하고 기가 막힌 짓을 하는 애를 보는 표정과 말투였다.

하기야, 스스로에 대한 자존감이 대단한 조인족이니 '마법 아이템 따위~!' 라고 여길 만도 하다.

하지만…….

'우쒸~ 모든 조인족이 그렇게 생각해야 한다고 여기는 건 아니잖아!'

왠지 울컥하는 마음이 몽글몽글 피어오르는 것이, '내가 가지고 다니겠다는데 댁이 무슨 상관이신지?' 라고 해보고 싶었다.

'아~ 안 돼, 안 돼. 족장 씨한테는 자꾸 감정적으로 하려고 든단 말이야.'

잽싸게 그런 마음을 밟아서 마음속 깊은 곳으로 집어넣은 나는 차분한 목소리로 입을 열었다.

"제가 강하지 못하다는 걸 잘 알고 있으니까요. 저는 또래에 비해 엄청 약한 편이라면서요? 그렇기에 제가 감당할 수 없는 만약의 상황에 처하게 될 때, 그 상황에서 몸을 피할 비상수단을 하나 가지고 있어야겠다고 생각했을 뿐입니다."

"너 스스로가 그렇게 생각해서 이런 짓을 한 거라고?"

"예."

"누가 이걸 만들어 와서 널 설득한 게 아니라?"

"이건 애초에 제 요청으로 제작된 거예요. 사이즈와 들어가는 마법 등등 모두 제가 직접 주문했어요. 제가 너무 까다롭게 주문을 해서 만드는 분이 힘들었다고 투덜댈 정도였는걸요."

그건 초기작을 제작할 때의 이야기였고, 지금 내 손등 안에 들어 있는 건 세 번째 업그레이드 버전이었지만 말이다.

당당히 대답하는 내 말에 족장은 여전히 마음에 안 든다는 눈빛이었지만 더 이상 뭐라고 하지는 않았다.

'허약하게 여겨지는 덕인가?'

이후에도 족장 씨의 기운은 계속 흘러들어 와 내 몸 안을 돌아다니다가 한참 후에야 빠져나갔다.

"어떻습니까?"

족장이 나에게서 손을 떼고 한 걸음 물러나자마자 긴장한 표정으로 기다리고 있던 엄마가 물어왔다.

"흠… 뭐, 약하다는 건 처음부터 알고 있었던 일 아니냐?"

"하지만 그동안은 꾸준히 성장해 왔는데 갑자기 이렇게 멈출 수도 있는 겁니까?"

"나도 그래서 혹시나 했지만 조금 약하다는 것을 제외한다면 어디가 막히거나 그런 건 없다."

"혹시 손에 있다는 그……."

"아니야. 자세히 살폈지만 기운이 흐르는 걸 방해하거나 그러지는 않아. 흡수하고 있지도 않고. 뭐, 이걸 사용할 때는 모르겠다만……."

"역시 그냥 빼라고 하는 게 좋을까요?"

엄마의 말에 족장 씨와 엄마의 시선이 나에게로 향했다.

"그러고 보니, 너 그거 언제부터 하고 있었냐?"

족장 씨의 그 질문에는 솔직히 갈등이 되었다.

내가 이거 집어넣고 있다는 게 알려졌을 때는 내 주위 사람들도 놀라서 펄펄 뛰었으니 말이다.

이건 쿼터메인 영감님이 나중에 말해준 건데, 영감님은 그 시술을 해줬다고 아빠한테 칼침 맞을 뻔했단다.

그렇게 말하는 장본인이 껄껄거리며 웃어서 처음에는 농담인 줄 알았는데, 나이젤 아저씨에게 확인해 본 결과 진짜 아빠가 검을 빼 들었단다.

'내가 그때 네 아빠와 스승님 사이에 끼어 있느라… 어휴~'

그렇게 말하는 나이젤 아저씨의 표정이 너무 안 되어 보여서 그의 어깨를 톡톡 두들겨 위로해 주고 싶을 정도였다.

한데 아주 잠시 잠깐 멈칫한 걸 가지고 족장 씨의 눈이 가늘어지는 것이었다.

"뭐라고 안 할 테니 사실대로 말하지?"

'아따, 눈치는 진짜 빠르당께.'

족장 씨가 그렇게 나오니 나는 하는 수 없이 정직하게 대답했다.

"3살 때요."

내 말에 엄마는 놀라움에 숨을 들이켰지만, 족장 씨는 오히려 내 말을 믿지 못하는 눈치였다.

"세 사알? 고작 세 살짜리가 자기 몸속에다 이상한 걸 집어넣었다고?"

"뭐어, 이러저러한 일이 좀 있어서……."

혹시 전 황태자 녀석이랑 있었던 일까지 주저리주저리 말해야 하는 건가 고민을 하는데 의외로 엄마가 끼어들었다.

"이 녀석이라면 그럴 만합니다. 몸이 약한 탓인지 어릴 때부터 생각하는 게 참 특이했으니까요."

엄마의 말에 잠시 날 물끄러미 바라보던 족장이 곧 고개를 끄덕였다.

"하긴, 그랬었지. 네 말이 맞다. 하지만 몸의 기운이 약한 주제에 어렸을 때부터 이런 이상한 걸 몸속에 집어넣고 있었으니 영향이 아예 없을 수는 없겠지. 빼라."

"엑!!"

족장 씨의 단호한 말에 반사적으로 반발하려 했지만, 그 전에 지그시~ 나를 바라보는 그의 눈빛에 절로 입이 다물어졌다.

족장 씨가 나를 하룻강아지라고 여겨 내가 방방 뛰어도 귀엽게 넘어가 주고 있어서 그렇지, 그는 아빠가 자신보다 강하다고 인정하는 존재였다.

그런 사람이 지그시 시선을 보내오니 그 압박감이 장난이 아니었던 것이다.

"빼. 지금 상황에서는 혹시 모르는 일이니 조금이라도 맘에 걸리는 건 다 깨끗이 정리해라."

그렇게 말하며 눈에서 힘을 빼준 덕에 나는 간신히 숨을 내뱉을 수 있었다.

'으으~ 이게 바로 약자의 설움이라는 것인가…….'

하지만 지금은 투덜대는 것보다 더 중요한 게 있었다.

"지금 상황이라는 거, 제 상태에 대해 말씀하시는 거 맞죠? 제 상태가 어떤데 엄마나 족장이나 이러시는 겁니까?"

한데 내 말에 오히려 두 사람이 어이가 없다는 듯 나를 바라보는 것이었다.

"이건 또 무슨 말이야?"

"넌 네가 어떤 상황인지 모른다는 거니?"

'와~ 참 내, 기가 막히다 코까지 막힌다. 콧구멍이 두 개라 숨 쉰다는 거, 이럴 때 하는 말 맞지? 내가 어떤 상황인지 설명해 준 사람이 한 명도 없었으면서 당연히 알아야 한다는 반응들이라니. 조인족들은 누가 설명해 주지 않아도 본능적으로 자기 몸 상태가 어떤지 알아… 채겠구나. 사람도 보통은 그러니까.'

화가 치솟아 속으로 막 꿍얼거리던 나는 마지막에 가서는 머쓱한 기분이 되었다.

생각해 보면, 사람도 컨디션이 안 좋다든가, 몸살이 올 것 같다든가 하는 건 스스로 깨달았다.

증상 없이 나타나는 병마는 제외하더라도 말이다.

자신이 평균보다 왜소하다든가, 키가 크다든가, 통통하다는 건 누가 말해주지 않아도 스스로도 다 알아채는 일 아니던가.

한데 나는 아무래도 전생의 기억 때문에 모든 기준이 인간에게 맞춰져 있다 보니 이렇게 조인족의 상식에 어긋나는 일이 종종 발생했다.

덕분에 난 기어들어 가는 목소리로 대답했다.

"모르겠거든요. 그냥 밥 잘 먹고, 잘 놀고, 잘 잤는데 뭐가 이상해요?"

"그래, 그래. 이 꼬맹이가 자기 몸 상태에 대해 관심이 없었다는 걸 내 깜빡했다."

족장 씨가 불쑥 내 머리를 부드럽게 쓰다듬으며 말했다.

"자신의 날개가 다른 녀석들과 달리 희멀건 해도, 몸에 흐르는 기운이 약해도 개의치 않아 하는 게 희한했지. 다른 녀석이었다면 내 날개는 왜 이렇게 약한가, 왜 나는 약하게 태어났을까, 하고 땅을 파도 백 번은 팠을 텐데."

'족장 씨가 갑자기 왜 이런대? 나한테 동정심이라도 든 겨?'

그런 생각이 불쑥 들었지만, 다정한 족장 씨의 손길도 나쁘지 않았기에 그의 손을 쳐내지는 않았다.

"음, 저는 제 날개 마음에 드는데요? 엄마랑 같은 색의 날개를 가지지 못한 건 좀 아쉽지만, 태어날 때부터 하얀 날개였다니 어쩔 수 없는 거잖아요. 그래도 날개 색이 예뻐서 나름 만족하고 있습니다. 몸이 약하다고 해도 생활하는 데 지장 없는데다, 조인족이 할 수 있는 건 다 하잖아요. 날 수도 있고, 바람도 부를 수 있고, 게다가 잔병치레하는 일 없이 건강하게 잘 살고 있으면 되는 거죠."

내 말에 가만히 듣고 있던 족장 씨가 키득~ 하고 웃었다.

"꼬맹이 주제에 그런 말을… 뭐, 틀린 말도 아니군. 근데 꼬맹아."

"예?"

"너 내년에 성년식에 참여할 거 아니었냐?"

"아, 예."

새삼스레 묻는다 싶었다.

원래 올해 참여하려고 했는데 그걸 내년으로 넘긴 건 족장 씨 본인이 아니었던가.

'내가 아직 작다는 이유였… 으음?'

조인족인 덕분에 인간보다 성장이 빨라서 8살인데도 인간들 사이에서는 16세쯤으로 여겨지고 있었다.

스스로도 이 정도면 적당히 다 컸다고 생각했던 탓에 신경 안 쓰고 살았는데, 지금 생각해 보니 올해에는 내 키가 자랐다고 옷을 새로 맞춘 기억이 없었다.

작년에는 키가 너무 쑥쑥 자라서 두세 달에 한 번씩 치수를 새로 재서 옷을 맞췄는데 말이다.

"저기……."

"응?"

"혹시, 여기서 더 키가 안 자라면 내년에도 성년식에 참석시켜 주지 않을 겁니까?"

내년에도 성년식에서 퇴짜 당하면 후년에 또 참석하러 와야 하니 귀찮은데… 하고 속으로 중얼거리는데 족장 씨가 다시 웃었다.

"그것참, 네가 걱정하는 건 성년식에 참석하느냐 못 하느냐뿐인 거냐? 네 성장이 여기서 멈춘 건 걱정이 안 돼?"

"그, 글쎄요… 여기서 더 크면 좋지만, 안 커도 그다지 상관없는데요."

지금도 키는 인간 여성들 평균치는 되었기에 불만은 없었다.

물론 엄마만큼 더 크면 좋겠지만, 키라는 게 마음대로 되는 게 아니지 않는가.

게다가 풋풋한 16, 7세의 외모가 얼마나 좋은 건데.

이 상태로 몇 년 더 있으라고 한다면 난 땡큐라고 외칠 거다.

한데 이런 나를 가만히 바라보고 있던 족장 씨가 곧 알겠다는 듯 고개를 끄덕였다.

"그렇군. 너는 성장이 멈춘다는 게 어떤 의미인지 제대로 모르는 거구나."

키가 안 크는 거에 무슨 의미까지야… 란 시선으로 바라보자 족장 씨가 드물게 보이는 진지한 표정으로 천천히 말을 이었다.

"아사, 우리 조인족은 8세 전후에 모든 성장이 이루어진다.

그건 알지?"

"예."

"그래, 보통은 8세 즈음에 온전히 성장을 끝내지. 그래서 성년식을 8세부터 치를 수 있는 거고. 가끔 그때까지 성장하지 못한 애들이 있긴 하지만, 그런 애들도 대부분은 이후 1년 안에 성장을 끝내거든. 그런데 무척 드문 일이지만 9세가 될 때까지도 성장을 끝내지 못한 아이들이 있기도 해."

"네에."

그때까지도 별생각 없이 족장의 말을 들으며 고개를 끄덕이던 나는 그다음 말에 굳어졌다.

"드물게 그렇게 성장하지 못한 아이들은 서서히 몸이 약해져 10년도 안 되어 대부분 사망했지."

"헉."

진짜냐고 되묻지도 못했다.

옆에서 조용히 있는 엄마의 얼굴이 딱딱하게 굳은 채 날 바라보고 있었기 때문이었다.

"어… 으음… 그러니까 제가 그 경우에 해당되는 것 같다는?"

"네 생일이 언제지?"

"6월이요."

"아직은 반년 넘게 남았구나."

그 말인즉슨, 반년 안에 성장하지 않으면 난 이후 쇠약해지다가 죽게 될 거란 뜻이었다.

그래서 엄마가 이리 심각한 거였고, 브라우니와 코데로 녀석이 날 보고 이상한 반응을 보였던 건가 보다.

"그러니까 돌아가면 당장 그 손안에 있는 이상한 것부터 빼라."

"네에……."

인체에는 해가 없을 거라고 쿼터메인 영감님이 호언장담했는데, 나는 조인족이라서 악영향이 생긴 걸까?

이걸 알면 아빠가 또 영감님한테 쫓아갈 텐데, 난감하게 됐다.

"엄마, 혹시 아빠도 이거 알아? 그러니까… 성장하지 못하면……."

차마 '나 죽는 거'란 말은 꺼내지 못했지만, 엄마는 금방 눈치채고 고개를 저었다.

"그저 이대로 성장하지 못한다면 몸이 점점 약해질 거라고만 말했다."

"잘했네."

뭐, 그 정도만 알아도 벌써부터 고민하며 나이젤 아저씨를 닦달하고 있을 게 뻔했지만 말이다.

'왠지 그 사제는 아빠를 만나서 엄청 불쌍해진 거 같단 말이지.'

두 사람을 떠올리니 절로 동정심이 샘솟았다.

그런데 이때 내 표정을 어떻게 해석한 건지 족장 씨가 다시 내 머리를 토닥이며 답지 않게 위로를 해주는 것이었다.

"걱정할 거 없다. 그렇게 미처 성장을 끝내지 못한 애들은 몸속의 기운이 이상한 흐름을 보인다든가 어딘가 막혔다든가 하는 특이한 현상이 나타나는데, 너한테는 그런 모습이 보이지 않거든. 기운이 좀 약하다는 걸 빼면 정상적인 흐름을 보이고 있어.”

“그래요?”

“그러니 일단은 지켜보자꾸나.”

족장 씨한테서 이렇게 믿음직한 모습을 볼 수 있을 줄은 몰랐는데, 의외로 차분한 목소리가 왠지 든든하게 느껴져 불안하게 흔들리던 마음이 진정되었다.

그건 엄마도 마찬가지였는지 딱딱하게 굳었던 엄마의 표정도 조금이나마 풀리고 있었다.

'아따, 평범하지 않은 인생이라 생각했더니만, 진짜 별의별일을 다 겪어보는구만.'

뭐, 족장 씨에게 그런 말을 들었어도 '죽음'이라는 게 내 마음에 직접적으로 와 닿지 않아서 그런지 큰일은 났다 싶었지만, 낙담해서 절망이나 실의에 빠지는 일은 없었다.

되돌아보니 좀 황당한데, 환생을 했으면서도 전생에서 '죽음'이라는 걸 겪어본 적이 없어서 막연하게만 느껴졌던 것이다.

덕분에 덤덤한 얼굴로 조인족 마을을 떠날 수 있었는데, 떠나는 날 배웅한답시고 나온 코데로 녀석 때문에 살짝 가라앉았던 기분도 확 날려 버릴 수 있었다.

“어이, 돌아간다며?”

“아, 응.”

“족장은 만나봤어? 뭐래?”

그래도 그동안의 인연이 있었다고 나름 배웅도 나와 주고 걱정도 해준 건가 싶어서 나는 조금 감동했다.

“뭐, 일단 이상한 현상은 안 보이니 너무 걱정 말고 조금 더 기다려 보자고 하시던데?"

"그렇군. 잘됐네."

한데 어째 그리 말하는 애 태도가 책을 읽는 듯 무미건조한 거다.

'어라? 뭐지? 날 걱정한 게 아니었어?'

아니나 다를까.

"하지만 혹시 모르니까 미리 말해두고 싶은 게 있는데……."

"뭘?"

"만약에 네가 뭔가 잘못되더라도 릴리한테는 어떤 영향도 없게 해줄 수 있지? 아니다. 나중에 어떻게 될지 모르니까 릴리는 이대로 쭈욱~ 편하게 지낼 수 있도록 미리 그쪽에다 손을 써줄 수 없냐?"

'헐~ 그럼 그렇지. 이 녀석이 웬일인가 했다.'

족장 씨한테 뜻밖의 위로를 받아서 그런가, 잠시 얘도 그럴 거라고 착각해 버렸다.

'아, 진짜 코다로 찜 같은 놈!'

내가 어떻게 되든 상관없이 릴리를 도와야겠다는 그 마음은 참 갸륵하다만, 왜 이렇게 화가 치솟는지 모르겠다.

"고렇게는 못 하지! 넌 내가 무사히 성장하길 신께 기도하는 게 좋을 거다! 내가 만약 잘못되기라도 하면 너랑 릴리를 생이별 시키라고 내 유언장에 써놓을 테니까!!"

"뭣!! 야! 이러는 게 어딨어!!"

"어딨긴! 여기 있다!!"

"네가 약하게 태어난 거 가지고 왜 나한테 신경질이야?"

"꼽냐? 꼬우면 네가 황녀하든가!"

그렇게 한동안 코데로 녀석과 투닥대던 나는 어느새 다가온 엄마한테 뒷덜미를 채여 하늘로 날아올라서야 정신을 차렸다.

"언제까지 그렇게 쓸데없는 짓을 하고 있을 거냐? 집에 안 가?"

북궁으로 돌아오니 미리 연락을 받았는지 쿼터메인 영감님이 와서 기다리고 있었다.

"여어~ 이제 오는 게냐? 그래, 지금 몸 상태가 안 좋다며?"

"어라? 그 이야기가 벌써 할아버지한테도 전해진 거예요?"

"헐헐헐~ 제자 녀석이 한심해서 말이지. 네 아버지한테 닦달 좀 당했다고 나한테 쪼르르 달려와서 징징대지 뭐냐."

"푸핫~"

역시나. 내가 북궁을 비운 사이에 아빠가 나이젤 아저씨를 달달 볶았던 모양이다.

"마침 잘 오셨어요. 그렇지 않아도 할아버지께 부탁할 게 생겼거든요."

"호오, 네 부탁이라니 어떤 것일지 기대가 되는구나."

"아하하, 이번에는 별거 아니에요. 제가 내년 성년식을 치를 때까지만 이 안에 있는 거를 잠시 빼주십사 하는 거지요."

그렇게 말하며 양손을 들어 보이자 뭘 말하는지 눈치챈 영감님이 고개를 갸웃거렸다.

"아니, 그건 왜? 지금까지 별 탈 없이 잘 있었는데? 내가 혹시라도 무슨 부작용이라도 생길까 봐 정기적으로 점검도 해주고 있지 않느냐?"

자신의 회심작이 제거 당하게 생기자 영감님이 불편한 기색을 드러냈다.

"그러게 말이에요. 그런데 이번에 마을에 갔다가 족장님한테 이걸 들켜 버렸거든요. 제가 지금 몸이 약한 상태라 만약을 위해 조금이라도 영향을 끼칠 만한 건 다 제거하라고 하시지 뭡니까?"

"그랬냐? 흐음. 그래, 너네 족장님이 그렇다면 어쩔 수 없는 거겠지."

내 말에 납득한 표정으로 고개를 끄덕인 영감님이 은근슬쩍 내 쪽으로 몸을 숙으면서 은근한 어조로 속삭였다.

"마침 잘됐구나. 사실 내가 여기 온 건 한심한 제자 녀석이 찡찡댄 것도 있지만, 괜찮은 물건을 구했기 때문이거든."

"괜찮은 물건이요?"

"그래. 이걸 보는 순간 딱 네 생각이 나더구나. 어때, 함 볼테냐? 내 장담하건대, 지금 네 상황에는 이게 딱이야, 딱!"

이건 내 생각인데 이 영감님은 마법사가 안 되었다면 엄청 대단한 사기꾼이 되었을 것 같다.

혹, 한국에 태어났더라면 다단계 판매업자가 되어 수많은 사람을 끌어들였을지도 모른다.

지금 나도 이렇게 귀가 솔깃하니 말 다 했지.

"뭔데요?"

흥미로 눈을 반짝이며 영감님을 바라보자 영감님이 넓은 소매에서 조심스레 자그마한 상자를 하나 꺼냈다.

"내가 이거 빼돌리느라 엄청 고생했지. 나중에 제자 녀석이 알면 뒷목 잡고 쓰러질 테지만, 난 그 녀석보다 우리 꼬마 아가씨가 더 좋거든."

껄껄거리며 웃는 영감님을 보니 왠지 나이젤 아저씨가 더욱더 가여워졌지만, 나한테 좋은 일이라니 무시해 버렸다.

'미안합니다, 아저씨.'

겨우 영감님의 손바닥만 한 짙은 푸른색 상자를 열자, 그 안에는 500원짜리 동전보다 약간 큰 동그란 돌멩이가 하나 들어 있었다.

'오호, 이게 바로 유백색이라는 거지?'

반지르르~ 한 광택이 흐르는 것이 돌멩이 주제에 '나 범상치 않소~' 라고 외치고 있었다.

"한번 만져보련?"

영감님의 말에 조심스레 손을 뻗어 손가락 끝을 살짝 가져다 대었다.

그 순간.

"호오?"

손가락을 타고 희미한 기운이 흘러들어 오는 것이 느껴졌다.

약간 서늘함을 담은 그 기운은 나에게 아주 익숙한 기운이기도 했다.

엄마와 족장 씨를 비롯한 조인족들이 품고 있는 기운.

"월정석이란다. 게다가 이건 90% 넘는 순도를 자랑하는 최상급 월정석이지."

"월정석이요?"

낯선 단어에 고개를 갸웃거리자 영감님이 간단하게 설명해 줬다.

마법이 있는 세상이다 보니 마법에 사용되는 '마나'라는 기운을 품고 있는 광석도 존재했다. 사람들은 그걸 마나석, 또는 마정석이라고 부르고 있는데, 드물지만 한 가지 기운을 강하게 품고 있는 마정석도 있다고 한다.

지금 영감님이 나에게 내민 이 마나석이 그런 것 중 하나로, 달의 기운을 품고 있다고 해서 '월정석'이라 불린다고 했다.

'달의 기운'이란 단어에서 나는 왜 아까 나이젤 아저씨가 언급되고 거기서 빼돌렸다는 이야기가 나온 건지 눈치챌 수 있었다.

"혹시, 내가 몸이 안 좋다고 아빠가 전국에 있는 월정석이란 월정석은 다 모아라~ 이러기라도 한 거예요?"

"헐헐헐~ 그랬지. 하지만 월정석이라는 게 발견하기도 힘들거니와 아마 누군가 가지고 있어도 어지간해서는 안 내놓을 걸. 제자 녀석이 백방으로 수소문했지만, 기껏해야 중급 월정석을 두 개 찾았다던가?"

월정석의 기운 자체가 생명체가 가지고 있는 기온을 북돋아 주고 활성화시켜 준다고 한다. 그래서 가공되지 않은 월정석을 몸에 지니고 있는 것만으로도 피부가 맑아지고 노화 방지 효과가 있다니, 여성들이 눈에 불을 켜고 찾아다닐 만했다.

"마법사나 기사도 그들이 가진 기운을 증폭시켜 주기 때문에 하급 월정석이라도 나타났다 하면 서로 구하려고 난리니, 아무리 황명을 들먹여도 쉽지 않겠지."

"그럼 이거는요?"

"아, 이건 어떤 사람한테 있는 걸 내가 알고 있었거든. 제자 녀석이 그 사람한테 찾아가기 전에 내가 먼저 가서 뺏… 흠흠, 구해온 거고."

"헤에에~"

뒤 사정이 어떻든 내 알 바 아니라고 생각하며 나는 월정석과 영감님을 번갈아 바라봤다. 마정석 중에서도 드물게 나타나 구하기 힘들다는 희귀한 물건을 나에게 선뜻 들이밀다니, 뭔가 다른 의도가 있어 보였던 것이다.

과연 내 눈빛에 영감님이 장난꾸러기처럼 히죽 웃으며 입을 열었다.

"우리 아가씨가 요즘 몸이 안 좋다니 내 이걸로 몸보신 좀 시켜주려고. 어때."

내가 그동안 영감님과의 관계도 있고 해서 웬만하면 '콜!' 하려고 했는데, 아무래도 이 방법은 어려울 것 같았다.

무려 심장 옆에 이 월정석을 집어넣는다니 말이다.

'쩝, 절대 허락 안 하실 텐데……'

몰래 넣을 수야 있겠지만, 이후에 그걸 들키는 날에는… 상상하기도 무서웠기에 나는 아빠한테 털어놓을 수밖에 없었다.

과연 내 예상대로 아빠는 펄쩍 뛰며 반대했다.

영감님이 뭐라 설명을 하려는 것 같았지만 들으려고도 하지 않았다.

너무 완강한 태도라 결국 영감님이 물러나는 걸로 상황은 종료, 그 방법은 그대로 사장될 줄 알았다.

한데, 몇 달 후 영감님은 그 월정석을 들고 나에게 다시 달려오게 되었다.

가을이 지나가고 날은 점점 추워지더니 어느새 흰 눈이 펑펑 내렸다.

성내는 코앞으로 다가온 새해를 맞이하기 위해 분주했지만, 북궁만은 그런 분위기에서 한 걸음 비켜나 있었다.

의도한 바는 아니었지만, 내가 원인이었다.

한 해가 다 갈 때까지 내 키는 여전히 클 기미를 보이지 않았다. 덕분에 벌써 성장이 멈춘 건 아닐지 슬쩍 걱정이 들기 시작했는데, 엎친 데 덮친다고 내가 감기에 걸려 앓아눕는 일이 일어났다.

아파서 앓아눕다니… 조인족 사이에서는 딴 세상의 일이라고 여겨졌던 일이 발생한 것이었다.

겨울이 되면 나도 가끔 콧물을 훌쩍이거나 가벼운 오한이 나기도 했다.

하지만 따끈한 차를 마시고 하룻밤 푹 자고 일어나면 쌩쌩해졌기에 그날도 다른 때처럼 따끈한 차를 마시고 일찍 잠자리에 들었다.

다음 날 쌩쌩하게 일어날 것이라 믿어 의심치 않으며.

한데 이게 웬일?

쌩쌩해지기는커녕 오히려 몸에 열이 오르며 저도 모르게 끙끙 앓는 소리를 낼 정도로 감기 증상이 심해진 것이었다.

그 모습에 난리가 난 건 당연지사. 처음으로 치료사가 불려오고 감기약에다 보양식까지 들이밀어졌다.

어른들이 얼마나 놀랐는지 란데에게 맞아 뼈가 부러지고 멍이 들었어도 참여해야 했던 수업마저 쉬라고 할 정도였다.

솔직히 수업 빠지는 게 좋아서 가만히 있었지만. 예전에 추락해서 뼈가 부러졌을 때나 란데에게 얻어맞았을 때보다는 덜 아팠었다.

아무래도 전생에 인간이라서 그런지 이 정도 감기쯤이야~ 라고 생각하게 되었던 것이다.

게다가 몸살 기운도 뼈가 부러져서 아팠을 때에 비하면 견딜 만했고, 코 막히고 콧물이 흐르는 거야 감기 걸리면 흔히 보이는 증상이었으니 말이다.

머리가 좀 띵~ 하고 기침 때문에 번거로운 것 빼면 별일 아니건만, 내가 처음으로 이렇게 아프다 보니 어른들이 놀라서 호들갑을 떤다고 여겼다.

하지만 처음으로 땡땡이를 칠 수 있는 기회를 차버리고 싶지는 않아 나는 고의적으로 입을 다물었고, 그 결과 하루 종일 침대 속에서 뒹굴거릴 수 있었다. 한데 그 다음 날은 도저히 양심에 찔려서 엄살을 부릴 수가 없었다.

겨우 하루 만에 눈이 퀭~ 해지기 시작하는 유모와 아빠 등등을 보니 아파도 일어나야 할 것 같았던 것이다.

'엄살도 맘이 편해야 부리는 거지. 엄살 두 번만 부렸다간 딴 사람들이 피 마르겠어.'

그래, 기껏 다른 사람들 생각해서 자리에서 일어나려고 했건만, 외려 주변 사람들이 이런 날 만류하고 나섰다.

다른 때라면 '이까짓 걸로 뭘!' 하면서 다른 이들의 만류를 뿌리치고서라도 날 침대에서 끌어낼 엄마까지 가만히 있는 거다

'내 안색이 그렇게 안 좋아 보이나?'

하루 푹 쉬면서 몸에 좋다는 쓴 약을 잔뜩 먹은 덕에 감기 증상도 많이 사라졌는데 말이다.

물론, 겨우 하루 아팠던 것치고는 안색이 좀 핼쑥해 보이기는 했다.

그러나 그건 아주 조금이었고, 이 정도는 밥 한두 끼 잘 먹으면 충분히 나아지는 정도였다.

"아우, 됐어, 됐어~ 감기 좀 앓은 거 가지고 뭘 이렇게까지 해. 감기 두 번 앓았다간 큰일 나겠네."

그래서 사람들의 만류를 뿌리치고 침대에서 내려서는 순간, 핑글~ 하고 현기증이 일어나는 바람에 나도 모르게 휘청거렸다.

"전하!"

"마마!"

유모가 부축하기 전에 얼른 균형을 잡고 몸을 바로 세웠지만, 사람들의 시선은 풀리질 않았다.

"어우~ 누가 중상이라도 입었어? 왜 이리 호들갑이야!! 이게 다 침대에서 못 나오게 하니까 그런 거잖아. 소파에서도 좀 뒹굴거리고 했어야 했는데."

쪼끔 휘청거린 거 가지고 얼굴빛까지 새파래지니 내가 무슨 중병이라도 걸린 기분이었다.

'이거야 원, 장난으로라도 병약 소녀 흉내는 절대 내면 안 되겠네.'

분위기가 너무 심각해지자 나는 안 되겠다 싶어 장난삼아 바람을 불렀다. 내가 멀쩡하다는 걸 보여줄 겸, 가벼운 바람으로 그녀들의 얼굴과 목덜미를 간질이기 위해서였다.

　한데, 다른 때라면 말을 참 잘 듣던 애들이었는데, 어째 오늘은 애들도 컨디션이 안 좋은가 보다.

　옷자락 정도는 살짝 날릴 정도의 미풍을 불렀는데, 옷자락은 커녕 깃털이나 겨우 흔들릴 정도의 희미한 바람만이 불어왔다.

　"어라?"

　생각도 못 한 일에 고개를 한번 갸웃거렸더니, 그걸 또 기민하게 알아차린 유모가 물어왔다.

　"왜 그러세요?"

　"음? 아니… 내가 오늘 컨디션이 별로이긴 한가 봐. 바람이……."

　별생각 없이 대답하려던 나는 핫! 하고 정신 차렸지만, 눈치 빠른 아가씨들 앞에서는 조금 늦은 감이 있었다.

　"전하, 오늘은 아무래도 하루 더 푹 쉬시는 것이……."

　"그렇습니다. 안색도 별로 안 좋으세요."

　"아우! 됐거든! 사람이 컨디션이 안 좋을 때도 있는 거지. 처음으로 감기를 앓고 나았는데 몸이 날아갈 것 같으면 그게 정상이야?"

　그렇게 내가 바득바득 우겨서 넘어가는 듯했는데, 1황비 궁에 다녀왔더니 아빠랑 나이젤 아저씨가 아주아주 심각한 얼굴로 앉아 있었다.

　그 옆에는 엄마와 란데까지 있기에 나는 설마~ 하는 생각이 들었다.

"아사, 우리 딸."

내가 뭐라 하기도 전에 벌떡 일어나 다가온 아빠가 나를 품에 꼭 껴안았다.

"괜찮아. 우리 딸은 괜찮을 거야."

아무래도 엄마가 나에 대해 모두 말한 거 같다.

성장을 못 하면 점점 약해지면서 시름시름 앓다가 10년 안에 죽음에 이른다는 것을 말이다.

"며칠 안으로 스승님이 오실 거야."

나이젤 아저씨의 말에 나는 난처하게 웃어버렸다.

"아이고 참, 감기 하나 걸린 거 가지고. 하루 푹 쉬고 났더니 지금은 말짱해졌거든요."

"우리 조인족은 감기 따윈 안 걸린다."

"감기라는 게 있는 줄 난 여기 와서 처음 알았다."

'잘났다.'

두 조인족의 얄미운 대답에 입을 삐죽이며 슬쩍 엄마를 보는데, 엄마 안색이 많이 안 좋았다.

'우와, 진짜 나 걱정한 거야? 엄마가?'

처음 대면했을 때 날 죽이려 했던 조인족은 어디로 갔나 보다.

"네가 잘못 될 일은 절대 없다. 아빠가 그렇게 되게 할 거야."

'감기 한 번 걸린 거 가지고 잘못 될 거라 생각한 적도 없습니다만……'

족장 씨 말 때문에 너무 걱정한 나머지 별거 아닌 거 가지고도 확대해석 하게 된 것 같았지만, 나는 얌전히 입을 다물었다.

그런 과한 걱정이 달콤하게 다가왔기 때문이었다.

누군가에게 정말 소중한 존재라는 걸 깨닫는 일은 개꿀보다 더 달콤한 것 같았다. 그와 함께 새삼스럽지만, 부모님이란 이런 거구나라는 생각이 들었다.

내 전생과 현생을 다 합친 것보다 더 오래 살았으면서 10년 후의, 정말 일어날지 아닐지도 모를 일을 가지고 두려워하고 있었다. 그것도 정작 당사자는 덤덤한데 말이다.

"하자, 아가. 그까짓 것 솔직히 말하면 정말 위험한 건 아니란다."

순간 '뭘?'이라는 말이 나오려고 했지만, 아빠의 뒤로 보이는 나이젤 아저씨의 모습에 곧바로 쿼터메인 영감님의 제안이라는 걸 깨달을 수 있었다.

"엄마가 해도 된대?"

"해보라고 하더라. 손에도 한 번 했는데 한 번 더 해보는 게 어떻겠냐고."

나는 엄마가 이번에 시술받는 곳이 내 심장 바로 옆이라는 걸 아는지 궁금해졌다.

하지만 뭐, 그거야 어쨌든 난 기꺼이 고개를 끄덕였다.

이렇게 달콤한 감정을 선사해 주는 사람들이 바라는데, 까짓 뭔들 못 해주겠는가.

"아이고 참, 감기 한 번 걸린 거 가지고!!"

평소보다 안색이 안 좋다는 걸 모르는지 아사는 별거 아닌 일로 어른들이 유난을 떤다는 표정이었다.

그런 씩씩한 소녀의 모습에 평소처럼 마주 웃어주고 싶었지만, 그날따라 얼굴 근육이 나이젤의 말을 안 들었다.

뭐, 힐끔 시선을 돌리니 다들 나이젤 자신과 마찬가지였다.

어른들의 표정이 한결같이 굳어 있는 바람에 혹시라도 아이가 눈치채는 건 아닐까 걱정했지만, 다행히 거기까진 아닌 듯했다.

'단순한 감기였으면 얼마나 좋았을까.'

아사가 감기로 아프다는 이야기에 나이젤은 큰일 났다 싶었다.

그렇지 않아도 또래 조인족에 비해 몸이 약한 편인데 한창 성장할 시기에 제대로 성장하지 못하고 있어서 걱정이라는 소리를 들었다.

이대로라면 완전히 성장도 못 하고 점점 허약해질 거라는 필립의 말에 급한 대로 세 달 전 중급과 하급 월정석을 몇 개 구해다 아사의 침실에 설치해 놨었다.

한데 효과가 거의 보이질 않아 고심하고 있었는데 아이가 감기까지 걸리니 월정석이 가짜가 아닌지 의심이 되기까지 했다.

'어쩌면 마법사마저 속을 정도로 정교하게 만들어진 가짜일지도 몰라. 혹시 모르니 이번에 가서 다시 확인해 봐야겠다.'

하지만 북궁에 도착해 하레츠의 얼굴을 본 순간 가짜 월정석에 대한 생각은 단번에 날아가 버렸다.

'무슨 문제가 있구나!'

조인족 마을에서 돌아온 후 하레츠가 가끔 초조한 빛을 보이는 건 눈치채고 있었지만, 그저 약한 아이에 대한 걱정인 줄로만 알았지 더 큰 문제 때문에 초조해하고 있는 줄은 몰랐다.

"그대, 아사의 기운을 계속 측정하고 있었지? 솔직히 말해

봐. 기운이 그대로 유지되고 있는 건가?"

아사는 모르겠지만, 아사의 침실에 월정석을 설치해 놓은 이후 일주일에 한 번씩 아이에게 마나 스캔을 시전하고 결과를 필립에게 보고하고 있었다.

"예. 사흘 전에 했을 때도 마나의 양은 변함없었습니다."

아사가 조인족 또래보다 약하다고 하지만, 그래도 꽤나 많은 마나를 가지고 있었다. 만약 인간이었다면 당장 제자로 삼아 마법사로 키워보고 싶을 정도로 말이다.

비록, 자신이 설치한 마법진의 효과는 보지 못했을 지라도 아사의 몸은 여전히 많은 마나를 가지고 있으니 걱정하지 말라는 뜻으로 이야기한 거였는데, 내 말에 하레츠는 물론 옆에 있던 란데 씨의 표정까지도 심각해졌다.

"변함이 없다고? 그러니까, 몇 달 전과 별 차이가 없단 말인가?"

"예. 혹, 무슨 문제라도……?"

자신은 좋은 의도로 말했는데 받아들이는 이들의 분위기가 심각하자 나이젤은 얼떨떨했다.

"문제지. 하루가 다르게 부쩍부쩍 커져야 할 기운이 변함없이 그대로라니. 아직 성장기가 끝나지도 않았는데 벌써 정체가 되었다는 소리가 아닌가."

란데의 뒤를 이어 하레츠가 나이젤을 바라보며 부탁했다.

"지금 다시 한 번 측정해 주지 않겠어?"

그렇지 않아도 란데와 하레츠의 분위기가 심상치 않았기에 나이젤은 두말 않고 즉시 아사의 침실로 향했다.

약을 먹고 잠들어 있는 아이에게 마나 스캔을 해본 결과 전보다는 약간 낮은 수치가 나왔지만, 아이의 몸 상태를 감안하면 크게 나빠졌다고 보기는 어려웠다. 한데 자신의 말에도 하레츠와 란데의 표정은 나아지질 않았다.

"아니다. 몸이 아파서 기운이 약해진 게 아니라, 기운이 약해졌기 때문에 감기 따위에 걸린 거다. 큰일이군. 벌써부터 약해지기 시작하는 건가?"

란데의 말에 계속 굳은 표정으로 지켜보고 있던 필립이 나섰다.

"무슨 일이야? 내가 모르는 일이 더 있는 거지?"

자신도 바로 그 질문을 던지고 싶었다.

그랬기에 가만히 란데와 하레츠를 주시하고 있자, 잠시 침묵을 지키던 하레츠가 힘없는 한숨과 함께 순순히 입을 열었다.

"전에, 내가 아사의 몸이 많이 약해서 조인족의 수명대로 살지 못할지도 모른다고 했었지?"

그랬다. 그 때문에 놀란 필립이 나이젤 자신을 보고 대책을 강구하라고 명령하고, 자신도 황명을 등에 업고 월정석을 찾아다니지 않았던가.

"8살이나 9살까지 완전한 어른이 되지 못하고 성장이 멈춰버린 조인족은… 그대로 점점 기운이 약해지며 시름시름 앓다가 사망하게 돼. 그런데 아사가……."

하레츠는 차마 말을 끝까지 하지 못했지만, 그것만으로도 필립의 얼굴은 경악으로 물들어 있었다.

아마, 내 얼굴 또한 마찬가지였을 거다.

아이가 허약해질 거라고 듣긴 했지만 단지 몸이 쇠약해져서 지금처럼 활기차게 지내지 못할 거라는 건 줄 알았지, 설마 저런 무서운 소리일 줄 몰랐다.

"겨, 겨우… 겨우 조금 떨어졌을 뿐입니다. 그 정도면 얼마든지 컨디션에 따라 변동될 수 있는 정도의 수치입니다."

굳어 제대로 움직이지 않는 혀를 움직여 반박을 해보았지만 란데가 단칼에 부정했다.

"말했지? 몇 달이나 성장이 정체되어 있다는 것부터가 문제야. 하지만 벌써부터 약해지는 모습이 보이다니… 너무 빨라. 이러다간……"

란데가 말을 하다 갑자기 입을 다물었지만 그 뒤에 생략된 말이 무언지 쉽게 짐작할 수 있었다.

갑자기 무거워진 분위기에 어느 누구도 쉽게 입을 열지 못하고 오랫동안 방 안에는 침묵만이 맴돌았다.

그 침묵을 깬 건 필립이었다.

"만약에……."

"음?"

덕분에 다른 세 사람의 시선이 자연스레 그에게로 향했다.

"만약에… 아사가 지금 가지고 있는 마나의 양을 그대로 유지할 수 있다면… 성장은 못 한다고 해도 최소한 지금의 상태로 있을 수 있어? 미성숙하지만 쇠약해지는 일 없이 건강하게?"

필립의 말이 뜻밖이었는지 란데가 얼떨떨한 표정을 지었지만, 곧 곰곰이 생각에 잠기더니 천천히 고개를 끄덕였다.

"그, 글쎄? 하지만… 그래. 기운이 약해지는 걸 막을 수만 있다면 어쩌면 가능할 거다. 기운을 계속 잃어버리기 때문에 몸이 허약해지는 거니까. 한데, 기운을 어떻게 유지하게?"

확신은 못 하고 미루어 짐작하는 대답이었지만 필립은 그것만으로도 충분한지 나이젤을 돌아봤다.

"나이젤."

"응? 왜?"

필립의 무언가 단단히 결심한 표정에 나이젤은 '혹시? 설마' 하는 심정으로 그의 입을 주시했다.

"쿼터메인 백작을 불러."

그 말에 나이젤의 눈이 커졌다.

"정말 그걸 시도하려고?"

"마나가 약해지는 걸 막을 수 있는 최상의 방법 아닌가? 지금 그거보다 더 좋은 생각 있으면 말해봐."

"그건 그렇지만… 정말 괜찮겠냐?"

"쿼터메인이 성공 확률이 높다고 했으니까. 그리고 내 딸이라면 충분히 감당할 수 있을 거다. 그 아이는 강하니까."

몇 달 전에는 단 10%의 실패율도 위험한 거라고, 절대 허락할 수 없다고 강경하게 버티던 놈이 이제 와서 무슨……

하지만 아이가 강하다는 것에는 동감이었다.

원래 조인족 아이가 그런 건지 아이는 참 나이답지 않게 강한 눈빛을 가지고 있었다. 그런 아이에게 약하다고 말하는 하레츠가 이해되지 않을 정도로 말이다.

필립에게는 말하지 않았지만, 솔직히 스승님이 그 제안을 꺼냈을 때 자신은 아사라면 가능하지 않을까라는 생각을 했었다.

그랬기에 스승님도 아직 어린아이한테 선뜻 제안을 해온 것일 테고 말이다.

'우리가 시술받았을 때에 비하면 스승님의 경험과 능력이 천지 차이니까.'

나이젤은 슬며시 자신의 왼쪽 가슴에 손을 가져다 대며 속으로 중얼거렸다.

그의 심장 바로 옆에는 특등급의 마정석이 당당하게 자리를 잡은 채 마법 고리의 핵 역할을 해주고 있었다.

나이젤은 오래전 몸에 마정석을 이식해 동화시키는 시술을 받았던 것이다.

참 아이러니하게도 그 시술은 현재 마법사 길드로부터 흑마법으로 낙인찍혀 금지된 마법 시술 목록에 올라 있었다.

그걸 제국의 황실 수석 마법사인 퀴터메인이 손수, 그것도 황족에게 시술한다고 하면 세계가 발칵 뒤집어질 거다.

퀴터메인은 흑마법사로 몰릴 것이며 황제는 흑마법 사용자가 되어 전 세계로부터 공격을 당하게 되는 건 당연한 수순일 테고 말이다.

'물론, 시술받은 모든 이도 함께 말이야.'

나이젤은 키득키득 웃었다.

그렇다고 해도 이 시술을 받은 걸 절대 후회하지 않았다.

아마 필립도 자신과 같은 생각일 것이다.

게다가 엄밀하게 말해 이 시술이 처음부터 흑마법이라고 불렸던 건 아니었다.

이 시술에 사용되는 마법은 모두 백마법이었으니 말이다.

단지, 이 시술을 처음 고안해 낸 마법사가 연구로 수많은 생명을 희생시켰기 때문에 흑마법으로 몰리게 되었던 것이다.

몬스터 중에는 몸속에 마정석을 가진 놈들이 가끔 나타나곤 했다.

우연히 마정석을 먹었는데 그게 자연적으로 몬스터의 몸에 동화되어 생겼다는 설과, 몬스터가 오랜 세월을 살다 보면 몬스터가 가진 마나가 몸속에 뭉쳐 마정석이 된다는 설이 있는데 아직 어떤 것이 진실인지는 밝혀지지 않았다.

둘 다 맞다는 설도 있으니 말이다. 그런데 몸속에 마정석을 가진 몬스터는 같은 종의 다른 몬스터의 비해 훨씬 커다란 몸체와 뛰어난 신체 능력, 높은 지능을 가지고 있었다.

이와 같은 현상에 한 마법사는 이걸 인간에게 적용시켜 보자고 생각하게 되었다.

'인간도 이 방법을 이용하면 더 뛰어난 두뇌와 신체 능력을 가지게 될 것이다!' 라는 가설을 세웠던 것이다.

마나를 사용하는 마법사나 기사가 평범한 사람보다 강한 건 사실, 그렇다면 마정석을 몸속에 가지고 있는 인간은 얼마나 대단할지 기대가 되는 일이었다.

이 연구에 관심을 가진 많은 유력자들이 마법사를 후원했고, 마법사는 넉넉한 후원을 가지고 연구를 시작했다.

그때나 지금이나 마정석은 비싼 물건이었건만, 후원이 얼마나 많았는지 그 마법사는 원 없이 마정석을 써댈 수 있었다고 한다.

그 마법사가 마정석을 쓸어간 탓에 마정석의 유통이 한동안 중단되었다는 기록이 있을 정도니 말이다. 그렇게 엄청난 마정석이 투자된 만큼 수많은 노예가 죽어나갔다.

사람의 몸에 마정석을 동화시키는 연구였으니 어쩔 수 없이 사람을 연구 대상으로 삼아야 했고, 노예를 이용한 인체 실험이 허용되던 시대라 마법사는 거리낌이 없었을 거다.

하지만 그렇게 엄청난 물량을 투자했는데도 마법사는 성공하지 못했다.

시간이 흐르고 그만큼 돈이 들어갔는데도 원하는 만큼의 성과가 나오지 못하자 후원자들은 하나둘 물러나게 되었고, 결국 모든 후원자들이 포기하는 상황에까지 이르자 마법사는 홀로 연구를 하게 되었다.

처음에는 자신의 재산으로 연구비를 충당했지만, 얼마 가지 않아 돈이 부족해지자 마정석을 구하기 위해 직접 몬스터 사냥을 나섰고, 노예를 살 돈을 아끼기 위해 사람들을 납치하기까지 했다. 그렇게 해서 그 마법사의 연구에 희생된 일반 시민만 수백에 가까웠다고 한다.

이것도 그나마 시신을 찾은 이들이 그 정도라는 거지, 시신을 못 찾은 경우까지 합하면 족히 천은 넘지 않을까 예상되었다.

아마 그즈음의 마법사는 반쯤 광기에 젖어 있지 않았을까?

뭐, 마법사 중에 절반은 미친놈이라고 할 정도니, 그도 그에 해당되는 사람이었을 거다.

결국 그렇게 일반 시민들의 피해가 속출하자 피해를 본 영지는 왕실과 마법사 길드에 고발을 했고 그 마법사는 왕실과 마법사 길드에게 쫓기다가 잡혀 처형당하게 되었다.

이후 그 마법사의 연구는 흑마법으로 낙인찍혔고, 좀 더 후에는 아무리 노예라고 해도 인체를 대상으로 실험하는 일도 금지되어 이 방법은 영원히 사장될 것처럼 보였다.

하지만 이 마법사의 연구는 비록 결과가 나오지 않았지만, 그 명제는 많은 사람들을 혹하게 만들 만큼 참으로 탐스러운 과실이었다.

덕분에 이후로도 가끔 뒤에서 몰래 이 연구를 하는 사람들이 존재했다. 뭐, 어디든 한번 꽂히면 금지고 뭐고 해보고 싶어 하는 사람이 있지 않은가.

특히나 그런 인간들은 금지되어 있으면 더욱 더 불타올랐다.

이것이 어떻게 가능했냐면, 이 마법사가 왕실과 마법사 길드에 쫓기면서 자구책을 마련하기 위해 그동안의 연구 일지를 여기저기다 팔아버렸던 것이다.

마법사가 잡힌 이후 마법사 길드에서 회수한다고 회수했지만, 이미 사방으로 퍼진 이후라 완벽한 회수는 불가능했다.

아마 회수하는 마법사 길드의 사람들마저 읽고 싶어서 손이 근질근질했을 거다. 결국 공식적으로 흑마법으로 낙인찍어 연구를 금지시키는 수밖에 없었지만, 아마 마법사 길드에서도 뒤로 하는 놈들이 나올 거라고 짐작하고 있을 터였다.

'그놈들 중 하나가 내 스승님이고 말이지.'

그나마 천만다행이라면, 스승님은 노예를 사서 강제적인 인체 실험을 하지 않았다는 거였다.

연구는 했지만 모두 당사자들의 동의를 받고 시작했다.

그랬기에 연구는 몹시 더뎠고 제대로 진행하는 것도 어려웠지만, 나이젤은 그렇기에 성공할 수 있었던 거라고 생각했다.

처음 시도한 마법사도 그렇고, 이후로도 성공하지 못한 이유는 간단했다.

사용하는 마나석이 최소 순도 80%가 넘는 상급이어야 할 것, 그리고 시술받는 대상자가 마나석이 가진 마나를 감당할 수 있는 육체와 정신을 가지고 있어야 할 것.

이 조건을 하나라도 충족시키지 못하면 시술은 성공하지 못했다.

즉, 시술을 성공시키려면 최소 소드 유저의 검사나 2서클의 마법사에게 상급 마나석을 사용해야 했던 것이다.

하지만 지금껏 이 연구를 진행하던 사람들은 최소의 비용으로 최대의 연구를 하려고 했기에 힘없는 노예들이나 보통 사람들을 대상으로 하급 마나석을 사용했을 테니 성공하지 못했던 거였다.

가끔 마나를 다루는 사람들을 대상으로 했을 수도 있겠지만, 기껏해야 10여 명 내외지 수백 명에게 해볼 수 있었겠는가.

또 기사나 마법사를 대상으로 한다고 무조건 성공하는 건 아니었다.

시술 대상이 받아들일 수 있는 마나량을 가진 마나석을 사용해야 했으니, 수백 명에게 시술해 그 적정선을 파악하지 못하는 이상 실패할 수밖에 없었다.

그렇게 따지고 보면 퀴터메인 스승님은 참으로 대단한 분이었다. 다른 이들이라면 쉬운 진행을 위해 노예를 사서 강제로 진행했을 텐데, 순순히 동의를 받아낼 때까지 절대 손을 대지 않았던 것이다.

물론 그렇게 순순히 동의를 받기란 쉽지 않은 일.

그랬기에 필립이 쿼터메인과 손을 잡을 수 있었던 것이었다.

매번 제대로 된 지원도 없이 죽을 자리에 내몰리는 필립과 그의 수하들이었기에 쿼터메인의 마법 지원이 절실했다.

그랬기에 어떻게든 목숨은 건졌지만 더 이상 싸울 수가 없어 버려지는 일만 남은 이들이 최후의 수단으로 쿼터메인의 연구에 자원했고, 벼랑 끝에 몰릴 때는 도움을 대가로 자원하기도 했다.

나이젤 본인도 그랬고, 필립도 그랬다.

다행히 나이젤 자신과 필립은 성공했지만, 그 전에 성공하지 못해 죽어간 수하들이 기백 명이었다.

'필립 때는 정말 도박하는 심정이었지. 필립이 실패하면 모든 게 다 끝장이었으니까.'

만약 그가 심장 바로 옆을 꿰뚫리는 일만 없었더라면 그 시술을 받는 일은 없었을 거다.

한데 필립의 뒤를 이어 그 딸도 이 시술을 받게 될 줄이야.

이제는 실패 확률도 10% 아래로 낮아졌으니 아샤는 분명 성공할 거라고 믿지만, 그렇다고 걱정이 없어지는 건 아니었다.

시술 후 마정석이 몸에 완전히 동화될 때까지의 통증이 상당했던 것이다. 온몸이 속에서부터 터져 나갈 것 같은 통증은 자신도 정말 참기 힘들었다.

그걸 아이가 견뎌야 한다고 생각하니, 빈말로라도 괜찮을 거라고 하기가 어려웠다. 아마 필립도 그걸 잘 알기에 엄청 강경하게 반대하고 나선 걸지도 모른다.

"그렇게 걱정할 거 없다. 내가 그 꼬마를 예뻐하는 거 몰라?"

스승님의 말에도 나이젤의 얼굴은 풀리질 않았다.

"하지만 마정석이 몸에 동화되는 동안의 통증은 어떻게 해 줄 수 있는 게 아니지 않습니까?"

"네 녀석 때보단 고통이 훨씬 덜 할 테니 걱정 마. 너나 황제 때는 마나의 양을 최대한 늘리기 위한 목적으로 시술한 거지만, 이 아이는 마나의 양을 유지시키는 게 목적이니까. 그래서 월정석도 일부러 제일 작은 걸로 고른 게 아니더냐?"

"아이가 견딜 수 있을까요?"

"가벼운 진통제도 복용시킬 거니까 견딜 만할 거다. 가벼운 진통제 정도는 동화작용에 별 영향이 없다는 걸 확인했거든."

"견딜 만하다니요……."

그건 결국 아플 거라는 소리와 다를 바 없지 않은가.

불만스레 중얼거리자 쿼터메인의 눈초리가 날카로워졌다.

"그럼 어쩔까? 그냥 하지 마? 이놈아, 얻고 싶은 게 있으면 그에 합당한 대가를 치를 줄 알아야지! 그냥 맨입으로 자꾸 얻으려고 하면 쓰냐? 꼬맹이는 기꺼이 감당하겠다고 할걸?"

스승님의 말대로 아이는 조금의 주저함도 없이 고개를 끄덕였다.

"뼈도 부러져 봤는데요. 혹시 그보다 더 아파요?"

"그것보다는 안 아플 거다."

"그 정도면 뭐… 거기다 진통제도 주실 거라면서요?"

"그렇지."

스승님이 고개를 끄덕이자 아사는 시원하게 웃어 보였다.

"그럼 걱정할 건 없네요. 시술만 성공시켜 주세요."

"맡겨만 둬라. 내가 누구냐?"

시술을 받기 위해 침대에 누운 아이는 너무나 연약해 보였다.

아사는 이 정도면 다 컸다고 말하고 다녔지만, 나나 다른 이들의 눈에는 아직도 아기로 보일 뿐이었다.

항상 씩씩하게 돌아다니던 아이가 창백한 안색으로 누워 있는 모습을 보니 내가 다 안타까울 지경이었다.

"잘되겠지요?"

그런 마음에 한숨처럼 말을 흘려내자 스승님이 당장에 쌍심지를 키셨다.

"너 자꾸 그렇게 흐물댈 거면 당장 나가! 흐물대는 놈은 필요 없어!"

"아, 아닙니다. 정신 차리겠습니다!"

"한 번만 더 그러면 내 당장 쫓아낼 거다."

"옙."

스승님의 매서운 눈빛을 보니 정말 정신 안 차렸다간 즉시 쫓겨날 거 같아 나는 당장 온몸을 긴장시켰다.

하지만 차마 아이의 가냘픈 가슴이 열리는 건 보고 싶지 않아 눈길을 돌렸고, 이런 날 이해해 주신 스승님이 모든 걸 다 손수 진행하셨다.

그래도 과연 스승님이시라 시술은 빠른 시간 안에 끝났다.

여전히 마법에 의해 잠들어 있는 아이를 침실로 조심스레 옮겨 눕히는데 스승님이 불쑥 말을 꺼내셨다.

"걱정 마. 아이한테 집어넣은 건 작아도 보통 월정석이 아니야. 내가 이 녀석을 위해 특별히 마법진까지 새겨 넣은 놈이니 별 탈 없을 거다."

스승님도 아이를 위해 할 수 있는 건 다하셨던 모양이다.

시술이 끝난 후에도 심장은 정상적으로 잘 뛰고 있었고, 몸 구석구석을 스캔해 봐도 딱히 잘못된 부분은 보이지 않았다.

게다가 얼마 후 별 탈 없이 깨어난 아이는 통증마저 그다지 느끼지 않는 눈치였다.

당장에라도 일어나서 움직일 수 있다는 아이를 달래 만약을 대비해 진통제를 한번 먹이고 하루만 더 푸욱~ 쉬라고 하면서 재웠지만, 이렇게 시술을 받자마자 멀쩡한 경우는 처음 봤기에 나는 한시름 놓을 수 있었다.

물론, 이제부터 월정석이 자리 잡을 때까지가 가장 중요했지만, 벌써 혈색이 좋아지는 모습을 보이니 이미 성공한 느낌이 들었던 것이다.

하지만 내가 그렇게 태평하게 있어서는 안 되는 거였다.

아이는 이른 저녁에 잠이 들었고, 그 후 나는 한 시간마다 아이의 상태를 체크했지만 네 번째까지도 혈색 좋은 얼굴로 새근새근 잘만 자는 아이의 모습에 나는 완전히 안심해 버렸다.

오늘따라 밝은 달빛을 받으며 잠든 아이의 이마에 살짝 키스해 주고 나오자 밖에서 기다리고 있던 필립이 당장에 날카롭게 쏘아붙였다.

"뭐냐! 네가 왜 남의 딸한테 키스하는 건데?"

"대부가 왜 남이냐? 억울하면 너도 가서 하던가."

내 말에 필립이 즉시 침실 안으로 들어갔다.

지금까지 내내 긴장한 채 자리를 지키고 있다가 이번에도 내가 가벼운 표정으로 나오자 필립도 그제야 안도한 눈치였다.

그 뒤를 따라 하레츠도 침실 안으로 들어가자 뒤에 남아 있던 란데가 말을 걸었다.

"아이는 괜찮은가 보군?"

"예, 안색도 좋고 표정도 편안해 보입니다. 이대로라면 별문제 없이 월정석이 자리 잡을 것 같습니다."

란데에게 그렇게 말한 나는 잠시 후 침실에서 나온 필립과 하레츠에게도 눈을 좀 붙이라고 권했다.

내가 오늘 밤은 스승님과 함께 옆방에서 대기하고 있을 테니 걱정 안 해도 된다고 장담까지 해가며 말이다.

그래도 완전히 마음을 놓지 못한 그들이라 같은 층에 있는 손님방으로 떠밀고 나도 옆방으로 들어와 침대에 눕길 채 한 시간도 안 되어 갑자기 느껴지는 강렬한 마나의 파동에 나는 자리에서 벌떡 일어나 아사에게 뛰어갔다.

"아사야!"

"크으으윽……."

커다란 침대 위에 잔뜩 웅크린 채 이를 악물고 부들부들 떨고 있는 아이에게서 강력한 마나의 파동이 퍼져 나오고 있었다.

"설마……."

불안한 마음에 급히 다가가 살펴보니 온몸이 강력한 마나를 이기지 못하고 부풀어 오르고 있었다.

드러난 피부에는 핏줄이 도드라져 있었고, 귀와 코에서는 핏물이 흘러나오고 있었다.

이건 너무 큰 마나를 가진 마정석을 집어넣어 신체가 마나를 수용하지 못해 폭주할 때 나타나는 현상이었다.

"뭐하는 게냐!! 마나를 억눌러!!"

나와 함께 침실로 뛰어 들어온 스승님의 호통에 나는 얼른 정신을 차리고 몸속의 마나를 끌어 올렸다.

이대로 뒀다간 아이의 몸이 터져 나갈 터, 그걸 막기 위해 외부에서 더 강력한 마나로 몸 안의 불안정한 마나를 억누르려는 것이었다.

"어떻게 된 일이야?"

"잘 왔어. 빨리 와서 도와."

이런 경우 몸속의 마나보다 배는 강력한 마나로 몸 전체를 압박해 줘야 마나를 억제할 수 있었기에 내 마나만으로는 부족했다.

내 외침에 필립이 얼른 다가와 자신의 마나를 뿜어내기 시작했다.

"왜 이러는 거야? 아까까지만 해도 괜찮았잖아?"

필립의 질문에 뒤이어 아이를 살펴보던 스승님의 놀란 목소리가 들렸다.

"이게 어떻게 된 거야? 내가 집어넣은 월정석에 있는 것보다 더 큰 마나가 폭주하고 있잖아? 어디서 이 엄청난 마나가 주입된 거지?"

"예에? 아니 어떻게 그럴 수가 있는 겁니까?"

스승님의 말에 나는 당혹감을 감추지 못했다.

월정석을 몸에 넣고 안정되기만 기다리고 있는 상황에 일부러 마나를 주입할 리가 없지 않은가?

게다가 시술을 받은 아이 옆에는 계속 우리가 지키고 있었으니 누가 와서 그럴 수도 없고. 한데 그때, 마나의 파동을 느끼고 달려온 란데의 매서운 목소리가 울려 퍼졌다.

"멍청한!! 달이 떴잖아!!"

그 말에 반사적으로 시선을 들어 커다란 보름달을 확인하긴 했지만, 솔직히 속으로는 '그게 뭐?'라고 생각하고 있었다.

자신이 머리를 쥐어짜내 고안해 낸 마나 증폭 마법진에 월정석까지 추가해 놔도 아사의 몸속 마나는 조금도 증가하지 않았다.

그런데 이제 와서 보름달 좀 떴다고 무슨 영향을 줄 수 있겠는가 싶었던 것이다.

하지만, 그 안이한 생각은 곧이어 흘러나온 스승님의 중얼거림에 순식간에 날아가고 말았다.

"보름달이 마나 집적 마법진에 영향을 주던가?"

"헉!! 새겨놓았다는 마법진이 그거였습니까??"

너무 놀란 나머지 나는 나도 모르게 빽! 고함을 쳤다.

마나 집적 마법진이란 주위 마나를 끌어들이는 마법진을 말한다. 마나의 양이 점점 줄어들어 몸이 약해질 아이에게는 딱 적합한 마법진이었지만, 지금은 침실에 설치한 마나 증폭 마법진과 어울려 정말 최악의 조합이 되어버렸다.

스승님께 무례를 범했다는 생각은 할 겨를도 없이 나는 허둥지둥 달려가 침실 벽에 붙은 커다란 보석 장식품 하나를 뜯어냈다.

일견 장식품처럼 생긴 이건 사실 이 침실 전체에 설치된 마법진의 다섯 주축 중 하나였던 것이다.

그걸 뜯어내자 우우웅~ 하는 미세한 울림과 함께 마법진의 작동이 멈췄지만, 이미 아이의 몸에 엄청난 마나가 흡수된 이후였다.

"이 멍청한!! 그런 게 있었음 진작 작동을 멈춰놨어야지!!"

내 행동에 곧바로 어떻게 된 연유인지 알아채신 스승님이 매서운 일갈을 날리셨지만, 나도 할 말은 있었다.

"월정석에 마나 집적 마법진을 그릴 거라고 미리 언질을 주셨어야지요!!"

"지금 둘이 잘잘못을 따질 때야!! 우리 딸 어쩔 건데!!"

필립의 고함 소리에 나는 단번에 입을 다물었다.

필립의 눈에서는 살기가 줄기줄기 뻗어 나오는 게 여차하면 내 목을 날릴 태세였다.

물론 아이가 잘못된다면 나도 살 생각은 없었다.

"괜찮소. 아이는 잘 버티고 있소이다."

스승님의 침착한 목소리에 아사한테 시선을 돌리니, 외부에서 마나를 억눌러 줘서 그런지 위험하게 부풀어 올랐던 신체가 다시 가라앉았고, 코피도 서서히 멎었다.

하지만 아직 안도의 한숨을 내쉬기는 일렀다.

"월정석을 다시 빼는 건 어떻습니까?"

필립의 질문에 스승님은 고개를 저었다.

"그건 안 되오. 이미 월정석을 삽입한 지 몇 시간이 지난 뒤라 벌써 신체와 동화가 시작되고도 남았을 거요. 지금은 이대로 계속 억누르며 아이가 마나를 받아들이길 기다리는 수밖에 없소."

"이대로 버티고 있으면 분명 괜찮아지는 겁니까?"

괜찮다고 대답할 수 있었으면 얼마나 좋으랴마는, 지금 필립이 마나를 억누르고 있는 건 겨우 응급조치에 불과했다.

외부로 터져 나오려는 마나를 억제해 주고 있을 뿐, 여전히 아이의 몸속에서는 거대한 양의 불안정한 마나가 꿈틀대고 있으니 말이다.

시간이 지날수록 아이의 신체는 점점 한계에 도달하게 될 터, 그 전에 아이가 스스로 마나를 제어하게 된다면 몰라도 그렇지 못한다면 끝장이다.

혹시 누군가 마나를 억누르면서 동시에 몸속의 마나를 제어해 줄 수만 있다면 가능성이 높았지만, 아무리 소드 마스터인 필립이라 해도 마나를 억누르는 게 고작이었다.

아마 란데도 마찬가지일 거다.

거기까지 생각하던 나는 번뜩 한 사람이 떠올랐다.

"족장님!! 족장님을 모셔오는 게 어떻겠습니까? 그분이라면 마나를 억누르면서도 아이 몸속의 마나를 제어해 주실 수 있을 겁니다!! 한 시간!! 한 시간이면 모셔올 수 있습니다!!"

내 외침에 즉각 필립이 대답했다.

"최대한 서둘러!"

그의 허락에 침실 밖에서 대기하고 있던 유모가 빠르게 뛰어가는 기척이 느껴졌다.

바로 그때, 스승님이 나섰다.

"황제, 그가 올 때까지 무작정 버티기만 했다간 아이의 몸에 무리가 갈 거요."

"무슨 방법이 있습니까?"

"괜찮은 생각이 떠올랐다오. 허락해 주면 내 시도해 보리다. 성공 못 하더라도 최소한 아이의 몸은 회복시킬 수 있을 테니 한번 해보는 게 어떻겠소?"

스승님의 말에 필립은 두 번 생각도 않고 당장 고개를 끄덕였다.

"부탁드립니다. 빨리 손을 써주십시오."

한데 스승님이 먼저 나서서 저리 제안하시는 모습에 나는 어째 안도감 대신 불안감이 슬금슬금 피어오르는 것이었다.

입술은 굳게 다물고 계셨지만, 눈이 반짝반짝 빛나고 있는 스승님의 모습에 '무슨 짓을 하시려고요!!' 하는 외침이 절로 튀어나올 것 같았다. 그러나 한편으로는 정말 무슨 수가 있는 게 아닌가 하는 기대감에 잠시 머뭇거리는 사이 스승님의 몸에서 거대한 마나가 피어오르기 시작했다.

뭔 일을 벌이시는 건지 몰라도 아무래도 단단히 큰맘먹고 벌이시는 것 같았다. 스승님의 몸에서 뿜어져 나온 마나는 곧 이리저리 뭉쳐서 에메랄드빛을 내는 작은 입자들로 화해 커다란 침실이 비좁게 느껴질 만큼 수많은 글자와 커다란 도형을 허공에 그려내기 시작했다.

스승님이 무슨 일을 벌이시는지 제대로 확인하려고 두 눈을 크게 뜨고 지켜봤지만, 마법진을 도대체 몇 겹이나 중복해서 그리시는 건지 수많은 글자와 도형들의 향연에 어지러울 지경이었다.

그 와중에 그나마 확인 가능했던 건 8클래스의 회복 마법 '리커버리'와 '에너지 드로우' 마법진 정도였다.

아이의 몸을 회복시킨다고 장담하셨으니 회복 마법이 들어가는 건 당연한 거고, 아이의 몸에 너무 과한 마나가 들어가 이 사달이 벌어진 것이니 최대한 많은 마나를 끌어내야 하는 것도 맞았다.

'마법진을 활성화시킬 마나는 아사의 몸에서 끌어내시겠다는 건가? 8서클의 마법 두어 개 정도면 아사의 몸에 있는 마나를 많이 소멸시킬 수 있을 테니 괜찮은 방법이야.'

한데 스승님이 자신의 마나를 형상화시켜 만들어낸 마법진이 침실에 설치해 둔 마나 증폭 마법진과 월정석에 닿으며 연결되기 시작하자 '어라? 뭐지?' 하는 생각이 들기 시작했다.

지금 아사가 탈이 난 건 아사가 감당하지 못할 정도로 너무 과한 마나가 주입되었기 때문이 아니던가.

그걸 어떻게든 해결하려는 판에 왜 마나 증폭 마법진과 월정석이 필요한 건지 의아했던 것이다.

'자, 잠깐. 혹시⋯⋯.'

순간 퍼뜩 어떤 생각이 떠올랐지만, 그와 동시에 파앗~ 하고 지금까지와는 다른 빛이 번쩍이면서 그동안 스승님이 허공에 띄워놨던 마법진들이 일제히 아사에게 달라붙었다.

마치 사슬처럼 아이의 머리끝부터 발끝까지 몇 겹으로 칭칭 감긴 마법진의 모습에 나이젤은 속으로 비명을 내지르고 말았다.

'끄아악~ 스승니이이임~!!'

그 절절한 시선을 알아채서인가, 스승님의 시선이 슬쩍 나이젤에게 향했는데 마치 짓궂은 장난을 준비하는 개구쟁이처럼 슬쩍 휘어져 있었다.

'내가 미쳤지! 스승님이 저런 분이셨다는 걸 몰랐던 것도 아니고오~ 막았어야 했는데에~!'

그랬다.

쿼터메인 스승님 또한 마법사였던 것이다.

용케 인의의 길에서 벗어나지는 않으셨지만, 마법 실험을 해볼 기회만 있다면 황제고 나발이고가 없었다.

그러니 조금의 머뭇거림도 없이 황족의 몸에 칼을 대고 마정석을 집어넣은 것이고, 지금의 이 다급한 상황에서도 해보고 싶어 하던 마법 실험을 시도하고 있지 않은가.

지금 필립의 정신이 반쯤 나가 있어서 다행이라고 해야 할까?

만약 그가 스승님이 한 짓을 알았다간 스승님과 나이젤, 자신의 목은 즉시 날아갔을 거다.

'아니, 아니, 뭘 하든 마지막에는 아사가 무사하게 되면 다행이지만……'

스승님이 형상화한 마법진에 감싸인 아이는 마치 빛의 실에 감싸인 고치 같았다.

그 고치는 심호흡이라도 하는 것처럼 천천히 부풀었다 오그라들었다를 반복하고 있었는데, 그럴 때마다 고치의 빛도 함께 강해졌다 약해졌다를 반복했다.

스승님의 의도야 어쨌든 일단은 마나가 폭주하는 모습은 보이지 않으니 효과가 발휘되긴 한 모양이었다.

"뭐가 어떻게 된 거지? 아이는?"

침실 문가에 서서 계속 지켜보고 있던 하레츠가 결국 의문을 견디지 못했던지 들어오면서 묻자 스승님이 자신만만한 표정으로 대답했다.

"이제 차분하게 기다리면 됩니다. 제가 아이에게 덧씌운 마법진은 아이의 몸에 있는 마나를 억제해줌과 동시에 많은 양을 흡수하여 흐름을 안정화시킨 다음 다시 아이의 몸으로 돌려보내는 역할을 하는 거랍니다. 저렇게 빛이 강해질 때는 아이의 몸에서 마나를 흡수한 거고, 빛이 약해질 때는 안정된 기운을 다시 돌려보내는 겁니다. 이런 식이면 아이의 몸은 좀 더 편히 안정화된 마나를 천천히 받아들일 수 있을 테고, 그럼 종국에는 과하게 부여되었던 모든 마나를 온전히 자신의 것으로 할 수 있을 겁니다."

'미치겠군.'

청산유수 같은 저 설명만 듣자면 스승님이 아사에게 정말 좋은 일을 해주신 것 같지만, 사실을 알고 있는 나이젤은 속으로 탄식하고 있었다. 단순히 그것뿐이라면 정말 아이만을 위한 것이라고 말할 수 있겠지만, 스승님은 거기다 더해 아사에게 주입될 마나의 양을 더 증폭시켜 놨다.

8서클의 마법진을 활성화하여 아사 몸속에 있는 마나를 소모시킬 줄 알았는데, 마나 증폭진에다 월정석까지 합쳐졌으니 플러스마이너스 꼴이 되었다.

아니, 어쩌면 마나가 더 많아졌을지도 몰랐다.

스승님께서 사람의 신체가 안정적으로 허용할 수 있는 마정석의 평균 수치를 알아낸 건 참 대단한 쾌거였지만, 거기에는 한 가지 단점이 존재했다.

너무 안전과 성공률에만 신경 쓰다 보니 시술 이후 능력 업데이트의 수준이 그다지 만족스럽지가 않았던 것이다.

물론 신체 능력과 마나 보유력이 훨씬 높아지긴 했지만, 시술하느라 소모한 비용에 비한다면 수지타산이 썩 좋질 못했다.

'하이 리스크 하이 리턴'이라고, 위험을 감수하면 감수한 만큼 능력 수준이 높아지긴 하지만, 그러면 그만큼 성공률이 떨어지니 이래저래 수지 타산이 안 맞기는 마찬가지였다.

그런 이유로 오랜 세월 어렵게 연구해서 성공시킨 이 시술이 회복이 어려운 중상자들을 위한 최후의 치료 방법으로 밀려나게 되자 이리저리 궁리하신 스승님이 한 가지 아이디어를 착안해 내셨다.

안정적인 수준에 맞춰 시술을 진행한 후 마정석이 신체에 동화되는 시간 동안 외부에서 마나를 주입시킨다면 위험을 감수하고 시술한 것과 비슷한 효과를 내지 않을까 한 것이었다.

하지만, 아직 연구 중이라고만 알고 있었지 실행했다는 이야기는 듣지 못했는데, 그걸 지금 아사에게 덜컥 실행해 버리신 거였다.

이제 와서 되돌리기에는 너무 늦었으니 부디 스승님의 생각이 맞길 간절히 바라는 수밖에 없었다. 제발 무사히 깨어나길 간절히 속으로 기도하고 있는데, 어느새 하레츠의 옆으로 다가가 그녀의 어깨를 감싸 안은 필립이 물었다.

"언제까지 기다리면 되는 겁니까? 아이가 무사하다는 건 어떻게 알 수 있는 거구요?"

"아이에게 모든 마나가 흡수되어 안정화된다면 아이를 감싼 저 마법진은 자동적으로 사라질 테니 그때까지만 기다리면 된다오. 또한, 저 마법진이 제대로 작동하고 있다는 건 아이가 무사하다는 말과 동일하니 저 마법진이 있는 한 걱정하지 않아도 될 거요."

그 순간 아이를 감싼 마법진에서 조금 더 환한 빛이 뿜어져 나와 모든 이들을 움찔거리게 만들었다.

"아, 저건 리커버리가 발동되었다는 거니 놀랄 것 없소. 마법진이 대량의 마나를 가져갔을 테고, 리커버리까지 발동되었으니 아이는 좀 편해졌을 거요."

"참 내… 쬐끄만 녀석이 여러 사람 놀라게 하는군."

아이에게 다정함이라고는 한 톨도 내비치지 않았던 란데였건만, 그래도 그동안 아이의 수련을 시키면서 정이라도 들었던 건지 제법 걱정스러운 눈빛으로 고치가 된 아이를 바라보고 있었다.

"이봐, 늙은 인간. 댁 말이 확실한 거겠지? 저걸 하고 나면 분명 아이가 멀쩡하게 일어날 수 있는 거겠지?"

"제 계산대로라면 분명 멀쩡하다 못해 전보다 훨씬 좋아져서 일어날 겁니다."

쿼터메인 스승님이 시원스레 대답해 줬지만, 그 말에 나이젤은 이미를 짚고 싶어졌다.

'혁… 스승님, 확신을 주는 건 좋은데 지금 그 말은 하지 않는 게 좋을 뻔했습니다…….'

그 말에 뭔가 이상함을 느낀 듯 필립의 표정이 심상치 않게 변했던 것이다.

"쿼터메인 백작, 지금 혹시라도……."

필립이 막 말을 꺼내는데, 그의 말이 중간에서 싹둑 잘리고 말았다.

"애한테 뭔 이상한 짓을 한 거냐?"

마치 지옥에서부터 흘러나오는 듯한 음산한 목소리와 살기에 뒷골이 쭈뼛 섰다.

황급히 시선을 돌리니 드디어 도착한 건지 매서운 눈빛을 보이는 족장이 침실 입구에 떠억~ 하니 서 있었다.

어느새 벌써 한 시간이 흘러갔던 모양이다.

"아이의 몸이 약해지고 있는데, 두 손 놓고 가만히 있을 수 없었습니다."

"몸이 약해지다니?"

필립의 답변에 족장의 얼굴은 놀라움이 스쳐 지나갔다.

"아직 9살도 안 됐는데 벌써?"

인간만 있었다면 족장이 믿지 못했을 수도 있었지만, 다행히 여기에는 증언해 줄 조인족이 두 명이나 있었다.

그것도 둘 다 족장의 자녀들이었다.

자연스레 그 둘이 나서서 상황을 설명하자 족장은 다시금 빛의 고치가 되어 있는 아사를 바라보더니 어이없다는 웃음을 흘렸다.

"하, 그것참… 그래, 인간들은 신기할 정도로 이상한 발상을 하고 그걸 실행에 옮기지. 자기 동족에게 서슴지 않게 하는 걸 보고 정말 이상한 종족이라고 생각했건만, 우리 종족의 아이가 그 대상이 되는 걸 내가 직접 보게 될 줄이야."

"아이를 살리기 위함입니다. 결코 다른 의도는 없었습니다."

필립이 나서서 단호하게 말했지만, 족장의 눈초리는 차가웠다.

"단순히 살리기 위함이라고? 결코 다른 의도는 없었다고?"

'지금 누구 앞에서 구라를~!' 이란 시선으로 사람들을 하나하나 바라보는데, 필립은 어떨지 몰라도 나이젤은 차마 그 시선을 마주할 수가 없었다.

"어쨌든, 지금은 그게 중요한 게 아니지. 저 아이는 언제까지 저러고 누워 있어야 하는 거지?"

"저 몸을 감싸고 있는 게 사라져야 한다더군요."

"좋아. 그렇다면 저게 몸에서 사라지는 즉시 아이를 마을로 데리고 간다."

하레츠의 대답이 끝나자마자 흘러나온 족장의 선언에 필립의 눈이 커졌다.

"족장! 그건 말도 안 됩니다!"

"닥쳐라, 인간. 봐주는 건 여기까지. 더 이상 내 인내심을 시험하지 않는 게 좋을 거야."

평소 필립의 이름을 부르던 족장이었건만, 이름을 부르기조차 싫을 정도로 분노하고 있는 거였다.

그러나 아사의 일이다 보니 필립은 북풍설한 같은 족장의 눈초리에도 불구하고 뭐라고 하려고 했다.

"그……."

한데 이런 필립을 만류하고 하레츠가 나섰다.

"족장, 필립은 어떻게 해서든 아사를 살리고 싶어 했을 뿐입니다. 그건 제가 장담할 수 있습니다."

"알아. 그랬겠지. 그렇기에 내가 지금 인내해 주고 있는 것이 아니냐? 하지만, 도를 지나쳤어."

족장의 말에 필립이 참을 수 없다는 듯 나섰다.

"도를 지나쳤다는 게 뭡니까? 이렇게 해서라도 아이를 구할 수만 있으면 전 앞으로 백 번이든 천 번이든 할 겁니다. 아무리 족장이라도 절 막으실 순 없습니다!"

"애를 치료한다고? 나야말로 묻고 싶군. 애를 치료한다는 구실로 저 애를 뭘로 만들려는 거냐?"

족장이 한 톤 낮은 목소리로 으르렁거렸다.

'치료하는 걸 넘어 뭔가 시도해 보려고 했다는 걸 눈치챈 건가?'

소드 마스터라는 경지를 뛰어넘은 존재라 그런지, 스승님이 생전 처음 시도해 본 건데도 딱 감이 오는 모양이었다.

족장의 말에 필립의 시선이 스승님에게로 향했고, 그제야 스승님이 앞으로 나섰다. 스승님은 자세를 바로한 채 오른손만 심장 부위에 얹고는 엄숙한 목소리로 입을 열었다.

"저건 아이의 몸에 주입된 마나가 확실하게 자리를 잡을 수 있도록 돕는 마법진일 뿐, 다른 의도는 조금도 없었습니다. 이는 분명한 사실임을 제 마나 하트에 대고 맹세합니다."

마법사가 마나 하트에 대고 맹세한다는 건 다른 이들이 생명을 걸고 맹세하는 것만큼이나 강하고 무거운 맹세였다.

"조금이라도 더 안전하게 하려고 이것저것 보조 마법진을 덧붙이다 보니 저렇게 거대해졌습니다만, 아이가 건강하게 깨어나는 걸 목적으로 만든 마법진입니다."

스승님이 이렇게까지 나오니 족장의 눈빛이 조금 누그러졌지만, 말 그대로 조금일 뿐 그의 얼굴은 여전히 싸늘하기만 했다.

그러자 스승님이 길게 한숨을 내쉬더니 간곡한 어조로 말을 꺼냈다.

"그럼, 가기 전에 몸이 괜찮은지 확인만 해봐도 되겠습니까?"

하지만 돌아오는 건 족장의 차가운 코웃음뿐이었다.

그래서 이번에는 나이젤이 나섰다.

"혹시라도 아이가 조금이라도 이상하면 그 즉시 이 목숨으로 사죄를 드리겠습니다. 그러니 아이가 괜찮은지 확인할 수 있게 해주십시오. 확인만 하면 됩니다. 부탁드립니다."

그리 말하며 깊숙이 허리를 숙여 보이자 하레츠가 나섰다.

"그러도록 해. 그대들이 시작한 일이니 책임도 그대들이 져야 하는 거겠지. 단, 아이가 잘못되었다면 확실하게 책임은 져야 할 거야."

"물론입니다."

『날개 달린 황녀님』 4권 끝